SEANAN MCGUIRE

October Daye 1

Winterfluch

Zu diesem Buch

Einst wurden die mächtigen Fae von den Menschen wie Götter gefürchtet und verehrt. Dann schwanden sie dahin, wurden vergessen und in das Reich der Legenden verbannt. Doch unbemerkt von der Welt existierten sie weiter, hinter den magischen Schleiern, in den hohlen Hügeln der Anderswelt. October Daye ist ein Kind beider Welten, die Tochter eines Menschen und einer Feenfrau. Wegen ihres menschlichen Erbes von den Fae verachtet, wählte sie einst ein Leben unter den Sterblichen. Aber dann verlor sie alles, was ihr lieb war, und seitdem meidet sie Menschen und Fae gleichermaßen. Da wird in San Francisco eine mächtige Fürstin des Feenvolkes ermordet, und Tobys Leben gerät erneut aus den Fugen. Denn durch einen Fluch, den die Fürstin Evening Winterrose unmittelbar vor ihrem Tod ausstößt, ist Toby verpflichtet, die Mörder zu finden und zu stellen. Kann sie dies nicht erfüllen, ist ihr eigenes Leben verwirkt. Um dem Fluch zu entkommen und den Tod von Evening zu rächen, bleibt Toby nichts anderes übrig, als in die Welt der Fae zurückzukehren und sich ihrem lang verdrängten Schmerz zu stellen. Doch kaum hat sie ihre Ermittlungen aufgenommen, gerät sie selbst ins Visier der Mörder …

Die Autorin

Seanan McGuire wurde in Martinez, Kalifornien, geboren. Neben ihrem Beruf als Autorin ist McGuire auch Comic-Zeichnerin und Musikerin und lebt in einem alten Farmhaus in Nordkalifornien. *Winterfluch* ist ihr von vielen Fans mit großer Spannung erwartetes Roman-Debüt. Weitere Informationen unter: www.seananmcguire.com

Seanan McGuire bei LYX:

October Daye. Winterfluch
October Daye. Nebelbann
October Daye. Nachtmahr

Seanan McGuire

October Daye

Winterfluch

Roman

Ins Deutsche übertragen
von Michael Krug

LYX
EGMONT

Die amerikanische Originalausgabe erschien 2009
unter dem Titel *Rosemary and Rue – An October Daye Novel*
bei DAW Books, New York, USA

Taschenbuchausgabe April 2012 bei LYX
verlegt durch EGMONT Verlagsgesellschaften mbH,
Gertrudenstraße 30–36, 50667 Köln

1. Auflage
Redaktion: Joern Rauser
Umschlaggestaltung: © Birgit Gitschier, München;
Artwork: © Birgit Gitschier unter Verwendung mehrerer Motive
von Shutterstock (lev dolgachor)
Satz: Greiner & Reichel, Köln
Druck: Bercker Graphischer Betrieb GmbH & Co. KG, Kevelaer
ISBN 978-3-8025-8829-7

www.egmont-lyx.de

Für meine Mutter, Mary Mickaleen McGuire,
die mich nie davon abgehalten hat zu lesen

LEITFADEN ZUR AUSSPRACHE

Anmerkung der Redaktion: Im Falle der keltischen Namen können diese Umschreibungen nur eine Annäherung an die tatsächliche Aussprache sein, da die deutsche Phonetik nicht ausreicht, um alle Nuancen zu beschreiben.

Das »th« wird wie im Englischen gesprochen. Die Silbe (je) bei »Sidhe« ist nur ganz leicht angedeutet und wird fast verschluckt.

Bannick: *Bannick*
Banshee: *Benn-schih* – englische Schreibweise von »Bean Sidhe«: *Bann-schih(je).*
Cait Sidhe: *Kat Schih(je)*
Candela: *Kan-deh-la*
Coblynau: *Kob-linn-nai*
Daoine Sidhe: *Dih-ne Schih(je)* (Plural von Duine Sidhe: *Dun-je Schih(je)*), Kurzform Daoine
Glastig: *Glass-tig*
Gwragen: *Guh-ra-gen (Betonung auf der zweiten Silbe).* Der Plural lautet Gwargen.
Kitsune: *Kit-su-ne*
Luidaeg: *Luh-dscheg*
Nixie: *Nix-i*. Der Plural lautet Nixen.
Roane: *Ro-an*
Tuatha de Dannan: *Tua-tha dsche Dan-nen*, Kurzform Tuatha
Tylwyth Teg: *Till-with Teg*, Kurzform Tylwyth

PROLOG

9. Juni 1995

Das Telefon klingelte. Schon wieder.

Ich sah vom Innenspiegel weg und blickte mit finsterer Miene auf mein Handy, das auf dem Beifahrersitz neben einer Tüte *Fritos* und einem von Gillys Malbüchern lag und bimmelte. Es war noch keine zehn Minuten her, dass es zuletzt geklingelt hatte, und da nur drei Personen die Nummer kannten, war ich ziemlich sicher, wer es sein musste. Ich besaß dieses verfluchte Telefon zwar erst seit einem Monat, aber schon gestaltete es mein Leben immer schwieriger.

»Diese Dinger werden sich nie durchsetzen«, brummte ich und drückte auf die blinkende Taste. »Ermittlungsbüro Toby Daye, Toby Daye am Apparat. Was ist denn jetzt schon wieder, Cliff?«

Eine Pause entstand, bevor mein Verlobter, mit dem ich schon seit einer Weile zusammenlebte, verlegen fragte: »Woher wusstest du, dass ich es bin?«

»Weil die Einzigen, die diese Nummer noch verwenden, Onkel Sylvester und Ms Winters sind, und die beiden wissen, dass ich gerade mit einer Observierung beschäftigt bin, was bedeutet, dass sie mich *nicht* anrufen werden.« Es war mir noch nie besonders gut gelungen, wütend auf Cliff zu sein; die Worte mochten zwar von Verärgerung zeugen, mein Tonfall blieb aber durch und durch liebevoll. Ich habe wahrscheinlich eine Schwäche für Männer mit einem knackigen Hintern, die wissen, wie man Makkaroni kocht, und sechs Stunden täglich die *Sesamstraße* ertragen. Ich verlagerte das Telefon in die linke Hand, griff nach oben und drehte den Innenspiegel, um die Vorderseite des Restaurants im Blickfeld zu behalten. »Worum geht's denn diesmal?«

»Gilly wollte, dass ich dich anrufe. Ich soll dir sagen, sie liebt dich und hofft, dass du rechtzeitig zum Abendessen zu Hause bist und Eiscreme mitbringst. Schokolade wäre am besten.«

Ich unterdrückte ein Lächeln. »Sie steht gerade neben dir, nicht wahr?«

»Na – und ob. Wenn nicht, hätte ich einfach die Auskunft angerufen. Aber du weißt ja, wie sie ist. Sie hat Ohren wie ein Kaninchen.« Cliff kicherte. Unsere Zuneigung füreinander kam unserer Liebe für das kleine Mädchen nicht einmal nahe. »Weißt du, das hat sie von dir.«

»Das trifft doch auf die meisten ihrer positiven Eigenschaften zu. Aber ja, klar, sie hat mein Gehör«, bestätigte ich und fummelte dabei am Spiegel herum. War das da eine Gestalt oder nur ein Fingerabdruck? Ich vermochte es nicht zu sagen. Der Mann, den ich gerade beschattete, war so viele Nummern zu groß für mich, dass er nackt eine menschenleere Straße hätte entlangschlendern und mich trotzdem davon abhalten können, ihn zu sehen.

Schließlich gab ich meine Bemühungen auf, dem Spiegel Benehmen beizubringen, holte eine Sprühflasche mit grünlichem Wasser aus dem Handschuhfach und befeuchtete das Glas großzügig. Ob es nun an Erfahrung oder Intuition liegt, jedenfalls erkenne ich einen guten Sieh-nicht-her-Zauber, obwohl ich ihn nicht sehe. In diesem Fall war es ein sehr guter Sieh-nicht-her-Zauber, zumal ich ihn mit einem Sumpfwasserbann brechen musste. Das gehört zu der Sorte von Tricks, die Reinblütler sogar als noch erbärmlicher erachten als alles *Menschliche*.

Aber in der Not frisst der Teufel Fliegen, und es spielte jetzt keine Rolle, ob es ein billiger Zauber war, solange er trotzdem wirkte. Kaum berührte das Wasser den Spiegel, da geriet das Bild eines großen, rothaarigen Mannes ins Blickfeld, der unmittelbar vor dem Restaurant stand, das ich in den letzten sechs Stunden beobachtet hatte. Einer der Parkplatzangestellten brachte ihm einen schnittigen Sportwagen, und zwar in jener speziellen Rotschattierung lackiert, die teuren Fahrzeugen und dem Lippenstift von Prostituierten vorbehalten ist.

Der Parkplatzangestellte konnte ihn sehen, ich hingegen war dazu nicht in der Lage gewesen; demnach verbarg er sich nur vor Fae-Augen. Er wusste, dass er verfolgt wurde.

»Verflucht«, flüsterte ich und ließ die Flasche fallen. »Cliff, der Kerl, hinter dem ich her bin, ist gerade aus dem Restaurant gekommen. Ich muss los. Sag Gilly, dass ich sie liebe und verspreche, auf dem Nachhauseweg Eis zu besorgen.«

»Mich liebst du also nicht?«, fragte er gespielt gekränkt.

»Ich liebe dich mehr als jedes Märchen«, gab ich zurück – eine rituelle Floskel, die bei uns schon seit Langem die Wendung »bis dann« ersetzte. Damit legte ich auf und warf das Telefon auf den Rücksitz. Es war an der Zeit, sich der Arbeit zu widmen.

Der Mann gab dem Parkplatzangestellten ein Trinkgeld, stieg in den Wagen, rollte vom Randstein und reihte sich in den Verkehr ein. Sein schicker roter Sportwagen stach aus den alltäglicheren Fahrzeugen hervor wie ein Kardinal aus einem Taubenschwarm … zumindest bis er um die erste Ecke bog, verschwand und nur den Gestank von Rauch und verfaulten

Orangen zurückließ. Der Geruch von Magie kann so gut wie alles andere überlagern, und da jeder, der Magie wirkt, auch einen eigenen magischen »Geschmack« besitzt, dient er als eine Art Signatur. In diesem Fall bestätigte er, dass ich Simon Torquill folgte und keinem bezahlten Doppelgänger. Was ja an sich gut zu wissen war, abgesehen davon, dass ich den Mann gerade aus den Augen verloren hatte.

Fluchend griff ich mir den Tiegel mit Fae-Salbe vom Sitz neben mir und schmierte sie mir um die Augen, bis sie mir über die Wangen rann. Vor mir tauchte der Wagen in verschwommenen Umrissen wieder auf, als sähe ich ihn durch Wasser. »Noch mal verliere ich dich nicht, du Mistkerl«, murmelte ich und stieg aufs Gaspedal.

Sieh-nicht-her-Zauber sind tückischer als wahre Unsichtbarkeit; Simons Wagen war noch vorhanden, und die Fahrer rings um ihn mieden ihn unwillkürlich, wodurch er vor Verkehrsunfällen sicherer war, als er es ohne den Zauber gewesen wäre. Menschen – Sterbliche – sahen ihn zwar; sie registrierten es bloß nicht. Hingegen konnte ihn niemand, in dessen Adern ein Tropfen Fae-Blut floss, ohne äußere Hilfsmittel wahrnehmen. Es war ein durchaus gelungener Bann. Hätte er meine Arbeit nicht behindert, ich wäre versucht gewesen, ihn zu bewundern.

Es war regelrecht unfair. Meine eigenen Fähigkeiten erstreckten sich mit Müh und Not auf einige Zauber und billige Tricks, während der Mann vor mir eine ganze Stadt voller Menschen dazu brachte, sich so zu verhalten, als wäre er gar nicht da. Fae-Genetik gleicht einer Lotterie. Ist man ein Reinblut, bekommt man alles, aber als Wechselbalg darf man nur auf Glück hoffen.

Simon bog in falscher Richtung in eine Einbahnstraße und nutzte den Vorteil der Halbunsichtbarkeit, den ich nicht hatte.

Ich fluchte abermals, bog scharf nach links ab und folgte ihm gewissermaßen parallel: den nächsten Block entlang. Solange mich keine Ampeln aufhielten, sollte es mir gelingen, ihn am anderen Ende abzufangen. Ich hatte nicht vor, meinen Lehnsherrn im Stich zu lassen. Weder heute noch sonst irgendwann. So ein Mädchen bin ich nicht.

Das Glück und meine Kenntnisse der Straßen San Franciscos standen mir zur Seite. Einen Viertelblock vor mir schoss Simons Wagen aus der Einbahnstraße wieder in Sicht. Ich stieg vom Gas und ließ mich einige Fahrzeuge weit zurückfallen, damit er keinen Verdacht schöpfte. Ich brauchte Simon so entspannt wie möglich. Leben konnten davon abhängen. Zwei Leben, um genau zu sein: das der Frau und das der Tochter meines Lehnsherrn, Fürst Sylvester Torquill, Zwillingsbruder des Mannes, den ich verfolgte. Vor drei Tagen waren die beiden spurlos verschwunden, mitten aus Sylvesters Landsitz, wo so strenge Sicherheitsvorkehrungen herrschten, dass eigentlich nichts an sie herangekonnt hätte. Trotzdem war genau dies geschehen, und alle Zeichen deuteten auf Simon.

Selbst wenn Sylvester nicht mein Lehnsherr gewesen wäre, hätte ich den Fall aufgrund der darin verwickelten Personen übernommen. Herzogin Luna zählte zu den reizendsten Frauen, die ich je kennengelernt habe. Und dann war da noch ihre Tochter, Rayseline Acantha Torquill, die Raysel genannt wurde. Als mutmaßliche Erbin eines der größten Herzogtümer im Königreich der Nebel hätte sie ohne Weiteres verwöhnter als jede menschliche Prinzessin werden können. Stattdessen war aus ihr ein kleines Mädchen von der Sorte geworden, die man ständig auf einem Baum oder in einem Loch findet, die Schlamm magnetisch anzieht: eine Königin der Würmer und Frösche und aller kriechenden Geschöpfe. Sie lachte, als hätte sie das Lachen erfunden, und sie besaß das feuerrote Haar ihres Vaters. Verdammt, sie hatte doch wirklich auch das Recht heranzuwachsen.

Simon beschleunigte. Ich tat es ihm gleich.

Soweit Cliff wusste, arbeitete ich an einem herkömmlichen Entführungsfall, bei dem es bloß um noch so einen Versager von einem Vater ging, der mit seinem Kind geflohen war, nachdem er während eines Scheidungsverfahrens auf den Holzweg geriet. Seit Gillys Geburt war meine Arbeit für die Höfe zwar zurückgegangen, aber durchaus noch vorhanden, und ich hatte eine Menge Übung darin, sie zu verbergen. Meine Tätigkeit als Privatdetektivin machte das einfacher. Ich konnte fast alles damit erklären, dass ich arbeiten musste, und zumeist stimmte das auch. Es war bloß so, dass meine Fälle manchmal eher an die Brüder Grimm als an *Magnum* erinnerten.

In den Ritterstand wird man nicht umsonst erhoben: Es ist ein Titel, den man sich verdienen muss, entweder durch langjährige Dienste oder indem man Fähigkeiten besitzt, die jemand unbedingt nutzen möchte. Ich hatte schon immer ein Talent dafür herauszufinden, was ich wissen muss, und als Sylvester darauf aufmerksam wurde, schnappte er sich mich und meinte, es gäbe Schlimmeres, als eine Detektivin auf der Lohnliste zu haben. Ich ziehe los, finde heraus, was da vor sich geht und lasse anschließend die Ritter übernehmen, die sich ihre Titel im Gefecht verdient haben. Ich bin nicht dumm: Ins Geschehen greife ich nicht ein. Und in dem, was ich tue, bin ich ganz geschickt.

Eine Spur verwandelte sich in zwei Spuren, die bald zu zwei Dutzend wurden, und alle wiesen geradewegs auf Simon Torquill. Er hatte ein Zimmer in der Innenstadt von San Francisco gemietet, das er täglich bar bezahlte. Es befand sich sogar auf dem Land der Königin, sodass weder ein örtlicher Herrscher noch sonstige Machteinflüsse für Verwirrung sorgten. Vielleicht hätte das schon ein Zeichen dafür sein müssen, dass etwas nicht stimmte: Immerhin galt Simon in der hiesigen Fae-Unterwelt als große Nummer. Er hätte wissen müssen, wie man seine Spuren verwischte. Allerdings kam mir der Gedanke gar nicht. Ich war zu fixiert darauf, Luna und Rayseline nach Hause zu bringen.

Simons Auto wechselte die Fahrspur und hielt auf den Golden Gate Park zu. Ich folgte ihm. Seit drei Tagen beschattete ich ihn, und hätte ich es nicht besser gewusst, ich wäre längst zu dem Schluss gekommen, in eine Sackgasse zu laufen. Aber eine Frau und ein kleines Mädchen wurden vermisst, und wir hatten nun mal keine anderen Spuren.

Im Golden Gate Park einen Parkplatz zu finden, ist nie einfach, aber das Glück schien mir nach wie vor hold zu sein, denn Simon rollte auf einen Behindertenparkplatz – die erste echte Straftat, bei der ich ihn ertappte –, und ich konnte mich hinter einem abfahrenden Minivan hineinschummeln, womit ich drei Familien zuvorkam, die vermutlich seit einer Stunde im Kreis fuhren. Ich ließ die Augen auf Simon gerichtet und schenkte den unwirschen Gesten, mit denen ich bedacht wurde, keine Beachtung.

Der Sieh-nicht-her-Zauber löste sich auf, als Simon aus dem Wagen stieg und sich nicht vorhandenen Schmutz von dem makellosen Anzug wischte. Er ließ einen teilnahmslosen Blick über die Umgebung wandern, dann setzte er sich in Richtung des Botanischen Gartens in Bewegung. Ich blieb lange genug im Auto, um ihm einen vernünftigen Vorsprung zu lassen, bevor ich ihm folgte.

Simon schlenderte wie jemand durch den Park, der nichts zu

verbergen hatte. Er ging sogar so weit, plötzlich innezuhalten, den Zierteich zu bewundern und die Schwäne zu beobachten, die wie Handelsschiffe auf einem ruhigen Meer über die Oberfläche trieben. Als ich gerade zurückweichen wollte, um mir eine bessere Deckung zu suchen, setzte er sich wieder in Bewegung, verließ den Garten und überquerte den Platz. Ich folgte ihm bis zum Ende des Pfads, wo ich wartete, um zu sehen, wohin er wollte.

Er steuerte auf den Japanischen Teegarten zu. Ich zögerte.

Der Golden Gate Park ist in Dutzende winziger Lehen aufgeteilt, wovon manche nur einen einzigen Baum umfassen. Die Grenzen werden rigoros gehütet. Der Teegarten untersteht einer alten Freundin der Familie, einer Undine namens Lily. Ich konnte auf ihre Unterstützung zählen, sollte ich sie denn brauchen – zwischen ihr und dem Adel hatte nie ein besonderes Liebesverhältnis bestanden. Vielleicht war noch wichtiger, dass es nur einen einzigen Zugang gab. Simon konnte hinein, aber nicht mehr heraus.

Genau darin sah ich das Problem. Ich hatte Simon Torquill immer als einen arroganten Blödmann empfunden, und eine Menge Leute wären sogar bereit zu sagen, er sei böse. Aber er war mir nie als besonders dumm erschienen. Er musste wissen, dass Sylvester ihn verdächtigte, Luna und Rayseline entführt zu haben, und auch, was ihm blühte, sollten sich die Vermutungen seines Bruders als wahr erweisen. Warum also marschierte er in eine Sackgasse?

Bei einem gewöhnlichen Fall wäre dies der Punkt gewesen, an dem ich mich zurückgezogen hätte. Ich bin weder vertrottelt, noch hege ich irgendeine Todessehnsucht. Aber das war kein gewöhnlicher Fall. Mein Freund und Lehnsherr weinte allein in seinem hohlen Hügel wegen einer Frau, die ich mein gesamtes Leben gekannt und geachtet hatte. Zudem wurde ein kleines Mädchen vermisst, das sich gerne Pusteblumen ins Haar flocht. Da durfte ich unmöglich einfach abziehen; nicht, wenn dies meine einzige Chance sein konnte, sie zu finden.

So wich ich stattdessen in die Schatten der Büsche zurück, kniete mich hin und fuhr mit den Fingern durch das feuchte Gras. Rings um mich stieg meine Magie auf, und der Geruch von Kupfer und geschnittenem Gras erfüllte die Luft, bis sich der Zauber mit einem fast hörbaren »Klicken« festigte. Jäh schossen mir Schmerzen durch die Schläfen. Die Magie von Wechselbälgern hat ihre Grenzen, und diese zeigen sich deutlich, wenn man versucht, zu weit zu gehen. Ich hatte einen Sumpfwasserbann gemischt, eine menschliche Tarnung gewoben und wirkte nun auch noch selbst einen Sieh-nicht-her-Zauber. Zusammengenommen ergab das eine deutliche Grenzüberschreitung.

Aber die Sicherheit, die es verhieß, unbemerkt zu bleiben, war die Schmerzen wert. Das hielt ich mir vor Augen, als ich mich aufrichtete, zusammenzuckte, mir die Finger an der Jeans abwischte und Simon in den Teegarten folgte.

Der Zauber wirkte so gut, dass die junge Frau am Eintrittsschalter geradewegs durch mich hindurchschaute, als ich an ihr vorbeiging. Dasselbe galt für die Touristen, die ihre Kameras auf den Bonsai und die japanische Skulptur richteten. Ich unterdrückte ein Schaudern. Ich war der Welt der Menschen völlig entrückt, und sofern ich den Zauber nicht beendete, würde niemand wissen, dass ich hier gewesen war.

Die Wege innerhalb des Teegartens waren so schmal, dass ich Simon dichter folgen musste, um ihn im Blickfeld zu behalten. Ich verkürzte den Abstand zwischen uns und vertraute darauf, dass mich meine einfachen Trugbanne verbargen. Je mächtiger jemand ist, desto weniger achtet er auf niedere Magie. Die Spielereien von Wechselbälgern zählen zu den primitivsten Formen überhaupt. Ich setzte darauf, dass mich Simon völlig übersehen würde, weil meine Illusionen kaum hochwertig genug waren, um eine Bedrohung darzustellen.

Simon ging gute zwanzig Minuten weiter, ehe er am Fuß der gewölbten Mondbrücke stehen blieb, die das Portal zur Fae-Seite von Lilys Herrschaftsgebiet darstellte. Ich ließ mich zurückfallen und trat hinter einen Japanischen Fächerahorn. Näher hinwagen konnte ich mich nicht; damit hätte ich das Schicksal herausgefordert, Trugbanne hin, Trugbanne her: Ich würde also warten müssen. Auch er schien zu warten und ließ den Blick mit den Händen in den Hosentaschen über das Wasser wandern: der Inbegriff eines Touristen, der unsere Stadt bewunderte. Ich zwang mich, wachsam zu bleiben, während ich einer Handlung seinerseits harrte.

»Simon!«, rief eine vergnügte Frauenstimme. Plötzlich lächelnd drehte er sich um. Ich ahmte die Geste nach, sah zur Quelle der Stimme hin und erstarrte.

Sie wirkte wie ein gewöhnliches Mädchen im Teenageralter, trug hautenge Klamotten, und das schwarze Haar hing offen bis über die Hüfte hinab. Ich jedoch wusste es besser. Ich kannte ihren Namen. Oleander de Merelands: neunhundert Jahre Garstigkeit, verpackt in eine hübsche, zierliche Hülle, die nach jeder sterblichen Norm als Sechzehnjährige durchgegangen wäre. Sie war halb Tuatha de Dannan, halb Peri und ganz und gar gesundheitsgefährdend. Die Peri sind von jeher eine Rasse, der es Freude bereitet, Schmerz zu verursachen. Aber sie sind nicht gesellig – meidet man sie, wird man umgekehrt auch von ihnen gemieden. Die Tuatha hingegen genießen die Gesellschaft anderer. Oleander hatte ihre Vorliebe dafür, Leute zu verletzen, von der Peri-Seite der Familie und die Bereitschaft, auf Leute zuzugehen, von den Tuatha erhalten. Gerüchte bringen sie mit der Hälfte der Attentate der letzten hundert Jahre in Verbindung, und in der Hälfte der Königreiche, die ich zu nennen weiß, ist eine Belohnung auf ihren Kopf ausgesetzt. Die andere Hälfte ist wahrscheinlich bloß noch nicht dazu gekommen.

»Es ist so wundervoll, dich zu sehen, meine Liebe.« Simon umarmte sie und bedachte sie mit einem Kuss, der mehrere vorbeigehende Touristen veranlasste, den Blick peinlich berührt abzuwenden, zumal sie Simon als Perversen mit seiner minderjährigen Freundin wahrnahmen. Die Torquill-Brüder sind kaum fünfhundert Jahre alt; wenn sich in diesem Fall also jemand an wesentlich Jüngeren vergriff, dann war es nicht Simon. Ich schlug mir vor Entsetzen die Hand vor den Mund, wenngleich meine Gründe nichts mit dem Alter der beiden zu tun hatten. Gerüchte kursierten schon immer, aber niemand hatte je eine direkte Verbindung zwischen Simon und der Fae-Unterwelt nachzuweisen vermocht. Ihn mit Oleander zusammen zu sehen änderte alles.

Ich wollte zu Sylvester. Ich musste es ihm sagen. Langsam wich ich zurück und bereitete mich darauf vor loszurennen.

»Das wird allmählich langweilig, Liebling«, meinte Oleander gerade zu Simon und zog einen Schmollmund, der ohne die Bösartigkeit dahinter geradezu niedlich ausgesehen hätte. »Beenden wir es?«

»Natürlich, mein Schatz.« Er hob den Kopf, schaute an dem Baum vorbei, hinter dem ich kauerte, und sah mir unmittelbar in die Augen. »Du kannst jetzt rauskommen. Wir sind so weit.«

»Oh, Eiche und Esche«, zischte ich und flüchtete rückwärts – oder versuchte es zumindest. Jedenfalls war es der Befehl, den ich meinen Beinen gab, nur weigerten sie sich plötzlich zu gehorchen. Ich taumelte aus meiner Deckung hervor und sank auf die Knie. Ich wollte aufstehen, doch gelang es mir nicht. Ich konnte nur abwarten.

Lily, wo steckst *du?*, dachte ich verzweifelt. Sie war die Herrin des Teegartens; dies war ihr Lehen, ihr Herrschaftsgebiet. Mittlerweile hätte sie hier sein, ihre Dienerinnen um sich scharen und zu meiner Rettung eilen müssen, aber sie war weit und breit nicht zu sehen. Nicht mal Pixies trieben sich in den Bäumen herum. Die sterblichen Touristen sahen uns an, als wären wir Luft. Ich hatte mich noch nie im Leben so verängstigt oder allein gefühlt.

Simons Lächeln wirkte beinah herzlich, als er sich hinkniete, mir eine Hand unter das Kinn schob und es nach oben drückte, bis unsere Augen auf dieselbe Höhe gerieten. Ich versuchte mich zu wehren und den Blick von ihm abzuwenden, konnte mich jedoch nicht dazu zwingen, mich zu bewegen.

»Hallo, meine Liebe«, sagte er. »Hat dir unser kleiner Spaziergang gefallen?«

»Scher … dich … zum Teufel«, gelang es mir, zwischen zusammengebissenen Zähnen hervorzupressen.

Oleander lachte. »Oh, sie ist richtig vorlaut.« Binnen eines Herzschlags verdüsterte sich ihre Miene, und ihre Stimmung wechselte. »Lass sie dafür bezahlen.«

»Selbstverständlich.« Simon beugte sich vor, drückte mir einen Kuss auf die Stirn und flüsterte: »Ich werde dafür sorgen, dass jemand in ein, zwei Wochen dein Auto findet – sobald man bereit ist, die Hoffnung aufzugeben. Schließlich soll deine Familie nicht zu lange umsonst auf dich warten, oder?«

Wäre es mir möglich gewesen, ich hätte geschrien. Alles, was ich tun konnte, war, hinter zusammengebissenen Zähnen zu knurren. Mein Atem ging angestrengt und schnell, als mich Panik erfasste. Ich musste weg. Cliff und Gilly warteten auf mich, und ich musste verschwinden, ich wusste nur noch nicht wie. Die Umklammerung, in der ich steckte, war so fest, dass ich nicht einmal den Sieh-nicht-her-Zauber auflösen konnte, der doch gewährleistete, dass niemand sah, was hier vor sich ging.

Simon stand auf, legte mir die Hand auf den Kopf und drückte mich nach unten. Dabei flüsterte er etwas und bewegte die freie Hand in einer Geste, die ich nicht richtig ausmachen konnte. Ich unternahm einen letzten, verzweifelten Versuch, mich loszureißen. Oleander lachte erneut; es klang kalt und irgendwie entfernt, so als dringe der Laut durch eine Eiswand. Ohne Vorwarnung oder Paukenschlag vergaß ich, wie man atmet.

Jede Magie schmerzt, und eine Verwandlung mehr als alles andere auf der Welt. Ich rang nach Luft und versuchte, aus Simons Verhexung auszubrechen. Meine eigenen spärlichen Kräfte entschwanden, und ich spürte, wie ich mich verbog und veränderte und gleich einer zu lange in der Sonne stehen gelassenen Kerze schmolz. Seine Bindung löste sich, als die Verwandlung in den letzten Zügen lag und ich auf dem Pfad herumzappelte. Meine Kiemen lechzten nach einem weiteren Atemzug, nach irgendetwas, um mich einige weitere Sekunden am Leben zu erhalten. Meine Augen brannten so sehr, dass ich kaum etwas richtig erkennen konnte. Aber am Rand meines Sichtfelds nahm ich verschwommen noch gerade so Simon wahr. Er lächelte, Oleander hingegen lachte unverhohlen. Sie waren stolz auf das, was sie mir antaten. Oberon, hilf mir, sie waren wirklich *stolz*.

»Hey!«, brüllte eine Stimme. »Was soll denn das werden?« Dann schoben sich starke Hände unter mich, hoben mich vom

Boden und beförderten mich ins Wasser. Ich tauchte tief hinab, weg von der Luft, weg von der Angst und weg von meiner eigentlichen Existenz. Die Instinkte meines neuen Körpers führten mich in die kühle Dunkelheit hinab, unter das Schilf, während ich versuchte, einen klaren Kopf zu bekommen. Die anderen Kois beobachteten mich teilnahmslos und vergaßen prompt, dass ich nicht immer unter ihnen gewesen war. Fische sind nun mal so.

Alle Fische sind so, und dank Simon war ich nun selbst einer. Es gelang mir, mich zu zwingen, an die Oberfläche zurückzukehren und panisch nach Hilfe Ausschau zu halten, allerdings ohne welche zu entdecken. Simon und Oleander waren gegangen. Meiner hatte man sich entledigt. Ich war so gut wie tot, also brauchten sie sich meinetwegen auch nicht weiter den Kopf zu zerbrechen. Der Fisch, zu dem ich geworden war, übernahm mich wie Tinte, die in Papier sickert, und als ich wieder in die Tiefe sank, spielte nichts mehr eine Rolle. Weder Sylvester und Luna noch Cliff, der ewig darauf warten würde, dass ich nach Hause käme. Auch nicht mein Name, mein Gesicht oder wer ich wirklich war. Nicht einmal mein kleines Mädchen. Es gab nur das Wasser und die segensreiche Dunkelheit, die nunmehr mein Zuhause darstellten … das Einzige, das ich vierzehn ganze Jahre lang kennen sollte.

KAPITEL 1

23. Dezember 2009:
vierzehn Jahre und sechs Monate später

Da ist Fenchel für Euch und Aglei;
da ist Raute für Euch, und hier ist welche für mich;
Ihr könnt Eure Raute mit einem Zeichen tragen.
William Shakespeare, *Hamlet*

Stockend hatte der Dezember in San Francisco Einzug gehalten, wie ein Besucher, der nicht sicher war, ob er bleiben wollte. Der Himmel präsentierte sich in der einen Minute blau, in der nächsten bedeckt. Touristen schwitzten oder froren in ihrer Reisegarderobe, während die Einwohner an einem einzigen Nachmittag von Pullovern zu ärmellosen Hemden und wieder zurück wechselten. Das ist in der Gegend aber ganz normal. In der Bucht herrscht nahezu ständig Frühling, und die Farben der Hügel – braun mit hoher Buschfeuergefahr im Sommer, grün und chronisch unter Schlammlawinen leidend im Winter – bilden den einzigen wirklichen Unterschied zwischen den Jahreszeiten.

Es war halb sechs Uhr morgens, und der Safeway-Supermarkt in der Mission Street – nie ein Highlight des Nachtlebens, ganz gleich, wie man es betrachtete – wirkte praktisch verwaist. Der übliche Ansturm der Trunkenbolde und jugendlichen Nachtschwärmer lag schon Stunden zurück. Inzwischen hatten wir nur noch eine Ansammlung von Frühaufstehern, Nachtschichtpersonal und Obdachlosen auf der Suche nach einem warmen Plätzchen, an dem sie den Rest der Nacht verbringen konnten. Die Obdachlosen und ich hatten die stillschweigende Vereinbarung getroffen, einander zu ignorieren. Solange ich nicht zugab, dass ich sie sehen konnte, brauchte ich sie auch nicht aufzufordern zu gehen, und beide Seiten ersparten sich den ansonsten unvermeidlichen Ärger.

Ich bin allmählich richtig geübt darin, Dinge zu ignorieren, die ich nicht sehen will. Man könnte es auch als eine »angeeignete Fähigkeit« bezeichnen. Jedenfalls arbeite ich weiter daran.

»Bar oder mit Karte, Ma'am?«, fragte ich und gab mir keine Mühe, die Müdigkeit aus meinem Tonfall zu verbannen. In einer halben Stunde ging meine Schicht zu Ende, also würde ich gerade noch rechtzeitig nach Hause kommen, bevor die Sonne aufging.

»Karte, Schätzchen«, antwortete die Frau an meiner Kasse. Sie fuhr sich mit einer Hand durch schmierige braune Locken und deutete auf mein Namensschild. »Ist das wirklich der Name, den dir deine Eltern gegeben haben?«

Ich pappte mir ein Lächeln ins Gesicht und begann, ihre Waren mit der automatischen Mühelosigkeit einzutüten, die durch lange Übung entsteht. »Ja.« Sie kaufte sechs Halbliterbottiche Gourmet-Eiscreme und eine Zwölferpackung Cola light. Ich habe schon seltsamere Einkäufe gesehen.

»Wohl Hippies, wie?«

Nein, eine Fae-Frau und ihr irischer Buchhaltergemahl. Aber das war unmöglich zu erklären, deshalb nickte ich nur. »Auf Anhieb erraten. Das macht 18 Dollar 53.«

Grunzend fuhr sie mit ihrer Visa-Karte durch das Terminal und wartete kaum, bis der Vorgang abgeschlossen war, bis sie nach ihren Einkäufen griff und auf die Tür zusteuerte. »Gute Nacht, Schätzchen.«

»Ihnen auch, Ma'am«, rief ich zurück. Dann nahm ich ihre Quittung von der Kasse und hielt sie hoch. »Sie haben vergessen, Ihre ...«

Zu spät; sie war schon weg. Ich zerknüllte die Quittung, warf sie in meinen Abfalleimer und lehnte mich gegen die Trennwand, die meine Bahn von der nächsten abgrenzte. Die Frau konnte ja später zurückkommen und sich bei meinem Boss darüber beschweren, dass sie keine Quittung erhalten hatte, wenn ihr danach zumute war. Bei meinem Glück *würde* ihr danach zumute sein – was mir einen weiteren Minuspunkt in meiner Personalakte bescheren würde. Genau das, was ich nicht gebrauchen konnte. Dies war mein dritter Job, seit ich aus dem Teich befreit war; die beiden ersten waren jämmerliche Fehlschläge gewesen, größtenteils aufgrund meiner eingeschränkten Arbeitszeiten, meines allgemeinen Mangels an kulturellem Bewusstsein und meines unvollständigen Verständnisses moderner Technik. Wer hätte gedacht, dass man als Nachtschichtangestellte eines 7-Eleven-Supermarkts so viel Computerwissen benötigte? Ich jedenfalls nicht, bis ich wegen meiner Unfähigkeit, die Registrierkasse neu zu starten, gefeuert wurde. In der Nachtschicht an der Kasse zu stehen mochte vielleicht nicht meine letzte Chance sein, aber es fühlte sich durchaus so an. Bei Safeway gab es wenigstens einen Filialleiter, der Dinge in Ordnung brachte, wenn sie kaputtgingen.

Meine Kollegen waren weit und breit nicht zu sehen. Wahrscheinlich versteckten sie sich wieder mal im Lagerraum, rauchten Juans angeblich hervorragendes Marihuana und verließen sich darauf, dass ich vorn im Laden die Stellung hielt. Es störte mich aber nicht. Ich hatte den Job als Kassenangestellte nicht angenommen, um Freundschaften zu schließen, sondern weil ich in Ruhe gelassen werden wollte.

Ein Schwarm Pixies umkreiste die Waren in der Auslage neben der Seitentür und zog breite Schleifen, während ihre Wachen auf Anzeichen von Gefahr achteten. Sie waren in Stofffetzen und Papiermüllschnipsel gekleidet, mit Zahnstochern bewaffnet und schienen bereit zu sein, für ein paar Weintrauben und eine überreife Birne in den Krieg zu ziehen. Ich stützte die Ellbogen auf das Förderband, legte das Kinn in die Hände und beobachtete sie. In der Regel mache ich mir wenig aus Pixies. Sie sind zwar hübsch, aber wild und greifen an, wenn man sie provoziert. In Anbetracht dessen, dass ein durchschnittlicher Pixie knapp über zehn Zentimeter groß ist und in triefnassem Zustand keine hundert Gramm wiegt, hört sich das vielleicht nach keiner sonderlichen Bedrohung an. Sie ähneln Mäusen mit Flügeln und Daumen, abgesehen davon, dass Mäuse normalerweise nicht mit aus zerbrochenen Bierflaschen geschnitzten Messern und handgefertigten Speeren bewaffnet sind, die unter Umständen in ebenfalls selbst angefertigtes Gift getaucht wurden. Gleichzeitig musste ich bewundern, wie sie sich anpassten. Eine ganze Gemeinschaft von ihnen gedieh in diesem Lebensmittelgeschäft in der Innenstadt, und niemand außer mir wusste von ihnen.

Außer mir und den Mitgliedern von San Franciscos Fae-Gemeinde, die hier einkauften. Ich hatte mich extra für diesen Laden entschieden, weil er so fernab der wahrscheinlichen Treffpunkte jener Menschen lag, die ich in meinem anderen Leben gekannt hatte. Den Umstand, dass sich einige davon auf die Suche nach mir begeben könnten, hatte ich nicht berücksichtigt.

»Ist diese Kasse geöffnet?«

Die Stimme klang barsch, vertraut und reichte vollauf, um mich aus meinem Tagtraum hochschrecken zu lassen. Ich zuckte zurück und fuhr mit einem Arm so abrupt zur Seite, dass mein Kinn auf dem Förderband aufschlug. In dem vergeblichen Versuch, einen Rest von Würde zu wahren, verbot ich mir, es zu reiben, als ich mich aufrichtete. Stattdessen klebte ich mir ein Lächeln ins Gesicht, drehte mich der Quelle jener Stimme zu und antwortete: »Ja, Sir. Legen Sie Ihre Einkäufe einfach aufs Band.«

Der Mann am Ende meiner Bahn starrte mich an. Besorgnis stand ihm ins Gesicht geschrieben. »Wurzel und Zweig, Toby, hat das nicht wehgetan?«

Ich zwang mich, das Lächlen aufrechtzuerhalten. Was nicht einfach war. Durch die Zähne hindurch sagte ich: »Ich packe später Eis drauf. Darf ich jetzt Ihren Einkauf haben, Sir?«

Der Mann seufzte und begann, seinen Wagen zu entleeren. »Machen wir das noch immer? Ich hatte aufrichtig gehofft, wir hätten es mittlerweile hinter uns. Bist du sicher, dass du nicht mal damit fertig sein willst? Ich kann warten. Du kannst nach deiner Schicht mit mir nach Hause kommen. Ich habe die Nacht über frei, und Stacy würde dich nur allzu gern sehen. Sie würde sogar Pfannkuchen machen, wenn ich sie anrufe und ihr sage, dass du mitkommst …«

Ich antwortete nicht, sondern zog stattdessen seine Waren über den Scanner. Ich mache diesen Job lange genug, um mich auf eine so einfache Aufgabe nicht mehr konzentrieren zu müssen. Was gut war, denn er sah in meiner Weigerung, etwas zu erwidern, keinen Grund, die Klappe zu halten. Er plapperte einfach so weiter und versuchte, mein Interesse zu erregen, während ich seinen Einkauf eintütete.

Ich gestand mir ein, dass es mal eine Zeit gegeben hatte,

da trug der Mann, der nun vor meiner Kasse stand, einen Namen. Mitch Brown. Wir waren als Kinder zusammen in den Sommerlanden gewesen, den letzten Fae-Ländern, jenem Ort, der auf der anderen Seite jedes Spiegels und jenseits jedes undurchdrungenen Nebelschleiers existiert. Wir waren beide Wechselbälger, bei denen sich menschliches Blut mit Seltsamerem vermischt hatte: Nixie und Wichtel in seinem Fall, Daoine Sidhe in meinem. Wir waren etwa gleich alt, und beide kämpften wir damit herauszufinden, wer wir sein könnten, zumal wir in einer Welt lebten, die sich völlig von der unterschied, in der wir unsere Kindheit verbracht hatten. Es war also nur natürlich, dass wir einen Draht zueinander und zu den anderen Wechselbälgern fanden, die unseren Weg kreuzten – Kerry, halb Wichtel, halb Hohlkopf; Julie, halb Cait Sidhe, ganz und gar eine Plage; und Stacy, die schwachblütige Stacy, meine beste Freundin, die letztlich Mitchs Frau wurde.

»Das macht 26 Dollar 15«, sagte ich und schaute auf.

Mitch seufzte und wischte sich sein farblos-blondes Haar aus der Stirn. »Toby ...«

»Bar oder mit Kreditkarte, Sir?«

Mitch hielt kurz inne, ehe er abermals seufzte und seine Brieftasche hervorholte. »Weißt du, das kannst du doch nicht ewig tun«, sagte er noch, als er mir das Geld reichte.

»Ihr Wechselgeld, drei Dollar 85«, erwiderte ich und legte es zwischen uns. »Danke für Ihren Einkauf bei Safeway.«

»Du hast ja die Nummer«, sagte er, nahm das Wechselgeld und steckte es in die Tasche, ohne es anzusehen. »Ruf an, wenn du dazu bereit bist. Bitte. Ruf uns an.«

Dann war er weg und steuerte auf den Ausgang zu, die breiten Schultern angespannt. Die Einkaufstüten wirkten gegenüber der Größe seiner Hände winzig. Wichtel sind an sich eher zierlich, aber in Mitchs Fall überwog sein menschliches Erbe. Er hätte einem durchschnittlichen Brückentroll durchaus einen Komplex bescheren können. Stacy ist gerade mal einen Meter sechzig. Ich habe nie verstanden, wie die beiden den Größenunterschied überwinden konnten, aber irgendwie musste es ihnen ja gelungen sein, denn sie hatten bereits ein Kind, bevor ich verschwand, und bekamen dann noch vier weitere, während ich fort war. Was ich gar nicht wissen wollte. Mitch hatte es mir trotzdem erzählt, genau wie alles andere, was ich nicht wissen wollte. Er versuchte, mich ins Leben zurückzuziehen, während ich nur davor weglaufen wollte.

Ihre älteste Tochter, Cassandra, ist fast genauso alt wie Gillian.

Der Gedanke reichte aus, um meine Stimmung schlagartig noch weiter in den Keller zu befördern. Mit raschen, automatischen Handbewegungen meldete ich meine Registrierkasse ab, zählte das Bargeld aus der Kassenlade heraus und schloss ab, bevor jemand versuchen konnte, sich bei mir anzustellen. Große Gefahr bestand dafür nicht – abgesehen von mir und den Pixies war der vordere Bereich des Geschäfts verwaist. Aber das war mir egal. Ich musste einfach raus.

Drei meiner Kollegen hielten sich im Pausenraum auf, wo sie um die Kaffeekanne herum saßen wie Geier um einen sterbenden Ochsen. Sie schauten kaum auf, als ich ins Zimmer stürmte, mir die Schürze über den Kopf zog und sie auf den Haken mit meinem Namen daran warf – der übrigens einen endlosen Quell der Belustigung für meine Kollegen bot.

»Stimmt was nicht, October?« Das war Pete, der Nachtschichtleiter. Er bemühte sich immer, mitfühlend und fürsorglich zu wirken, wenn er mit seinen Untergebenen sprach; meist gelang es ihm aber nur, gelangweilt zu klingen.

»Frauenprobleme«, erwiderte ich und wandte mich ihm zu. Unwillkürlich wich er einen Schritt zurück. »Ich weiß, dass meine Schicht erst in einer Viertelstunde endet, aber morgen ist mein freier Tag, und ich habe heute Nacht keine Pause gemacht. Darf ich …«

»Geh nach Hause. Ich stemple dich aus.« Diese Ruppigkeit konnte seine Bestürzung kaum verschleiern. Er fürchtete eindeutig, wenn ich bliebe, würde ich beginnen, ihm Einzelheiten zu erzählen.

Es erschien mir am besten, mein Glück nicht auf die Probe zu stellen. Ich streifte mir die Uniformschuhe von den Füßen und verstaute sie in meinem Spind, dann griff ich mir meinen Mantel und meine Turnschuhe, zog beides hastig an und steuerte auf die Tür zu, ohne Pete Gelegenheit zu bieten, es sich anders zu überlegen. Drei lange Schritte vorbei an meinen teilnahmslosen Mitbeschäftigten, und ich war hinaus in die bitterkalte Luft der Gasse hinter dem Laden getreten und frei. Die Tür fiel hinter mir zu, und alles präsentierte sich in einem fahlen, wässrigen Grau, erhellt vom fernen Schimmer der Straßenlaternen.

Der Nebel war seit dem Beginn meiner Schicht aufgezogen und gestaltete es unmöglich, mehr als wenige Meter weit zu sehen. Zitternd steckte ich die Hände in die Taschen. Wenn es in San Francisco mal kalt wird, dann aber richtig. Als kleine Zugabe spürte ich, wie sich bereits Feuchtigkeit in meinem Haar und auf meiner Haut festsetzte. Meine Schuhe und Hosenbeine würden triefnass sein, bis ich zu Hause ankam.

»Puh«, brummte ich und setzte mich dorthin in Bewegung, wo die Gasse mündete. Sobald ich mich auf der Straße befand, konnte ich den langen Marsch nach Hause antreten, der vorwiegend bergauf verlief. Wäre ich bis zum Ende meiner

Schicht geblieben, ich hätte den Bus genommen. Aber die Begegnung mit Mitch hatte mich aufgewühlt, und der Spaziergang würde mir guttun.

Die Kälte wich, als ich den ersten Hügel zwischen mir und meinem Ziel erklomm. Die Anstrengung sorgte für die dringend benötigte Wärme. Ich sah auf die Uhr. Sofern der Kalender im Supermarkt stimmte, waren es noch rund dreiunddreißig Minuten bis zum Sonnenaufgang. Das war genug Zeit, wenn ich nicht langsamer wurde, anhielt, stolperte oder sonst etwas anderes tat, als zu gehen. Der Sonnenaufgang zerstört nämlich kleine Zauber, und dazu gehört alles, was mir meine Kräfte zu wirken erlauben – wie die Trugbanne, mit denen ich als menschlich durchging. Schlimmer noch, er raubte mir die Kräfte, zumindest vorübergehend. Befände ich mich unter freiem Himmel, wenn die Sonne aufging, so konnte ich durchaus noch vor dem Mittag auf der Titelseite einer Boulevardzeitung landen. Aber wie gesagt, die Zeit reichte, solange nichts dazwischenkam.

Die Straße führte mich in Windungen den Hügel hinauf und durch den allmählich dämmernden Morgen hindurch. Im Gehen behielt ich die Hände in den Taschen und versuchte mich darauf zu konzentrieren, nach Hause zu kommen, ohne an Mitch auf dem Weg zu seiner Familie oder an sonst etwas Besonderes zu denken. Nachdenken bewirkte nur, dass ich mich daran erinnerte, was ich schon alles verloren hatte.

Abgesehen vom entfernten Rumoren des Verkehrs auf der Schnellstraße herrschte ringsum Stille. Schaudernd lief ich etwas schneller und bog in eine Nebenstraße ein, in eine Gegend, in der es nach verfaultem Obst und süßlicher Verwesung roch. Ein schwarzes Pferd stand in den tiefsten Schatten am Randstein. Der Gestank von Unrat überlagerte den typischen

Blut- und Seetangduft des Tieres. Seine Augen waren rot, und der Blick, mit dem es mich bedachte, wirkte einladend und versprach wilde Abenteuer und fantastische Genüsse, wenn ich nur auf seinen Rücken stiege. Ich winkte es mit einer Hand weg und ging weiter. Nur ein Idiot würde einem Kelpie so nah am Wasser vertrauen. Ihn zu besteigen, während der Geruch des Meeres in der Luft lag, käme einem schnellen, aber schmerzlichen Selbstmord gleich, und ich stehe nicht auf Schmerzen.

Der Kelpie trat mit glühenden Augen einige Schritte vor. So sehr ich auch versucht hatte, die Existenz von Faerie zu verleugnen, die Bedrohung würde nicht verschwinden, indem ich sie einfach ignorierte. Seufzend blieb ich stehen und verschränkte die Arme vor der Brust. »Bist du sicher, dass du das tun willst?«

Das Wesen näherte sich weiter.

Gut. Es bedurfte also einer direkteren Vorgehensweise. Ich hob die Arme, schob mir das Haar zurück und setzte den Trugbann aus, der die Form meiner Ohren verbarg. Ich achtete darauf, die Erschöpfung aus meiner Stimme zu verbannen, und fragte: »*Ganz* sicher?«

Kelpies sind klüger als Pferde und erkennen eine Gefahr, wenn sie damit konfrontiert werden. Gewiss, ich bin bloß ein Wechselbalg, aber ich war offenbar bereit, mich allein in einer nebligen Nacht und nur einen Steinwurf vom Wasser entfernt einem Kelpie zu stellen. Er konnte sich nicht darauf verlassen, dass diese Bereitwilligkeit ausschließlich auf Tollkühnheit beruhte. So wich er einen Schritt zurück und bleckte dabei eine beeindruckende Ansammlung von Fängen.

»Geh einfach weiter«, sagte ich. Das schien ihm den Rest zu geben. Der Kelpie schnaubte, als wolle er sagen, dass es in der Stadt gewiss einfachere Beute gäbe, und rückte einen weiteren Schritt zurück. Seine Umrisse verblassten im Nebel, bis sie schließlich gar nicht mehr zu erkennen waren. Tarnung ist die erste und beste Verteidigung des Jägers. Ich blieb einige Minuten stehen und wartete, ob er wieder auftauchen würde, bevor ich die Hände in die Taschen zurücksteckte und weiterging, nun etwas schneller. Der Kelpie mochte zwar jetzt verschwunden sein, doch es gab nichts, was ihn davon abhielt, mit Freunden zurückzukommen. Und mehr als einen würde ich mit einem Bluff nicht täuschen können.

Kelpies auf den Straßen von San Francisco zu sehen ist ärgerlich und etwas nervenaufreibend, aber kein Grund zur Sorge. Sie verfügen über Trugbanne, um sich zu verbergen, wenn es notwendig ist, und sogar ich kann mich eines Kelpies erwehren – sie beißen zwar, wenn man zu nah rangeht, aber sie sind nicht wirklich gefährlich, solange man sich weigert, auf ihnen zu reiten. Es ist gar nicht so verkehrt, wenn sich ein paar Ungeheuer in den Schatten herumdrücken. Sie erinnern mich daran, wovor ich weglaufe.

Dasselbe gilt für meinen Namen, und deshalb habe ich ihn nie in einen gewöhnlicheren umgeändert. Meine Mutter war nun mal, was sie war, und ich bin das, was sie aus mir gemacht hat. Sie hielt »October« für einen ganz normalen Namen für ein kleines Mädchen, sogar für eines, das 1952 während der Blütezeit des menschlichen Konservatismus geboren wurde. Und wenn der Nachname des kleinen Mädchens noch dazu »Daye« lautete, na ja, umso besser. Sie war schon damals ausgeflippt, und heute fehlt sie mir.

Der Himmel wurde heller. Meine Begegnung mit dem Kelpie hatte mich so sehr aufgehalten, dass es gefährlich knapp werden konnte. Ich beschleunigte meine Schritte ein wenig. Im Freien vom Sonnenaufgang überrascht zu werden würde mich vielleicht nicht umbringen – der Sonnenaufgang ist schmerzhaft, aber nicht tödlich –, doch die Zeit der Morgendämmerung verheißt auch einen massiven Anstieg der menschlichen Bevölkerung, und das Letzte, was ich gebrauchen konnte, war, dass jemand beschlossen hätte, ich bräuchte medizinische Hilfe, während meine Trugbanne unwirksam waren. Ich sehe Menschen zwar ähnlicher als viele Wechselbälger, aber »ähnlich« genügt auf den Straßen einer Menschenstadt noch nicht.

Die Straßenlaternen flackerten über mir und erloschen dann, eine letzte Warnung vor dem nahenden Morgen. Die Zeit war um. Ich stellte den Kragen meines Mantels auf, um mich etwas besser zu schützen, und fing an zu rennen, wenn es auch wenig helfen würde. Ich befand mich noch mehrere Blocks von meiner Wohnung entfernt, und das Licht bewegte sich wesentlich schneller als ich. Es war ausgeschlossen, dass ich es schaffen würde.

Etwa einen halben Block vor mir erstreckte sich zwischen zwei Gebäuden eine schmale Gasse. Mit einiger Kraftanstrengung raste ich hinein und drang so tief in sie vor, wie ich nur konnte, bevor mich der wachsende Druck des Sonnenaufgangs zwang, stehen zu bleiben und gegen die Mauer zu taumeln. Ich konnte spüren, wie sich die Strahlen der Sonne über der Stadt ausbreiteten und all die kleinen Trugbanne und geringen Zauber der Nacht zerfetzten. Dann erreichte das Licht die Gasse, verwandelte mein Taumeln in einen Zusammenbruch, und ich hörte auf, an etwas Komplizierteres als den nächsten Atemzug zu denken.

Daran, wie sich der Sonnenaufgang auf Fae auswirkt, ist nichts Freundliches. Um es noch unfairer zu gestalten, ist es für Wechselbälger härter als für Reinblütler, weil wir über weniger Verteidigungsmöglichkeiten verfügen. Das Licht brannte zwar nicht ganz, aber fast. Es erfüllte die Luft rings um mich mit dem aschigen Makel sterbender Magie. Ich ließ die Augen geschlossen und zwang mich, langsam und gemessen zu atmen, während ich die Augenblicke zwischen dem Sonnenaufgang und dem Tag runterzählte.

Als der Druck so weit nachließ, dass ich mich wieder bewegen konnte, richtete ich mich auf, holte zittrig Luft und ging tiefer in die Gasse hinein. Die Nachwehen des Sonnenaufgangs halten fünf, höchstens zehn Minuten an, aber die meisten Zauber greifen während dieser Zeit einfach nicht. Unter anderem deshalb ist es so gefährlich, sich während des Sonnenaufgangs im Freien aufzuhalten. Die Gefahr der Entdeckung bleibt stets allgegenwärtig, und es ist keine gute Idee, Risiken einzugehen.

Es hilft, dass die Menschen nicht mehr an Fae glauben, nicht einmal jene, die behaupten, sie täten es. Oh, sicher, sie mögen an Zeichentrickgeister und geschlechtslose Fantasiewesen glauben, aber nicht an echte Fae. Dafür gibt es Gründe, und einige davon sind sogar gut, aber es gibt auch Gründe dafür, dass sie ursprünglich sehr wohl geglaubt hatten. Der Sonnenaufgang zählt zu den letzteren. Er reißt unsere Trugbanne ein, gestaltet es einfach, uns zu sehen, und schwierig, unsere Existenz zu verleugnen; schließlich glauben selbst die stursten Menschen in der Regel den eigenen Augen. Es bedarf nur eines Moments der Unachtsamkeit seitens der Fae, eines einzigen, und schon …

Und schon folgen Eisen, Silber und Ebereschenholz, Massengräber auf beiden Seiten und Verbrennungen. Am Ende läuft es immer auf Verbrennungen hinaus, und das ist ein Risiko, das einzugehen ich nie bereit gewesen bin. Ich mag ja so tun, als sei ich menschlich, doch das bedeutet keineswegs, dass ich dumm bin.

Die ersten Leute gingen auf dem Bürgersteig vor der Gasse vorbei. Menschen haben es schon immer vorgezogen, ihr Leben bei Tageslicht zu führen. Früher dachte ich, das läge daran, dass Menschen über eine armselige Nachtsicht verfügen, und erst, als ich älter und zynischer wurde, erkannte ich, dass der Grund eher darin bestand, dass sie tagsüber weniger zu fürchten hatten. Im grellen Tageslicht haben Trugbanne nicht lange Bestand. Die Ungeheuer finden nicht genügend Verstecke, und alle Lügen der Fae lassen sich einfacher durchschauen. Tagsüber kann man menschlich und trotzdem in Sicherheit sein.

Hinter mir raschelte etwas, und ich erstarrte. Ich war also nicht allein.

»Großartig.«

Zuerst überraschte mich der Sonnenaufgang im Freien, und nun teilte ich mir die Gasse auch noch mit jemandem, der mich in meiner wahren Gestalt sehen konnte. Wenn dieser Tag noch besser werden sollte, würde ich schreien.

Ich raffte meinen Mantel ums Kinn. Jeder, der mich näher betrachtete, würde bemerken, dass etwas an mir nicht stimmte, aber die Gasse war dunkel und schmal, und offen gesagt würden Leute von der Art, wie man sie bei Tagesanbruch in dunklen Gassen antraf, auf etwas anderes als spitze Ohren achten. »Hallo?« Ich spähte in die Schatten.

Zwei grüne Kreise blitzten in der Düsternis. Ich stieß einen spitzen Schrei aus, sprang zurück und drückte mich gegen die Mauer.

»Und darf ich auch dir einen wunderschönen guten Morgen wünschen, October?« Die Stimme klang belustigt, was auch noch ein Kichern unterstrich, das so cremig war wie Joghurt. »Was ist denn passiert? Hat die hübsche kleine Prinzessin ihre Kutsche nach Hause verpasst?«

»Tybalt«, sagte ich, als sich meine Überraschung in Abscheu auflöste. Ich richtete mich auf. »Schleich dich nicht so an mich ran.«

Die Schatten teilten sich und umströmten den Mann, der durch sie in die Gasse trat. Sobald er hindurch war, zogen sie sich hinter ihm nahtlos wieder zu. Ich habe mir immer gewünscht, dasselbe tun zu können, aber immerhin ist Tybalt ein reinblütiger Cait Sidhe; er kann vieles, was ich nicht vermag. Jetzt grinste er. Ich starrte ihn finster an.

Ich bin nicht klein, aber Tybalt überragt mich um etwa fünfzehn Zentimeter, was ihm gerade genug Größe verleiht, um auf mich herabzuschauen, wenn ihm danach ist. Er besitzt den strammen, muskulösen Körperbau, den nur wenige spezielle Fitnessprogramme herbeiführen können. Bei den meisten Männern wäre das Yoga oder Joggen. In Tybalts Fall handelte es sich um »blutige Kontrolle über den örtlichen Hof der Katzen«. Er war durch das Recht seines Blutes zu ihrem König geworden und hielt den Rang, indem er jeden windelweich prügelte, der ihn ihm streitig zu machen versuchte. Die Cait Sidhe regeln die Thronfolge direkter und gewalttätiger als die meisten Fae.

Sogar im trüben Licht der Gasse konnte ich die dunkleren braunen Strähnen ausmachen, die sein kurz gestutztes, leicht zerzaustes Haar durchzogen und an das Fell einer Tigerkatze erinnerten. Die Augen hatte er zu Schlitzen verengt, doch ich wusste: Könnte ich sie sehen, so wären sie grün und von katzenartigen Pupillen geteilt. Fügte man dem noch Haut wie Elfenbein und die Art von Gesicht hinzu, wie sie regelmäßig auf den Titelblättern von Zeitschriften auftaucht, dann brauchte man sich nicht zu wundern, dass Tybalts Aussehen ihn bei einer ganzen Menge von Leuten ziemlich weit brachte. Nicht aber bei mir. Was nicht bedeutet, dass es mir nicht auffiel – der Mann verkörperte den Inbegriff von Sex-Appeal –, aber ich bin nicht so dumm, mehr zu tun, als ihn zu betrachten. Sogar wenn ich aus freien Stücken Umgang mit Faerie pflegte, sah ich doch nur hin, wenn ich mir auch sicher war, dass er mich nicht sehen konnte. Manche Spiele waren einfach zu gefährlich.

»Aber es ist so *einfach*, sich an dich ranzuschleichen.« Er verschränkte die Arme vor der Brust und lehnte sich an die Mauer. »Du solltest dich geehrt fühlen, dass ich mir überhaupt die Mühe mache, zumal es keine Herausforderung darstellt.«

»Genau«, erwiderte ich trocken.

Tybalt hat nie ein Hehl aus seiner Verachtung für Wechselbälger im Allgemeinen und mich im Besonderen gemacht. Nicht einmal die vierzehn Jahre, die ich vermisst gewesen war und für tot gehalten wurde, konnten daran etwas ändern. Die Dinge waren höchstens schlimmer geworden, denn als ich zurückkehrte, zog ich mich sofort von all den Orten zurück, an denen er gewohnt war, mich zu finden. Mich zu hassen erforderte plötzlich Mühe – eine Mühe, die er sich ärgerlicherweise aber gerne machte. Andererseits ist es regelrecht eine Erleichterung, weil das etwas ist, worauf ich mich verlassen kann. Die Sonne geht auf, der Mond nimmt ab – und Tybalt hasst mich.

Sein Lächeln wurde breiter und ließ die Spitzen der übergroßen Eckzähne erkennen. »Vielleicht sollte ich ein Hobby daraus machen. Dann hättest du etwas, worauf du dich freuen kannst.«

»Du könntest dich dabei verletzen.«

Falls ihn die Drohung berührte, zeigte er das jedenfalls nicht. Er grinste bloß. »Tatsächlich?«

Sein Tonfall klang eher sanft, allerdings schwang doch subtil die Warnung darin mit, dass ich auf eigene Gefahr handelte, wenn ich mich noch weiter vorwagte. In Augenblicken wie diesen denke ich, dass er nicht bloß wegen seiner Verbundenheit mit seinen Untertanen der König der Katzen ist, sondern auch wegen der Art und Weise, wie er mit Leuten spielt. Und ich hatte mich natürlich zum perfekten Spielzeug gemacht, da ich mich nicht auf den Schutz meines Lehnsherrn berufen konnte, solange ich ganz Faerie verleugnete.

»Wahrscheinlich nicht«, räumte ich ein, so ruhig es mir möglich war. Ich konnte es jetzt nicht gebrauchen, verletzt zu werden, nur weil ich nervös war. »Ich mag es bloß nicht, wenn man sich an mich anschleicht.« Aufgrund von Erfahrungen aus der Vergangenheit wusste ich, dass er meine Furcht riechen konnte; dieselben Erfahrungen besagten jedoch auch, dass der Zorn, der meine Angst begleitete, ihren Geruch stark überdecken würde. Es ist gut zu wissen, wie man die eigenen Schwächen ausgleichen kann.

»Ich muss sagen, ich finde diese Aufmachung allerliebst. Was bist du denn gerade, ein Hausmädchen? Putzfrau in einem dieser Glastürme?« Tybalt legte den Kopf schief und musterte mich. »Die Hose schmeichelt dir nicht besonders, aber die Bluse ist richtig durchsichtig.«

»Ha, ha«, gab ich zurück, zog den Mantel zu und verschränkte die Arme vor der Brust. So sehr es mir auch widerstrebte, ich errötete. Mistkerl.

»Ehrlich, du solltest nur mal was mit deinem Haar anstellen, und schon könntest du die gesellschaftliche Leiter wahrscheinlich einige Stufen hinaufsteigen. Soweit ich weiß, gibt es heutzutage etwas namens ›Schere‹; sehr fortschrittlich, sie ermöglicht es nämlich – keine Sorge, völlig schmerzfrei –, die Strähnen zu *kürzen* und für eine einheitliche Fasson zu sorgen. So etwas ist doch wesentlich schmeichelhafter.«

Ich errötete wieder. »Hab ich die Ankündigung verpasst, dass heute der ›Mach-dich-über-Toby-lustig-Tag‹ ist?«

»Sei nicht albern. Das ist doch jeder Tag. Aber wenn du das Thema wechseln möchtest, können wir durchaus über etwas anderes reden. Zum Beispiel: Was führt dich um eine so unerfreuliche Zeit nach draußen? Hast du das Bedürfnis nach etwas Gesellschaft verspürt? Bist du hergekommen, um dir den Sonnenaufgang in der Abgeschiedenheit meiner Gasse anzusehen, in der Hoffnung, ich würde aufkreuzen?« Er legte eine unscheinbare Betonung auf das Possessivpronomen und beobachtete mich mit einer gebietsbeanspruchenden Haltung, die persönlicher war, als mir behagte. Er mochte mich nicht und hatte mich noch nie gemocht, doch das bedeutete keineswegs, dass es ihm nicht eine perverse Freude bereiten konnte, mir dabei zuzusehen, wie ich mich unter seinem Blick wand.

»Ich wurde im Freien überrascht, Tybalt. Ich bin nur hier, bis ich mich verstecken und nach Hause gehen kann.« Ich hatte jedes Recht, mich hier zu befinden, und er wusste es. Regeln sind Regeln, und diese kam direkt von Oberon: Es spielt keine Rolle, auf wessen Territorium man sich befindet, man darf sich vor dem Sonnenaufgang verstecken. »Und das hier ist ebenso wenig deine Gasse wie meine. Du solltest im Park sein.« Der Hof der Katzen ist schwierig zu finden oder zuzuordnen, weshalb er offiziell einen Bestandteil der unzähligen Lehen des Golden Gate Parks bildet. Wahrscheinlich zog er mich unter anderem deshalb so sehr auf – ich hatte ihn ebenso ertappt wie er mich.

Das Lächeln, mit dem Tybalt jetzt darauf antwortete, wirkte verkniffen. Er war alles andere als glücklich, dass ich ihn darauf angesprochen hatte. Ich erübrigte einen Moment, um darüber nachzudenken, wie klug es sein mochte, ihn zu verärgern, solange wir in einer Gasse zusammen festsaßen. Dann zuckte ich mit den Schultern. Es war zu spät, um es noch zurückzunehmen. »Ich gehe, wohin es mich drängt, October, das solltest du mittlerweile wissen. Für mich ähneln alle Orte einander, und heute wollte ich nach meinem kleinen Fischchen sehen, um zu überprüfen, wo es denn … *schwimmt*.«

Das letzte Wort glich beinah einem Flüstern und troff nur so vor Andeutungen. Ich spannte den Körper an und ballte die Hände, als Wut meine Angst auflöste wie Terpentin ein Ölgemälde. »Das war unnötig.«

»Wenn du Hitze nicht erträgst, solltest du vielleicht in deinen Teich zurückkehren.« Sein Tonfall klang triumphierend. Er wusste, dass es ihm gelungen war, zu mir durchzudringen, doch an diesem Punkt war es mir egal. Ich wollte nur noch, dass er die Klappe hielt und ich die Erinnerungen zurück in das Loch drängen konnte, in das sie gehörten.

»Tybalt«, sagte ich und verstummte kurz, um meine Worte sorgfältig zu wählen. Die vom Sonnenaufgang verursachte Schwäche neigte sich dem Ende zu: Ich konnte spüren, wie die Kraft, Magie zu wirken, beinah widerwillig zurück in mein Blut kroch. »Ich werde so tun, als hättest du das nicht gesagt, und ich werde jetzt gehen. Du wirst mir nicht folgen. Verstanden?«

»Du läufst schon wieder weg?«

»Ich gehe, bevor ich etwas tue, das wir beide bedauern würden.« Damit streckte ich die Hand aus, packte einige Schatten von der Gassenmauer, formte sie zwischen den Fingern und befahl ihnen, mich zu verbergen. Trugbanne sind mir schon immer leichtergefallen, wenn ich wütend bin – keine Ahnung, weshalb. Sonst funktioniert nämlich nichts auf diese Weise. Dennoch scheint es manchmal so zu sein, dass ich eine wirklich gute Tarnung nur dann zu schmieden vermag, wenn ich so zornig bin, dass ich schon nicht mehr klar sehe.

Tybalt hatte nicht den Anstand wegzuschauen, als ich die Spitzen meiner Ohren abstumpfte und meinen Augen eine Tönung menschlichen Blaus verlieh. Mein Haar und meine Haut konnte ich dabei unangetastet lassen, und das war auch sehr gut so; zu einer stabilen Tarnung gehören zu viele Schritte, und keiner davon ist einfach. Dank des Blutes, das von meinem Vater stammt, sehe ich fast gänzlich menschlich aus. Jemand, der mich ohne Maske sähe, würde vermutlich denken, ich besäße einen ungewöhnlich zarten Knochenbau – oder dass etwas mit meinen Augen nicht stimme. Aber wohl niemand würde mich für eine Kreatur aus den Märchen halten, die durch die Straßen von San Francisco wandelt. Dank des Erbes meiner Mutter war ich im Wesentlichen nicht in der Lage, das Risiko einzugehen.

Es dauerte gute fünf Minuten, bis ich die klebrigen Schatten von den Händen schüttelte, sie fallen ließ und dem nahezu unkontrollierbaren Drang widerstand zu keuchen. Der Geruch von Kupfer hing durchdringend in der Luft.

»Gute Arbeit!«, meinte Tybalt und klatschte. Ich bedachte ihn mit einem finsteren Blick. Er grinste und stellte dabei seine Fänge zur Schau. »Fast könnte ich glauben, du wärst wirklich ein dressiertes Äffchen und nicht bloß die schlimmere Hälfte von einem.«

»Steck dir 'nen Korken in den Mund, Tybalt. Ich verschwinde.« Der Verkehr draußen nahm zu, die Stadt erwachte. »Du solltest dasselbe tun.«

»Ach ja? Dann auf Wiedersehen; ich wünsch dir freie Straßen und freundliche Feuer. Mögen dich alle Winde geleiten.« Er lachte und schien nach innen zusammenzuklappen. Dann ertönte ein leiser, dumpfer Knall, und ein warmer Luftstrom, der nach Moschus und frischer Poleiminze roch, blies über mich hinweg. Wo Tybalt gestanden hatte, blieb ein brauner Kater mit Tigermusterung zurück. Hätte ich es nicht besser gewusst, ich hätte gesagt, dass er lächelte.

Aus meiner Sicht sind alle Cait Sidhe melodramatische Spinner. Bislang hatte sich Tybalt nie daran interessiert gezeigt, mich vom Gegenteil zu überzeugen.

»Sehr gute Idee«, sagte ich noch. »Du gehst deiner Wege, ich meiner.«

Der Kater blinzelte, stand auf und kam schnell herübergeschlichen, um sich an meinen Knöcheln zu reiben. Ich holte mit einem Fuß aus und zielte auf seine Mitte, aber er wich mir zuvor schon mühelos aus und sprang weg, den Schwanz hoch erhoben. Kopfschüttelnd beobachtete ich, wie er mit den Schatten am Ende der Gasse verschmolz. »Verfluchte Katze«, murmelte ich, dann steuerte ich auf die Straße zu, um den Rest des langen Heimwegs anzutreten.

KAPITEL 2

Der Nebel war mit dem Sonnenaufgang verbrannt, und ich beschritt den Rest des Weges durch eine Stadt ohne jeglichen Zauber. Auf den Straßen rings um mich gab es keinerlei Märchen. Sofern je ein Aschenputtel existiert hatte, zerbrach der Glaspantoffel nun unter ihrem Gewicht, und blutend humpelte sie vom Ball nach Hause.

Meine Wohnung liegt nicht in der besten Gegend, aber sie erfüllt meine Bedürfnisse. Die Decke hat keine Löcher, die Hausverwalter veranstalten keinen Lärm, und in der Miete ist ein Platz in der dazugehörigen Parkgarage enthalten, wo mein Wagen tagein, tagaus vor sich hin vegetiert, weil es bei Safeway keine Mitarbeiterparkplätze gibt. Ich gab am Nebeneingang meinen Code ein und entriegelte das Tor, bevor ich dem schmalen Pfad zu meinem Gebäude folgte. Ich wohne in einer der Erdgeschoss-Einheiten, die eine richtige Außentür besitzen. Über mir und links habe ich Nachbarn, rechts jedoch nur einen Gehweg und Gras. Es gefiel mir, dass ich zumindest über den Anschein einer Privatsphäre verfügte.

Der allerdings nicht von Dauer sein sollte. Vor meiner Tür lungerte ein Junge im Teenageralter herum, die Hände in den Hosentaschen. Alles an ihm strahlte Unzufriedenheit aus. Der Schimmer von Magie, der ihn umgab, war den halben Pfad herab sichtbar und kennzeichnete ihn als Fae. Die Luft roch nach Stahl und Heidekraut: Der Trugbann, der ihn menschlich erscheinen ließ, war erst vor Kurzem und auf meiner Schwelle gewoben worden. Er musste noch vor dem Sonnenaufgang hier erschienen sein.

Ich zögerte. Ich konnte ihn ignorieren und hoffen, dass er mich ohne Aufhebens in meine Wohnung ließe. Ich konnte zum Starbucks unten an der Straße gehen, eine Weile an einem Kaffee nippen und hoffen, er würde verschwinden. Oder ich konnte ihn loswerden.

Niemand soll sagen, ich hätte den einfachen Ausweg gewählt oder eine Vorliebe für unerwünschte Besucher erkennen lassen. Ich verengte die Augen zu Schlitzen und stapfte den Pfad entlang auf ihn zu. »Kann ich dir helfen?«

Er zuckte zusammen und drehte sich mir zu. »Ich … was?«

»Dir helfen. Kann ich dir helfen? Denn du stehst zwischen mir und meiner Wohnung, und ich hatte gehofft, heute etwas Schlaf abzubekommen.« Mit finsterer Miene verschränkte ich die Arme vor der Brust.

Er wand sich unter meinem Blick. Allein der Körpersprache nach zu urteilen war er tatsächlich so alt, wie er zu sein schien, also um die fünfzehn. Er besaß löwenzahnblondes Haar und ausgesprochen blaue Augen. Wahrscheinlich hätte er sich der Mädchen mit einem Knüppel erwehren müssen, wäre er nicht gekleidet gewesen, als würde er mich gleich fragen, ob ich Jesus Christus schon als meinen Retter angenommen habe. Ein Junge, der so formell gekleidet am frühen Morgen auf meiner Veranda auftauchte, musste in offiziellen Angelegenheiten unterwegs sein, was mich noch finsterer dreinschauen ließ. Ich bevorzuge es nämlich, offizielle Angelegenheiten zu meiden. Alles, was sie jemals bewirken, ist, dass Leute verletzt werden.

»Ich …«, stammelte er. Dann schien er sich aber zu besinnen, straffte die Schultern und streckte in der selbstgefälligen Weise, die Pagen allerorts eigen zu sein scheint, die Brust vor.

»Habe ich das Privileg, mit Lady Daye zu sprechen?« Er hatte einen ganz leichten Akzent. Wem auch immer er mittlerweile diente, begonnen hatte er sein Leben gewiss irgendwo in der Nähe von Toronto.

»Nein«, fauchte ich und drängte mich an ihm vorbei zur Tür. Die roten Fäden, die meine Schutzbanne speicherten, klebten noch über dem Rahmen und waren im frühmorgendlichen Licht nahezu unsichtbar. Der Sonnenaufgang beschädigt die Zauber zwar, aber es dauert in der Regel drei bis vier Tage, bis sie völlig vernichtet sind. Ich kramte nach meinen Schlüsseln. »Du hast das ›Privileg‹, Toby Daye mächtig auf den Senkel zu gehen, die nicht an deinen Titeln interessiert ist, was immer du verkaufen willst. Verzieh dich, Junge, du nervst mich.«

»Also *seid* Ihr Lady Daye?«

Die Augen auf die Tür gerichtet, erwiderte ich: »Als es noch so war, hieß es Sir Daye.«

»Ich bin auf Geheiß von Herzog Sylvester Torquill von Schattenhügel hier, Beschützer der …«

Ich drehte mich ihm zu, um ihm das Wort abzuschneiden, bevor er sich in einer vollständigen Aufzählung von Sylvesters Titeln und Protektoraten ergehen konnte. Ich hob die Hand und zischte: »Das hier ist Menschengebiet! Ich weiß nicht, was du glaubst, hier zu tun, und ehrlich gesagt ist es mir auch egal. Du kannst deine Botschaft und dein Geheiß zurück nach Schattenhügel mitnehmen und Sylvester bestellen, dass ich überhaupt nicht interessiert bin. Alles klar?«

Der Junge blinzelte und sah aus, als hätte er keine Ahnung, was er darauf entgegnen sollte. Meine Reaktion passte nicht in sein Weltbild eines Höflings. Ich besaß einen Titel, der mir eindeutig für Verdienste und nicht aus Höflichkeit verliehen worden war, weshalb ich auf der Verwendung von »Sir« statt

»Lady« bestand. Wechselbälger mit Titeln sind so selten, dass man über sie redet, und Wechselbälger mit Titeln, die sie sich verdient haben, noch seltener. Soweit ich wusste, verkörperte ich den einzigen Wechselbalg, der in den letzten hundert Jahren in den Ritterstand erhoben worden war. Ich hatte einen Lehnsherrn, obendrein keinen unbedeutenden oder machtlosen. Weshalb also verweigerte ich eine Botschaft von ihm? Ich hätte vor Freude darüber, dass man sich an mich erinnerte, ein Rad schlagen sollen, statt einen Herzog abzuweisen.

»Vielleicht missversteht Ihr mich …«, setzte er mit jener übertriebenen Vorsicht an, in der mitschwang, dass er wohl mit einem Kind oder einer Verrückten sprach. »Ich habe eine Botschaft von Herzog Torquill, die zu überbringen er mich beauftragt hat …«

»Die holde Lady Maeve beschütze mich vor Idioten«, brummte ich, wandte mich dann wieder der Tür zu und steckte den Schlüssel ins Schloss. Die Schutzbanne flammten zornigrot auf. »Ich weiß, von wem deine Botschaft stammt. Es ist mir bloß … vollkommen egal. Sag Sylvester … Sag ihm, was du willst. Ich bin raus aus jenem Leben, ich bin ausgestiegen, und ich höre mir keine Botschaften mehr an.«

Ich schwenkte die freie Hand. Der Schimmer erstarb und wurde vom Gras-und-Kupfer-Geruch meiner Magie abgelöst. Gut. Niemand war eingebrochen. Jemand ohne Schlüssel könnte zwar die Tür öffnen, ohne die Schutzbanne zu brechen, nicht jedoch, ohne den Zauber aufzulösen, der in sie eingeflochten war. Und selbst ein Meister könnte den Geschmack meiner Magie nicht so exakt nachahmen. Ich könnte einen von Tybalts Zaubern ebenso wenig mit einem von Sylvester verwechseln wie den Sonnenuntergang mit dem Sonnenaufgang. Darin liegt der wahre Wert von Schutzbannen – und nicht darin, dass sie unbedingt jemanden oder etwas fernhalten. Doch sie verraten, ob es jemandem oder etwas gelungen ist hineinzugelangen.

»Aber …«

»Kein Aber. Geh nach Hause. Hier gibt es nichts für dich.« Damit schob ich die Tür auf und ging hinein.

»Der Herzog …«

»… wird dir keinen Vorwurf daraus machen, dass du es nicht geschafft hast, diese Botschaft zu überbringen. Vertrau mir.« Plötzlich müde, hielt ich kurz inne, dann drehte ich mich in der Tür zu ihm um. Er wirkte so verloren, dass er mir beinah leidtat. »Wie lange bist du schon an Sylvesters Hof?«

»Fast ein Jahr«, antwortete er, und seine Verwirrung schlug jäh in Argwohn um. Das wiederum konnte ich ihm nicht zum Vorwurf machen. Schließlich war ich nicht gerade nett zu ihm gewesen.

»Fast ein Jahr«, wiederholte ich. »Verstehe. Das erklärt, weshalb es an dir hängen geblieben ist. Pass auf: Ich *bin* eine Ritterin im Dienste Seiner Gnaden. Das stimmt. Ich kann ihn nicht dazu zwingen, mich von meiner Lehnstreue zu entbinden. Aber solange er mir keinen direkten Befehl erteilt, muss ich nicht zuhören. Hat er dich mit einem direkten Befehl hergeschickt?« Stumm schüttelte der Junge den Kopf. »Dachte ich mir. Sag ihm, ich weiß es zu schätzen, dass er an mich denkt, aber ich wüsste es noch mehr zu schätzen, wenn er damit aufhörte.« Beinah freundlich schloss ich nun die Tür vor seiner Nase.

Das Klopfen begann weniger als eine Minute später. Ich stöhnte. »Wurzel und *Ast*, verstehen denn manche Leute einen Wink mit dem Zaunpfahl nicht? Ich bin nicht interessiert!« Das Klopfen setzte sich unbeirrt fort.

Leise fluchend schlüpfte ich aus dem Mantel und warf ihn

über die Rückenlehne meiner Couch, die der Wohlfahrt entstammte. Es sind doch immer die kleinen Feinheiten, die aus einer Wohnung ein Zuhause machen, nicht wahr?

Das Klopfen hörte nicht auf. Wütend starrte ich die Tür an und überlegte, ob ich ihn auffordern sollte, gefälligst zu verschwinden, bevor ich den Kopf schüttelte und mich stattdessen tiefer in die Wohnung zurückzog. Sylvester besitzt die Gabe, Loyalität zu entfachen. Wenn er dem Jungen aufgetragen hatte, eine Botschaft zu überbringen, dann würde der Junge auch alles in seiner Macht Stehende tun, um den Auftrag auszuführen. Es wäre wohl einfacher gewesen, die Tür zu öffnen und ihn sagen zu lassen, was immer es nach Sylvesters Ansicht zu sagen gab. Doch das wollte ich schlichtweg nicht. Solange ich es nicht hörte, bestand keine Gefahr, dass es mich kümmern konnte.

Mit dem Versuch, Verbindung zu mir aufzunehmen, hatte Sylvester begonnen, nachdem ihm jemand erzählt hatte, dass ich zurück war. Zuerst waren es Briefe, die über Pixies und Rosenkobolde zugestellt wurden. Dann Botschaften, die mir gemeinsame Bekannte überbrachten. Wenn er mittlerweile dazu überging, Pagen zu schicken, musste er allmählich verzweifelt sein, aber ich wollte es trotzdem nicht hören. Was konnte er mir schon zu sagen haben? »Tut mir leid, dass du die einfache Kleinigkeit, um die ich dich gebeten habe, vermasselt hast und in einen Fisch verwandelt wurdest, während ich allein weitergelitten habe.« Oder: »Du magst meine Familie nicht gefunden haben, aber hey, du hast deine verloren, also gleicht sich das letztlich wohl aus.« Danke, aber nein danke. Ich kann mich durchaus auch ohne die Hilfe meines nominellen Lehnsherrn in Schuldgefühlen aalen.

Eines Tages wird Sylvester dazu übergehen, mir zu befehlen,

ihm zu antworten, oder, schlimmer noch, nach Schattenhügel zu kommen und ihn persönlich zu treffen. Wenn das geschieht, kann ich mich nicht weigern – auch wenn ich versuche, Faerie zu verleugnen, bleibt er mein Lehnsherr, und sein Wort ist Gesetz. Bis dahin aber steht es mir frei, seine Boten zu missachten, so oft ich will, was in meinem Fall gleichbedeutend mit »immer« ist. Sollte der Junge doch an meine Tür hämmern, bis jemand den Sicherheitsdienst rief. Ich würde mir jetzt etwas Schlaf genehmigen.

Die Katzen bildeten einen wirren, creme- und schokoladenfarbenen Haufen auf der Couch. Ich ging an ihnen vorbei zu dem schmalen Gang, der das Wohnzimmer und die Küche im hinteren Bereich der Wohnung miteinander verbindet. Dort befinden sich auch die Schlafzimmer. Die Ganglichter sind schon ausgebrannt, seit ich eingezogen bin, aber das stellt kein Problem dar: Fae sind im Wesentlichen Geschöpfe der Nacht, und sogar Wechselbälger sehen in der Dunkelheit gut. Ich ließ meine Schuhe an der Küchentür und mein Hemd auf dem Boden vor dem Gästezimmer. Während der gesamten Nachtschicht eine menschliche Maske aufrechtzuerhalten war erschöpfend, und so brauchte ich Schlaf.

Mein abgewetzter, gebraucht erworbener Anrufbeantworter steht auf einem niedrigen Tisch vor der Schlafzimmertür. Das schmuddelig rote Anzeigelicht blinkte. Ich zuckte zusammen. Wahrscheinlich eine weitere Nachricht von Stacy, die mich einladen wollte, zum Abendessen mit der Familie zu kommen oder mich zum Kaffee mit ihr zu treffen – oder sonst irgendwo, solange ich nur bereit wäre, sie zu sehen und mir von ihr helfen zu lassen. Darum konnte ich mich im Augenblick nicht kümmern. Nicht nach Mitch und dessen besorgten Blicken, nach Tybalt in der Gasse und Sylvester, der mir einen Pagen geschickt hatte, um an meine Tür zu hämmern, bis ich mich von ihm anschreien ließe. Stacy konnte warten. Wenn ich Glück hatte, würde das Gerät wieder mal spinnen und das Band löschen, bevor ich dazu kam, es mir anzuhören.

Mit einem Fingerschnippen schaltete ich das Klingelwerk des Telefons stumm, betrat mein Schlafzimmer und ließ den Anrufbeantworter im verwaisten Flur weiterblinken. Sicherheitshalber schloss ich die Tür.

Ich streifte meine Jeans ab, griff mir die eselsohrige Ausgabe der Werke Shakespeares vom Nachttisch und kroch mit dem Rest meines Tageskleidung ins Bett. Mein Lesezeichen befand sich in der Mitte von *Hamlet.* Der Text war mir vertraut genug, um einlullend zu wirken. Ich schlief ein, ohne es zu bemerken, und glitt geradewegs ins Reich der Träume.

Die Träume beginnen immer am selben Ort und stets ungemein heimelig: in der sonnigen Küche eines kleinen Hauses in Oakland, Kalifornien, wo eine lächelnde Frau mit weißblondem Haar Kekse backt; eine Szene wie aus einem Donna-Reed-Film. Meine Mutter. Amandine.

Ich wusste immer, dass sie nicht menschlich war. So etwas gehört nicht zu den Dingen, die man vor einem Kind verbergen kann. Länger brauchte ich allerdings dafür zu begreifen, dass ich ebenfalls nicht menschlich war. Meine Familie mütterlicherseits nannte man die Herzlichen, Hüter des Gartenpfads, Kinderräuber … oder im Fall meiner Mutter Angestellte beim örtlichen Discounter. Einen menschlichen Teenager zu spielen, amüsierte sie, und ich schätze, wenn man vorhat, ewig zu leben, tut man, was immer nötig ist, um sich die Zeit zu vertreiben. Die verschlungenen Mechanismen des modernen Einzelhandels waren durchaus dafür geeignet, sie eine Weile zu unterhalten.

Das war im Jahr 1950. Es heißt, damals sei die Welt der Sterblichen noch einfacher gewesen. Für sie jedoch war sie wohl kompliziert genug.

Mein Vater war nicht wie sie, und genau deshalb zog er meine Mutter an wie das Licht die Motten. Sie spielte die Fae-Braut besser als ich; meine Mutter konnte schlagartig einen Trugbann weben und ihre spitzen Ohren und farblosen Augen hinter einem menschlichen Lächeln verbergen, bevor die Leute um sie herum auch nur blinzelten. Sie wurde nie im Freien vom Sonnenaufgang überrascht oder war genötigt, Ausreden aus dem Badezimmer zu rufen, während sie versuchte, ihr Gesicht »zurechtzumachen«. Wir Fae sind Lügner, jeder Einzelne von uns, und sie war am geschicktesten darin. Meine Eltern lernten sich 1951 kennen, heirateten drei Monate später und bekamen mich 1952 in dem Monat, nach dem ich benannt bin.

In dem Traum stellt sie die Kekse auf den Tisch und nimmt mich auf den Schoß, dann essen wir zusammen Keksteig, während wir beobachten, wie sich das Haus von selbst putzt. Der Staubwedel, der Besen und der Mopp bewegen sich wie in einem Disney-Film. Damals war Amandine wirklich meine Mutter; sie grinste ein Schokoladenlächeln, während sie mich festhielt und mit ihrer verschrobenen Version der Wirklichkeit glücklich war. Sie war noch nie zuvor eine Fae-Braut gewesen. Das Spiel verzauberte sie, und sie befolgte seine Regeln mit der ihr eigenen Skrupellosigkeit. Wir waren glücklich. Das ist etwas, woran ich mich festzuklammern versuche. Wir waren einmal glücklich. Sie hielt mich auf ihrem Schoß und streichelte mir übers Haar. Sie brachte mir bei, Shakespeare zu lieben. Wir waren eine Familie. Daran kann nichts etwas ändern.

Mein Blut brachte allerdings mit sich, dass es unweigerlich enden musste.

Jeder Wechselbalg ist anders. Manche, so wie ich, sind relativ schwach. Andere bekommen eine volle Ladung Fae-Magie ab – bisweilen mehr als ihre reinblütigen Elternteile –, und sie kommen damit nicht zurecht. Das sind diejenigen, über die man an den Höfen der Reinblütler munkelt, diejenigen, deren Namen niemand ausspricht, sobald die Feuer gelöscht und die Schäden erfasst sind. Ich hörte die Geschichten, als ich klein war, zuerst von meiner Mutter, wenn sie mich zu Bett brachte, später, nachdem sich die Dinge geändert hatten, von denjenigen, die kamen, um mich zu holen. Ich weiß nicht, wer erleichterter war, als wir herausfanden, wie kümmerlich meine Kräfte waren – meine Mutter oder ich.

Aber sogar schwache Wechselbälger können gefährlich sein. Man gestattet ihnen, bei ihren menschlichen Elternteilen zu bleiben, solange sie jung genug sind, um ihre Masken instinktiv aufrechtzuerhalten. Doch diese frühe Kontrolle verblasst, wenn sie älter werden, und dann muss eine Wahl getroffen werden. Manche Wechselbälger müssen die Wechselbalgentscheidung schon mit drei Jahren treffen, andere halten bis ins späte Teenageralter durch. Das war das Einzige in meinem Leben, bei dem ich früh dran war, denn ich war sieben Jahre alt, als meine Kleinkindmagie zu versagen begann.

Ich habe keine Ahnung, woher sie es wussten und wie sie uns fanden. Ich saß in meinem Zimmer und veranstaltete eine Teegesellschaft mit meinen Plüschtieren, und plötzlich waren sie da. Sie traten durch ein Loch in meiner Wand, wunderschön und schrecklich zugleich. Es war ganz unmöglich, den Blick von ihnen abzuwenden. Sie anzusehen war so, als starre man in die Sonne. Und dennoch tat ich es, bis ich glaubte, erblinden zu müssen.

Einer von ihnen – ein Mann mit Haar in der Farbe von

Fuchsfell und einem langen, freundlichen Gesicht – kniete sich vor mich hin und ergriff meine Hände. »Hallo«, sagte er. »Mein Name ist Sylvester Torquill. Ich bin ein alter Freund deiner Mutter.«

»Hallo«, erwiderte ich, so höflich ich angesichts der Ehrfurcht nur konnte, die mir im Hals steckte. »Ich bin October.«

Er lachte etwas stockend und meinte: »October? Also, October, ich habe eine Frage an dich. Es ist eine *sehr* wichtige Frage, du musst also angestrengt nachdenken, bevor du antwortest. Kannst du das für mich tun?«

»Ich kann es versuchen«, gab ich stirnrunzelnd zurück. »Sagst du mir dann, ob die Antwort falsch war?«

»Es gibt keine falschen Antworten, October. Nur richtige.« Die Tür – die echte Tür – öffnete sich, und meine Mutter trat ein. Als sie Sylvester erblickte, der immer noch vor mir kniete und meine Hände hielt, erstarrte sie. Doch sie sagte kein Wort. Stattdessen begannen die Tränen über ihre Wangen zu kullern. Ich hatte sie noch nie zuvor weinen sehen.

»Mami!«, schrie ich und versuchte, meine Hände zu befreien, um zu ihr zu laufen und die Tränen zum Versiegen zu bringen.

Sylvester verstärkte seinen Griff. »October.« Ich zog beharrlich. »October, sieh mich an. Du kannst zu deiner Mutter gehen, sobald du mir geantwortet hast.« Schniefend und verdrossen hörte ich auf, mich zu wehren, und drehte mich ihm zu. »Braves Mädchen. Also: Bist du ein menschliches Mädchen, October? Oder bist du ein Fae-Mädchen?«

»Ich bin wie Mami, ich bin genau so wie Mami«, sagte ich. Er ließ mich los, und ich lief zu ihr. Nach wie vor weinend, schlang sie die Arme um mich und sagte immer noch kein Wort. Auch nicht, als Sylvester an sie herantrat, sie auf die

Wange küsste und flüsterte: »Amandine, es tut mir leid.« Auch nicht, als diejenigen, die ihn begleiteten, sie an den Schultern packten und sie und mich durch das Loch in der Wand zerrten. Es schloss sich hinter uns, allerdings erst, nachdem ich gesehen hatte, wie mein Zimmer in Flammen aufging, die jede Spur unseres Abgangs auslöschten.

Mein menschliches Leben war in dem Augenblick vorüber, in dem sie uns fanden; die einzige echte Frage war, ob ich bei den Fae leben oder aus nächster Nähe erfahren wollte, wie kalt unsterbliche »Gefälligkeit« sein kann. Wechselbälger wachsen nicht in der Welt der Menschen auf. Das geschieht einfach nicht. Hätte ich mich dafür entschieden, menschlich zu bleiben, wäre es zu irgendeinem schlichten Unfall gekommen, und meine trauernde Mutter hätte mit ihrem Mann in der Welt der Sterblichen bleiben können. Stattdessen hatte ich mich für Faerie entschieden und sie damit in die Sommerlande verbannt. Da hörte sie auf, die Mutter zu sein, die ich gekannt hatte. Ich konnte das Loch nicht füllen, das mein Vater in ihrem Herzen hinterließ, und so ließ sie es mich auch nie versuchen.

Manchmal frage ich mich, ob diejenigen, die sich entscheiden zu sterben, nicht die richtige Wahl treffen. Niemand sagte mir, dass »Wechselbalg« eine Beleidigung sein konnte oder dass es verhieß, zwischen zwei Welten gefangen zu sein und mit ansehen zu müssen, wie die eine Hälfte der eigenen Familie starb, während die andere ewig lebte, sodass man allein zurückblieb. Das musste ich selbst herausfinden.

Ich versuchte, mich aus den Träumen freizukämpfen, und tauchte gerade weit genug aus der beunruhigenden Erinnerung an meine Wechselbalgentscheidung auf, um zu glauben, ich könnte mich dazu bringen aufzuwachen. Ich konnte es verkraften, bei der Arbeit zusammenzubrechen. Ich konnte mich aufraffen und mit Sylvesters Pagen reden. Ich hätte den Träumen meiner Kindheit und der Entscheidung, die ich nicht treffen wollte, fast alles vorgezogen. Fast alles ... nur das nicht, was ich schließlich bekam. Ich glitt wieder in jene in Gold getauchten Träume ...

... und zurück in den Teich.

Ich träume häufig von den vierzehn Jahren, die ich durch Simons Zauber verloren habe, wenngleich mir nur wenige Einzelheiten davon geblieben sind. Meine Erinnerung an jene Zeit besteht vorwiegend aus trägen Wellen, die sich durch das Wasser ziehen, und wahrscheinlich ist das sogar eine Gnade. Einiges hebt sich davon ab, aber nicht viel: das erste Licht des Tages, wie es das Wasser färbt; Menschen, die auf schmalen Holzpfaden vorbeigehen; hektisches Kreisen an der Wasseroberfläche zweimal im Jahr an den Umzugstagen – wenngleich ich nie eine Ahnung hatte, weshalb. Ich sah am Umzugstag überhaupt keine Pixies, doch ich wusste nicht, was ihre Abwesenheit bedeuten konnte. Ich begriff überhaupt nicht viel.

Sogar in meiner Gestalt als Fisch brannte der Sonnenaufgang. Jeden Morgen stieg ich an die Oberfläche auf, ließ das Licht meine Schuppen benetzen, und einen Augenblick lang ergaben die Dinge beinah einen Sinn. Ein Teil von mir ahnte trüb, dass etwas nicht stimmte, und jener Teil verstand, dass mich der Sonnenaufgang befreien könnte, wenn ich geduldig wäre. Wäre es mir nicht gelungen, mich an das Wissen zu klammern, dass etwas an diesem Ort, dieser Welt, dass ... alles nicht stimmte, ich wäre womöglich bis zu meinem Tod in dem Teich geblieben. Vielleicht half der Sonnenaufgang dabei, der den Zauber langsam eine Schicht nach der anderen abtrug, bis er zerbrach. Vielleicht auch nicht. Aller Wahrscheinlichkeit nach werde ich es nie erfahren.

Was ich jedoch weiß, ist, dass Simons Zauber unmittelbar vor dem Sonnenaufgang am 14. Juni 2009 nachgab, genau vierzehn Jahre und zwei Tage, nachdem er gewoben worden war. Es gab keine Vorwarnung. Der Zauber zwang mich nicht, zur Oberfläche aufzusteigen, ebenso wenig erhob er mich auf einer Muschel aus dem Wasser wie eine moderne Venus. Er verpuffte einfach, und ich begann zu ertrinken. Ich stieß mich vom Wasser weg, schluchzte in hilfloser Verwirrung und japste nach Luft. Der Zauber hatte meinen Körper freigegeben, umklammerte jedoch nach wie vor meinen Verstand, und ich konnte nicht begreifen, was geschah. Die Welt schien rundum verkehrt zu sein. Da waren Farben, die nicht existieren sollten, und alles, was ich sah, befand sich unmittelbar vor mir statt ordentlich an den Seiten. Aus einem orientierungslosen Instinkt heraus stand ich auf und fiel prompt rücklings, als sich mein bereits zittriges Verständnis der Realität weigerte zu akzeptieren, dass ich Beine besaß.

Der Himmel verblasste, während ich noch im Wasser kauerte. Die Kälte trieb mich schließlich an Land, und irgendwie gelang es mir aufzustehen, ohne mich dabei umzubringen. Ich erinnere mich nicht daran, wie ich es bewerkstelligte. Jedenfalls lief ich irgendwann auf halb abgefrorenen Füßen mutterseelenallein die Pfade entlang. Keine der üblichen Bewohner des Teegartens waren zugegen – keine Pixies, keine Irrwische, nichts –, aber ich war zu verwirrt, um ihre Abwesenheit als seltsam zu empfinden. Das sollte erst später kommen, als ich zu begreifen begann, was geschehen war. Eine Menge Dinge kamen erst später. Vorerst wanderte ich ziellos umher, stolperte gelegentlich oder hielt inne, um noch mehr Wasser auszuhusten. Ich kannte weder meinen Namen, noch wusste ich, wo ich mich befand oder was ich war. Ich wusste nur, dass der

Teich mich verstoßen hatte und ich nirgendwohin konnte. Ich erinnerte mich an kein anderes Leben. Was sollte nun aus mir werden, da ich nicht zurück nach Hause konnte?

Als ich die Tore erreichte, befand ich mich in einem Zustand äußerster Panik und war bereit, beim geringsten Anlass Reißaus zu nehmen. Dann erregte der Spiegel, der neben dem Kartenschalter hing, durch sein Glitzern meine Aufmerksamkeit, und bannte sie mit dem Bild, das er mir zeigte.

Es handelte sich um ein müdes Gesicht, in dem die Enden spitzer Ohren ein wenig durch das nasse, zottige braune Haar lugten. Die Haut war durch ein Jahrzehnt ohne Sonne blass, die Züge wirkten zu scharf geschnitten, um schön zu sein, wenngleich die Leute sie als »interessant« bezeichneten, wenn sie freundlich sein wollten. Die Augenbrauen wölbten sich hoch und vermittelten dadurch einen Eindruck ständiger Überraschung, die Augen wiesen ein farbloses Nebelgrau auf. Wie gebannt starrte ich hin. Ich kannte dieses Gesicht. Ich hatte es immer gekannt, denn es war das meine.

Ich stand immer noch glotzend dort, als mich der Sonnenaufgang erfasste und die Wahrheit darüber, wer und was ich war, auf mich herabstürzen ließ, zusammen mit der unausweichlichen Erkenntnis, was geschehen sein musste. Es war zu viel. Ich tat das Einzige, was ich konnte, um den Schmerz zu beenden: Ich verlor die Besinnung.

Lily tauchte während meines langsamen Taumelns durch ihr Hoheitsgebiet zwar nicht auf, aber sie musste dort gewesen sein, denn als mich der Wartungstechniker nackt und ausgestreckt vor dem Kartenschalter fand, ohne Ausweis oder irgendeinen Grund, mich dort aufzuhalten, sah er nur eine menschliche Frau, die das Opfer eines brutalen Angriffs geworden war. Er rief die Polizei, die mich abholte und zur Befragung aufs Revier brachte. Ich wehrte mich nicht. Ein Schock kann etwas Wunderbares sein.

Das Polizeirevier glich so ziemlich jedem anderen, das ich je gesehen hatte: ein wenig traurig, ein wenig überlastet, und außerdem brauchte es dringend eine ordentliche Dampfreinigung. Die Computer auf den Schreibtischen und die Daten auf den Kalendern nahm ich nicht wahr. Ich hatte mich noch nicht daran gewöhnt, ein Zweibeiner zu sein, weshalb erst mal ein Großteil meiner Aufmerksamkeit dafür draufging, mich auf den Beinen zu halten. Der Beamte, der sich meiner annahm, ein forscher, geradliniger Mann namens Paul Underwood, ließ jemanden kommen, der die Kratzer an meinen Ellbogen, Händen und Knien säuberte, und er besorgte Kleider für mich. Man war so freundlich, mir zu gestatten, mich auf der Toilette allein anzuziehen. Ich vermute, wenn man keine Habseligkeiten oder Taschen besitzt, wirkt man weniger wie ein gefährlicher Verbrecher, und die verschiedenen kleinen Verletzungen, die ich mir bei meinem Marsch durch den Garten zugezogen hatte, bewegten die Polizisten dazu, mir zu glauben, als ich behauptete, ich sei angegriffen und zum Sterben zurückgelassen worden. Dass ich unter Schockeinwirkung stand, half mir, überzeugend zusammenhanglos zu faseln.

Da ich allmählich begriff, was Simon getan hatte, kam ich einfach nicht über den Umstand hinweg, dass er mich tatsächlich in einen Fisch verwandelt hatte. Meine Gedanken drehten sich im Kreis – wie Welpen, die dem eigenen Schwanz nachjagen. Ich fühlte mich zwischen Angst und Wut gefangen. Ich dachte allerdings, das Schlimmste sei nun vorüber. Und hatte keine Ahnung, dass mir das Allerschlimmste erst noch bevorstand – und wie schlimm es werden sollte.

Officer Underwood versorgte mich mit Kaffee und alles andere als frischen Donuts, bis ich anfing, zusammenhängender zu reden, dann gab er mir Formulare zum Ausfüllen – Name, Sozialversicherungsnummer, Wohnsitz, Arbeitgeber, all die üblichen Fragen. Als ich fertig war, nahm er sie mir ab, um sie zu den Akten zu geben, wie ich vermutete. Immer noch Standardverfahren … bis er zehn Minuten später mit Mordlust in den Augen zurückkehrte.

»Was genau versuchen Sie, hier abzuziehen, Lady?«

Es war mein Name, der den Ausschlag gab. Underwood kannte ihn, weil er mit dem Fall meines Verschwindens betraut gewesen war. Er hatte ein Jahr lang Steine umgedreht, Zeugen befragt und sogar den großen See im Golden Gate Park nach meiner Leiche absuchen lassen, ohne etwas zu finden, deshalb hielt er es weder für besonders klug noch für besonders lustig, dass ich mich als eine Tote ausgab. Er reichte mir einen neuen Satz Formulare und befahl mir, sie diesmal korrekt und ohne alberne Scherze auszufüllen. Ich glaube, da begann ich allmählich zu begreifen, in welchen Schwierigkeiten ich tatsächlich steckte. Wie betäubt drehte ich die Formulare zu mir herum und begann mit dem Ausfüllen. Die erste Korrektur erfolgte bereits, bevor ich bei meinem Namen ankam.

»Sie haben ja das falsche Datum geschrieben. Wir haben den 11. Juni 2009, nicht 1995. Herrgott, Lady, ein bisschen mehr Sorgfalt.«

Meine Finger verkrampften sich und brachen den Bleistift entzwei, während ich den Beamten mit geweiteten Augen fassungslos anstarrte. »Wie lange?«, flüsterte ich.

»Was?«

»Wie lange hat er mich … oh nein. Oh, Eiche und Esche, *nein*.« Ich schloss die Augen und erschlaffte, als das volle Ausmaß der Lage in mein Bewusstsein sickerte. Vierzehn Jahre.

Ich hatte gefürchtet, der Zauber könnte Wochen, vielleicht sogar Monate angehalten haben, aber vierzehn *Jahre*? Es war zu viel, um es zu begreifen. Aber ich hatte keine andere Wahl, und von da an wurde es nur noch schlimmer.

Alles war weg. Alles, was ich mir in der Welt der Sterblichen aufgebaut und wofür ich gearbeitet hatte. Cliff hatte mein Geschäft verkauft, um meine Schulden abzudecken, nachdem die Gültigkeit meiner Lizenz als Privatdetektivin abgelaufen war … nachdem die Gültigkeit meiner *Existenz* abgelaufen war, denn dafür gilt ein Limit von sieben Jahren auf der Vermisstenliste. Das fand ich immer ein wenig ironisch, zumal sieben Jahre zugleich der traditionellen Gewahrsamsfrist für jene Menschen entsprechen, denen es gelingt, den Weg in die hohlen Hügel zu finden. October Daye, ruhe in Frieden.

Oberon sei Dank für Evening Winterrose, in der Welt der Sterblichen bekannt als »Evelyn Winters«. Sie war die Einzige, bei der ich wusste, dass sich ihre Telefonnummer in den vergangenen Jahren nicht geändert haben würde. Ich benutzte den mir zustehenden Anruf, um sie anzuflehen, herzukommen und mich abzuholen. Eigentlich hatte ich erwartet, dass sie brüllen würde, doch das tat sie nicht. Stattdessen kam sie zum Revier, bestätigte, dass ich war, wer ich zu sein behauptete, und überzeugte die Polizei irgendwie davon, mich in ihre Obhut zu entlassen. Danach brachte sie mich in ein Motel, wo ich einen klaren Kopf bekommen konnte. Wir wussten beide, dass es nicht hilfreich gewesen wäre, zu ihr nach Hause zu fahren, weshalb wir es beide auch gar nicht erst vorschlugen. Dem Betreten des Hoheitsgebiets von jemand anderem war ich nicht gewachsen.

Sie blieb den ganzen Tag bei mir. Zum Abendessen bestellte sie Pizza und schimpfte so lange auf mich ein, bis ich davon aß. Das Telefonbuch versteckte sie, damit ich nicht versuchen konnte, Cliff zu finden. Sie rief Pagen herbei und schickte sie los, um die anderen regionalen Adligen von meiner Rückkehr zu benachrichtigen. Und als die Sonne unterging und ich endlich zu weinen anfing, nahm sie mich in die Arme und hielt mich fest. Daran werde ich mich immer erinnern. Evening war nie eine besonders freundliche Person gewesen, aber sie hielt mich, solange ich es brauchte, und verlor kein einziges Wort darüber, dass meine Tränen ihre Seidenbluse besudelten oder dass ich ihre Welt ins Chaos gestürzt hatte. Wenn es hart auf hart ging, tat sie, was getan werden musste, und sie wies ihresgleichen nicht zurück.

Danach wurde es ein wenig besser. Die Reinblütler der Stadt waren bereit, mich nach Kräften zu unterstützen, und die Wechselbälger halfen mir sogar noch mehr. Meine Weigerung, viel mit ihnen zu tun zu haben, band ihnen ein wenig die Hände, und dennoch gaben sie ihr Bestes, bevor sie mich mir selbst überließen. Evening bot mir an, meine Lizenz als Privatdetektivin erneuern zu lassen, was ich jedoch ablehnte. Diesen Weg hatte ich schon einmal beschritten, und es hatte mir nur Unheil eingebracht.

Ich glaube, man hat meiner Mutter gesagt, dass ich zurück war, aber ich bin nicht sicher, ob sie es überhaupt begriffen hat. Sie versteht in letzter Zeit nicht mehr viel. Ihre Zeit verbringt sie damit, durch die Sommerlande zu wandeln und Lieder vor sich hin zusummen, die niemand kennt, und an Türen zu rütteln, die niemand sonst sieht. Auf ihre Weise hat sie noch mehr Zeit verloren als ich.

Evening riet mir, keinen Kontakt zu Cliff aufzunehmen, bis ich bereit dazu wäre. Ich hielt länger durch, als ich es für möglich hielt: Fast drei Tage vergingen, bevor ich ihn anrief. Ich konnte ihm nicht sagen, wo ich gesteckt hatte oder was geschehen war – einem Mann, von dem man für so menschlich wie er selbst gehalten wird, kann man schlecht erklären: »Ich wurde in einen Fisch verwandelt.« Daher griff ich auf alte Klischees zurück, behauptete, ich hätte infolge eines Angriffs des Mannes, den ich beschattet hatte, einen Gedächtnisverlust erlitten und wüsste nicht, was geschehen sei. Unsere Beziehung hatte von jeher auf Lügen basiert, und tief in seinem Innersten musste er es gewusst haben. Vermutlich hätte es mich nicht überraschen sollen, dass er einfach auflegte oder dass Gilly nichts mehr mit mir zu tun haben wollte. Sie hatten ohne mich weitergemacht und sich ein Leben geschaffen, in dem es keinen Platz für eine Pennerin gab, die sie vierzehn Jahre lang hatte trauern lassen. Ich konnte nicht erklären, weshalb ich weg gewesen war, und so entstand nur ein Schweigen, das keine Liebe zuließ. Ich rief aber weiter an. Und sie weigerten sich weiter, mit mir zu reden.

Das war im Juni. Seither habe ich getan, was ich konnte, um mir den Anschein eines Lebens zusammenzubasteln. Aber nichts kann die Jahre zurückbringen. Die Sommer, die Winter, die letzten Stunden mit meiner Mutter, bevor sie endgültig in ihre eigene, abgekapselte Welt abglitt, jede kostbare Minute mit meinem kleinen Mädchen – alles ist für immer verschwunden, und ich werde es nie zurückbekommen. Vielleicht fiel es mir deshalb so leicht, Faerie den Rücken zuzukehren. Sie hatte mir mittlerweile zweimal die Welt der Sterblichen weggenommen. Eine dritte Gelegenheit würde sie nicht bekommen.

Sechs Monate verstrichen nun in einem Brei aus Verzweiflung, Selbstmitleid und Abgeschiedenheit. Ich verstand die Welt nicht; ich war in ihr ebenso sehr eine Fremde wie meine Mutter an dem Tag, da sie die Sommerlande zum ersten Mal verließ. Ich betrachtete es als meine Strafe, als das, was ich verdiente, und machte einfach weiter. Die Welt rings um mich herum fiel in sich zusammen, und es kümmerte mich nicht mehr.

Damit enden die Träume: mit der Erkenntnis, dass es keine Rolle spielt, wo ich bin oder ob ich mich für eine Frau, einen Fisch oder etwas dazwischen halte. Ich habe den Teich nie wirklich verlassen. Ich kann immer noch nicht atmen.

KAPITEL 3

Ich erwachte kurz nach Sonnenuntergang mit pochendem Schädel und dem vagen, nagenden Gefühl, dass etwas nicht stimmte. Cagney und Lacey war es irgendwie gelungen, die Schlafzimmertür zu öffnen, während ich schlief, und nun waren sie von der Couch in das wärmere und daher zu bevorzugende Bett übersiedelt. Sobald sie erkannten, dass ich wach war, fingen sie zu heulen an. Die Stimmen der Siamkatzen hallten wie Kreissägen durch meinen Kopf. Stöhnend presste ich mir die Hände auf die Ohren. »Könnt ihr nicht *still* sein?« Den Gefallen taten sie mir nicht. Katzen gehorchen nie. In dieser Hinsicht kann man sich auf sie verlassen: Als Rom brannte, erwarteten die Katzen des Kaisers dennoch, rechtzeitig gefüttert zu werden.

Fae leben von jeher mit Katzen zusammen. Sie sind die einzigen sterblichen Tiere, die unsere Gegenwart ertragen können, und das gilt für uns alle, auch für Mischlinge wie mich. Hunde kläffen, und Pferde scheuen, Katzen hingegen können sogar Könige ansehen, was sie oft auch tun. Katzen dulden uns, und im Gegenzug behandeln wir sie mit Respekt und füttern sie. In gewisser Weise sind wir miteinander verwandt, und damit meine ich nicht nur über die Cait Sidhe. Sowohl sie als auch wir neigen zu spitzen Ohren, stibitzen gern Sahne und werden bei lebendigem Leib verbrannt, wenn sich der Wind dreht. Es war also nur natürlich, dass wir einen Pakt eingingen, bei dem beide Seiten sagten: »Wir brauchen euch nicht«, und beide antworteten: »Ihr bleibt trotzdem.«

»Na schön, ihr gewinnt. Ich füttere euch. Zufrieden?« Ich schob Cagney von meiner Brust. Sie sprang vom Bett und gesellte sich auf dem Boden zu Lacey. Dort jaulten beide weiter, um mir zu verdeutlichen, dass sie erst dann zufrieden sein würden, wenn sich das Futter *in* der Schale befände. Ich rollte mich aus dem Bett und hob meinen Morgenrock vom Boden auf. Die Katzen schlängelten sich um meine Knöchel und bemühten sich redlich, mich zum Stolpern zu bringen. Vergeblich versuchte ich, sie mit nackten Füßen beiseitezuschieben, und steuerte auf die Tür zu.

Die Katzen hatte ich mir zugelegt, um nicht so einsam zu sein. Allmählich begann ich aber, an der Idee zu zweifeln. Vielleicht wäre Einsamkeit gar nicht so übel. Jedenfalls würde mir Einsamkeit mehr Schlaf bescheren. In meinen schwärzesten Stimmungstiefs versuchte ich mir einzureden, dass der vermehrte Schlaf das einzig Gute daran war, meine sterbliche Familie verloren zu haben. Das Zusammenleben mit Cliff und Gilly hatte mich gezwungen, so zu tun, als sei ich tagaktiv, weshalb ich eine Kaffeesucht epischen Ausmaßes entwickelte. Ich weiß nicht, wie viel Koffein nötig ist, um einen Wechselbalg umzubringen, aber unter Umständen finde ich es eines Tages noch heraus.

Sobald ich den Flur erreichte, blieben die Katzen zurück und ließen mich ungehindert zur Küche gehen, wo ich ihre Schale mit Trockenfutter füllte. Während sie sich über ihre Mahlzeit hermachten, stellte ich eine Kanne Kaffee auf und bereitete mir ein rasches abendliches Frühstück aus Toast und Rührei zu. Proteine, Kohlenhydrate und, das war das Beste daran, alles unvergleichlich billig. Kombiniert man den gesetzlichen Mindestlohn mit den Mietpreisen in San Francisco, wird so etwas durchaus zu einem Thema.

Mein Essen war noch in Arbeit, als die Katzen mit dem ihren fertig wurden. Cagney schlenderte ins Wohnzimmer hinaus, während sich Lacey mitten auf den Küchenboden setzte und sich laut schnurrend die Pfoten putzte.

»Ja, lach du nur, Pelzvieh«, sagte ich und behielt den immer noch kochenden Kaffee im Auge, während ich nicht allzu geduldig wartete. »Mal sehen, wie viel Katzenfutter ihr noch bekommen werdet, nachdem wir rausgeworfen wurden, weil ich die Miete nicht zahlen konnte.« Keine meiner magischen Fähigkeiten war stark genug, um den Vermieter glauben zu lassen, ich hätte ihn bezahlt. Wenn ich ihm auch nur den geringsten Anlass gäbe, säße ich vor der Tür. Noch bevor ich mir einen Karton als neuen Unterschlupf suchen könnte, würde er ein glückliches Paar in meiner früher mal mietpreisgeregelten Wohnung einquartieren. Und Evening würde meine Unterkunftssituation kein zweites Mal regeln.

Der Nebel in meinem Kopf lichtete sich, während ich aß, und als ich mein zweites Ei auf Toast und meine dritte Tasse Kaffee intus hatte, fühlte ich mich fast schon wieder wie ich selbst. Ich stellte das Geschirr ins Spülbecken und zerzauste mir mit einer Hand das Haar, dann ging ich zum Schlafzimmer zurück. Das Lämpchen des Anrufbeantworters blinkte immer noch. Ich wartete noch.

»Wahrscheinlich ist es Stacy, es könnte aber auch die Arbeit sein«, dachte ich laut nach. »Wenn es die Arbeit ist, bedeutet das vermutlich, dass ich an meinem freien Tag anrücken soll. Das würde aber auch heißen, dass mehr Geld übrig bliebe, nachdem ich die Miete bezahlt habe. Na, Leute? Irgendeine Meinung dazu?«

Die Katzen antworteten nicht. Darin sind Katzen gut. Dass sie nichts erwiderten, ersparte es mir, meine geheime, beharrliche Fantasie erklären zu müssen, die jedes Mal erwachte, wenn der Anrufbeantworter blinkte, nämlich die Hoffnung, Gillian könnte meine irgendwo auf dem Schreibtisch ihres Vaters vergessene Telefonnummer gefunden und beschlossen haben, Kontakt mit der Mutter aufzunehmen, die sie seit vierzehn Jahren nicht gesehen hatte. Es würde zwar nie geschehen, aber immerhin war es ein wundervoller Traum.

Was sollte es – ich brauchte das Geld; meine Gläubiger konnten mir schon mit nichts mehr drohen, was ich nicht schon einmal gehört hatte. Wenn es Stacy wäre, könnte ich die Nachricht einfach löschen. Ich lehnte mich an die Wand, nippte an meinem Kaffe und drückte die Wiedergabetaste.

Der Lautsprecher knisterte. Eine tonlose, mechanische Stimme verkündete: »Sie haben drei neue Nachrichten.« Darauf folgte ein schriller Piepton. Ich zuckte zusammen und griff nach dem Lautstärkeregler, um den Ton leiser zu stellen. Ich war noch dabei, die Hand auszustrecken, als die Wiedergabe begann, und nun vergaß ich alles außer der Nachricht.

»October, hier spricht Evening. Ich glaube, ich könnte ein Problem haben. Tatsächlich bin ich nahezu davon überzeugt.« Ihr Tonfall wirkte abgehackt und verkniffen. Offensichtlich war sie sehr besorgt. Sie klang zwar immer etwas verhalten, aber das war neu; ich hatte noch nie erlebt, dass sie sich verängstigt anhörte. Bei den meisten Reinblütlern bedarf es schon einer ganzen Menge, um ihnen Furcht einzuflößen. Es bedarf aber noch einer ganzen Menge mehr, um jemanden zu verängstigen, der selbst so furchteinflößend ist wie Evening.

»Evening?« Ich richtete mich auf.

Evening war nicht bloß jemand, die ich anrief, damit sie mich aus Gefängniszellen holte; sie war die Gräfin eines der kleineren Lehen von San Francisco und manchmal auch eine Freundin. *Manchmal* deshalb, weil sie und ich sehr unterschiedliche Auffassungen darüber haben, was »gesellschaftliche Rangordnung« bedeutet. Ihrer Ansicht nach gestattete ihr diese, mich herumzukommandieren, weil sie ein Reinblut war und ich nicht. Das sah ich allerdings anders. Deshalb hassten wir uns die halbe Zeit, die andere Hälfte jedoch verbrachten wir damit, einander beim Überleben zu helfen. Ich fand den Mann, der ihre Schwester getötet hatte, und wusch ihren Namen rein, als man sie beschuldigte, hinter der Zerstörung des Hofs der Königin zu stecken; sie hinterlegte eine Kaution für mich, als ich mich der Herzogin von Traumglas gar zu beharrlich an die Fersen heftete. Wenn es außer Sylvester ein Reinblut gab, dem ich mein Leben anvertraut hätte, dann war das sie.

Trotzdem verfluchte ich sie, weil ihre Nachricht mein Interesse erweckte.

»Wenn du da bist, dann bitte, *bitte* geh ans Telefon. Es ist wirklich wichtig, dass ich sofort mit dir rede. Ruf mich an, sobald du kannst. Und October …« Sie verstummte kurz. »Vergiss es. Beeil dich einfach.« Damit legte sie auf, doch ich hätte schwören können, sie weinen zu hören, bevor sie es tat.

Die zweite Nachricht begann gleich darauf, bevor ich mich bewegen oder auch nur Luft holen konnte. Wieder Evening, und sie klang noch gehetzter als zuvor.

»October? October, bist du da? October, hier ist Evening.« Lange Pause. Ich hörte, wie sie stockend und zittrig einatmete. »Oh, Wurzel und Zweig, October, bitte geh ans Telefon. Du musst *sofort* ans Telefon gehen.« Es war, als glaubte sie, mir befehlen zu können, zu Hause zu sein. Mein Anrufbeantworter war zu alt, um mit einer Datums- und Uhrzeitfunktion ausgestattet zu sein, daher hatte ich keine Möglichkeit abzuschätzen, wie viel Zeit zwischen den beiden Nachrichten verstrichen sein mochte. Jedenfalls genug, um die zuvor verhohlene Besorgnis in ihrer Stimme nun deutlich zutage treten zu lassen. Das einzige andere Mal, dass ich so viel Emotion in ihrem Tonfall gehört hatte, war an dem Tag gewesen, als ihre Schwester starb, und wenn Dawns Tod auch die Hülle ihrer Gelassenheit durchdrungen hatte, so hielt es damals nicht lange an. Diesmal war es dagegen kein bloßer Kummer – sondern das blanke Grauen.

»Bitte, bitte, October, heb das Telefon ab, bitte, mir läuft die Zeit davon …« Die Nachricht endete jäh, aber nicht abrupt genug, um ihr Weinen zu verbergen.

»Eiche und Schafgarbe, Eve«, flüsterte ich bei mir, »in was bist du da bloß reingeraten?«

Ich glaubte, eine Antwort darauf hören zu wollen. Und irrte mich darin, denn die letzte Nachricht beantwortete mir die Frage umfassender, als ich es mir hätte ausmalen können.

Der Lautsprecher knisterte einmal, bevor ihre Stimme zum letzten Mal sprach.

»October Daye, ich möchte dich anheuern.« Die Furcht war noch vorhanden, doch die Befehlsgewalt und Macht, die ihrem Wesen entsprachen, drangen deutlich hindurch, schillernd und schrecklich. Sie blickte auf das Ende von allem, und das genügte, um mich daran zu erinnern, wer sie eigentlich war. »Durch mein Wort und meinen Befehl wirst du in einem Mordfall ermitteln und die Gerechtigkeit in dieses Königreich zurückbringen. Du *wirst* das tun.« Eine ausgedehnte Pause entstand. Ich glaubte schon, die Nachricht sei zu Ende, als sie leise fortfuhr: »Finde heraus, wer es getan hat, Toby, bitte. Sorg dafür, dass sie nicht gewinnen. Du musst das tun, für mich und für Goldengrün. Falls du je meine Freundin warst, Toby, dann tu es, bitte …«

Sie hatte mich noch nie zuvor Toby genannt. Seit über zwanzig Jahren kannten wir uns, und ich war immer nur October für sie gewesen. Da wusste ich, was ihr widerfahren war, obwohl ich es nicht wissen wollte. Ich wusste es, sobald sie zu sprechen begonnen hatte, und ich wollte, ich *konnte* es immer noch nicht wahr sein lassen. Ohne mich zu rühren – ohne zu atmen –, lauschte ich benommen und schweigend, wie sie den spärlichen Rest meiner Welt zum Einsturz brachte.

Eine weitere lange Pause entstand, bevor sie flüsterte: »Toby, es bleibt nicht viel Zeit. Bitte, heb ab. Ich kann nicht weg, und du bist die Einzige, der ich genug vertraue, um sie anzurufen, also geh *bitte* an dein verdammtes Telefon!« Ich hatte sie noch nie zuvor fluchen hören. Diese Nacht schien voll von erstmaligen Ereignissen zu sein, und ich hatte noch den Morgenrock an. »Ich weiß, dass du da bist! Verflucht noch mal, ich lasse nicht zu, dass mich deine Faulheit umbringt! Toby, verdammt …«

Sie holte tief Luft, ehe sie in festerem Tonfall fortfuhr. Als mir klar wurde, was sie tat, war es zu spät – ich hatte den Beginn der Bindung bereits gehört und würde mich ihr bis zum Ende aussetzen müssen.

»Durch mein Blut und meine Knochen binde ich dich. Durch die Eiche und die Esche, die Vogelbeere und den Dorn binde ich dich. Durch das Wort deiner Lehnstreue, durch meiner Mutter Willen, durch deinen Namen binde ich dich. Wegen der Gefallen, die ich dir in der Vergangenheit getan habe, hast du versprochen, dass ich alles von dir verlangen könnte. Dies geschieht nun. Finde die Antworten, finde die Gründe und finde diejenigen, die mir dieses Leid angetan haben, October Daye, Tochter der Amandine, oder finde nur den eigenen Tod. Durch alles, was ich bin, durch alles, was ich je war, und durch all die Gnaden unserer verschwundenen Fürsten und Fürstinnen binde ich dich …«

Ich spürte, wie der Fluch Halt fand. Dornige Klauen bohrten sich in meine Haut, während mir der bittersüße Geruch von sterbenden Rosen in die Nase und den Mund flutete. Ich ließ die Kaffeetasse fallen, taumelte würgend rücklings und presste mir eine Hand auf den Mund, um mich nicht zu übergeben. Versprechen binden unsresgleichen so sicher wie Eisenketten oder Taue aus Menschenhaar, und Evening hatte mich mit den alten Formeln gebunden, jenen, die jeder mit einem Tropfen Fae-Blut verwenden kann. Dennoch verwendet niemand mehr diese alten Bindungen, es sei denn, die Dinge liegen so trostlos, dass nicht einmal unser vermisster König und seine Jagdgesellschaft sie zu richten vermögen. Sie sind zu stark und zu tödlich.

Fae schwören niemals auf etwas, woran sie nicht glauben. Wir verlangen keinen Dank und bieten auch keinen an; keine Versprechen, kein Bedauern, keine Ketten. Keine Lügen. Wenn Evening sagte, ein Versagen würde mich töten, dann würde es auch so sein. Ich hoffte nur, sie hatte einen guten Grund dafür, andernfalls würde ich sie eigenhändig umbringen müssen.

»Oh Toby, es tut mir leid«, sagte sie und legte den Hörer beiseite, aber nicht auf die Gabel, denn die Verbindung blieb aufrecht. Ich bin nicht sicher, ob es ein Versehen war, doch ich glaube es nicht. Sie wollte, dass ich zuhörte. Sie wusste, wenn ich hörte, was als Nächstes folgte, würde ich nicht einmal versuchen, die Bindung abzuschütteln, die sie über mich ausgesprochen hatte.

Es spielt auch keine Rolle. Ich werde ihr trotzdem nie verzeihen.

Die Geschichte, wie sie mir die Nachricht nun weiter erzählte, war eine, die ich niemals hatte hören wollen, nicht einmal an den schlimmsten meiner schlimmen Tage. Eine Tür, die geräuschvoll aufgerissen wurde; das Geräusch von Schritten. Evening brüllte etwas, das ich nicht ganz verstand … dann ertönte ein Schuss. Ihre Stimme schwoll zu einem gellenden Schrei an und wurde von einem weiteren Schuss zum Verstummen gebracht.

Ich sprang auf die Beine; Galle stieg mir in die Kehle, als ich dem Anrufbeantworter unwillkürlich zubrüllte: »Nein!« Dann schrie wieder Evening. Die Waffe feuerte ein drittes Mal – und die Nachricht endete. Das Gerät knisterte noch einige Sekunden, bevor es mit einem endgültigen Klicken anhielt.

Aus irgendeinem Grund ließ gerade dies alles real erscheinen. Ich starrte das Gerät einen Augenblick lang an, während mir der Atem in der Kehle stockte, dann preschte ich ins Badezimmer. Ich schaffte es gerade noch mit Müh und Not zum Waschbecken, bevor ich mich übergab.

Die Zeit läuft nie rückwärts, wenn ich es mal gebrauchen könnte. Nicht für mich oder für sonst jemanden.

KAPITEL 4

Ich übergab mich drei Mal, bevor ich das Bad wieder verlassen konnte. Bevor ich in mein Zimmer zurückkehrte, spritzte ich mir eiskaltes Wasser ins Gesicht. Unterwegs spielte ich benommen das Band des Anrufbeantworters noch einmal ab. Zum Duschen blieb keine Zeit. Ich war ohnehin nicht sicher, ob ich die Wasserhähne hätte bedienen können, ohne mich zu verbrennen. Sogar mit dem Anziehen hatte ich Mühe. Evenings Worte waren bei der zweiten Wiedergabe nicht barmherziger gewesen – sie flehte mich an, den Hörer abzuheben, ihr zu antworten und alles – wirklich alles – zu tun, um sie zu retten. Von wann stammte dieser letzte Anruf? Eiche und Esche, von *wann*?

Begleitet von Evenings aufgezeichneten Schreien zog ich meinen Mantel an, als mich plötzlich eine Erkenntnis ereilte: Sie bekam, was sie wollte. Ich hatte mich von Faerie abgewandt und abgelehnt, meine Lizenz erneuern zu lassen … und dennoch übernahm ich nun den Fall, und ich würde so lange dranbleiben, bis ich die Antworten hätte, die ich brauchte.

Evening war meine schlechteste Freundin und zugleich die beste Feindin, die ich hatte. Und sie hat mich nie wirklich gekannt, denn selbst am Ende verstand sie noch nicht, dass ich es auch ohne den Fluch getan hätte. Sie hätte mir nur zu sagen brauchen, dass so viel auf dem Spiel stand, wie es offenbar der Fall war. Sie war meine Freundin. Ich hätte es getan.

Die Wirklichkeit der Lage war mir immer noch nicht vollständig bewusst geworden, als ich die Schutzbanne wieder anbrachte und dem Betonpfad zur Garage folgte. Evening *konnte* nicht tot sein. Sie war die frostige, rücksichtslos zielstrebige Gräfin von Goldengrün, die Frau, die herumgebrüllt hatte, bis man Sylvester gestattete, mich zum Ritter zu schlagen, eine reinblütige Daoine Sidhe, die ewig leben würde. So machten das Leute wie sie.

Man denkt nie über den eigenen Tod oder den von Freunden nach, bis er zu nahe kommt, um ihn zu ignorieren. Von wann stammte der letzte Anruf? War ich schon zu Hause? Wenn ich nicht eine so selbstsüchtige Zicke gewesen wäre und meine Nachrichten abgehört hätte, wäre es dann noch möglich gewesen, sie zu retten?

Mein Wagen sprang trotz der anhaltenden Dezemberkälte mühelos an. Unter anderem deshalb mag ich die alten VW-Käfer. Sie haben ständig Pannen, Ersatzteile sind unmöglich zu beschaffen, und der Verbrauch ist eine Zumutung, aber sie scheinen immer anzuspringen, wenn man sie braucht. Ohne auf den Verkehr zu achten, fuhr ich aus der Garage und vermied nur knapp einen Zusammenstoß mit einer Gruppe von Teenagern, die sich in Papas Lexus drängten. Über einen schmalen Asphaltstreifen hinweg tauschten wir Kraftausdrücke aus, bevor wir in entgegengesetzten Richtungen weiterfuhren – sie Richtung Innenstadt, ich Richtung Süden, wo sich die teuersten Wohngegenden von San Francisco befinden.

Die meisten Reinblütler in Evenings Alter leben ständig in den Sommerlanden, statt sich mit dem täglichen Stress des Lebens in der Welt der Sterblichen herumzuplagen. Sogar Sylvester, das »menschlichste« Reinblut, das mir je begegnet war, lebte gänzlich auf der anderen Seite des Hügels. Evening jedoch war stur. Sie hatte miterlebt, wie San Francisco um sie herum aufgebaut worden und von einem kleinen Hafenort zu einer blühenden Stadt gewachsen war. Irgendwann im Verlauf der Zeit war San Francisco dabei zu ihrer Heimat geworden, und danach weigerte sie sich schlicht und einfach, diese zu verlassen.

Ich habe sie einmal nach den Gründen gefragt. »Mir ist San Francisco lieber«, antwortete sie. »Die Lügen hier sind anders. Wenn man so lange gelebt hat wie ich, fängt man an, neue Arten der Unaufrichtigkeit zu schätzen.«

Ich erinnere mich nicht daran, wie ich den Weg zu ihrer Wohnung fand. Wenn ich versuche, an die Fahrt zurückzudenken, fällt mir dazu nur ein, dass ich die Augen die ganze Zeit geschlossen haben musste, weil ich so intensiv betete. An sich halten Fae nicht viel von Göttern, aber ich betete trotzdem – dass mich meine Ohren belogen hatten, dass dies bloß eine Art grausamer Weckruf seitens Evenings gewesen sein konnte oder dass dem Universum nur dieses eine Mal klar werden sollte, welchen Fehler es begangen hatte, und dass es ihn zurücknähme.

Die Gegend wurde unterwegs zunehmend exklusiver, die Gebäude nahmen eine elegante Einförmigkeit an. Evenings Wahl des Wohnorts war keineswegs einzigartig unter den Reinblütlern, die diesseits der Hügel leben. Sie besitzen nicht nur tendenziell Bankkonten, die Jahrhunderte zurückreichen, das elektronische Zeitalter hat zudem den Horizont für magischen Betrug in einem erstaunlichen Ausmaß erweitert. Fae-Gold kann für wesentlich mehr als Partytricks verwendet werden. Es funktioniert beispielsweise hervorragend an der Börse, wo das Geld ja ohnehin eine Illusion ist. Die einzigen Reinblütler, die in Armut leben, sind jene, deren Magie zu schwach oder deren Moral zu ausgeprägt ist, um ihnen Lügen dieser Bandbreite zu gestatten.

Evening hatte derlei Probleme nie. Zu meinem Pech läuft es bei Wechselbälgern anders. Derart starke Illusionen über den erforderlichen Zeitraum aufrechtzuerhalten würde mich umbringen, sofern ich sie überhaupt erschaffen könnte. Deshalb ernähren sich die Reinblütler von Kalbfleisch und kandierten Mondstrahlen, während ich zu einer wahren Kennerin geworden bin, was Makkaroni mit Käse betrifft.

Ach, was soll's. Teigwaren sind wahrscheinlich ohnehin gesünder.

Streifenwagen säumten die Straße vor Evenings Haus. Lichter drehten sich in einem endlos blitzenden, rot-blau-roten Tanz und zerschmetterten das Trugbild der wohlhabenden, unantastbaren Beschaulichkeit, die sich die Gegend so sehr zu vermitteln bemühte. Die Lichter gestalteten es unmöglich, so zu tun, als sei alles perfekt oder als sei dies das mythische San Francisco, das die Popsongs versprachen; dafür war die Szene zu real. Die Passanten betrachteten nervös die Streifenwagen, als fürchteten sie, die Verbrechen oder Tragödien, die ihre Vorstellungskraft heraufbeschworen, könnten auf sie abfärben. Die Menschheit hatte schon immer eine Neigung zu Schuld durch Zugehörigkeit. Welche Schuld hatte Evening auf sich geladen – die, dass sie gestorben war?

Ich fand einen Parkplatz am Ende des Blocks, wo ich mein Auto zwischen einem Übertragungswagen und einem verbeulten Studebaker parkte. Meine Stoßstange dellte den Übertragungswagen ein, und ich spürte ein Aufflackern von Genugtuung. In meiner Ansammlung von Dellen würde diese neue niemals auffallen, und die Reporter verdienten, was ich ihnen beschert hatte. Sie sollten sich nicht auf den Klang von Sirenen stürzen wie Geier auf überfahrene Tiere.

Wie sehr ich mich in Belanglosigkeiten flüchte, wenn ich

Angst habe, erstaunt mich selbst. Ich brauche nur den Punkt zu erreichen, an dem ich vor Panik nicht mehr klar sehe, und schon ist das Ablaufdatum der Milch das Einzige, das zählt. Ich vermute, so schützt sich mein Verstand.

Ich brauchte zwanzig Minuten für den halben Häuserblock zu Evenings Gebäude. Unterwegs hielt ich an, um an Telefonmasten befestigte Flugzettel zu lesen und auf Fenstersimsen hockende Katzen zu beobachten; kurzum, ich tat, was ich konnte, um den Weg länger zu gestalten. Ich wollte nicht dort ankommen, wohin ich unterwegs war. Was natürlich keine Rolle spielte; allzu bald blickte ich an dem eleganten Haus empor, das Gräfin Evening Winterrose in den vergangenen vierzig Jahren als Zuhause gedient hatte. Ich wollte nicht hineingehen. Solange ich das nicht tat, war alles noch nicht real, keine Tatsache, sondern lediglich eine mögliche Wendung der Geschichte, wie bei einer Katze, die man in einen geschlossenen Karton sperrt. Hätte ich mich umgedreht und wäre nach Hause gegangen, hätte ich warten können, bis Evening wieder anrief, um sich hämisch darüber auszulassen, wie leichtgläubig ich gewesen war. Wir würden lachen und lachen … solange ich nicht hineinging. Die Polizei würde die Sirenen abschalten und in die Innenstadt zurückkehren. Ich würde vergessen, dass Evening mich gebunden hatte; ich würde den erstickenden Geschmack von Rosen und den Gestank von brennender Eberesche vergessen.

Ich würde vergessen, dass es meine Schuld war.

Ich stieg die Stufen zur Tür hinauf.

Ein Polizist mit einem Klemmbrett in der Hand stand am Summer. Unverkennbar überprüfte er die Personen, die kamen und gingen – durch und durch logisch am Eingang eines Privatwohnkomplexes, in dem gerade jemand ermordet worden war, allerdings mehr als ein wenig unpraktisch für mich.

Ich straffte die Schultern, kramte eine zerknüllte Quittung aus der Hosentasche hervor und hob sie an, als sich der Mann mir zudrehte.

»Herzkönigin gern Torte backt, am Sommertag und splitternackt«, sagte ich und dachte in seine Richtung: »Ich bin berechtigt, hier zu sein.« Der Geruch von Kupfer und geschnittenem Gras stieg rings um mich auf, als sein Blick glasig wurde. Ich senkte die Quittung. »Kann ich davon ausgehen, dass alles in Ordnung ist?«

»Ja, Ma'am«, antwortete er lächelnd und winkte mich hinein. »Dritter Stock.«

»Alles klar.« Wen immer er zu sehen glaubte, die Person hatte Zugang zum Tatort; abgesehen davon interessierte mich nicht, für wen er mich hielt.

Der Flur war mit Teppichen in einem Grauton ausgelegt, der die cremefarbenen Wände und das dunkle Teakholz der Beistelltischchen ergänzte. Geschmackvolle Eleganz ohne Pomp. Natürlich war es geschmackvoll – mit einer Monatsmiete könnte ich wahrscheinlich ein ganzes Jahr lang auskommen. Ich erhöhte meine Schätzung um mindestens sechs Monate, als sich die Fahrstuhltüren öffneten und fünf Polizeibeamte sowie einen waschechten Aufzugspagen offenbarten.

Die Polizisten strömten in den Flur heraus. Ich schob mich an ihnen vorbei, nickte dem Pagen zu und sagte: »Dritter Stock.« Er erwiderte mein Nicken, drückte den Knopf, und die Türen glitten zu. Der Fahrstuhl setzte sich so sanft in Bewegung, dass ich es kaum spürte. Unwillkürlich verkrampfte ich mich. Ich hasse es, wenn ich nicht zu sagen vermag, in welche Richtung ich mich bewege.

Ich hatte Evenings Gebäude seit 1987 nicht mehr besucht. Soweit ich es beurteilen konnte, hatte sich jedoch nichts geändert – der Ort strotzte nur so vor Eleganz und jener Art von Zeitlosigkeit, die nur Geld kaufen kann. Stillstand ist einer der Vorzüge, wenn man sehr, sehr reich ist. Nichts verändert sich je, es sei denn, man lässt es zu.

Der Page sah mich nervös an. Ich versuchte, ihm so zuzulächeln, als wäre mir wirklich danach zumute. Der erste Mord ist immer am härtesten, wenngleich man sich natürlich nie wirklich daran gewöhnt. Wir hielten im dritten Stock an. Ich stieg aus und ließ ihn ins Erdgeschoss zurückkehren.

Überall tummelten sich Polizisten, eilten geschäftig bald hierhin, bald dorthin und murmelten dabei in jenem kaum vernehmbaren Flüsterton, den nur Polizisten und Kinder verwenden. Zwischen den beiden gibt es mehr Ähnlichkeiten, als man meinen mag, angefangen damit, ob man möchte oder nicht, dass sie einen in einer dunklen Gasse mit einer Pistole erwarten. Ich habe schon mit der Polizei zusammengearbeitet und mag sogar einige Beamte, was jedoch nicht bedeutet, dass ich die Polizei insgesamt mögen muss. Macht bringt in so gut wie jedem das Schlimmste zum Vorschein.

Die meisten Türen im Flur waren geschlossen, aber diejenige Evelyns hatte man ein Stück weit aufgekeilt, gerade genug, damit die Polizisten ein- und ausgehen konnten, ohne jemandem etwas zu offenbaren, dem es unter Umständen gelungen war, sich an der Sicherheitskontrolle vorbeizumogeln. Ich blieb vor der Tür stehen und holte tief Luft. Da war sie nun: die letzte Gelegenheit, mich umzudrehen und davonzugehen.

Die Tür ganz aufzuschieben erwies sich als nahezu unmöglich. Im Vergleich dazu gestaltete sich jedoch das Eintreten selbst enttäuschend schlicht. Wodurch es allerdings nicht einfacher wurde.

Unmittelbar hinter der Tür stand ein Beamter. Bevor er sich

ganz umgedreht hatte, holte ich meine Quittung hervor und leierte: »Herzbube stiehlt die Torte, packt sie ohne Worte.« Der Polizist erstarrte, und seine Miene wirkte ebenso leicht verwundert wie die seines Kollegen. Schmerz zuckte durch meine Stirn: Ich hatte mich überanstrengt, und die Kopfschmerzen folgten auf dem Fuß. Ich bemühte mich, sie zu ignorieren, senkte die Quittung und fragte: »Darf ich vorbei?«

»Ja, gehen Sie«, antwortete er und wirkte nach wie vor wie benommen, als ich mich an ihm vorbeischob.

Die Wohnung war in Rosatönen eingerichtet, die von einer dunklen, an Rot grenzenden Nuance bis hin zu einer blassen, fast cremefarbenen reichten. Evenings Blut passte wahrscheinlich bestens dazu, bis es anfing, zu trocknen und in ein hässliches Braun überzugehen. Den Leichnam sah ich nicht, sehr wohl hingegen das Blut, einige Tropfen davon auf dem Teppich in der Nähe der Tür. Der halbe Raum schien bereits in ordentlich beschriftete Plastiktüten verpackt worden zu sein, und was man nicht eingetütet hatte, wirkte im künstlichen Licht klein und knallig. Mord entreißt jedem seine Illusionen, ganz gleich, wie sorgsam sie erschaffen wurden.

Überall waren Beamte, die wie Ameisen umherwuselten, während sie Beweise sammelten und Blutspritzer vermaßen. Ich betrachtete die Tüten, als ich das Zimmer durchquerte, und vergewisserte mich, dass sie keine Anzeichen auf Evenings wahre Natur entdeckt hatten. Ich brauchte mir keine Sorgen zu machen. Evening war alt und vorsichtig gewesen. Man würde nichts finden, aus dem mehr hervorging, als dass sie eine reiche Geschäftsfrau namens Evelyn Winters war, die irgendjemand aus einem unbekannten Grund ermordet hatte.

Fast gegen meinen Willen bewegte ich mich auf den Leichnam zu. Das Gewicht von Evenings Bindung lastete schwer auf meiner Brust. Jedem Beamten, an dem ich vorbeiging, hielt ich meine zunehmend zerknüllte Quittung vor die Nase. Keiner versuchte mir zu untersagen, mich der Leiche zu nähern – oder was man dafür hielt. Wenn sich die Polizei bereits dermaßen ausgebreitet hatte, waren die Nachtschatten längst hier gewesen und wieder verschwunden. Ich würde mich also mit dem begnügen müssen, was sie zurückgelassen hatten.

Fae-Fleisch verwest nicht, was nur logisch ist: Fae altern ja nicht über den Punkt der Reife hinaus, weshalb also sollten sie verrotten? Aber das bedeutet, dass etwas mit den Leichen geschehen muss, und jetzt kommen die Nachtschatten ins Spiel. Sie tauchen auf, wenn wir sterben, nehmen unsere Toten für ihre Tische mit und lassen Nachbildungen zurück. Ihre Spielzeuge verhalten sich genau so wie echte Tote. Sie bluten, stinken und verwesen mit einer Perfektion, die eine Menge über ihre Schöpfer aussagt. Nur ein einziger Umstand unterscheidet die Nachbildungen der Nachtschatten von unseren echten Toten: Sie sind menschlich. Ihre Ohren sind rund, ihre Augen normal, die Haut ist weiß, braun oder sonnengebräunt, aber niemals blau oder grün. Nichts an ihnen könnte uns verraten.

Unsere echten Toten werden von den Nachtschatten verschlungen, und sie lassen an ihrer Stelle hübsche Fantasiegebilde zurück, um die in der Welt der Sterblichen getrauert werden kann. Ich weiß nicht, wann wir diesen Handel mit ihnen eingegangen sind, aber mittlerweile gibt es keinen Ausstieg mehr daraus. Und so eklig es erscheinen mag, es erfüllt seinen Zweck.

Das Wissen, dass ich es nicht wirklich mit Evenings Leichnam zu tun hatte, machte die Sache nicht einfacher. Die Nachtschatten bilden nur nach, was sie sehen.

Die Nachbildung lag ausgestreckt neben der Couch und starrte mit offenen Augen an die Decke. Ich kämpfte gegen den Drang an, mich umzudrehen und die Flucht zu ergreifen. Perverserweise war ich froh darüber, mein Frühstück bereits erbrochen zu haben. Ein Teil von mir war immer noch in der Lage, über die Einzelheiten zu staunen, die von den Nachtschatten in ihre Schöpfung eingearbeitet worden waren. Jeder Zoll von Evenings menschlicher Tarnung war tadellos wiedergegeben worden, bis hin zu den offenkundig gewaltsamen Umständen ihres Todes.

Ich kniete mich neben den Leichnam und schaltete den analytischen Teil meines Verstandes ein, während ich den Bereich um den Körper herum absuchte. Auf dem fast weißen Teppich prangten blutige Fußabdrücke, aber die waren unvermeidlich; es gab keine Stelle, auf die man den Fuß setzen konnte, ohne in Blut zu treten. Einige der Beamten hatten sich Plastiktüten über die Schuhe gestülpt, und wenn die Mörder klug waren, hatten sie etwas Ähnliches getan. Jedenfalls wies keiner der Abdrücke ein so markantes Muster auf, dass es sich von der Masse der anderen abhob. Falls die Mordwaffe zurückgelassen worden war, hatte die Polizei sie bereits erfasst und eingetütet, bevor ich eintraf. Als ich noch Privatdetektivin gewesen war, hatte ich manchmal bedauert, nicht direkt bei der Polizei zu arbeiten – meine Aufgabe wäre um einiges einfacher gewesen, wenn ich Zugang zu handfesten Beweisen gehabt hätte. Leider hasse ich den Anblick von Blut, außerdem kann ich vormittags nicht arbeiten, somit ist eine Karriere bei der Polizei auch künftig ausgeschlossen.

Mit einem Ruck wurde mir klar, in welche Richtung meine Gedanken wanderten. Nein. Dies war eine einmalige Sache, bei der es um Notwendigkeit ging, nicht um meine Zukunft.

Dieses Leben hatte ich aufgegeben. Ich würde nicht dorthin zurückkehren.

Es gab eine Möglichkeit, mich davon abzulenken, zu intensiv über Polizeiverfahren oder dergleichen nachzudenken. Ich stählte mich und richtete die Aufmerksamkeit wieder auf das, was von Evening übrig war.

Ihr Bademantel war weiß gewesen, als sie ihn angezogen hatte. Nun präsentierte er sich abgesehen von einigen wenigen Stellen am Ärmel in einem dunklen, bräunlichen Rot. Ich sah zwei offensichtliche Schussverletzungen, eine in der Schulter, eine im Bauch, aber keine davon hätte sie umbringen können. Sie mussten höllisch geschmerzt haben, doch sie hätte sie überlebt.

Unter Berücksichtigung aller Umstände starb sie wahrscheinlich, als man ihr die Kehle aufschlitzte.

Ihre Arme ruhten gerade an den Seiten, Beine und Hüften jedoch waren verdreht – sie hatte bis zum Ende um sich getreten. Jemand hatte sie niedergedrückt, während ihr die Kehle aufgeschlitzt wurde, und sie dann weiter festgehalten, bis sie aufgehört hatte, sich zu wehren. Das bedeutete, dass es zwei Mörder geben musste, vielleicht mehr. Eines musste ich Evening lassen: Sie war nicht überrascht worden. Der Ausdruck in ihrem Gesicht zeugte von reiner Wut, die die darunterliegenden Grundmauern der Angst fast völlig übertünchte. Sie war um sich tretend gestorben, ja, aber sie war auch stinksauer gewesen.

Das Blut war nicht das Schlimmste. Ebenso wenig der zweite Mund unter ihrem Kinn. Der erste Platz ging an das rundohrige, gewöhnliche Gesicht, das von schwarzem, mit grauen Strähnen durchzogenem und von Blut verklebtem Haar umrahmt wurde. *Die* Evening Winterrose, die ich gekannt hatte, besaß Züge, die wie das letzte, vollendete Werk eines sterbenden Bildhauers anmuteten: Ohren, die sich zu scharfen Spitzen verjüngten; Haar zwischen Schwarz und Violett mit rosa, orangen und blauen Glanzstellen, die an Polarlichter erinnerten. Sie war wild und schrecklich und seltsam gewesen, eine der Daoine Sidhe, der hellsten Fae. Und sie war nie menschlich gewesen – aber was die Nachtschatten hier zurückgelassen hatten, würde nie etwas anderes sein. Der Tod ließ sie nicht einmal ihr wahres Gesicht behalten.

Etwas an dem Leichnam stimmte nicht. Ich beugte mich für einen genaueren Blick auf ihre Wunden näher hin, wusste jedoch bereits, dass sie mir nichts verraten würden. Es mag kriminaltechnische Experten geben, die sich einen Messerschnitt ansehen und alles über denjenigen zu berichten wissen, von dem er stammt, aber ich gehöre nicht dazu. Alles, was ich weiß, habe ich aus der Erfahrung gelernt, und meine Erfahrung sagte mir, dass hier etwas nicht stimmte.

In meiner Welt gibt es zwei Arten von Problemen: die der Menschen und die der Fae. Als ich noch professionelle Privatdetektivin war, ließen sich die meisten menschlichen Probleme mit einer Kamera und einem gut platzierten Mikrofon lösen. Und sah es bei einem menschlichen Problem so aus, als könnte es tödlich werden, gab ich es den Menschen zurück. Sie können sich ruhig um ihren eigenen Müll kümmern.

Fae-Probleme sind dagegen eine andere Sache, da meine Loyalität Sylvester gilt und meine Handlungen selbst jetzt noch auf ihn zurückfallen. Ich bin sein Ritter, was bedeutet, dass ich Fae-Problemen bis zum Ende nachgehen muss, ganz gleich, wie schlimm sie sein mögen. Der vorliegende Fall *war* ein Fae-Problem. Ob es mir gefiel oder nicht, es bedurfte einer Fae-Lösung.

Ein Teil des Blutes auf dem Teppich war noch so feucht, dass es durch die Knie meiner Jeans drang. Ich fuhr mit einem Finger so über einen der tieferen Flecken, dass frisches Blut durch die Fasern quoll.

Meine Mutter ist eine Daoine Sidhe. Das bedeutet: Ich bin es ebenfalls, wenn auch stark vermindert. Es gibt Möglichkeiten, mit den Toten zu reden, die nahezu exklusiv uns vorbehalten sind – oder wenn ich schon nicht mit ihnen reden konnte, dann war doch zumindest das Erlangen eines besseren Verständnisses möglich. Evenings Blut konnte mir einen Geschmack von ihrem Tod vermitteln. Der Körper war verschwunden, aber das Blut würde sich daran erinnern. Blut erinnert sich immer.

Ich hob den Finger an die Lippen.

Blutmagie ist gefährlich, weil sie das Gehirn überspringt und direkt in die Eingeweide fährt. Handelt es sich um jemanden, der so schwach ist wie ich, kann man von Glück sagen, wenn es nicht dazu kommt, dass dieser Jemand versucht, vom Dach eines zehnstöckigen Gebäudes zu fliegen. Von allen Nachkommen Titanias können allein die Daoine Sidhe den Tod anderer anhand des Geschmacks ihres Blutes messen; alle anderen, die über diese Fähigkeit verfügen, stammen von Maeve und den dunklen Trieben der Fae ab. Evening stellte für mich das fünfte Mal dar. Allerdings wird es mit Übung nicht besser.

Die Welt verkrümmte sich so weit, bis ich die Wohnung durch einen rotstichigen Nebel betrachtete. Die Polizei und der Leichnam waren verschwunden; so hatte die Welt durch Evenings Augen kurz vor dem Ende ausgesehen. Es war so verwirrend, als versuchte man, nach drei Bieren gerade zu laufen, aber nicht schmerzhaft. Das Wissen, dass die Rückkehr aus diesem Zustand schlimmer als ein Kater sein würde, lauerte am

Rand meines Bewusstseins, aber ich verdrängte es und zwang mich, tiefer in das Rot einzutauchen.

Jäh wurde das Bild scharf, und der Raum präsentierte sich sauber, makellos und unbefleckt von jeglichen Anzeichen auf einen Kampf. Eine warme Woge der Zufriedenheit durchflutete mich. Alles befand sich dort, wo es hingehörte.

Vor allem der Schlüssel.

Ich löste mich aus dem Schleier von Evenings Erinnerungen und fuhr mit den Fingern erneut über den blutigen Teppich. Schlüssel? Welcher Schlüssel? Ihr Blut schmeckte zugleich bitter und süß, und meine Sicht verschwamm, als ich zurück in die Augenblicke vor Evenings Tod geschleudert wurde.

Die Tür fliegt geräuschvoll auf, aber es spielt keine Rolle; sie sind zu spät dran. Das weiß ich, als ich mich ihnen mit dem Telefon in der Hand zuwende. October weiß Bescheid, und sie wird kommen, um Antworten zu suchen. Sie sind zu spät dran, zu spät, um den Schlüssel mitzunehmen. October wird gewiss finden, was für sie zurückgelassen wurde, und sie wird diesem Hohn ein Ende bereiten …

Ein Erinnerungsblitz, der nicht mir gehörte, zuckte durch die Bilder, die mir das Blut zeigte.

Ich reichte einem kleinen, geflügelten Wesen – einem Luftgeist? Woher kam der Luftgeist? – *einen Schlüssel, und es nahm sich eine Blutgabe aus meiner Handfläche, indem es mit den Fingern über den leichten Schnitt fuhr, den ich dort geöffnet hatte. Dann flog es weg, sprang mit dem Schlüssel in den Armen aus dem Fenster. Nun machte ich ein letztes Telefonat und rief October an, die es zwar nie verstehen, dies aber letztlich doch beenden wird. Und die Tür flog auf, und ich kreischte, und dann …*

Dann setzten die Schmerzen ein.

Die Erinnerungen von Toten nachzuvollziehen ist selbst im besten Fall noch unangenehm. Was immer sie empfanden, empfindet man nach, und es besteht ständig die Gefahr, dass man nicht früh genug loslässt. Ihnen in den Tod zu folgen ist, als rase man mit einer Achterbahn in die Hölle. Hat man Glück, kehrt man unter Umständen zurück. Aber man sollte sich nicht darauf verlassen. Ich riss mich aus den Erinnerungen los, nachdem die Schüsse gefallen waren, nachdem man ihr die Kehle aufgeschlitzt hatte und bevor ihr Herz zu schlagen aufhörte.

Ich rappelte mich auf die Beine und wankte aus der Wohnung, indem ich mich an den Polizisten vorbeidrängte. Ich schaffte es halb den Flur hinab, bevor meine Knie einknickten. Würgend griff ich im Fallen nach dem Rand des nächstbesten Ziertopfs. Aber so sehr ich auch würgen mochte, den fauligen Geschmack würde ich nicht aus dem Geist bekommen. Man taucht in das Blut ein und bezahlt den Preis dafür. Ein Teil davon ist, dass man sich an das erinnert, woran man sich erinnern wollte. Man behält es und weiß, solange man lebt, wie sich der Tod anfühlt.

Ich hatte schon öfter Tode nachempfunden und es erschüttert, aber gefasst überstanden. Evening jedoch … o Eberesche, was sie Evening angetan hatten …

Es gibt eine Menge Möglichkeiten, Fae zu töten. Die meisten Dinge, die Menschen umbringen, sind auch für uns tödlich – außer einem Mantikor kenne ich niemanden, der es überleben könnte, von einem Zug überfahren zu werden, oder dem es nichts ausmachen würde, den Kopf zu verlieren. Dennoch gibt es einige Wege, uns zu töten, gegen die eine Enthauptung wie ein Zuckerschlecken anmutet. Und das Schlimmste ist der Tod durch Eisen. Es tötet erst die Magie, dann den Verstand und schließlich den Körper. Es ist der große Gleichmacher, etwas, das jeden umzubringen vermag. Der Tod durch Eisen geschieht langsam, qualvoll und ist allzu oft unvermeidlich.

Und die Mistkerle hatten Evening genau damit umgebracht. Es hatte nicht gereicht, in ihr privates Reich einzudringen und ihr Leben zu beenden; sie mussten ein Spektakel daraus machen. Was konnte sie nur getan haben, um das zu verdienen?

Ein Polizist ging an mir vorbei auf die Wohnung zu und murmelte: »Anfängerin.« Offensichtlich war ich ihm zuvor schon begegnet, und er sah in mir immer noch das, was er sehen wollte. Gut. Das Letzte, was ich brauchen konnte, waren jetzt Fragen darüber, weshalb ich blutverschmiert vor dem Schauplatz eines Mordes kniete, während sich mir im Kopf noch alles drehte.

Auch in Evenings Erinnerung hatte ich ihre Mörder nicht gesehen. Irgendwie war es ihnen gelungen, außer Sicht zu bleiben. Oder sie hatten sich aus dem Blut gelöscht, bevor sie gingen. Ich wusste zwar nicht, ob das möglich war, konnte es jedoch auch nicht ausschließen. Jedenfalls waren diese Leute gefährlich, und es handelte sich hierbei um mehr als schlichten Mord: Jemand hatte Eisen verwendet, um ein Leben zu beenden. Obendrein nicht irgendein Leben. Wäre das Opfer ein Wechselbalg gewesen, hätten die Reinblütler vielleicht die Blicke abgewandt, es als »moralisch zu verurteilende Tat« bezeichnet und dabei belassen … aber Evening war eine von ihnen gewesen. Sie war unter den Hügeln geboren worden, als die Menschheit das Feuer noch für eine nette neue Idee gehalten hatte. Die Reinblütler mögen ihre Unzulänglichkeiten haben, aber sie kümmern sich doch um ihresgleichen.

Wenn ich nicht rasch handelte, würden die Dinge explodieren.

KAPITEL 5

In die Wohnung zurückzukehren bedurfte aller Selbstbeherrschung, die ich besaß, aber ich tat es. Ich hatte drei Schüsse gehört, der »Leichnam« wies jedoch nur zwei Schussverletzungen auf. Das bedeutete, dass sich eine der Kugeln noch im Zimmer befinden konnte. Wenn ich Sicherheit darüber haben wollte, wie Evening gestorben war, musste ich sie finden.

Eisenkugeln sind schwer und unebenmäßig. Das ändert ihr Verhalten: Sie fliegen nicht gerade. Selbst wenn die Polizei von der dritten Kugel gewusst hätte, sie hätte die Suche danach aus der Position des Schützen begonnen und eine falsche Vorstellung davon gehabt, wohin sie abgefeuert worden sein könnte. Ich fand sie schließlich in der Täfelung der Wand gegenüber dem Balkon, eine kleine, ungleichmäßige Kugel, die mir alles verriet, was ich brauchte, aber nicht wissen wollte.

Sie bestand aus Eisen, rein genug, um selbst aus mehreren Metern Entfernung zu brennen. Ohne sie mitzunehmen, verließ ich die Wohnung zum letzten Mal. Physische Beweise waren nicht notwendig, und mit Eisen kann man keine geeignete Magie wirken. Ich musste es nur *wissen*.

Der Übertragungswagen befand sich noch auf der Straße, als ich zu meinem Auto zurückging, einstieg und losfuhr. Aber das Kamerateam war weit und breit nicht zu sehen. Was auch gut so war. Meine Irreführungszauber sind nicht stark genug, um auf Film zu bestehen, und ich wollte nicht mit Blut an den Händen und Jeans aufgezeichnet werden.

Das Eisen verriet mir zweierlei: einerseits, dass Evenings Mörder Fae gewesen waren, da kein Mensch diese spezielle Waffe verwendet hätte … und zweitens, dass ich es mit keinen der üblichen Verdächtigen zu tun hatte. Meine verletzten Empfindsamkeiten wollten sich schnurstracks auf die Vermutung stürzen, dass Simon und Oleander die Finger im Spiel hatten. Doch die beiden verließen sich zu sehr auf Magie, um so viel Eisen mit sich herumzuschleppen. Skrupel kennen sie zwar so gut wie keine, aber das bedeutet noch lange nicht, dass sie auch bereit wären, ihre magischen Fähigkeiten für Wochen, vielleicht sogar Monate außer Kraft zu setzen, indem sie so viel Umgang mit Eisen hatten. Dadurch würde man sie nur erwischen, und dafür waren sie zu gerissen.

Evenings Blut hatte selbst einiges preiszugeben gehabt, wenn die Erkenntnisse auch etwas verschwommener waren. Jedenfalls hatte sie vor ihrem Tod niemanden sonst angerufen; ich war die Einzige, die wusste, dass sie gestorben war, abgesehen von den Nachtschatten – und ihren Mördern. Irgendwie bezweifelte ich, dass die Leute, die sie umgebracht hatten, die Neuigkeit verbreiten würden, dass sie gegen Oberons höchstes Gesetz verstoßen hatten – das Verbot, Reinblütler zu töten, außer in einem formell erklärten Krieg. Und die Nachtschatten halten sich mit Konversation generell zurück. Ich kenne niemanden, der sie wirklich je zu Gesicht bekommen hat. Folglich war ich auf mich allein gestellt, und ich arbeitete gegen die Zeit, weil ich ihre Mörder finden musste, bevor ich noch in Evenings Fluch ertrank – und nicht im Teichwasser.

Doch all dies würde warten müssen, da ich unmittelbarere Pflichten zu erfüllen hatte. Riten mussten beachtet und Worte gesprochen werden, für diejenigen, die nicht gestorben waren. Reinblütler finden sich nicht leicht mit dem Tod ab. Etwas musste den schweren Schlag dämpfen. Darüber hinaus blieb die schlichte Tatsache, dass eine Frau brutal von jemandem ermordet worden war, der eindeutig um ihre wahre Natur gewusst hatte. Menschen tragen keine kalten Eisenmesser mit sich herum – es sind schwere, klobige Dinger, und die moderne Technik ist mittlerweile so weit darüber hinaus, dass sie nur noch in Fae-Händen auftauchen. Wer auch immer Evening getötet haben mochte, er wollte gewährleisten, dass ihr Tod so qualvoll wie möglich sein würde. Dadurch wurde es zu einer Angelegenheit für ihre Lehnsherrin, und das bedeutete: Ich musste mich an einen Ort begeben, mit dem ich nicht das Geringste zu tun haben wollte: an den Hof der Königin der Nebel, der Herrscherin von Nordkalifornien.

Die derzeitige Königin der Nebel hatte den Thron nicht unter den günstigsten Umständen der Welt bestiegen: Sie wurde im Jahr 1906 Königin, als das große Erdbeben von San Francisco die halbe Fae-Bevölkerung der Stadt dahinraffte, unter anderem ihren Vater, König Gilad. Sie war irgendwo abseits des Hofes großgezogen worden, und niemand erfuhr je, wer ihre Mutter gewesen war. Aber Evening – schon damals Gräfin von Goldengrün – unterstützte ihren Anspruch, und niemand wollte ihn ernsthaft anfechten. Seither schwingt sie das Zepter. Anfangs befand sich ihr Hof in North Beach, später, nachdem ihr erster hohler Hügel dort zerstört worden war, verlagerte sie ihren Sitz an die Bucht. Niemand kannte ihren Namen oder wusste, wo sie aufgewachsen war. Auch sonst wusste man wenig mehr über sie, als dass sie die Königin und ihr Wort Gesetz war.

Sie und ich sind nie gut miteinander ausgekommen. Sylvester und Evening waren diejenigen, die darauf bestanden, Sylvester zu gestatten, mich für die Dienste gegenüber der Krone in den Ritterstand zu erheben, als ihr ursprünglicher

Hof zerstört wurde. Die Königin selbst war eher dafür, mich mit dem Rest des Wechselbalgpöbels hinauszuwerfen. Vielleicht liegt es an der Mischung ihres Blutes – ihr Erbe ist ein seltsames Sammelsurium aus Sirene, Meereswicht und Todesfee. Oder vielleicht ist sie auch bloß hochnäsig. Jedenfalls hat die Frau Wechselbälger noch nie gemocht, und mich zu adeln widerstrebte ihren Empfindlichkeiten. Sie tat es trotzdem, weil die Dienste, die ich erbracht hatte, zu groß waren, um sie zu ignorieren, und weil Evening darauf drängte. Ich glaube aber nicht, dass die Königin mir je verziehen hat. Ich habe es mir zur Regel gemacht, ihre Gegenwart weitestgehend zu meiden, um sie nicht daran zu erinnern, wie unglücklich sie über die ganze Angelegenheit war.

Es ist wenig hilfreich, dass Wechselbälger die unterste Stufe der Gesellschaft der Fae bilden; wir sind zu sterblich, um ihr wirklich anzugehören, und zu sehr Fae, um mit einem Tätscheln auf den Kopf und »Hab ein schönes Leben« zurück zu unseren menschlichen Eltern geschickt zu werden. Vorausgesetzt, unsere menschlichen Eltern leben noch, nachdem wir lang genug in den Sommerlanden gewesen sind, um zu erkennen, wie steif einem der Wind dort um die Nase wehen kann. Und das ist keinesfalls gewährleistet. Die meisten von uns fristen die Jahrhunderte als Mitläufer an den verschiedenen Fae-Höfen, folgen unseren unsterblichen Verwandten und betteln wie Welpen um Krumen, bis uns die eigene Vergänglichkeit einholt und wir zum Sterben davonschleichen. So soll das Spiel laufen. Nur habe ich mich schon immer geweigert, mich an diese Regeln zu halten, wodurch ich mich in den höheren Gefilden des Adels nicht unbedingt beliebter gemacht habe.

Angesichts der späten Stunde waren nur noch wenige Autos zur Bucht unterwegs. An manchen Orten ist es zu kalt für eine

Verabredung an einem Dezemberabend, sogar in einer Stadt, deren Ruhm auf einem eisigen Ozean und ständigem Nebel basiert. Da zu erfrieren nicht gerade förderlich ist, wenn man eine angenehme Zeit haben möchte, hatten sich die Touristen weiter ins Landesinnere verzogen, sodass ich freie Fahrt zu meinem Ziel hatte: einer kleinen Ansammlung von Straßen und verfallenden Geschäften etwa sechs Meilen von Fisherman's Wharf entfernt am Meer. Der Strand, zu dem ich wollte, gehörte zu keinem Naturreservat, Küstenpfad oder Ausflugsziel. Es handelte sich lediglich um einen steinigen Landstreifen an der inneren Krümmung der Küstenwand, so abgeschieden, dass er in Vergessenheit geraten, aus Sicht der Fae aber ungeheuer wichtig war.

Wo ich hinwollte, gab es keine Straßenverkäufer oder Touristenfallen, nur den Geruch des Meeres und des natürlichen Verfalls jedes Küstenorts. Im Großteil der Stadt ist das Parken wegen der Touristen kostenpflichtig. In der Nähe des Mugels der Königin ist es schwierig, weil es kaum Möglichkeiten dafür gibt. Lagerhäuser und verwahrlosende Industriegebäude regen nicht unbedingt zum Bau von Parkplätzen an. Ich musste fünfzehn Minuten im Kreis fahren, bevor ich einen Abstellplatz ohne Parkuhr fand, auf halbem Weg eine Nebenstraße hinunter, die eher einer Gasse ähnelte. Bevor ich ausstieg, schob ich meine Tasche ins Handschuhfach. Vielleicht war es eine Einladung zum Diebstahl, aber ich trage nicht gerne Unnötiges mit mir herum, wenn ich die Königin besuche. Das Risiko ist zu groß, dass ich unverhofft flüchten muss.

Der Geschmack von Rosen geriet mir in den Mund, als ich aus dem Wagen stieg. Ich taumelte, und das Bild eines Luftgeists mit zerfledderten, eichenblattähnlichen Flügeln zuckte durch meinen Verstand. *Der Schlüssel …*

Was immer es sein mochte, es war wichtig. Aber es blieb etwas, das ich erst herausfinden würde, wenn ich dies hinter mir hätte: der Königin zu berichten, was geschehen war. Ich drängte das Bild zusammen mit den dornigen Ranken von Evenings Fluch zurück. Ich hatte eine Aufgabe zu erledigen, stülpte mir den Mantelkragen übers Kinn und setzte mich die Gasse hinab in Richtung des Meeres in Bewegung.

Nahezu alle Fae-Höfe befinden sich an verborgenen Plätzen, die als »Mugel« bezeichnet werden. Das sind kleine Blasen der Wirklichkeit, die im Gleichgewicht zwischen der Welt der Sterblichen und den Sommerlanden existieren. Manche sind einfach zu erreichen, während andere alles Mögliche bis hin zu Blutopfern erfordern, um in sie hineinzugelangen. Es kommt ganz darauf an, wer sie errichtet hat und wer die Pforten kontrolliert.

Ich habe schon Portale in Jahrmarkt-Fotokabinen, Tankstellen-Toiletten und alten Kartons gesehen, natürlich auch in den traditionelleren Grasringen und Steinpforten. Die Königin der Nebel hat ihre eigenen Türen geöffnet, was bedeutet, dass ihr Mugel gut versteckt und nicht einfach zu erreichen ist. Um hineinzugelangen, muss man eine Viertelmeile über einen größtenteils unberührten Strand wandern, über nasse, mit Möwendreck und altem Seetang verkrustete Steine klettern und versuchen, unterwegs nicht in den Pazifik zu fallen. Ein Marsch in der Dunkelheit über einen glitschigen Strand ist allerdings nicht unbedingt das, was man auf den Besuch eines Mord-Tatorts folgen lassen möchte, es sei denn, man ist masochistisch veranlagt, was auf mich nicht zutrifft. Ein glücklicher Umstand war, dass gerade Ebbe herrschte, ein weniger glücklicher, dass der Mond kaum Licht spendete. Und selbst die Nachtsicht von Wechselbälgern ist keine Hilfe, wenn Nebel aufzieht.

Turnschuhe sind wirklich nicht für nassen Sand und rutschigen Stein gedacht, dennoch gelang es mir irgendwie, nicht in die Bucht von San Francisco zu stürzen, bevor ich die Höhle erreichte, die den Eingang zum Hof der Königin darstellt. Sie war schmal, feucht und dunkel und lag fast gänzlich hinter einem scheinbar zufällig entstandenen Steinhaufen verborgen. Insgesamt vermittelte das ganze Gebilde den Eindruck, es könne jeden Augenblick einstürzen, was natürlich bedeutete, dass es sich um den einzigen Eingang handelte.

Ich stieg von den Steinen und zuckte zusammen, als das Meerwasser sofort meine Socken durchweichte. Die Nacht wurde immer besser. Und nun hatte ich auch noch einer mächtigen Frau, die mich nicht mochte, schlechte Neuigkeiten zu überbringen, ein schreckliches Verbrechen aufzuklären und obendrein nasse Socken. Murrend wagte ich mich in die Dunkelheit.

Das Wasser in der Höhle wurde tiefer, je weiter ich vordrang. Bald reichte es mir halb die Waden hinauf und durchtränkte meine Jeans bis zu den Oberschenkeln. Zitternd tastete ich mich mit einer Hand an der feuchten Wand entlang. Ich hoffe, eines Tages entdeckt Ihre Majestät auch mal die Vorzüge von Zentralheizungen und Abflussanlagen. Bis dahin muss man für einen Besuch bei ihr durch die Dunkelheit stolpern und hoffen, von nichts Garstigem aufgespürt zu werden, das plötzlich hervorspringt und »Überraschung!« ruft.

Etwa sechs Meter vom Eingang entfernt begann der Stein in fahlem Weiß zu schimmern. Ich ging weiter und ignorierte das Gefühl von Phantomhänden, die an meinen Kleidern und Haaren zupften. Dann wurde der Untergrund ganz plötzlich eben. Zugleich ersetzte polierter Marmor den rauen Stein. Ich blieb in Bewegung. Meine nassen Schuhe klatschten bei jedem

Schritt auf den Marmorboden. Nach weiteren drei Metern öffneten sich die Wände, und ich lief plötzlich durch einen riesigen Ballsaal mit eisweißem Marmorboden und kannelierten Säulen, die eine hohe Decke stützten. Höflinge drängten sich wie exotische Vögel zusammen, deuteten mit den Fingern auf mich und tuschelten hinter vorgehaltenen Händen, als sie mein ungepflegtes Erscheinungsbild bemerkten. Ich stapfte weiter.

Das Ärgerliche an der Königin der Nebel ist: Sie steht derart weit über dem Protokoll, dass sie es nicht für notwendig erachtet, danach zu leben, außer wenn es ihr in den Kram passt – obwohl sie es allen anderen um sich herum sehr wohl aufzwingt. Verstieß ich nur gegen die geringste Regel, konnte ich in Schwierigkeiten geraten, aus denen ich nie wieder herauskäme. Sie hingegen konnte tun, was immer sie wollte, und ich konnte nur dazu knicksen. Das bedeutete, ich musste mich geradewegs in den Thronsaal begeben, denn die Anstandsregeln besagen, dass mit einer förmlichen Vorstellung zu beginnen ist. Wenn ich Glück hatte, würde sie dort sein.

Allerdings habe ich selten Glück. In der Luft trat ein Schimmern auf, und der Geschmack von gefrorenem Salz bestürmte meine Zunge. Das Geräusch nasser, auf den Boden klatschender Sohlen verstummte, als meine Turnschuhe durch niedrige Stöckelschuhe ersetzt wurden, die zu dem bodenlangen blauen Seidenkleid passten, das die Stelle meiner Kleider eingenommen hatte. Ich kannte nur eine Frau, die unhöflich genug war, dies ohne mein Einverständnis zu tun, und rein formell war es nicht einmal unhöflich. Mit dem Rang gehen auch Privilegien einher.

Ich vergrub die Hände im Rock, sank in einen tiefen Knicks und senkte den Kopf. »Majestät, es ist mir eine Ehre.«

»October.« Die Stimme ertönte so hell und luftig wie ein

halb vergessener Traum. Überraschung schwang nicht darin mit; vielmehr klang sie leicht erfreut, als käme ich jeden Tag so vorbeigeschlendert. Ich vermute, ein wenig Überdruss ist ganz gut, wenn man einer Ewigkeit in der Politik entgegenblickt. »Wie außerordentlich reizend es ist, dich zu sehen.«

Der Stimme nach zu urteilen befand sie sich irgendwo links von mir. Gut. Wenn es sich vermeiden ließ, sie anzusehen, würde es vielleicht nicht allzu schlimm werden. »Die Freude ist ganz auf meiner Seite, Majestät«, sagte ich, richtete mich auf und blickte dabei stur geradeaus.

Die Königin stand unmittelbar vor mir.

Ich hatte nicht damit gerechnet und auch keine Zeit, den Blick abzuwenden, ohne sie zu beleidigen. So zwang ich mich, den Drang hinunterzuschlucken, vor ihr zurückzuschrecken, und sah ihr ins Gesicht. Sie lächelte. Aus ihrer Miene sprach, dass sie wusste, was sie tat, und dass es ihr einerlei war. Schließlich war es ihr gutes Recht.

Viele Fae-Kinder sind wunderschön, aber bei der Königin reicht es darüber hinaus bis dorthin, wo wunderschön und schrecklich aufeinanderprallen. Es ist schwierig, sie anzusehen und sich auf etwas anderes als darauf zu konzentrieren, sie glücklich machen und zum Lächeln bringen zu wollen. Das ist auch ein Grund, weshalb ich mich ihr nicht nähere, wenn es sich vermeiden lässt. Ich hasse es, zu Dingen gezwungen zu werden.

Sie trug ein schneefarbenes Samtkleid, das die rosa Töne ihrer Haut betonte und sie davor bewahrte, so zu wirken, als sei sie aus Elfenbein geschnitzt. Ihr silbrig-weißes, glattes Haar ergoss sich bis auf den Boden. Tatsächlich schleifte sie es fast dreißig Zentimeter hinter sich her. Ich habe immer vermutet, dass ihr Haar zumindest teilweise ein Grund dafür ist, weshalb sie den Mugel nie verlässt – fünf Minuten in der Welt der Sterblichen, und ihre Shampoorechnungen würden ins Unermessliche schnellen. Ein schmaler Silberreif prangte auf ihrem Haupt, doch er diente lediglich zur Zierde. Es stand außer Frage, wer hier die Herrscherin war. Ich blieb stehen und musste dabei gegen den Drang ankämpfen, auf ein Knie zu sinken.

Ihr Kleid wogte wie Wasser, als sie auf mich zukam. Nur ein Reinblut würde als Accessoire das Meer wählen.

»Was tust du denn hier, October? Du meidest doch meinen Hof, wenn du nur kannst. Das scheint in letzter Zeit auch meist der Fall zu sein. Allmählich dachte ich schon, du hättest womöglich den Weg vergessen.«

Belüge niemals jemanden, der dich allein dafür einsperren lassen kann, ihn komisch anzusehen. Das ist zwar eine gute Überlebensstrategie, trotzdem konnte ich zumindest versuchen, das Thema zu umschiffen. »Ich lebe derzeit sehr zurückgezogen, Herrin.«

»Zuerst hört deine Mutter auf, uns ihre Aufwartung zu machen, dann verschwindest auch du in deine eigene kleine Welt. Man könnte meinen, dein Geschlecht habe seine Liebe zu uns verloren.« Ihre Augen verengten sich, während sie mich musterte, eine klare Warnung davor, ihr zu widersprechen.

»Ich fürchte, mir liegt tatsächlich nicht viel an Eurem Hof, Herrin.« Die Menge rings um uns tuschelte und tat leise Missbilligung kund. Offenheit kann zwar weise sein, aber eine übermäßige Unverblümtheit gehört in Faerie doch keineswegs zu den gesellschaftlich anerkannten Künsten.

»Langweilen wir dich?«, fragte die Königin, nach wie vor lächelnd.

»Ihr ängstigt mich.«

»Ist das besser oder schlechter?«

»Ich weiß es nicht.« Ich schüttelte den Kopf. »Ich bin geschäftlich hier.«

»Geschäftlich?« Nun grinste sie, unverhohlen belustigt. »Was für … Geschäfte führen dich denn her, nachdem du uns so lange gemieden hast? Gibt es etwa noch so eine Fischgeschichte, die du uns erzählen willst?«

Ich zuckte zusammen. Angesichts dessen, wie mir Tybalt und die Königin zusetzten, kam es einem Wunder gleich, dass ich keine Therapie brauchte. »Ich wünschte, dem wäre so, Majestät. Ich bin wegen Gräfin Winterrose hier.«

»Wegen Winterrose? Was denn, willst du eine Klage wegen Beleidigung gegen sie einbringen?« Ihr Grinsen blieb, und der Hof rings um uns rumorte vor Mutmaßungen. Wechselbälger verklagen Reinblütler selten wegen Beleidigung. Die Gefechte, die darauf folgen, wenn wir es tun, sind stets lustig anzusehen, blutig und fleischig, und sie enden so gut wie immer tödlich für den Wechselbalg.

»Nein, Majestät.« Dies ist die Gesellschaft, die Evening und meine Mutter hervorgebracht hat, und jedes Mal, wenn ich mich damit auseinandersetzen muss, werde ich glücklicher, dass sie nicht das Einzige ist, was mich geschaffen hat. »Ich bin hier, weil sie gegangen ist.«

»Was?« Ihr Lächeln verschwand abrupt, und die selbstgefällige Geringschätzung, die aus ihrem Blick sprach, verpuffte.

Ausnahmsweise empfand ich die überstilisierte Förmlichkeit von Faerie als Segen, denn dadurch musste ich mir keine eigenen Worte einfallen lassen. »Als die Wurzel und der Zweig noch jung waren, als die Rose noch ungepflückt auf dem Baum wuchs, als unsere Lande noch neu und grün waren und wir sorglos tanzten, damals waren wir unsterblich. Damals lebten wir ewig.« Ich senkte den Blick, da ich den Ausdruck im Gesicht der Königin nicht sehen wollte. Es spielte keine Rolle: In der plötzlichen Stille des Hofes konnte ich hören, was ich nicht sehen wollte. Für die Todesgesänge gibt es nur einen Grund.

Es war zu spät, um aufzuhören. Dafür war es bereits zu spät gewesen, als der erste Schuss abgefeuert wurde. Ich fuhr fort. »Wir verließen diese Lande für die Welt, in der die Zeit weilt und tanzt, auf dass wir die Wanderung der Sonne und das Wachstum der Welt sehen konnten. Hier können wir sterben und fallen, und hier hat Fürstin Evening Winterrose, Gräfin des Lehens von Goldengrün, ihren Tanz beendet.«

Ich ließ den Kopf gesenkt, bis die Stille unerträglich wurde. Die Königin verharrte so reglos, dass man sie auch für eine Statue halten konnte, für etwas, das aus Nebel und Meeresschaum geschaffen worden war. Ich konnte ihr keinen Vorwurf daraus machen. Wenn ich vorsichtig bin, werde ich noch lange leben, doch das höchste der Gefühle sind einige Jahrhunderte. Für menschliche Begriffe ist das viel. Im Vergleich zu dem, was Reinblütler erreichen, ist es dagegen nichts. Daran erinnert zu werden, dass sie sterben können, ist bisweilen mehr, als sie zu verkraften vermögen.

»Majestät …« Sie hob die Hand. Ihre fahlen Finger zitterten, als sie meinen Worten Einhalt gebot. Ich verstummte und wartete, bis sie sich gesammelt hatte, bevor ich fortfuhr. »Majestät, sie hat mich damit beauftragt, den Grund für ihren Tod herauszufinden. Darf ich fragen …«

»Nein.«

Überrascht hielt ich inne. Ich hatte mit vielem gerechnet, allerdings nicht damit, dass sie mich abweisen würde. »Majestät?«

»Nein, October Daye, Tochter der Amandine.« Mit angespanntem Kiefer hob die Königin den Kopf. »Ich werde dir nicht helfen, und wir werden auch nicht weiter darüber sprechen. Was geschehen ist, ist geschehen. Wenn der Mond voll ist, tanzen wir für sie, und bis zu jenem Tag wird niemand hier den Namen Winterrose aussprechen. Auch nach jenem Tag wird es niemand mehr tun. Ich werde dir nicht helfen … und du wirst mich nicht weiter darum bitten.«

»Aber …«

»Nein. Amandines Tochter hin, Amandines Tochter her, ich werde dir nicht geben, was du von mir verlangen würdest. Ich würde es dir verweigern und eher verflucht sein wollen, als so etwas zu tun.« Sie schüttelte den Kopf. »Ich habe im Verlauf der Jahre genug für dich getan. Jetzt werde ich dir nicht helfen.«

Nicht einmal geschlagen zu werden hätte mich mehr überrascht. »Aber Herrin, Evening wurde mit Eisen ermordet …«

»Sag mir nicht, wie sie gestorben ist!« Ich wankte auf den Fersen zurück und schlug mir die Hände in dem vergeblichen Versuch auf die Ohren, die Stimme der Königin auszusperren. Vielleicht hat die Zeit das Blut ihrer Banshee- und Sirenen-Ahninnen so sehr verwässert, dass ihr Schrei nicht mehr tödlich ist, vielleicht liege ich aber auch falsch. Von Glücksspiel habe ich noch nie viel gehalten. »Sag es mir nicht!«

Der Hof tuschelte wieder, doch diesmal drehte sich das Geflüster um die Königin. Sie zitterte im Stehen, ihre Augen wirkten geradezu wahnsinnig vor Wut. Hätte ihr Zorn etwas anderem gegolten, er wäre beeindruckend gewesen, aber er richtete sich gegen mich, was ihn umso grauenerregender wirken ließ. Die Menschheit besitzt Instinkte, die in der Gegenwart von Fae angesprochen werden und dafür sorgen, dass sie sich brav und demütig verhalten. Wechselbälger bekommen nicht die volle Wucht ab, aber doch einen Teil davon, bis uns manchmal unsere eigenen Eltern Angst einjagen. Ich wich mehrere Schritte zurück und sank hastig in einen Knicks. »Majestät, wenn Ihr fertig seid, werde ich …«

»Verschwinde!« Ihr Kopf schnellte von Seite zu Seite, ihre Stimme aber schwoll zu einem übernatürlichen Geheul an. »*Sofort!*«

Einer weiteren Aufforderung bedurfte es nicht. Ich drehte mich herum, rannte zur entfernten Mauer und hindurch, zurück in die Dunkelheit der Höhle auf der anderen Seite. Meine Schuhe waren zum Tanzen gedacht, nicht aber zum Laufen über Stein, der vor Meerwasser rutschig war. Nachdem ich das dritte Mal beinahe gestürzt wäre, zog ich sie aus und trug sie mit der Hand, die nicht damit beschäftigt war, meinen Rock so gut wie möglich aus dem Wasser zu halten. Mir die Füße aufzuschinden war ein geringer Preis, wenn ich dadurch von der Königin wegkam, bevor sie beschloss, mich einzusperren oder, schlimmer noch, mir zu verbieten, mich mit Evenings Ermordung zu befassen.

Die Luft außerhalb der Höhle erwies sich als so kalt, dass es sich wie ein Schlag ins Gesicht anfühlte hinauszulaufen. Ich achtete nicht darauf, sondern rannte weiter über den Strand. Erst als ich den Asphalt erreichte, blieb ich gerade lange genug stehen, um die Schuhe wieder anzuziehen. Meine ursprünglichen Kleider waren nicht zurückgekehrt und würden es wohl auch nicht mehr tun – die Königin ist so mächtig, dass eine Verwandlung unbelebter Gegenstände vermutlich ewig hält. Es war mir egal. Ich rannte weiter.

KAPITEL 6

Mein Wagen war nicht angerührt worden. Ich fischte den Ersatzschlüssel unter der Stoßstange hervor und machte mich am Schloss zu schaffen, bis es mir gelang, das Zittern meiner Finger in den Griff zu bekommen und die Tür zu öffnen. Ich kletterte auf den Fahrersitz und klemmte um ein Haar den Saum meines Kleides in der Tür ein, als ich sie schloss. Evenings Lehnsherrin würde mir also nicht helfen. Allerdings war dies kein Problem der Sterblichen, folglich würde es sich auch nicht mit sterblichen Mitteln lösen lassen. Meine Kamera würde mich diesmal nicht retten. Die Polizei konnte Evenings »Leichnam« untersuchen, solange sie wollte, doch die meisten Fae hinterlassen keine Fingerabdrücke. Man würde nichts finden, was bedeutete, dass es auch nichts geben würde, was ich klauen konnte.

Ich brachte meine menschliche Tarnung wieder so an, dass ich wie eine übernächtigte Brünette in einem Partykleid aussah, sank auf dem Sitz zurück und setzte eine finstere Miene auf. Ich musste die Dinge aus einer anderen Richtung betrachten. Als Detektivin mochte ich nichts tun können, aber als Ritter … In Faerie gab es Ressourcen, die in der menschlichen Welt nicht existierten, und dies war immerhin ein Fae-Verbrechen. Ich konnte es lösen, wenn ich die richtigen Zauber fand und die richtigen Gefälligkeiten einforderte. Dennoch … ich bin nur ein Wechselbalg. Evening war zehn Mal mächtiger gewesen, als ich es je sein werde. Was immer sie überwältigt hatte, hatte nicht bloß Glück gehabt; es musste auch seinerseits außerordentlich stark sein, sonst hätte es sie nicht so verängstigt. Das bedeutete: Ich brauchte selbst mehr Macht, andernfalls hätte ich keine Chance.

Die Königin um Hilfe zu bitten, nachdem sie mich aus ihrem Mugel geworfen hatte, wäre vermutlich unhöflich genug, um für meinen Tod zu sorgen. Sterben war kein Bestandteil meines Plans zur Lösung des Falls – schlimm genug, dass es der Preis für Versagen sein konnte. Somit verkörperte die Herrscherin der Nebel tatsächlich eher ein Hindernis, denn geriet ich ihr in den Weg, so blieb mir keine Zeit zu flüchten. Es gab andere Höfe und Adlige, an die ich mich wenden konnte, aber nur wenige verfügten über die Mittel, die ich brauchte, und von denen, die mir zur Auswahl standen, ließen mich nur zwei nicht kalt. Ich wollte die Geschichte überleben, was sowohl den Blinden Michael als auch die Tarans von den Berkeley-Hügeln ausschloss. Ich zog die Luidaeg in Erwägung, verwarf den Gedanken jedoch so rasch, wie er mir gekommen war. Manche Dinge waren eben noch schlimmer, als zu sterben.

An Lily konnte ich mich nicht wenden. Ich konnte einfach nicht. Das war nicht so selbstsüchtig, wie es sich vermutlich anhört: Lily ist eine Undine und an ihren Mugel gebunden. Sofern Evenings Mörder nicht im Teegarten saßen und dort ihre nächsten Schritte besprachen, würde sie mir ohnehin nicht helfen können.

Sylvester hingegen würde mir helfen, wenn ich zu ihm ginge. Er würde sogar darauf *bestehen*, derjenige zu sein, der mir half, und genau das konnte ich nicht ertragen. Letztlich würde ich ihn aufsuchen müssen – er musste erfahren, dass Evening gegangen war, und er war mein Lehnsherr; ich hatte die Pflicht, mich zu vergewissern, dass er es wusste. Aber dazu würde ich mich erst in der Lage fühlen, wenn ich sagen konnte: »Schon gut, ich habe Hilfe. Ich brauche dich nicht.« Ich konnte vieles ertragen, nur für die Vorstellung, dass er mich zur Rückkehr zwingen könnte, war ich nicht bereit.

Wenn ich der Königin nicht vertrauen und mich nicht an Sylvester wenden konnte, blieb mir eigentlich nur eine Möglichkeit. Devin. Devin und das Heim.

Wegen der neuen Entschlossenheit waren meine Lippen ganz schmal geworden, während ich aus der Gasse fuhr, weg vom Wasser und in jenen Teil der Stadt, den kluge Leute nach Sonnenuntergang tunlichst meiden. Im Allgemeinen versuche ich auch, klug zu sein, wenn es mir möglich ist, und vorsichtig, wenn es nicht möglich ist. Aber im Augenblick funktionierte beides nicht, denn ich war gerade im Begriff, etwas zu tun, das ich mir doch eigentlich geschworen hatte, niemals zu tun. Oberon steh mir bei, ich war tatsächlich unterwegs ins Heim.

Viele Wechselbälger sind im Verlauf der Jahrhunderte aus den Sommerlanden geflüchtet und haben eine ganze Gesellschaft im Grenzgebiet zwischen der Welt der Fae und jener der Sterblichen geschaffen. Die Reinblütler wissen das natürlich, hingegen wissen sie *nicht*, was sie mit ihren kostbaren Halbblutkindern anstellen sollen, wenn sie sich in zornige Erwachsene verwandeln, und deshalb haben sie auch nie etwas unternommen, um es zu unterbinden. Es ist ein übler, barbarischer Ort, an dem sich die Starken von den Schwachen nähren, und ausgebüxte Wechselbälger scheinen immer dort zu enden.

Ich war fünfundzwanzig, als ich aus dem Haushalt meiner Mutter flüchtete. Äußerlich hätte man mich kaum für sechzehn gehalten. Ich hungerte in Seitengassen, flüchtete vor Kelpies und der menschlichen Polizei und stand dicht davor, aufzugeben und zurückzukehren, als ich etwas fand, das ich für eine Antwort hielt. Devin.

Er nahm mich auf, gab mir zu essen und sagte, ich müsste nie nach Hause zurückkehren, wenn ich nicht wollte. Ich glaubte ihm. Maeve steh mir bei, ich glaubte ihm wirklich. Sogar noch, als mir schon klar wurde, was er tat – worauf die »kleinen Gefälligkeiten« und die zunehmend größeren Aufgaben hinausliefen, als er nachts in mein Zimmer kam und meinte, ich sei wunderschön und meine Augen glichen jenen meiner Mutter –, sogar da glaubte ich ihm noch. Er war alles, was ich hatte. Ich wusste, dass ich ihm nicht vertrauen konnte, dass er mich benutzen und mich brechen würde, wenn ich es zuließe. Aber ich wusste auch, dass er mich nicht fortschicken würde, weil sein Ort das Heim war, und dort kehrten alle ein. Im Heim kümmerte es niemanden, welche Augenfarbe man hatte; dass man weinte, wenn die Sonne aufging, oder dass man so wildes Haar wie der Vater besaß, obwohl das einer Daoine Sidhe eigentlich seidig und hell sein sollte. Das Heim war bereit, mich aufzunehmen, und ich war überzeugt davon, mir dort ein Leben schaffen zu können, wenn ich schnell, gerissen und herzlos wäre. Ich konnte mir einen eigenen Weg ebnen.

Hätte mich Devin nur wegen meines Körpers gewollt, er hätte mich benutzen und wegwerfen können, und niemand wäre in der Lage gewesen, ihn davon abzuhalten. Ich habe schon bessere Wechselbälger als mich erlebt, die von der Grenzwelt zerstört wurden. Die Drogen der Sterblichen können ihren Fae-Pendants nicht das Wasser reichen, und Faerie bietet für Unschuldige viele Wege, sich umzubringen. Ich hatte aber Glück; Devin wollte mich wegen des Ansehens, das es ihm einbrächte, mich zu besitzen. Meine Mutter war zwar keine Adlige, aber doch eine gewisse Berühmtheit, die stärkste

Blutwirkerin im Königreich, eine Freundin von Herzögen und noch einiges mehr. Niemand hätte je gedacht, dass sie einen Wechselbalg gebären würde. Und Devin war derjenige, der mich ihr wegnahm.

Ich war seine Geliebte, sein Haustier und sein Lieblingsspielzeug, und er gestand mir meine Mucken zu, weil er den Lohn dafür erhielt, wenn er mit mir an der Seite bei einer Feier der Reinblütler aufmarschierte, zu der er eine Einladung erhaschen konnte. Er gab mir, was ich am Rande der Welt der Sterblichen zum Überleben brauchte: eine Geburtsurkunde, Unterricht in Verhaltensweisen der Sterblichen, einen Ort zum Wohnen. Ich bezahlte meine Unterkunft mit der Schande, die ich ihn über die Leute bringen ließ, die mich liebten. Und ich versuchte mir einzureden, dass es dies wert sei.

Vielleicht war ich ihm verfallen; durch die Art, wie er mich ansah, wie er mich berührte und wie er mir das Gefühl vermittelte, mehr als bloß ein weiteres Halbblut zu sein. Er verletzte mich, aber ich wusste, dass ich es auch verdiente. Ich sagte nie »Nein« zu ihm. Das wollte ich nicht. Alles, was ich ihn tun ließ, alles, was ich tat, geschah aus freien Stücken.

Als Sylvester mich in den Ritterstand erhob, gehörte das Verlassen des Heims mit zum Preis, den ich dafür zu zahlen hatte. Ich willigte ein, ohne zu zögern, und danach sah ich Devin nur noch zweimal. Einmal an dem Tag, als ich ihm mitteilte, dass ich gehen würde, das andere Mal …

Mit einem Ruck richtete ich die Aufmerksamkeit wieder auf die Straße, die zunehmend verwahrloster wirkte. Schmutz ging in Verfall über. Mein Ziel lag im Zentrum des Drecks, an einem Ort, den man nur dann aufsuchte, wenn man sonst nirgendwohin konnte. Es ist und war nie ein Ort für Kinder – und vielleicht ist gerade das der Grund, weshalb wir uns dort scharten, uns in einem sterbenden Nimmerland einfanden, über das ein Mann herrschte, der mehr Captain Hook als Peter Pan war. »Du kommst zurück«, hatte Devin an dem Tag gesagt, an dem ich ihn verließ. Meine Handgelenke waren damals noch aufgeschunden, meine Lippen brannten. Und er sollte recht behalten, denn da war ich nun: auf dem Weg zurück ins Heim.

Das Gebäude, vor dem ich parkte, sah verlassen aus, aber wahrscheinlich diente es nach Sonnenuntergang zwanzig Leuten als Unterschlupf. Hier im Landesinneren erschien mir die Luft noch kälter. Ich raffte meine nassen Röcke und zitterte, als ich die Autotür abschloss. Eigentlich hatte sich nichts geändert. In der Gasse lag Abfall mit anderen Logos, und die im Hintergrund dröhnende Musik klang auch anders, aber die Augen der Leute, die mich von den Türen und Fenstern aus beobachteten und abschätzten, als ich an ihnen vorüberging, waren unverändert: hungrig, zornig, hoffnungsvoll. Sie alle brauchten irgendetwas, und jeder Einzelne hoffte, ich wäre diejenige, die es bieten könnte.

Pfiffe und Beleidigungen folgten mir den Häuserblock entlang bis zu einem kleinen, unscheinbaren Laden, der sich eingekeilt zwischen einem verfallenden Motel und einem rund um die Uhr geöffneten Massagesalon befand. Ich hielt inne und fühlte mich, als fiele ich rückwärts durch die Zeit. Alles fühlte sich genau gleich an, bis hin zu dem alten Hauch des Vergnügens, der Pein und der Versprechen. Alles war so trügerisch verlockend wie das Parfüm eines Callgirls. Zum Hineingelangen bedurfte es keiner Tricks, denn Devin wollte ja, dass man eintrat. Der schwierige Teil bestand eher darin, wieder herauszukommen.

Das große Schaufenster war mit Brettern vernagelt, die mit Graffitis besprüht waren, und über der Tür war ein schlichtes

Messingschild befestigt. »Heim: Wo man verweilt.« Das Schild wurde nie schmutzig und beschlagen. Es diente als Knoten für einen so mächtigen Irreführungszauber, dass ich noch nie einen Menschen gesehen hatte, der auf das Gebäude blickte, geschweige denn zur Tür. Devin sagte, er hätte es von einem Coblynau-Reinblut erworben und das Schild samt dem Zauber für lediglich eine Stunde in seinen Armen eingetauscht. Als er mir das zum ersten Mal erzählte, nannte ich ihn einen Lügner. Coblynau sind hässliche, einsame Geschöpfe, die Metall mehr lieben als Luft, und die Versprechen, derer es bedurfte, um ihnen eine Klinge oder einen Armreif aus ihrer Herstellung abzuringen, sind derart anspruchsvoll, dass ich Devin kaum zugetraut hätte, auch nur einen kümmerlichen Ring von ihnen zu ergattern.

Allerdings dauerte es nicht lange, bis mir klar wurde, dass er keineswegs gelogen hatte. Die Bedürfnisse anderer geradezu beiläufig zum eigenen Vorteil zu nutzen gehörte zu den Dingen, die Devin am besten beherrscht. Er stahl, was immer er haben wollte, und teilte seine unrechtmäßig erworbene Habe mit seinen Kindern, den hohläugigen Mädchen und den Jungen mit den verschwitzten Händen, die sich um ihn scharten und darum beteten, er möge die Antworten haben, die sie suchten. Nun war ich also zurück und betete um dasselbe.

Ich öffnete die Tür und trat ein.

Der Hauptraum des Heims war groß, quadratisch, übersät mit uralten Möbeln und erhellt von einem irgendwo ergatterten Generator, der zwei Kühlschränke und eine alte Jukebox sowie die Lampen an der Decke mit Strom versorgte. Aus der Jukebox dröhnte so laut Heavy-Metal-Musik, dass der Boden förmlich vibrierte. Die Luft stank nach Rauch, Erbrochenem, abgestandenem Bier und den Gelüsten des Vortags; nach all dem, was ich hinter mir gelassen hatte, als ich aufgebrochen war, um in einer anderen, saubereren Welt zu leben.

Einige Teenager lungerten in dem sonst verwaisten Zimmer wie die Zierstücke herum, die sie tatsächlich waren. Ich war ihnen allen noch nie begegnet, dennoch erkannte ich sie auf Anhieb, weil sie genauso Devins Kinder waren, wie ich es einst gewesen war. Unsere Verbundenheit ging über Gesichter hinaus und reichte bis tief in die Knochen.

Wie viele von euch hat er wohl schon rumgekriegt?, fragte ich mich und schämte mich sofort dafür. Der Vorderzimmerdienst war am härtesten. Man musste wachsam bleiben, ohne aufmerksam zu wirken, und ganz gleich, wie lange man herumsaß, man durfte es nicht wagen einzuschlafen. Ich hatte das gehasst. Man verkörperte eine sichtbare Herausforderung für jeden, der Devin wegen einer echten oder mutmaßlichen Sünde zur Rede stellen wollte, aber man konnte sich weder weigern, noch durfte man gehen, sobald man aufgefordert worden war zu bleiben.

Diese neuen Jugendlichen hätten ohne Weiteres diejenigen sein können, an die ich mich erinnerte. Die einzige Veränderung bestand in einer Aktualisierung der Mode. Sie alle waren Wechselbälger, und niemand trug auch nur die grundlegendste menschliche Tarnung. Dafür gab es einen durchdachten Grund: Sie zu sehen, sobald man eintrat, legte einem nahe, dass man im Heim so auftrat, wie man war. Die Ränder meines Trugbanns juckten bei dem Gedanken wie ein Mantel, der nicht recht passte. Dennoch würde ich ihn noch nicht ablegen. Nicht, bevor ich Devin gesehen hätte.

Vier Teenager waren zu sehen, was bedeutete, dass mindestens drei weitere in der Nähe sein mussten, die ich nicht sah. Ein Junge und ein Mädchen, einander zu ähnlich, um etwas anderes als Geschwister zu sein, saßen in der Nähe der Jukebox. Ihre äußerst spitzen Ohren und das glänzende goldene Haar kennzeichneten sie als Sprösslinge der Tylwyth Teg. Ein Mädchen, halb Candela mit hellgrünen Augen, lehnte an der Wand neben der Tür und jonglierte mit trüben Lichtkugeln, und ein Junge mit Igelstacheln statt Haaren kauerte in der Ecke. Von seinen Lippen baumelte eine Nelkenzigarette.

Alle vier hatten sich mir zugewandt, als ich eintrat, und beobachteten mich, eine neugierige Bande von verlorenen Kindern, die eine in ihr Territorium eingedrungene Erwachsene musterten. Ich mochte früher mal eine von ihnen gewesen sein, doch sie kannten mich nicht. Ausnahmsweise fühlte ich mich durch diesen Beweis meines Entkommens nicht viel besser.

»Hübsches Kleid«, meinte die Candela. Ein Kichern brach ringsum im Zimmer aus. Ich verharrte und wartete, bis es erstarb.

Wie ich Devins Kinder kannte, waren sie alle bewaffnet und bereit, beim ersten Anzeichen von Ärger auf mich loszugehen. Das war in Ordnung. Ich war zwar nicht ins Heim gekommen, um einen Kampf anzuzetteln, aber eine kleine Auseinandersetzung würde mich schneller zu Devin bringen. Dem Protokoll zufolge sollte ich mich höflich verhalten: mich vorstellen, freundlich sein, erdulden, was sie mir an Unfug zumuteten, und fragen, ob ich Devin vor dem Ende der Nacht sehen könnte. Vielleicht würden sie es mir sogar gewähren, wenn ich nett genug wäre. Aber ich war müde, und Evening war tot. Ich hatte weder die Zeit noch die Geduld, Nettigkeiten vorzutäuschen.

Der Bruder des Wechselbalggeschwisterpaars sah wie der Älteste im Raum aus, wenn auch nur um höchstens ein oder zwei Jahre. Somit stellte er meinen Ansprechpartner dar. Ich ging auf die Jugendlichen zu, die mich weiter ansahen. Ihre

Mienen verrieten keinerlei Neugier, wer ich war oder was ich hier wollte. Man durfte nie als Erster Interesse an etwas zeigen; Schwächen solcher Art konnten tödlich sein.

»Ich muss zu Devin«, sagte ich. Aus der Nähe erkannte ich, dass ihre Augen das grelle Neongrün von Granny-Smith-Äpfeln besaßen. Faerie geizt nicht mit den Farben, die es verwendet.

Der Bruder blinzelte. Offensichtlich hatte er etwas Subtileres erwartet. Gut. Wenn ich ihn damit aus dem Gleichgewicht gebracht hatte, würde er mir mit größerer Wahrscheinlichkeit geben, was ich wollte. Leider ergriff seine Schwester das Wort und schnippte sich die Strähnen aus den Augen. »Das wird nicht passieren.«

Ihr Akzent war eine Mischung aus städtischem Spanisch und Punk, die so überzogen wirkte, dass es an eine Parodie grenzte. Jedenfalls ergänzte er hervorragend ihr überfrachtetes Make-up, das an ein Rattennest erinnernde Haar und ein anscheinend permanentes Hohnlächeln. Sie hätte hübsch sein können, wenn sie gewillt gewesen wäre, zehn Kilo zuzulegen und aufzuhören, sich hart zu geben. So jedoch erinnerte sie an eine Mischung aus Twiggys jüngerer Schwester und jeder Innenstadtnutte, die ich jemals gesehen hatte. Sie konnte unmöglich älter als vierzehn sein.

Natürlich meine ich damit: wenn man sie aus sterblicher Sicht betrachtete. Ich wirkte wie sechzehn, als ich zu Devin kam, und ich bemühte mich immer, noch jünger auszusehen, wenn ich Bardienst hatte. Es half, wenn man unterschätzt wurde. Sie mochte also durchaus älter sein, als sie aussah … dennoch betrachtete ich sie als Vierzehnjährige, und die Art, wie sie sich gab, verriet mir, dass ich damit ziemlich richtigliegen musste.

»Tut mir leid, Lady, aber Sie können wieder nach Hause gehen«, fuhr sie fort. »Er ist beschäftigt.«

Innerlich seufzte ich. Ich hatte sie nicht unterschätzt; sie war tatsächlich so jung, wie sie wirkte, und sie hatte keine Ahnung, mit wem sie sich anlegte. Ich verengte die Augen zu Schlitzen und setzte eine finstere Miene auf. Sie leckte sich über die Lippen und starrte mich mit einem Ausdruck an, der wahrscheinlich ein mattes Hohnlächeln zeigen sollte. Es gelang mir, nicht zu lachen. Stattdessen schüttelte ich den Kopf und wiederholte: »Ich muss zu Devin. Sofort, bitte.«

»Warum wollen Sie denn zum Boss?«, fragte sie gedehnt. Ihr Akzent fing an, mir auf die Nerven zu gehen. »Ich glaube kaum, dass er Sie erwartet. Ich denke eher, Sie versuchen, sich einzuschleichen.«

Nun, zumindest war sie klug genug, meine Motive zu erahnen. Was ihr jedoch wenig helfen würde, zumal ich nicht vorhatte, mich von ihr aufhalten zu lassen. »Spielt das denn eine Rolle?«, gab ich zurück. »Jemand von euch, mir völlig egal, wer, soll Devin sagen, dass Toby hier ist und auf der Stelle mit ihm reden muss.«

Das Mädchen grinste und dachte offensichtlich, ich würde nachgeben. »Ich finde eher, Sie sollten sich mal eine Weile setzen.«

War ich je so jung oder so dumm? So jung vielleicht. »Ich finde, du solltest Devin ausrichten, dass ich hier bin.«

»Wirklich? Denn ich glaube … nein. Ich glaube, Sie setzen sich, und in einer Stunde empfängt er Sie. Vielleicht auch in zwei Stunden. Für ihn macht das wirklich keinen Unterschied, Lady.« Damit wollte sie sich abwenden. Ich packte ihren Arm und drehte ihn ihr auf den Rücken. Sie schrie auf und versuchte, sich mir zu entwinden. »Hey! Verrücktes Miststück!«

Ihr Bruder verkrampfte sich, setzte jedoch nicht dazu an, ihr zu helfen. Kluger Junge. »Richtig, ich bin ein verrücktes Miststück. Mein Name ist October Daye. Klingelt dabei was?«

Ihre Augen weiteten sich. »Äh …«, stammelte sie mit plötzlich sehr leiser und fast völlig akzentfreier Stimme. »Daye? Wie die Fischfrau?«

»Ja, ganz genau. Die ›Fischfrau‹. Weißt du, was geschieht, wenn man sich mit jemandem anlegt, der deinen Boss schon so lange kennt wie ich? Ich habe bereits für ihn gearbeitet, bevor du geboren wurdest. Glaubst du, es wird ihm gefallen zu erfahren, was für Schwierigkeiten ich dabei hatte, eingelassen zu werden?« Sie erbleichte und versuchte, sich loszureißen. Beinah tat sie mir leid – beinah. Aber wenn man gerade gegen seinen Willen in Fae-Politik verwickelt und verflucht wurde und eine Freundin verloren hatte, obendrein alles in einer einzigen Nacht, dann steht Mitgefühl nicht besonders weit oben auf der Prioritätenliste. »Ich glaube kaum, dass du Freude an seiner Reaktion hättest. Wie heißt du?«

»Dare, Ma'am. Mein Name ist Dare«, stieß sie hervor und stolperte über die eigenen Worte. Sie sah aus, als wäre sie gerade vor die Tür gegangen und hätte Godzilla auf dem Rasen erblickt. Ich war nicht sicher, was mir mehr Kopfzerbrechen bereitete – dass ich diesen Gesichtsausdruck verursacht hatte oder dass ich es genoss.

»Also, Dare, ich habe eine Idee«, sagte ich und ließ ihren Arm los. Sie entfernte sich rücklings aus meiner Reichweite. »Du gehst jetzt mal los und bestellst Devin, dass ich hier bin. Und ich vergesse diesen kleinen Plausch einfach. Was hältst du davon?« Hastig nickte sie. Ich lächelte. »Gut. Dann lauf los. Hopp, hopp.«

Sie drehte sich um und rannte in den hinteren Bereich des Raums. Dabei hinterließ sie in der Luft eine Glitterspur, die sich auflöste, während sie zu Boden rieselte. Ich zog die Augenbrauen hoch. Pixie-Schweiß. Offenbar gab es im Stammbaum von Devins neuer Lakaiin eine der Pixie-Rassen. Das war interessant. Das Kleinvolk kreuzt sich selten mit Menschen, und wenn doch, dann neigt sein Blut dazu, sich stark zu verwässern. Zählte man dazu noch das Tylwyth-Teg-Blut, auf das Dares Haar und Augen hindeuteten, so gelangte man zu dem Schluss, dass jemand aus ihrer Ahnenreihe einen zweifellos abwechslungsreichen Geschmack hatte.

Ich atmete rasch ein und glich den »Geschmack« ihres Abgangs mit meiner angeborenen Kenntnis der Fae-Rassen ab, die ich von meiner Mutter geerbt hatte. Dare schmeckte nach Piskie. Das ergab schon mehr Sinn, schließlich waren Piskies nicht nur Größenwandler, sondern auch von Natur aus Diebe, weshalb sich ihre Nachkommen unwillkürlich zu einem Ort wie diesem hier hingezogen fühlen mussten.

Ihr Bruder beobachtete mich mit einem Gesichtsausdruck zwischen Ehrfurcht und Grauen. Ich zog eine Augenbraue hoch. »Ja?«

Er zuckte zusammen, was ich sonderbar befriedigend fand. Ich vermute, Leute sterben zu lassen, kehrt nicht gerade meine besten Seiten hervor. »Sie sind October Daye«, sagte er. Seine Stimme wies einen leichteren Akzent als die seiner Schwester auf, was meinen Eindruck erhärtete, dass sie ihn aus Effekthascherei übertrieb.

»Ja«, bestätigte ich und widerstand dem Drang, noch etwas hinzuzufügen. Angesichts des Blickes, mit dem er mich bedachte, hätte er sonst womöglich die Flucht ergriffen. Das wiederum hätte Devin aufgeregt, und ich konnte ihn auf keinen Fall wütend gebrauchen, wenn ich uneingeladen in sein Hoheitsgebiet kam und um Gefälligkeiten bitten wollte.

»Sie haben die Winterrose gekannt«, bemerkte er in geradezu kläglichem Tonfall.

Ich nahm mir die Zeit, ihn neu einzuschätzen. Er war größer als ich und besaß jenen dürren, schlaksigen Teenagerkörperbau, der sich stets klammheimlich zu füllen schien. Insgesamt sah er aus wie … wie sich Filmproduzenten Straßenschläger vorstellten: zu gepflegt, mit geradezu unnatürlich goldenem Haar, das er zu einem groben Pferdeschwanz zurückgebunden trug. Ein fast welpenhafter Ausdruck milderte die Wirkung seiner allzu grünen Augen etwas ab. Allein die spitzen Ohren störten das Bild und ließen ihn eher in ein Fantasy-Rollenspiel als an den Drehort des jüngsten Teenagerdramas passen. Ich schätzte ihn auf höchstens sechzehn, vielleicht siebzehn, wenn man die Wahrheit etwas streckte und beide Augen zukniff. »Wie heißt du, Junge?«

Er errötete unter meinem prüfenden Blick, doch es gelang ihm, nicht beschämt von einem Bein aufs andere zu treten, als er antwortete: »Manuel.«

»Ist Dare deine Schwester?«

»Ja«, erwiderte er und schaute verlegen drein. Ich ertappte mich dabei, dass ich mich fast gegen meinen Willen für ihn erwärmte. »Tut mir leid, wie sie mit Ihnen geredet hat. Manchmal kommt sie mit Leuten, die nicht … nicht hier aus der Gegend sind, nicht besonders gut klar.«

»Leute, die nicht zur Familie gehören«, hatte er gemeint, doch ich spürte, dass er es mir nicht ins Gesicht sagen wollte. Ich revidierte meine Meinung von seiner Intelligenz etwas nach oben und sagte: »Ist ja keine große Sache; ich habe früher hier gelebt, und mich haben mehr Punks von oben herab behandelt, als ich zählen kann.« Er errötete wieder und hatte Mühe, mich nicht feindselig anzustarren. Das rechnete ich dem Jungen hoch an: Auch wenn man eine Schwester hatte, die ein Gör war, sollte man für sie eintreten. »Entspann dich, ja? Ich sagte, ich würde Devin nichts erzählen, und das werde ich auch nicht. Solche Schwierigkeiten verdient sie nicht, nur weil sie ein loses Mundwerk hat.«

Manuel lächelte, was ich unwillkürlich erwiderte. Wenn er mal ganz erwachsen war, würde er ein Herzensbrecher werden. »D… das ist sehr freundlich, Ms Daye.« Oh, er war so jung: Ich konnte das hastig unterdrückte »Danke« in seinem Stottern geradezu hören. Es dauert eine Weile, bis man bestimmte Regeln verinnerlicht hat, besonders bei Wechselbälgern. Wir werden nicht in sie hineingeboren, und unsere sterblichen Eltern neigen dazu, uns, lange bevor die Wechselbalgentscheidung ansteht, grundlegende Manieren einzutrichtern.

Ich zuckte mit den Schultern. »Kein Problem. Ich hab in ihrem Alter auch Mist gebaut, und wenn man bei mir nicht hin und wieder ein Auge zugedrückt hätte, gäbe es mich schon längst nicht mehr.« Ich verstummte kurz und legte mir die Worte sorgfältig zurecht, ehe ich fortfuhr. »Du sagtest, dass ich ›die Winterrose‹ gekannt habe … Wen genau hast du damit gemeint?« Innerlich fügte ich hinzu: *Und woher wusstest du, dass sie tot ist, Junge?*

»Gräfin Winterrose.« Er strich sich mit dem Handrücken die Haare aus den Augen. »Sie haben doch davon gehört, oder?« Schlagartig klang er wieder nervös: Er wollte auf keinen Fall derjenige sein, der mir mitteilte, dass ich eine Freundin verloren hatte. Oder vielleicht wollte er auch bloß nicht, dass ich ihm weitere Fragen stellte.

»Ja, das habe ich.« Woher kannte denn dieser Bursche Evening? Vor vierzehn Jahren hätte sie sich nie so tief in die Elendsviertel der Wechselbälger begeben. Andererseits können sich selbst Reinblütler ändern, wenn sie auch Zeit dafür brauchen. Vielleicht hatten bei Evening anderthalb Jahrzehnte dafür gereicht.

»Tut mir leid.«

»Willkommen im Klub. Wie hast du erfahren, dass sie tot ist?« Damit waren die Worte ausgesprochen und hingen kalt und nüchtern zwischen uns.

Ich musste ihm zugutehalten, dass er mir in die Augen sah, als er erwiderte: »Neuigkeiten verbreiten sich schnell. Ein Glastig, der in ihrem Haus wohnt, hat es uns erzählt – Bucer O'Mallery. Er hat gesehen, wie die Polizei in ihre Wohnung ging. Dann hat er lange genug gelauscht, um herauszufinden, was vor sich ging. Danach kam er hierher und hat uns Bescheid gesagt.«

»Bucer wohnt in ihrem Haus? Wie um alles in der Welt kann er sich leisten, die ... ach, egal. Ist nicht wichtig.« Ich erinnerte mich an Bucer. Er war zwar nie eines von Devins Kindern gewesen, aber er hatte von Zeit zu Zeit Gelegenheitsarbeiten für ihn verrichtet. Wenn er sich einen Gewinn davon versprochen hatte, würde er die Neuigkeit von Evenings Tod so schnell ins Heim gebracht haben, wie er nur konnte. »Weißt du, wohin er von hier aus wollte?«

»Zum Hof der Königin«, antwortete er. »Um es ihr zu sagen.«

Ich verzog das Gesicht. »Na, wunderbar.« Also schon mal eine Spur weniger. Nach seiner Unterhaltung mit der Königin würde Bucer nämlich nie und nimmer mit mir reden.

Manuel runzelte die Stirn. »Wenn Sie Bucer nicht gesehen haben, woher wissen Sie dann ...?«

»Ich weiß es einfach, in Ordnung?« Ich wusste alles, kannte jede Einzelheit, angefangen damit, wie es sich angefühlt hatte, als das Blut ihre Lungen zu füllen begann, bis hin zum Brennen von Eisen auf ihrer Haut. Ich wusste einfach alles, abgesehen davon, wer es getan hatte. Und eben das musste ich unbedingt in Erfahrung bringen.

»Tut mir leid«, wiederholte Manuel. »Ich hätte mir denken können, dass Sie Bescheid wissen. Die dort oben wissen immer Bescheid.« *Dort oben.* Also benutzte man noch immer diese reizende Umschreibung für die Besitztümer der Reinblütler in der Stadt. Ich hatte sie schon damals nicht gemocht, als ich noch in den Elendsvierteln der Wechselbälger gelebt hatte, und ich mochte sie nun, da ich mich bestmöglich bemühte, die Gesellschaft von Faerie gänzlich hinter mir zu lassen, noch immer nicht. Es ist nicht schwierig, Leute ins Abseits zu schieben, die es längst schon selbst getan haben.

Ich kehrte gerade noch rechtzeitig aus meiner Grübelei über die Überreste meiner Wurzeln zurück, um ihn sagen zu hören: »… aber sie war gut zu uns, und sie wird uns fehlen. Wir werden sie immer vermissen.«

Meine Abneigung gegen seinen Sprachgebrauch schlich sich in meinen Tonfall ein, wodurch ich wohl etwas barscher als beabsichtigt klang, als ich entgegnete: »Reden wir hier von derselben Evening? Daoine Sidhe, dunkles Haar, kümmerte sich einen feuchten Kehricht um Dinge, die ihr nicht gehörten?«

Das schien ihn aufzurütteln. Er straffte die Schultern und verengte die Augen zu Schlitzen. Evening zu beleidigen war offenbar schlimmer, als seine Schwester zu beleidigen, und erneut ertappte ich mich dabei, rasch meine Meinung über jemanden zu überdenken, den ich schon zu kennen geglaubt hatte. Was konnte Evening getan haben, um eine solche Reaktion bei einem Wechselbalgstraßenkind hervorzurufen, das wahrscheinlich keine Schule mehr von innen gesehen hatte, seit es acht war?

»Die Winterrose war eine Freundin vom Boss. Sie hat viel

für uns hier getan … Ma'am.« Er benutzte das »Ma'am« beinah wie ein Schimpfwort. Nur eine Winzigkeit fehlte noch zu einer Beleidigung, und seine Zurückhaltung schrumpfte schon.

»Ruhig Blut, Manuel«, sagte ich und hob die Hände. »Ich hatte nicht die Absicht, dich zu verärgern. Evening und ich waren seit Langem befreundet, auch wenn wir uns nicht immer so verhalten haben. Ich werde herausfinden, wer sie getötet hat, und diejenigen werden dafür bezahlen.«

Der Zorn in seinen Augen verblasste, beschwichtigt vom Versprechen der Vergeltung. »In Ordnung. Ich wünschte nur, wir hätten es früher gewusst. Wenn uns jemand Bescheid gesagt hätte … wir hätten sie retten können.« Er wirkte so überzeugt davon, so sicher in seinem unangebrachten Vertrauen. Ein Teil von mir hatte das Bedürfnis, ihn wachzurütteln, der Rest hingegen wollte ihn in Watte packen und an einem Ort verstecken, wo ihm die Welt dieses Vertrauen niemals rauben konnte. Die Welt ist kein freundlicher Ort – da kann man einfach jeden fragen. Evening zum Beispiel.

»Das hätte nichts geholfen«, gab ich zurück und hasste mich für diese Worte, aber ich war nicht bereit, ihn zu belügen, nicht einmal durch Schweigen. Nicht in dieser Angelegenheit. »Wir hätten sie nicht retten können.«

»Wir hätten sie am Leben erhalten, zu irgendjemandem bringen können …«

»Sie wurde mit Eisen getötet.«

Er erstarrte. »Eisen?«

»Ja, Eisen. Wir hätten nichts tun können.« Das Geräusch der Tür, die sich öffnete, ersparte mir seine Antwort, und ich drehte mich um, schmerzlich froh über die Ablenkung. Vielleicht würde er eines Tages erwachsen werden. Aber das bedeutete nicht, dass ich ihm dabei zusehen musste.

Dare stand im Türrahmen und bemühte sich, dreist und unbekümmert zu wirken. Es misslang ihr aber kläglich. Die Wirkung wurde wohl von den roten Striemen auf ihrer Wange zunichtegemacht, die um die Ränder bereits zu dem blauen Fleck dunkelten, der daraus werden würde. »Der Boss sagt, er empfängt Sie jetzt, aber Sie sollen sich besser beeilen, wenn Sie wollen, dass er auf Sie wartet.« In ihren Augen lag ein panischer Ausdruck. Das waren Devins Worte gewesen, nicht ihre, und sie rechnete damit, diejenige zu sein, die dafür bestraft werden würde. Der alte Mistkerl änderte sich wohl nie.

Vielleicht habe ich ihn deshalb so lange geliebt.

»Großartig«, gab ich zurück, stand auf und trat an ihr vorbei in den hinteren Flur. Die Tür schwang hinter mir zu, allerdings nicht schnell genug, um zu verhindern, dass ich hörte, wie Manuel zu weinen begann. Verdammt.

Letztlich hätte er es ja doch erfahren: Wenn er Evenings Bauer gewesen war, würde demnächst jemand anderer auftauchen, der sich ihn schnappte und im großen Schachspiel der Gesellschaft von Faerie weiter benutzte. Jede Figur, und mag sie noch so klein sein, ist zu wertvoll, um sie so einfach ziehen zu lassen. Hoffnung fällt in Faerie nicht immer leicht, aber ich wünschte ihm an Hoffnung, was immer ich konnte – nämlich, dass er auf die eigenen Beine finden mochte, bevor die Welt ihn fand, und dass sein neuer Meister so gutherzig sein würde, wie es seine alte Meisterin gewesen war. Evening war vieles gewesen, aber niemals grausam, auch nicht zu ihren Handlangern. Ihre Hände hatten meine Fäden stets sanft geführt.

KAPITEL 7

Im Flur stank es durchdringend nach schalem Zigarettenrauch, zerfledderte Konzertposter übersäten die Wände. Die in unregelmäßigen Abständen angebrachten Lampen lösten die Dunkelheit nicht auf, sondern drängten sie lediglich in die Winkel zurück. Zusammengenommen sorgten das trübe Licht und die niedrige Decke dafür, dass selbst Fae-Augen Mühe hatten zu sehen, was sich auf dem Boden befand. Ich trat auf etwas, das unter meinem Absatz schmatzte, und verzog das Gesicht. Vielleicht war die eingeschränkte Sicht gar nicht so übel.

Nur eine der vier Türen im Flur war beschriftet. Die Türen zur Linken führten zu den Toiletten, während sich hinter der ersten Tür rechts der Besenschrank verbarg. Abgesehen von der Lage glichen die drei einander, und es war immer lustig zu beobachten, wie ein neues Kind herauszufinden versuchte, welche es brauchte. Einige verwechselten sie immer, aber so ist das nun mal im Leben; man öffnet willkürlich eine Tür, natürlich in der Hoffnung, dass es die gewünschte ist, besonders dann, wenn man ein Geschäft zu erledigen hat, das nicht warten kann.

An der vierten Tür befand sich ein Schild, das sie jenen zuliebe kennzeichnete, die sich nicht ganz so abenteuerlustig fühlten, oder vielleicht auch für jene, die ein gefährlicheres Spiel versuchen wollten. Es handelte sich um ein ausgefranstes Stück Karton, auf das mit schwarzem Filzstift das Wort »Heimleiter« gekritzelt worden war. Darunter hatte jemand mit einem

Buntstift »ist ein echter Mistkerl« geschrieben. Beide Aussagen trafen auf ihre Weise zu: Devin hatte das Kommando, und er war jemand, den man nicht gegen sich aufbringen wollte. Sein Temperament war legendär, und er gewährte selten eine zweite Chance. Zudem war er der erste Mann gewesen, den ich geliebt hatte, und nun, da ich zurück im Heim war, wurde mir allmählich klar, wie sehr er mir trotz allem, was wir einander angetan hatten, immer noch fehlte. Ich hätte ihn aufsuchen sollen, bevor Blut zwischen uns stand und mich zum Handeln zwang. Vielleicht wären wir beide glücklicher geworden, wenn ich es getan hätte. Die Augen auf das Schild gerichtet, hob ich die Hand und klopfte.

»Herein«, rief Devin mit jenem vollen, melodischen Tenor, der Teenagermädchen so sehr ins Schwärmen geraten lässt. Natürlich kannte ich das, was allerdings nichts daran änderte, dass sich mir die Nackenhärchen aufrichteten, als ich den Knauf drehte und eintrat.

Devins Büro wurde von einem Dutzend Lampen erhellt, die sowohl die rußigen Wände als auch die betagten Möbel in ein harsches Licht tauchten. Der Anblick war wenig schmeichelhaft, aber keine Illusion – er zeigte von Anfang an, was man bekam. Dafür musste ich ihn respektieren, wenngleich es mir ein wenig Kopfzerbrechen bereitete. Die meisten Reinblütler sind so vom Licht besessen wie unsterbliche Motten, die nach sterblichen Flammen jagen. Im Gegensatz zu Menschen oder Wechselbälgern können sie zwar ohne Licht tadellos sehen; sie wollen es aber trotzdem. Vielleicht liegt die Anziehungskraft in der Nutzlosigkeit. Devin war kein Reinblut, doch das hielt ihn nicht davon ab, dem Licht zu folgen. Ich habe nie herausgefunden, weshalb.

Hinter dem Schreibtisch saß er höchstpersönlich – halb auf

dem Stuhl zurückgelehnt. Ich blieb an der Tür stehen, musterte ihn und versuchte zu atmen.

Wenn man uns beide betrachtete, hätte man nie vermutet, dass Devin über hundert Jahre älter war als ich; auch er war ein Wechselbalg, aber sein Blut war stärker als das meine, zudem meinten es die Jahre mehr als gut mit ihm. Jeder wird geboren, um eine bestimmte Rolle im Leben zu erfüllen. Devin wurde dafür geboren, über sein eigenes Nimmerland zu herrschen, und er war nahezu übernatürlich prädestiniert dafür. Sein Haar glich dunklem, welligen Gold, bei dessen Anblick es meine Finger juckte hindurchzufahren, und sein Gesicht hätte einem griechischen Gott gut gestanden. Allein seine dunkelvioletten, mit einem weißen, an Blütenblätter erinnernden Strahlenkranz gesprenkelten Augen verrieten seine Unmenschlichkeit. Man konnte in der kreuz und quer gemusterten Dunkelheit seiner Augen versinken, wenn man zu lange hineinblickte, und dabei herausfinden, was er wirklich war, während man sich selbst verlor.

So sehr ich in der Vergangenheit auch versucht hatte, die Zusammensetzung seines Blutes zu erschmecken, es war mir nie gelungen. Und er hat es mir auch nie verraten. Ich habe immer vermutet, dass es irgendwo in seiner Herkunft Lamia gab: Es ist bekannt, dass die Schlangenfrauen ihren Tanz bis aufs Äußerste verlangsamen können, um menschliche Männer zu lieben, und es ist keineswegs unmöglich, dass daraus Kinder entstehen. In Faerie sind schon seltsamere Dinge geschehen. Es würde erklären, warum er mit diesen Augen manchmal tiefer zu blicken schien, als es irgendjemandem zustand.

Er hob den Kopf, und ein Lächeln hellte seine Züge auf, als er meinem Blick begegnete. Es versetzte mir einen kleinen Stich zu erkennen, dass er sich aufrichtig darüber freute, mich zu sehen. »Toby!«, rief er. »Endlich hast du beschlossen, zurück nach Hause zu kommen. Ich hatte schon angefangen, mir Sorgen zu machen. Ich hätte nicht gedacht, dass du so lange fortbleiben würdest.« Er verstummte kurz und grinste dazu, bevor er hinzufügte: »Hübsches Kleid.«

»Ich war eine Weile damit beschäftigt, verzaubert und verlassen zu sein … und bitte, um Oberons willen, erwähn das Kleid nicht.« Ich ließ mich auf den Stuhl vor seinem Schreibtisch sinken. Er ächzte unter meinem Gewicht. Die Augen auf sein Gesicht gerichtet, stellte ich die unverfänglichste Frage, die mir einfiel. »Wie geht es dir?«

Devin ernüchterte und runzelte die Stirn. »Nach allem, was ich so höre, besser als dir. Toby, was ist passiert? Warum bist du nicht zurückgekommen? Ich hätte es dir erlaubt. Du bist hier immer willkommen.«

»Du weißt doch, warum ich das nicht konnte«, gab ich zurück und senkte den Blick. »Müssen wir das wirklich noch mal durchgehen?«

»Wenn wir es tun, kommen wir vielleicht endlich auch darüber hinweg.«

Ich holte tief Luft, die Worte stockten mir in der Kehle. Zweimal. Ich hatte Devin noch zweimal gesehen, nachdem ich das Heim verlassen hatte, um an Sylvesters Hof zu gehen. Das erste Mal war eine kalte, bittere Erfahrung, aber ein natürliches Ende gewesen. Devin war klug genug, Sylvesters Anspruch auf mich nicht anzufechten. Das zweite Mal begab es sich an dem Tag, an dem ich auf der Suche nach Julie herkam und im Vorderzimmer auf ihn traf, wo er auf mich wartete. Er packte mich am Arm und fragte mich, ob die Gerüchte stimmten – ob ich wirklich schwanger sei … mit dem Kind meines menschlichen Liebhabers. Und ich bestätigte es ihm.

Das war der Beginn des größten Streits, den wir je hatten. Ich bin sicher, die Kinder reden noch immer in dem gedämpften Tonfall darüber, der normalerweise für Naturkatastrophen reserviert ist. Wir brüllten, wir schimpften, wir warfen uns Dinge an den Kopf, und am Ende ließ er mich gehen, jedoch nicht, ohne mir ein letztes Versprechen als Gegenleistung für all die Gefälligkeiten abzuringen, die er mir erwiesen hatte: Ich dürfte Cliff erst heiraten, wenn Gillian dreizehn Jahre alt wäre. Sie war nur ein Viertelblut, und wenn sie bis dahin nicht gezwungen sein würde, die Wechselbalg-Entscheidung zu treffen, würde es wahrscheinlich nicht mehr passieren. Bis dahin wollte er um ihretwillen, dass ich bereit blieb, Cliff zu verlassen. Ich lachte ihm ins Gesicht und erwiderte, ich würde ihm eine Einladung zur Hochzeit schicken. Ich bin aber sicher, er war keineswegs überrascht, dass er nie eine bekam.

Schließlich flüsterte ich mit nach wie vor gesenktem Kopf: »Ich habe ihren dreizehnten Geburtstag nicht mal miterlebt.«

»Aber das ist nicht der Grund, weshalb du heute hier bist.«

»Nein.« Er ließ locker, zeigte Gnade. Ausnahmsweise beschloss ich, sie anzunehmen. »Ist es nicht.«

Ich schaute auf und ließ den Blick durch den Raum wandern. Die Möbel waren noch dieselben, wenn die alte braune Couch in der Mitte inzwischen auch noch mehr durchhing, und auf der Tapete prangten dieselben Flecken. Selbst die Delle neben der Tür gab es noch. Sie kennzeichnete die Stelle, an der Julie versucht hatte, Mitch durch die Mauer zu stoßen, weil er einen Witz über ihren neuesten Freund gerissen hatte. Ich räusperte mich. »Der Ort hat sich nicht verändert.«

»Ich wollte das nicht.«

Ich sah ihn an und zog eine Augenbraue hoch. »Ich dachte, Veränderung wäre dein Steckenpferd.«

»Nicht hier. Niemals hier.« Er zuckte die Schultern, und einen Augenblick lang schimmerte durch, wie alt er tatsächlich war. All die Jahre sprachen aus seinen Augen. »Warum bist du nicht früher gekommen, Toby? Wir waren außer uns vor Freude, als wir erfuhren, dass du nicht tot bist. Wir hätten dir helfen können. *Ich* hätte dir helfen könne. Ich habe auf dich gewartet.«

»Warum? Damit du mich daran hättest erinnern können, wie töricht es von mir war, von hier wegzugehen? Daran, dass du schon immer gewusst hast, die Reinblütler würden mich nur benutzen? Tut mir leid, aber ich stehe nicht drauf, für Schmähungen auch noch zu bezahlen. Die meisten Leute sind bereit, mich kostenlos zu verletzen.« Ich zog ungerechtfertigt über ihn her. Es war mir bewusst – und egal. Evening war tot, das Leben, für das ich so hart gearbeitet hatte, war fort, und das Heim … war immer noch der Ort, an dem ich einkehrte und an dem mich all die alten Geister erwarteten. Das war nicht fair.

Devin verzog keine Miene, was es nur noch schlimmer machte. »Du hast uns gefehlt.«

»Ich habe mir auch gefehlt.« Seufzend versuchte ich, mein Temperament zu zügeln. Für gewöhnlich bin ich nicht so empfindlich, aber Devin brachte immer das Schlimmste in mir hervor. »Tut mir leid. Es war eine harte Nacht.«

»Wir haben das mit der Winterrose gehört. Tut mir leid, Toby.« In seiner Stimme schwang aufrichtiger Kummer mit. Ich runzelte die Stirn. Devin hatte Evening stets gehasst. Ihn sagen zu hören, dass er ihren Tod bedauerte, war beinah unglaublich.

»Was hat sie dir schon bedeutet?«, fragte ich. Wirklich taktvoll, Toby.

Er starrte mich an. Als er wieder das Wort ergriff, war alle

Herzlichkeit verschwunden und durch eine verbitterte Kälte ersetzt worden. »Sie hat diesen Ort am Leben erhalten, nachdem du verschwunden warst. Du weißt, dass uns die Reinblütler den Laden nur allzu gerne dichtmachen würden. Alles, was sie brauchen, ist ein Vorwand – irgendeiner –, und du schienst ein hervorragender … Anfang zu sein.

Du warst diejenige, die auszog, um den tapferen Ritter zu spielen, Toby; du warst es, die hier anfing und einen Aufstieg machte. Du hast dafür gesorgt, dass uns die Königin in Ruhe ließ, weil sie die Hand nicht gegen dein Heimlehen erheben konnte, ohne deinen Lehnsherrn zu beleidigen. Das hat sie mächtig geärgert, und sobald du nicht mehr zwischen ihr und uns gestanden hast, hörte sie auf, sich zurückzuhalten.«

Das war mir neu. »Sie wollte gegen dich vorgehen?«

»Sie hätte es fast *getan*, bis die Winterrose ihr in deinem Namen Einhalt gebot. Evening hat uns nie gebilligt, aber trotzdem hat sie uns beschützt, und sie hat es für dich getan. Hat sich Sylvester auch so bemüht, die Erinnerung an dich zu wahren?« Er verstummte mit herausfordernder Miene. Ich wandte den Blick ab. Es gab keine Worte, um auszudrücken, was ich ihm sagen musste; deshalb wollte ich es erst gar nicht versuchen.

Eine lange Pause entstand, und als er fortfuhr, hörte er sich geradezu unfassbar müde an. Wann war die Welt so alt geworden? »Anfangs hat sie es für dich getan, aber ich möchte gerne glauben, dass sie sich zum Ende hin vielleicht auch aus eigenen Stücken so bemüht hat. Dass sie letztlich verstanden hat, warum es uns gibt.«

»Das wusste ich nicht.«

»Nein«, gab er zurück. »Du *wolltest* es auch nicht wissen. Du hast sie so ohne jeden Zweifel in eine Schublade gesteckt, wie du es bei allen anderen tust, und du hast sie ignoriert, als sie versucht hat, aus der Rolle auszubrechen, die du ihr zugedacht hattest. Das machst du schon, solange ich dich kenne, Toby, und ich glaube, ich kenne dich länger als so gut wie jeder andere auf dieser Welt.«

»Ich hätte nicht gedacht …«

»Das ist keine große Überraschung.« Er verstummte und holte tief Luft, bevor er ein Lächeln aufblitzen ließ, mit dem es ihm gelang, alle Zähne gleichzeitig zu zeigen. »Aber nun genug von dir; lass uns über mich reden. Bist du hergekommen, um … mit mir zu schlafen?«

Ich zwang mich zu einem Lächeln und fühlte mich wieder auf vertrautem Terrain. Bis ich meine Aufgabe erledigt hätte, würde ich darüber hinwegsehen können, wie sehr seine Worte brannten. »Tut mir leid, Devin. Diesmal nicht.«

»Hast wohl Angst, dass du mir kein zweites Mal davonlaufen kannst, wie?«

»Vielleicht.« Ich entspannte mich, und mein Lächeln wurde echt. »Ich habe dich ehrlich vermisst.«

»Wir haben dich ebenfalls ehrlich vermisst«, gab er zurück. »Weißt du, ich habe die Kinder zehn Jahre lang nach dir suchen lassen. Wir wollten nicht aufgeben.«

»Das freut mich«, antwortete ich. »Manchmal denke ich nämlich, die ganze Welt hat mich aufgegeben, während ich verschwunden war.«

»Ich glaube, auf einen Großteil der Welt trifft das auch durchaus zu, aber ich war noch nie ein Teil der Herde.« Er lächelte, und es sprach kein übersteigerter Eroberungsdrang daraus, nur alte Freundschaft und aufrichtige Herzlichkeit. Ich hatte vergessen, wie gut sich das anfühlen konnte. »Die meisten Leute, die du gekannt hast, sind nicht mehr hier. Jimmy ist tot, Julie arbeitet für Lily, John und der Kleine Mike sind beide unten in Engels. Was die neue Generation angeht …« Er zuckte mit den Schultern.

»Die neue Generation solltest du an die Leine nehmen. Angefangen mit dieser kleinen blonden Aushilfstussi, die du Frontdienst versehen lässt. Ich weiß, dass jeder Wache hält, Devin, aber du solltest ihr wirklich Manieren beibringen, bevor du sie in die Öffentlichkeit lässt.«

»Was, Dare? Hat sie dir Schwierigkeiten gemacht?« Er klang etwas gekränkt, aber ich konnte ihm ansehen, dass er in Wahrheit ganz zufrieden war. Er wollte ja, dass seine Kinder ein gewisses Temperament besaßen, solange sie taten, was man ihnen auftrug.

»Jede Menge, bis ich ihr sagte, wer ich bin. Hättest du nicht ein Kind mit einer noch schlimmeren, problematischeren … Einstellung finden können?«

»Nein, Toby, du warst einzigartig.«

»Hey!«

Devin beugte sich vor und legte die Hände auf den Tisch. »Sie war noch schlimmer, als sie hier ankam. Damals konnte sie zu niemandem auch nur zwei zivilisierte Worte sagen. Mittlerweile ist sie nur noch, na ja, ein wenig vorlaut. Sie ist schwierig, gut, aber sie leistet ihren Beitrag. Wie alle.«

»Es gibt immer noch mehr, immer noch andere Kinder, nicht wahr?«, sagte ich und betrachtete die Wand hinter seinem Schreibtisch. Dort hing eine riesige Anschlagtafel, übersät mit Schnappschüssen von jedem Jungen und Mädchen, die je ins Heim gekommen waren. Irgendwo darunter befand ich mich, ein weiterer schlaksiger Teenager mit krausem Haar, einer üblen Einstellung und keinem nennenswerten Menschenverstand. Ich empfand es als tröstlich, dass sich mein Bild immer in der Collage hinter Devins Schreibtisch befinden würde, ganz gleich, was mir widerfahren sollte.

»Ja«, bestätigte er, wobei seine Stimme leiser wurde. »Es gibt immer noch andere Kinder.« Wie viele hatte er sterben, verschwinden oder vergehen sehen? Ich hatte das Heim wegen Sylvesters Hof verlassen, weil ich es so für besser hielt. Devin hatte mich dadurch zwar verloren, aber zumindest wusste er, wohin ich gegangen war. Wie viele seiner Kinder verließen ihn und kehrten niemals zurück?

Und wie viele beerdigte er in namenlosen Gräbern, nachdem die Nachtschatten hier gewesen und wieder verschwunden waren? So viele Wechselbälger sind wie ich, die geraubten Überlebenden angeblicher Kindstode. Niemand würde sie je vermissen. Niemand würde nach ihnen suchen. Wenn ich bei einem der Höfe im Königreich von Engels anriefe und nach einem Silene-Wechselbalg namens John oder nach einem Halb-Gremlin namens Kleiner Mike fragte, würde dort irgendjemand wissen, von wem ich redete? Ich wusste, was Devin war. Ich hatte es immer gewusst. Und ich musste dafür sorgen, dass ich es nicht vergaß.

Ich vergrub die Finger in meinem Rock und versuchte, diesen Gedankengang zu verdrängen. Dies war nicht der richtige Zeitpunkt, um darüber nachzugrübeln. Später vielleicht. Ich konnte ja später noch deswegen weinen, wenn Devin mich nicht sah. »Ich denke, wir sollten uns dem eigentlichen Thema zuwenden. Bestimmt musst du dich noch mit anderen Leuten treffen.«

»Was brauchst du, Toby?«, fragte er. Überrascht schaute ich auf. Er hatte gar nicht vor zu feilschen: Er würde mir einfach geben, was immer ich verlangte. Das hatte ich meiner Rückkehr von den Toten zu verdanken. Ich hatte ihm gehört, und er hatte mich aufgegeben. Dann kam ich zu ihm zurück – wie sollte er mir da etwas abschlagen?

Es dauerte einen Augenblick, bis ich mich fasste. Schließlich sagte ich: »Ich muss herausfinden, wer Evening umgebracht hat.«

»Wieso?«

»Damit ich es denjenigen heimzahlen kann, und zwar mit gleicher Münze.«

»Wenn ich wüsste, wer sie umgebracht hat, würde ich diejenigen selbst töten.«

»Das ist nicht deine Aufgabe, Devin.«

»Was macht es zu deiner?«

Ich holte tief Luft und spürte, wie Phantomdornen über meine Haut schabten. »Evening hat mich angerufen, bevor sie starb. Sie wusste, was ihr bevorstand, Devin; sie wusste, dass jemand kommen würde, um sie zu töten.«

Er erstarrte und verengte die Blumenblütenaugen. »Sie wusste es?«

»Ja, sie wusste es. Keine Ahnung, warum sie nicht geflüchtet ist.«

»Vielleicht hatte sie ja keine Zeit …«, schlug er vor. »Hat sie dir denn gesagt, was sie glaubte, wer hinter ihr her war? Oder warum?«

»Nein – wenn sie es wusste, hat sie es mir jedenfalls nicht verraten. Aber sie hat mich angeheuert, um diejenigen zu finden.« Im Grunde genommen entsprach das der Wahrheit. Dass sie mich gebunden hatte oder wie eng, brauchte ja niemand zu wissen. »Ich arbeite an einem Fall, Devin, und ich kann nicht kündigen, zumal die Person, die mich angeheuert hat, tot ist.«

»Dann kannst du aber auch nicht bezahlt werden.«

»Mir egal.« Um Geld ging es hier ja gar nicht, sondern ums

bloße Überleben. »Sie war meine Freundin, und ich werde das für sie tun.«

»Hast du vor, ihr zu folgen?« Sein Tonfall war kalt.

Gut, wenn er es auf diese Weise spielen wollte, dann würden wir das eben tun. Es war ja sein Spielfeld. Manuel hatte die Einzelheiten nicht gekannt, und ich hätte gewettet, dass dies auch für Devin galt. »Nein«, entgegnete ich knapp. »Und wenn ich sterben wollte, würde ich nicht Selbstmord begehen, indem ich mich jemandem ausliefere, der einer Frau die Kehle mit einer Eisenklinge durchschneidet.«

Devin zögerte. »Was?«

»Eisen.« Es bedurfte einer gehörigen Anstrengung, einen nüchternen Tonfall zu wahren. »Sie wurde angeschossen, damit sie nicht wegrennen konnte, danach wurde ihr die Kehle aufgeschlitzt.« Ich schluckte ob des plötzlichen Geschmacks von Rosen und drängte die Erinnerungen an Evenings Tod zurück, samt den Empfindungen, die auch noch dazugehörten. Die wunderbaren Nebenwirkungen der Blutmagie.

»Woher weißt du …«

»Ich bin Amandines Tochter, schon vergessen?« Ich schwenkte eine Hand und brauchte die Ironie in meiner Stimme gar nicht vorzutäuschen, als ich sagte: »Ich musste doch nur tun, was mir natürlich gegeben ist.«

»Dann weißt du, wer sie getötet hat«, meinte er und lehnte sich auf dem Sitz zurück.

»Nein. Die Täter haben es irgendwie vor mir verborgen, Devin, und ich muss es in Erfahrung bringen. Ich bin mit dieser Welt nicht mehr so vertraut, wie ich es einmal war. Es ist zu lange her, und ich brauche Hilfe.«

»Warum bist du dann hier? Und warum nicht am Hof der Königin, wo du all deine hehren Reinblutkontakte nutzen könntest?« Sein Tonfall strotzte vor Verbitterung. Ich runzelte die Stirn. Natürlich hatte ihm nicht gefallen, dass ich »in die Oberstadt gezogen« war, dennoch erschien mir seine Reaktion ausgeprägter, als sie es hätte sein sollen. Ich war vor langer Zeit gegangen. Wie lange wollte er mir das noch zum Vorwurf machen?

»Ich war bei der Königin, bevor ich hierherkam«, sagte ich und hob eine Falte des wasserfleckigen Seidenkleides an, die ich zur Betonung schüttelte. »Was glaubst du, wo ich diese herrliche Aufmachung herhabe? Das war meine zweitbeste Jeans. Ich musste den Tod verkünden.«

»Und du bist trotzdem hierhergekommen? Was denn, sicherst du deine Wetten mittlerweile ab?«

»Nein. Sie hat sich geweigert, mir zu helfen.« Devin legte die Stirn in Falten und bedeutete mir fortzufahren. Ich seufzte. »Sie hat mich rausgeworfen, Devin. Sie wollte mich nicht einmal berichten lassen, wie Evening starb.«

»Sie hat dich rausgeworfen? Was hast du denn gesagt?«

»Nur, dass Evening gegangen ist. Ich habe ordnungsgemäß die Todesbekanntgabe rezitiert und all das – ich habe mir keinen Fehltritt geleistet, trotzdem ist sie vollkommen ausgerastet.« Meine Enttäuschung schwappte in meinen Tonfall hinein. »Ich weiß nicht, was dort vor sich geht. Ihre Reaktion war alles andere als normal.«

»Glaubst du, sie hat es getan?«

Ich dachte eine Weile darüber nach, bevor ich antwortete: »Nein. Es ist ja nicht so, dass ich ihr etwas anhaben könnte, wenn sie es gewesen wäre. Und dann ist sie viel zu sehr ausgerastet, als dass es nur an so etwas wie Schuld liegen konnte. Ich vermute, es besteht die Möglichkeit, dass es jemand gewesen sein könnte, der ihr nahestand. Aber das glaube ich auch wieder nicht. Ich denke eher, sie ist … ich vermute, etwas stimmt nicht mit ihr.«

»Also ist aus dieser Ecke keine Hilfe zu erwarten. Wohin kannst du dich sonst wenden?«

»Schattenhügel. Ich kann bei Sylvester vorstellig werden – aber du weißt, dass er in dieser Stadt keine echte Macht besitzt.« Damit streichelte ich Devins Ego. Wahrscheinlich wusste er das auch. Mir war es egal. Wenn ich die Wahrscheinlichkeit, dass er mir helfen würde, dadurch steigern konnte, dass ich Sylvester herabwürdigte, dann würde ich es auch tun. Es würde mir widerstreben, trotzdem würde ich es tun.

Devin sackte auf dem Stuhl zusammen und schüttelte den Kopf. »Du brauchst meine Hilfe.«

»Ja, ich brauche deine Hilfe. Es gibt sonst niemanden.«

»Ich kann dir diesen Gefallen nicht unentgeltlich tun, Toby. Wenn jemand frei herumläuft, der verzweifelt genug ist, um Eisen zu verwenden …«

»Ich habe dich nie um einen kostenlosen Gefallen gebeten. Du hast ihn mir angeboten.« Also wollte er es zurücknehmen? Irgendwie überraschte mich das nicht. Dies war mehr als ein Gefallen für eine Freundin: Hier ging es um eine Angelegenheit auf Leben und Tod – eher auf Tod. Und solche Dinge sind zu aufwendig, um sie einfach zu verschenken.

»Es wird dich etwas kosten.«

»Ich kann bezahlen.«

Er musterte mich mit einem stechenden Blick, den ich allerdings erwiderte. Allmählich wurde mir klar, wie sehr ihn die vergangenen vierzehn Jahre doch verändert hatten. Den guten Kampf hält man nur eine gewisse Zeit durch. Devin hatte schon vor Langem aufgegeben. »Bist du sicher?«, fragte er. Einen Augenblick fand ich keine Antwort.

Dann erinnerte ich mich an Evening, wie sie ausgestreckt auf dem Boden ihrer Wohnung gelegen hatte, mit einem zweiten Mund, wo ihr Hals hätte sein sollen. »Ich bin sicher.«

Nach einer Pause, die sich länger anfühlte als jene fehlenden Jahre, nickte er. »Also gut. Ich schicke morgen früh einige Kinder zu deiner Wohnung, die sich bei dir einnisten und dafür sorgen werden, dass du dich an deinen Teil der Abmachung erinnerst.«

Oh, ich würde mich erinnern. Wie könnte ich ihn je vergessen? Ich hatte doch bereits mit diesem Teufel Pakte geschlossen; er hatte meine Unterschrift in seinen persönlichen Akten hinter Schloss und Riegel. Ich hatte nicht mit Blut unterschrieben – so tölpelhaft hätte er sich nie angestellt –, aber er vertraute der Macht meines Versprechens, das mich band. Und damit hatte er recht. Ich würde für jede Information bezahlen, die er mir beschaffte. Ich würde für alles bezahlen, was seine Kinder für mich taten, und wenn seine Hilfe dazu führte, dass ich fände, wonach ich suchte, würde ich doppelt bezahlen. Er mochte mich ja. Ich wusste genug darüber, was mit Leuten geschah, die er nicht mochte, wenn ihre Rechnungen fällig wurden, um zu hoffen, dass er nie aufhören würde, mich zu mögen.

»Morgen früh, das geht nicht«, entgegnete ich. »Ich muss nach Schattenhügel, um mit Sylvester zu reden. Ich kann frühestens morgen Abend bereit für sie sein.«

»Dann lass dich doch zumindest von jemandem nach Hause begleiten.«

Ich rieb mir mit der Hand über die Stirn. »Devin, ich bin erschöpft, und damit meine ich, dass ich mich jetzt nicht mit deinen Kindern herumschlagen kann. Ich muss ein wenig schlafen, sonst bin ich nicht in der Lage, die Begegnung mit Sylvester zu bewältigen.«

»Wenn er keine Macht besitzt, warum gehst du dann zu ihm?«

»Weil«, antwortete ich und blickte auf meine in Seide gehüllten Beine, damit ich seinen Gesichtsausdruck nicht zu sehen brauchte, »er immer noch mein Lehnsherr ist und ich gerade mit den Ermittlungen in einem Mordfall beginne. Ich muss ihn nicht um Hilfe bitten, aber ich muss ihm Bescheid geben, bevor ich mich in Gefahr begebe.«

Ich spürte, wie Devin mich beobachtete. »Du kannst der Lehnstreue entsagen. Er hat dir keine Gefallen getan.«

»Bitte, verlang das nicht von mir.« Ich blickte wieder auf. »Noch nicht.« Von einem Wechselbalg wird das Brechen von Eiden geradezu erwartet. Deshalb habe ich es nie getan. Sylvester würde mich freigeben, wenn ich ihn darum ersuchte. Aber das werde ich nie tun, weil es nur all die Dinge beweisen würde, die man ohnehin schon über meinesgleichen sagte. Ich mochte meine Versprechen bereuen, dennoch würde ich sie halten.

Devin betrachtete mich einen Moment lang mit ausdrucksloser Miene, ehe er seufzte. »Wie du willst. Ich weiß ja, dass es keinen Sinn hat, mit dir zu streiten.« Er öffnete die oberste Schublade seines Schreibtischs, holte etwas von der Größe eines Kartenspiels hervor und schob es mir zu. »Nimm das.«

»Was ist das?«, fragte ich und ergriff es.

»Ein Mobiltelefon. Ich habe genau für solche Fälle immer welche in Reserve.« Devins Nicken war knapp, wirkte aber zufrieden. Reinblütler reagieren auf Veränderungen, wenn überhaupt, dann nur träge. Flexibilität und Anpassungsfähigkeit sind Wechselbalg-Eigenschaften. Wenn er diese noch besaß, würde er gut zurechtkommen.

Nach dem bisherigen Verlauf der Nacht hätte ich gesagt,

dass mich nichts mehr erschüttern könnte. Ich hätte definitiv nicht auf ein kleines Kunststoffding gesetzt, das nur wenige Gramm wog und dessen Tasten sich unter einem Klappdeckel verbargen, durch den es wie etwas aus *Star Trek* aussah. Plötzlich wie betäubt hob ich den Kopf und starrte Devin an.

Vierzehn Jahre sind nichts in Faerie. Sie gleichen einem Blinzeln, einem einzigen Gezeitenzyklus. Es haben schon Bälle stattgefunden, die länger dauerten, Bankette, die sich über Jahrzehnte erstreckten. Die Welt der Sterblichen hingegen … die Welt der Sterblichen funktionierte nicht so. Das Telefon, mit dem ich zum letzten Mal vor meinem Verschwinden mit Cliff gesprochen hatte, wog fast ein halbes Kilo. Es war hässlich und klobig, und man konnte es fast unmöglich verlieren. Dieses Gerät hier war ein schnittiges, handliches Accessoire, das jeder auf der Straße bei sich tragen konnte. Es glich der Zukunft, verpackt in etwas Handfestes. Ich war in der Lage gewesen, damit zurechtzukommen, als nur die Menschen solche Dinger hatten, da ich mir so einreden konnte, zumindest Faerie wäre unverändert geblieben. Aber dem war nicht so. Alles hatte sich verändert.

Devin erkannte die Verwirrung in meinen Augen, denn er setzte ein kleines, verletzendes Lächeln auf, aus dem sprach: »Das wäre nicht passiert, wenn du hiergeblieben wärst.« Dann drehte er sich zur Seite und betätigte den Knopf der Gegensprechanlage. Der Knopf des Gegenstücks im Hauptraum war an der Wand unter Glas montiert. Ich hatte nur zweimal miterlebt, wie die Gegensprechanlage vom Hauptraum aus benutzt wurde. Einmal handelte es sich um einen Streich, und der Junge, der ihn begangen hatte, wurde von einem halben Dutzend größerer Jugendlicher halb totgeprügelt. Das andere Mal war Julie so schwer verletzt, dass wir nicht wussten, wie wir sie wieder zusammenflicken sollten. Und selbst da zögerten wir noch, weil wir die Konsequenzen fürchteten. Niemand störte Devin ohne triftigen Grund.

»Dare, komm zurück und begleite Ms Daye zu ihrem Auto. Sofort«, befahl er. Wenn sich Dare gerade im Barbereich aufhielt, würde sie kommen. Wenn nicht, würde jemand anders an ihrer Stelle antanzen, und sie steckte in mächtigen Schwierigkeiten.

Zu ihrem Glück war sie nicht hinausgegangen, um eine Zigarette zu rauchen. Wenige Minuten später öffnete sich die Tür. Zum Vorschein kamen eine äußerst nervöse Dare und ihr etwas entspannterer älterer Bruder. Beide wirkten nicht gerade glücklich. Das war meine Schuld, aber ich war noch zu verwundert, als dass es mich wirklich kümmerte. Ich hatte nicht gewusst, was Evening diesen Leuten bedeutet hatte. Ich hätte es nie vermutet, es mir nie träumen lassen, und doch hätte ich es wissen müssen. Was war nur mit der Welt geschehen, während ich fort war? Wie viel musste sich geändert haben, dass sich das hochmütigste Reinblut, das ich kannte, an einen Ort wie dieses Heim begab und sich hier solchen Respekt erwarb?

»Sir«, sagte Dare und verbeugte sich auf eine Art, die ungefähr so aussah wie der Knicks einer Sechsjährigen. »Ich soll Ms Daye zu ihrem Auto begleiten?« Ihr Akzent war erheblich abgeschwächt, wenn sie mit Devin sprach. Der blaue Fleck in ihrem Gesicht erblühte mittlerweile richtig und nahm Violett- und Goldtöne an.

Devin verengte die Augen. Früher hatte ich immer abzuwägen versucht, wie viel des »Blicks« echt und wie viel gespielt war, bis mir klar wurde, dass es gar keine Rolle spielte. Er funktionierte. Das allein zählte. Devin mochte lügen, aber er erzielte immer Ergebnisse. »Deshalb habe ich dich gerufen, Dare. Du kannst doch hören, oder?«

Sie wand sich förmlich. Manuel sah mich mit flehenden Augen an. Ich zuckte nur mit den Schultern. Bei einer Gelegenheit hatte mich Devin einmal mit demselben Blick und denselben Worten bedacht; ich war nicht so töricht gewesen, seine Autorität bei jemandem zu untergraben, der noch glaubte, dass sie etwas zu bedeuten hatte. Dare verlieh ihm alle Macht, die er über sie besaß. Sobald sie erwachsen genug sein würde, um zu erkennen, dass Devin sie nur kontrollieren konnte, solange sie es zuließ, würde sie klarkommen. Und wenn sie nie so erwachsen werden sollte, gehörte sie ohnehin ins Heim, wo sich andere um die echte Welt kümmerten, während sie die lästigen Routinearbeiten übernehmen konnte.

»Ja, Sir«, erwiderte Dare und straffte die Schultern. »Ich kann hören, Sir. Ich bringe sie sofort zu ihrem Auto, es ist nicht weit. Danach komme ich zurück und warte, wie es mir aufgetragen wurde.«

Devin lehnte sich mit einem Nicken auf dem Stuhl zurück. Hätte ich ihn nicht so gut gekannt, er hätte mir Angst eingeflößt – und da ich ihn so gut kannte, flößte er mir stattdessen regelrechtes Grauen ein. Er inszenierte diese kleine Aufführung allein für mich, um mich daran zu erinnern, wer hier das Sagen hatte und dass sein Wort Gesetz war. Er inszenierte immer eine Aufführung für jemanden, selbst dann, wenn sonst niemand zugegen war. Psychospielchen mit Devin glichen einem Spiel mit Dynamit: Am Ende wurde immer jemand verletzt. Ich hoffte inständig, dass es in diesem Fall nicht ich sein würde.

»Braves Mädchen«, sagte er. Sie erstrahlte geradezu unter dem Lob. Ich glaube, alle Kinder sehnen sich nach einem freundlichen Wort, nicht nur die hoffnungslosen Fälle, die es an einen Ort wie diesen hier verschlägt. Alle reagieren auf dieselbe Weise, wenn sie die Bestätigung erhalten, die sie brauchen. Sie verknüpfen Angst und Liebe so eng miteinander, dass sie den Augenblick nicht bemerken, in dem sie erwachsen werden.

Die apfelgrünen Augen geweitet, wandte sich Dare mir zu und sagte: »Ich bringe Sie jetzt zu Ihrem Wagen, Ms Daye. Wenn Sie mir bitte folgen wollen?« Manuel beobachtete mich hinter ihr. Es war schwierig, beiden Augenpaaren gleichzeitig zu begegnen; die Farbe war zu grell, und es sprach zu viel Bedürftigkeit aus ihnen.

»Ja«, erwiderte ich schließlich und gab dem unausgesprochenen Flehen in Manuels Augen nach. »Ich folge dir.«

Sie lächelte – der erste ehrliche Ausdruck, den ich in ihrem Gesicht gesehen hatte – und führte mich hinaus. Ich hörte noch, wie Devin einen leisen, fast erstickten Laut von sich gab, als die Tür hinter uns zuschwang. Aber ich konnte nicht erkennen, ob er lachte oder weinte. So wie ich ihn kannte und kenne, könnte er beides getan haben.

KAPITEL 8

Der Rest von Devins Kindern befand sich noch im vorderen Barbereich und beobachtete uns argwöhnisch, als Dare und Manuel mich hinausbegleiteten. Ich schwieg, und sie taten es mir gleich. Wir hatten einander nichts zu sagen. Ich war einmal in ihrer Lage gewesen und daraus ausgebrochen. Aus meiner Sicht wurden sie benutzt, und aus ihrer Sicht verkörperte ich bloß eine Verräterin. Ich denke, wir waren alle froh, als ich in mein Auto stieg, losfuhr und das Heim samt den zwei goldhaarigen Gestalten am Randstein hinter mir ließ, wo sie rasch in der Ferne entschwanden. Jedes Mal, wenn ich glaube, mich von dem Ort befreit zu haben, findet er einen Weg, mich zurückzuziehen. Vielleicht ist doch etwas dran an Devins kleinem Schild.

Der Himmel präsentierte sich dunkel, bis zum Sonnenaufgang waren es noch Stunden. Ich war weniger als die halbe Nacht wach gewesen und dennoch so müde, dass ich kaum noch klar sehen konnte. Mehrere Verwirrungszauber, ein bedeutender Akt der Blutmagie, eine Begegnung mit einer zornigen Monarchin und ein Ausflug ins Heim, und das alles binnen sechs Stunden! All dies bewirkte so etwas bei mir.

Sobald ich mich weit genug vom Heim entfernt hatte, um nicht mehr das Gefühl zu haben, Devins Kinder würden an die Scheiben klopfen, wenn ich anhielte, rollte ich an den Straßenrand und warf das Mobiltelefon auf den Beifahrersitz, wo es geräuschlos landete. Ich stützte den Kopf auf das Lenkrad und schloss die Augen. Ich brauchte nur ein paar Sekunden. Gerade lange genug, um die Gedanken zu sammeln und den Geschmack von Rosen hinunterzuschlucken, bevor er aufsteigen und mich überwältigen konnte. Dann würde ich weiterfahren können.

Jemand klopfte ans Fenster.

Ich hob den Kopf. Entweder war mit phänomenaler Geschwindigkeit Nebel aufgezogen, oder etwas Seltsames ging gerade vor sich: Die Welt außerhalb der Windschutzscheibe bestand aus einem soliden Grau, wodurch sie zu einer interessanten, aber nutzlosen Wasserfarbenstudie wurde. Das Klopfen ertönte erneut, als ich Ausschau nach Anzeichen für Bewegung hielt. Diesmal kam es vom Heck des Wagens. Ich drehte mich herum und erhaschte einen flüchtigen Blick auf etwas, das annähernd die Größe meiner Katzen hatte, bevor es wieder verschwand. Großartig. Mir war kalt, ich war erschöpft und verflucht, und nun wurde ich auch noch von etwas belästigt, das sich zu schnell bewegte, um es richtig sehen zu können. Genau so liebe ich es, meine Zeit zu verbringen.

Mit langsamen Bewegungen, um das Wesen, was immer es sein mochte, nicht zu erschrecken, öffnete ich die Tür und glitt aus dem Wagen. Sofort wünschte ich, die Königin hätte es nicht für nötig gehalten, meinen Mantel in ein Seidenballkleid zu verwandeln, und dass ich nicht die Gewohnheit abgelegt hätte, Reservekleider für Notfälle im Kofferraum aufzubewahren, als ich mich aus meiner früheren Branche zurückzog. Zitternd ließ ich den Blick über die Umgebung wandern. Weit und breit sah ich niemanden. Die trübe Straßenbeleuchtung vermochte den Nebel kaum zu durchdringen.

»Hallo?« Die Luft erfasste meine Stimme und schleuderte sie mir als Echo zurück. Das war seltsam. Die meisten Straßenecken weisen doch keine widerhallende Akustik auf.

»Hallo?«, rief ich erneut. Diesmal kam das Echo noch stärker – etwas warf meine Stimme tatsächlich zu mir zurück. Oh, das war jetzt aber genau das, was ich nicht brauchte. Der Nebel war zu dicht, um natürlich zu sein. Eine Vielzahl der »Geschöpfe der Nacht« aus Faerie haben in den vergangenen Jahrzehnten begonnen, sich Spezialeffekte aus Horrorfilmen abzuschauen, was bedeutete, dass ich es mit etwas Garstigem zu tun haben mochte.

Natürlich konnte es sich auch um etwas handeln, das wirklich bloß den Nebel mochte. So oder so, es war nicht das Einzige, das ihn verwenden konnte. Ich streckte beide Hände aus, grub die Finger in das Grau und zog es zu mir. Ich war nie gut im Schattenformen oder Feuerwirken, aber gibt man mir einen dichten Schleier aus Wasserdampf, dann komme ich mit den Grundlagen zurecht. Diesmal bestand mein Ziel in Klarheit: Wasser eignet sich hervorragend zum Klarsehen, und Nebel ist ja lediglich Wasser, das seinen Ursprung vergessen hat.

In meinem Kopf pochte es, während ich zog und Nebel zwischen den Händen ballte, bis ich eine Kugel von der Größe eines Basketballs hatte. Das war ein gutes Zeichen. Wenn sich die Kopfschmerzen verschlimmerten, wirkte der Zauber wahrscheinlich schon. Ich presste die Kugel zu einer Scheibe und murmelte: »Bitte pass die Horizontale nicht an. Bitte pass die Vertikale nicht an. Wir haben Kontrolle darüber, was man sieht …« Die Luft auf der anderen Seite des von mir eingesammelten Nebels lichtete sich, bis ich etwas hielt, das praktisch zu einem tragbaren Fenster durch das Grau geworden war. Meine Kopfschmerzen flammten kurz auf, bevor sie zu einem trägen, mahlenden Pochen abklangen. Es war zwar nicht gerade angenehm, aber ich hatte schon Schlimmeres erlebt: Damit konnte ich leben.

Ich hielt die Scheibe auf Armeslänge und begann, mich langsam im Kreis zu drehen. Bei der zweiten Runde erblickte ich mein Ziel: eine Kreatur von der Größe und Gestalt einer kleinen Katze, die auf dem Dach meines Wagens kauerte, übersät mit kurzen, weich aussehenden rosa und grauen Dornen. Kürzere Stacheln verliefen über die Ohren und die Schnauze, sodass das Geschöpf wie eine Kreuzung zwischen einer Hauskatze und einem Rosenbusch wirkte, zudem zierlich, harmlos und völlig fehl am Platz. Ein Rosenkobold. Weder einer der größeren noch einer der übleren Bewohner von Faerie. Für gewöhnlich trifft man sie nicht in städtischer Umgebung an.

Die Kreatur rasselte mit ihren Dornen, als sie bemerkte, dass ich sie ansah, und jaulte tief in der Kehle: ein knirschender, fast unterschallartiger Laut. Der Nebel, der rings um sie wirbelte, roch nach Staub und Spinnweben. Das war eine weitere Seltsamkeit. Normalerweise riechen Rosenkobolde nach Torfmoos und Rosen, und wenn sie auch einige Taschenspielertricks beherrschen, Nebelwirken gehört jedenfalls nicht dazu. Welcher Zauber auch immer diesen Nebel erschaffen hatte, er haftete an dem Kobold, aber die Kreatur selbst hatte ihn nicht entstehen lassen.

»Was tust du denn hier?«, fragte ich und bemühte mich, meiner Stimme einen gemessenen, beruhigenden Klang zu verleihen. Jemand musste diesen Kobold in magischen Nebel gehüllt und zu mir geschickt haben. Wer immer es getan hatte, er musste schlau genug sein, den Kobold zu binden, damit dieser die Aufgabe erfüllte. Oder er war ziemlich verzweifelt. Rosenkobolde geben keine guten Boten für jemanden ab, der keine handfeste Möglichkeit hat, sie zu kontrollieren. Sie sind etwa so intelligent wie die Katzen, denen sie ähneln, aber sie sind mit den Dryaden verwandt und haben mit diesen deren

Flatterhaftigkeit gemein. Entsendet man einen Rosenkobold auf einen Botengang, lässt man ihm besser etwas folgen, um zu gewährleisten, dass er sich auch daran erinnert zurückzukommen.

»Hallo, kleiner Bursche«, sagte ich, ließ die Nebelscheibe los und trat auf den Wagen zu. Der Kobold würde nicht verschwinden können, solange ich ihn im Auge behielt. Rosenkobolde sind zwar Reinblütler, aber nicht besonders stark. Sogar ein Wechselbalg hat gute Aussichten, sie im Griff zu behalten. Die Kreatur heulte erneut und presste sich flach gegen das Autodach, bis sie einem Fußvorleger mit Stacheln glich. Ich wartete ab und hob die Hände. »Ich will dir nicht wehtun. Ich bin eine Freundin von Luna. Du kennst doch Luna, oder? Natürlich kennst du sie. Alle Rosen kennen sie …«

Der Rosenkobold hörte auf zu heulen und musterte mich mit großen, schimmernden Augen. Gut. Manche Blumengeister sind enger mit ihren Ursprüngen verknüpft als andere, und Rosenkobolde neigen dazu, sich an die Pflanzen zu klammern, die sie gebären. Was ich gesagt hatte, meinte ich ernst: Ich war noch keiner Rose begegnet, die Luna Torquill nicht kannte. Eine Legende für Blumen zu sein, stellte ich mir interessant vor. Während der Beschneidungszeit hat sie zweifellos alle Hände voll zu tun.

Der Kobold setzte sich auf und heulte abermals: tief in der Kehle. Rosenkobolde können nicht sprechen, was es ziemlich abenteuerlich gestaltet, etwas aus ihnen herauszubekommen.

»Du siehst nicht verletzt aus.« Ich beugte mich vor und reichte ihm meine Hand. Das Heulen verstummte und wurde durch etwas ersetzt, das an ein Schnurren erinnerte, als die Kreatur den Rücken gegen meine Finger wölbte. Rosenkobolde sind wie Stachelschweine gebaut – wenn man sie auf die richtige

Weise streichelt, braucht man sich wegen der Stacheln keine Sorgen zu machen. In dieser Hinsicht ähneln sie in gewisser Weise auch Menschen. »Was bist du doch für ein freundlicher kleiner Kerl.« Er war wirklich recht niedlich.

Der Kobold öffnete den Mund und stellte eine tadellose Reihe nadelscharfer Zähne zur Schau. »Nett.« Er zischte. »Weniger nett. Was ist denn los?« Er duckte sich von meiner Hand weg, rasselte mit den Stacheln und wölbte den Hals. Etwas Rotes war um seine Kehle gebunden. »Hey – was hast du denn da?«

Er begann wieder zu »schnurren« und neigte den Kopf, um mir die rote, um seinen Hals gebundene Samtschleife zu zeigen. Etwas Silbriges hing daran. Ich griff danach, löste die Schleife vorsichtig und zog sie über den Kopf des Rosenkobolds. Das kleine Geschöpf hielt still und schnurrte die ganze Zeit ermutigend, aber trotz seiner symbolischen Unterstützung pikte ich mich fünf Mal, bevor ich die Hand mit der Schleife zurückzog.

Ich erkannte den Schlüssel, bevor ich ihn sah: Meine Hand erinnerte sich an sein Gewicht, obwohl sie ihn noch nie zuvor gehalten hatte. Das Bild eines Luftgeists mit Flügeln wie Herbstblätter, der aus Evenings Fenster huschte und für seine Dienste mit Blut bezahlt worden war, zuckte durch meinen Verstand. Ich war nicht dabei gewesen, trotzdem erinnerte ich mich daran. Blut besitzt in Faerie Macht, und jene Macht ist umso größer, wenn das Blut aus freien Stücken gegeben wird. Nur die Daoine Sidhe sind fähig, Erinnerungen aus Blut zu lesen, andere Rassen können es jedoch auf andere Weise verwenden – jeder braucht ein wenig Tod. Jener Luftgeist würde in der Lage gewesen sein, Evenings Magie zumindest die Nacht hindurch nachzuahmen, vielleicht auch länger. Jedenfalls lang genug, um selbst den einen oder anderen kleineren Handel abzuschließen.

Die kleineren Bürger von Faerie haben eine eigene Kultur und eigene Gebräuche. Die meisten von uns sind auf die eine oder andere Weise fast menschlich: beinah menschengroß und beinahe auch menschlich gesinnt. Die kleineren Völker haben sich dieses »beinah« nie angeeignet. Sie verachten den Rest von uns dafür und grollen uns. Sie tragen keine Anzüge, nehmen keine Hypotheken auf und besuchen keine Elternsprechtage. Sie spuken auf den Gartenpfaden und leben im Raum zwischen dem, was das Auge sieht und was es lieber übersieht. Und sie geben nie vor, etwas zu sein, was sie nicht sind. Ich schätze, das macht es schwieriger zu vergessen, was sie wirklich sind. Und was sie sind, ist unmenschlich … und gierig. Ich konnte mir ohne Weiteres vorstellen, dass der Luftgeist, den Evening bezahlt hatte, einen Kobold befehligen würde, um den Handel zu Ende zu bringen, ohne sich selbst zu gefährden.

Der Rosenkobold begann, sich zu putzen, als ich meine Hand zurückzog. Wie eine Katze säuberte er den Bereich zwischen den Klauen seiner Vorderpfoten. Ich beobachtete ihn einen Augenblick lang, bevor ich auf den Schlüssel hinabblickte. Er bestand aus graviertem Silber und war von so vielen Ringen aus Efeu und Rosen bedeckt, dass er kaum als Schlüssel erkennbar war. Aber ich kannte seine Natur: Er wusste, was er tun sollte. Die Rosen am Stiel näherten sich nie den Zähnen. Sie würden nicht stören. In meiner Hand fühlte er sich warm und schwer an, und er strahlte ein fahles Licht aus, das den Nebel rings um ihn färbte. Ich bekam den Eindruck, es gäbe nur sehr wenige Türen, die er nicht würde öffnen können. Ich hoffte bloß, er würde auch diejenigen bewältigen, die mir bevorstanden.

Plötzlich hatte ich den erstickenden Geschmack von Rosen

auf der Zunge, der zusammen mit dem Piksen von Phantomdornen auf mich einstürmte. Hätte mir nicht bereits die Logik gesagt, dass der Schlüssel wichtig war, die unverhoffte Stärke von Evenings Fluch hätte es auf jeden Fall getan. Es war ein Hinweis und zugleich ihr Abschiedsgeschenk an mich. Sie hatte mir eine Aufgabe übertragen, mit der nach wie vor das zweifelhafte Privileg einherging, unter Umständen in ihren Diensten zu sterben. Vielleicht hatte sie mir auch den Schlüssel zu meiner Erlösung gegeben.

»Also, wohin gehen wir jetzt?«, fragte ich und schaute zum Auto zurück.

Der Rosenkobold war verschwunden, und der Nebel, den er mitgebracht hatte, lichtete sich bereits. Ich verkniff mir einen Fluch, biss mir gleichzeitig auf die Zunge und zischte, um mich davon abzuhalten zu brüllen. Der Kobold verkörperte meine einzige mögliche Verbindung zu dem Schloss, in das der Schlüssel passte, und ich war so dumm gewesen, ihn aus den Augen zu lassen. Wahrscheinlich war er in der Sekunde verschwunden, in der ich wegschaute. Einfach großartig! Ich lehnte mich gegen das Auto und schloss die Augen. Das Metall fühlte sich auf meinem Rücken und meinen Schultern eiskalt an, aber wenigstens bestand die Möglichkeit, dass es meine Kopfschmerzen etwas linderte. Zumindest hoffte ich das.

Der Schlüssel war das letzte Stück, das noch gefehlt hatte, um die Lage vollkommen frustrierend zu gestalten: ein Mord ohne Motiv, ein Fluch ohne Aufhebung und nun auch noch ein Schlüssel ohne Schloss. Hätte ich alles irgendwie zusammenpacken können, wäre ich im Geschäft gewesen. Ich bemühte mich trotz der Kopfschmerzen um Konzentration, öffnete die Augen und stieg wieder ins Auto, wo ich den Schlüssel im Licht der Innenbeleuchtung erst einmal genau in Augenschein nehmen konnte – und wo die Heizung verhindern würde, dass ich erfror.

Die gewundenen Ranken, aus denen der Kopf und der Griff des Schlüssels bestanden, schienen keiner Logik zu folgen; sie waren wie echte Ranken ineinander verschlungen und sahen aus, als würden sie weiterwachsen, ließe man sie unbeobachtet. Was durchaus möglich war. Ich verengte die Augen und suchte nach der Stelle, an der das Gewirr begann. Die Linien der Metallarbeit wiesen Unterschiede auf, als ich sie eingehend betrachtete. Einige der Ranken stachen mit dunkleren Metallen hervor – Kupfer, Bronze oder Gold –, während sich andere in den Hintergrund des Silbergriffs fügten. Ich wählte eine goldgesäumte Ranke und folgte ihr durch ein Geflecht aus graviertem Efeu und Rosenzweigen, bis sie sich hinter einer Dreifachwindung ineinander verschränkter Dornen verlor. Volltreffer.

Die Drei gilt in Faerie als geheiligt. Wir haben drei Höfe und drei Herrscher, den König und die Königinnen, die vermisst werden und die unsere unzähligen Rassen gezeugt haben. Die meisten unserer Legenden besagen, dass es zu jedem Ziel drei Pfade gibt: den schwierigen, den einfachen und den langen. Evening war Traditionalistin. Selbst wenn sie als Mensch auftrat, war ein Teil von ihr nicht gewillt, vollständig zu verstecken, was sie wirklich war, und so lautete ihr menschlicher Name Evelyn Winters und der ihres menschlichen Unternehmens *Third Road Enterprises*. Sie vermittelte durch die Türen von *Third Road* ihr Fairiegold und ihre natürlichen Fertigkeiten, und niemandem fiel etwas auf, obwohl der Name davon kündete, was sie verbarg.

Third Road Enterprises, dessen Räumlichkeiten sich zufällig nur ein kurzes Stück von der Stelle entfernt befanden, wo ich den Schlüssel begutachtete, den sie so sorgsam geschützt hatte. Ich glaube aber nicht an Zufälle. Auf dieser Welt geschieht alles aus einem Grund. Tja, nun brauchte ich nur noch ein Schloss zu meinem Schlüssel.

KAPITEL 9

Third Road Enterprises präsentierte sich dunkel, als ich dort ankam. Nach der Uhr auf dem Armaturenbrett würde die Sonne in weniger als einer Stunde aufgehen. Dann traf vermutlich das Reinigungspersonal ein. Der Rest der Belegschaft mochte erst einige Stunden danach eintrudeln, sofern die Leute überhaupt zur Arbeit erschienen. Schließlich war es zwei Tage vor Weihnachten. Wenn es einen Zeitpunkt gab, zu dem es mir vielleicht gelingen konnte, unbemerkt hinein- und herauszugelangen, dann war es jetzt.

Unwillkürlich fragte ich mich, wie viele der Menschen, die hier arbeiteten, die nächsten Tage so tun würden, als trauerten sie, bevor sie die Arbeit plötzlich wesentlich angenehmer fanden. Evening war im Umgang mit Menschen noch schlimmer als ich: Sie schloss sie aus, behandelte sie frostig und blieb auf Distanz, während ich sie bloß an mir vorbeiziehen ließ. Mich würden die meisten vergessen, wenn ich wieder verschwand, aber an Evening würden sie sich für immer erinnern: Sie war zu wild, seltsam und schön, um sie zu vergessen.

Die Menschen in jenem Gebäude hätten nie an Evenings wahres Gesicht geglaubt. Sie glaubten, sie zu kennen, aber sie irrten sich. Sie kannten eine Frau, so menschlich wie sie selbst, und ich hätte gewettet, dass niemand von ihnen jemals tiefer geblickt hatte. Das brauchten sie auch nicht, denn in ihrer Welt schob man Märchen beiseite, wenn man die Nachtlichter ausschaltete. Es gibt in der Welt der Menschen heutzutage keinen Platz mehr für uns, dennoch können wir nicht von ihr lassen.

Und – meine Güte – wann war ich nur zurück auf das »Wir« verfallen?

Ich ging auf das Gebäude zu und war dankbar, dass es keine Nachtwächter gab. In Anbetracht meines fleckigen und zunehmend schmutzigen Kleides hätte mir niemand geglaubt, dass ich einen guten Grund hatte, mitten in der Nacht ein schickes Bürogebäude zu betreten. Man kann die Grenzen der Glaubwürdigkeit bis zu einem gewissen Grad dehnen, darüber hinaus jedoch wird es nur noch albern.

Der Geschmack von Rosen ließ nach, während ich ging. Es war wie ein Suchspiel mit den Hinweisen *heiß* und *kalt*, jedoch mit umgekehrten Regeln: Je näher ich meinem Ziel kam, desto schwieriger wurde es zu wissen, wohin ich musste. Sollte ich Evenings Mörder fassen, würde der Fluch brechen und die Rosen würden gänzlich verblassen. Dann konnte ich nach Belieben weiterleben oder sterben. Meine Finger zeichneten die Umrisse des Schlüssels in meiner Hand nach und versuchten, ihm seine Geheimnisse zu entlocken. Evening hatte sich mehr Gedanken um ihn als um das eigene Leben gemacht. Warum? Geborgte Erinnerungen regten sich in den hinteren Winkeln meines Geistes und zischten mit Evenings Stimme: *Der Schlüssel öffnet den Weg nach Goldengrün.* Da hielt ich plötzlich inne und stolperte um ein Haar.

In Blut zu lesen ist keine exakte Wissenschaft. Bruchstücke der Person, mit der man reist, können sich mehrere Tage halten und geben ihre Geheimnisse nach und nach preis: wie Sand, der durch ein Sieb rieselt. Zuvor hatte ich den Schlüssel noch nicht in einem Zusammenhang mit Goldengrün betrachtet. Es ergab aber durch und durch Sinn. Was mir zutiefst widerstrebte.

Goldengrün war Evenings Mugel und das Portal zu ihren kleinen Besitztümern in den Sommerlanden. Der Ort war nach ihren Wünschen verriegelt und versiegelt, und die Vorstellung, ihn zu betreten, gefiel mir ganz und gar nicht. Sobald ich einen Fuß hinter die Grenzen von Goldengrün setzte, würde die Gefahr, erwischt zu werden, stetig zunehmen. Daran hatte ich nicht gedacht. Was würde jemand, der in der Lage gewesen war, Evening zu töten, mit mir anstellen? Wahrscheinlich nichts, was mir gefiele. Nicht, dass ich eine Wahl gehabt hätte – dafür sorgte Evenings Fluch. Wenn der Schlüssel etwas in Goldengrün öffnete, dann war Goldengrün mein nächstes Ziel.

Die Vordertür erwies sich trotz der späten Stunde als unversperrt. Ich zögerte mit der Hand auf dem Knauf, dann trat ich ein und durchquerte die Eingangshalle zum Fahrstuhl. Auch hier waren keine Nachtwächter. Dennoch entspannte ich mich erst, als sich die Fahrstuhltüren zwischen mir und der Eingangshalle schlossen und ich zu den Verwaltungsbüros in der neunten Etage hinauffuhr. Das Letzte, was ich wollte, war, darüber befragt zu werden, was ich hier tat, aber das Glück blieb mir hold.

Aber es konnte nicht von Dauer sein. Die Tür, die aus dem Fahrstuhlraum im neunten Stock führte, war versperrt. Schlimmer noch, es handelte sich um eines dieser neuartigen Schlösser mit Schlüsselkarten. Somit konnte ich nicht einmal versuchen, es zu knacken. Ich rüttelte einige Male am Griff, bevor ich es mit finsterer Miene aufgab. »Na, fantastisch«, brummte ich. »Und was soll ich jetzt tun?«

Manchmal setzt die Wirklichkeit mit ihrer Subtilität aus und haut einem stattdessen eher derb auf den Kopf. Mit einem magischen Schlüssel in der Hand vor einer versperrten Tür zu stehen zählt wohl dazu. Ich hob den Schlüssel an. Nicht einmal in der schummrig flackernden Notbeleuchtung wirkte er wie die billige Bühnenrequisite, als die er hätte erscheinen müssen.

»Lässt du mich hinein?« In der Hoffnung, dass ich nicht vollkommen wahnsinnig war, drückte ich ihn gegen das Schloss und sagte: »Ich bin auf Geheiß der Gräfin von Goldengrün hier.«

Nichts geschah. Ich schlug mit dem Handballen gegen die Tür und fluchte: »Sesam, öffne dich, verdammt.«

Der Schlüssel flackerte, die Tür schwang auf.

Ich glotzte ungläubig darauf. Dann sammelte ich meine Sinne und trat durch die Tür, bevor sie es sich anders überlegen konnte. Auf verschrobene Weise ergab es auch einen Sinn: Die meisten Leute würden annehmen, Evening hätte ihre Schlösser auf blumigere, formelle Formeln eingestellt. Sie konnte so gut wie jeden fernhalten, indem sie die Dinge einfach gestaltete.

In den Büros herrschte eine fast vollständige Finsternis. Behutsam zog ich die Tür hinter mir zu und blieb, wo ich war, um meinen Augen Gelegenheit zu geben, sich anzupassen. Ich hatte keine Nachtwächter gesehen und keinen Alarm ausgelöst, den ich bemerkt hätte. Aber das bedeutete keineswegs, dass es auch eine gute Idee wäre, die Lichter einzuschalten – und ich, hervorragend vorbereitet wie immer, hatte meine Taschenlampe im Kofferraum vergessen. Für Evening oder meine Mutter wäre es ein Kinderspiel gewesen, einen Weg durch die Büros zu finden, aber ich kannte die Grenzen meiner Wechselbalg-Augen. Wenn ich ihnen nicht die Zeit ließ, sich an die Umgebung zu gewöhnen, würde ich mir an irgendjemandes Schreibtisch die Schienbeine anschlagen.

Leider passten sich meine Augen nicht an. Mein Kopf schmerzte, und dank der teuren getönten Fensterscheiben drang so gut wie kein Umgebungslicht in die Büros. »Nächstes Mal bringe ich eine Taschenlampe mit«, brummte ich. Plötzlich flammte der Schlüssel in meiner Hand strahlend weiß auf. Mit einem leisen, spitzen Schrei zuckte mein Gesicht davon weg.

Es dauerte eine Weile, bis die Nachbilder verblassten. Als ich sicher war, nicht auf Lebenszeit geblendet zu sein, wandte ich mich wieder dem Schlüssel zu, der in einem üppigen, rosafarbenen Licht schimmerte. Einen Augenblick lang starrte ich ihn an, dann schüttelte ich den Kopf und murmelte: »Reizend.« Den Schlüssel wie eine Jugendstilfackel vor mir ausgestreckt, begann ich, mir einen Weg durch das Gewirr der Schreibtische zu bahnen.

Nahezu alle Arbeitsplätze zierten kleine persönliche Gegenstände – ein Foto, Plüschspielzeug, die Zeichnung eines Kindes. Einer der Schreibtische glich praktisch einem Schrein für Glöckchen, übersät mit einem halben Dutzend Keramikdarstellungen der wohl berühmtesten Fee der Welt. Ich hielt inne und betrachtete ein Bild des kleinen blonden Miststücks, wie es geziert auf einem Fingerhut posierte. Jeder Wechselbalg der Welt würde es mit Freuden in einen Mikrowellenherd stopfen, aber leider ist Disney mächtiger, als die meisten von uns je zu werden hoffen können. Kopfschüttelnd ging ich weiter.

Die meisten Schreibtische standen in offenen Kabinen, es gab jedoch auch einige geschlossene Büros entlang der hinteren Wand, deren Türen sich als versperrt erwiesen. Diejenige, zu der es mich zog, verbarg sich in der entferntesten Ecke, dort, wo die Aussicht auf die Stadt am besten sein würde. Auf der Tür prangte ein schlichtes Namensschild aus Messingimitat. »Evelyn Winters« stand darauf eingraviert. Oh, Evening. Wir hatten einander so gut gehasst und so schlecht geliebt … und ich hatte keine Ahnung, was ich ohne sie tun würde.

Ich hob den Schlüssel höher und flüsterte: »Evening, es tut mir leid.« Ein Klicken ertönte, als sich das Schloss öffnete, und die Tür schwang auf.

Manche Leute leben, wo sie arbeiten. Andere kommen nur zu Besuch. Für Evening stellte *Third Road Enterprises* lediglich eine Zerstreuung dar. Ihr Büro präsentierte sich praktisch leer, was auch ihren Mangel an wahrer Hingabe für die Firma widerspiegelte. Die Lebenszeit eines Sterblichen kam für sie lediglich bloßem Kleinkram gleich. Gemessen an Fairiezeit war es nur eine Art Spiel, dreißig Jahre damit zu verbringen, ein Unternehmen aufzubauen. Weder auf ihrem Schreibtisch noch an den Wänden wies etwas darauf hin, wer hier arbeitete oder ob die Person zurückkäme.

In einem Anflug von morbidem Humor flüsterte ich. »Na, wenigstens muss hier nicht viel aufgeräumt werden.« Ich hatte keinen Schimmer, wonach ich suchte oder wie es überhaupt aussehen würde. Evenings Trugbanne zählten zu den stärksten, die ich je gesehen hatte, und waren selbst für eine Daoine Sidhe bemerkenswert. Wenn sie das, was es zu finden galt, versteckt hatte, dann wahrscheinlich mittels eines Zaubers, den ich nicht sehen, geschweige denn brechen könnte.

Nachdem ich den Raum einige Minuten durchsucht hatte, begann ich, mich langsam im Kreis zu drehen, wobei ich den Schlüssel wie eine Wünschelrute hielt. Auf sonderbare Weise erschien mir dies auch durchaus sinnvoll: Immerhin hatte mir der Schlüssel Einlass verschafft. Vermutlich war er mit dem verbunden, was ich zu finden versuchte. Ich drehte mich zweimal vollständig herum, bevor der Schlüssel zu vibrieren anfing und mir um ein Haar aus den Händen sprang, da er in die Richtung des Aktenschranks neben dem Fenster zog. Ich senkte ihn, kniete mich hin und setzte die Suche fort.

Drei der vier Schubladen ließen sich mühelos öffnen. Die zweite von oben steckte fest, und als ich den Griff berührte, fühlte sich dieser unnatürlich kalt an: ein unverkennbares Zeichen für Evenings Magie. »Schon gut, Evening«, sagte ich und berührte die Schublade mit dem Schlüssel. »Ich bin als Erste hergekommen.«

Der Bindungszauber löste sich mit einem schneekalten Luftstoß, begleitet von Rosenduft. Als ich es erneut versuchte, glitt die Schublade mühelos heraus. Gleichzeitig erlosch das Licht des Schlüssels. Ich blinzelte in der plötzlichen Dunkelheit. »Mist.«

Ich habe schon Schlimmeres hinter mir, als mir den Weg aus einem Bürogebäude zu ertasten. Ich steckte den Schlüssel vorn in mein Oberteil, wo er sich hoffentlich wieder aufladen würde – magische Gegenstände dieser Art tun das für gewöhnlich, wenn man ihnen Zeit lässt –, dann griff ich in die Schublade. Der Gedanke an mögliche Fallen ging mir durch den Kopf, und ich unterdrückte ihn, so gut ich konnte. Dennoch blieben mir Zweifel, und ich empfand Erleichterung, als meine forschenden Finger nur auf Hängeakten stießen.

Ich ließ meine Hände daran vorübergleiten und tastete mich weiter vor. An der Rückseite der Schublade befand sich etwas Hartes, halb vergraben unter einem Stapel losen Papiers. Ich schob das Papier beiseite und befühlte die Ränder des Gegenstandes. Es schien sich um eine Holzschatulle zu handeln, etwa von der Größe eines dicken Taschenbuchs. Meine Finger kribbelten, als sie darüberstrichen, und das Kribbeln wurde bald zu einem Brennen, das sich meine Arme hinauf ausbreitete, als ich die Schatulle anhob und aus der Schublade nahm. Das Brennen schmerzte nicht, sondern war in gewisser Weise geradezu angenehm, so als riebe man warmes Öl in wunde Muskeln.

Meine Augen mussten sich angepasst haben, während ich in dem Aktenschrank umhergetastet hatte, denn ich konnte deutlich erkennen, was ich da hielt. Ich starrte darauf. Das stetig anschwellende Brennen in meinen Armen war vergessen.

Es war eine Hoffnungslade.

Eine richtige, waschechte Hoffnungslade, geschnitzt von Oberons Hand aus den vier geheiligten Hölzern von Faerie – Eiche und Esche für die Festigkeit und Ausgewogenheit, Vogelbeere und Dorn des Musters und des Schutzes wegen. Ich wusste, was das für ein Gegenstand war. Jedes Kind in Faerie, ganz gleich wie dünn sein Blut auch sein mochte, hätte es gewusst. Aber es konnte nicht sein, was es war, da es ein unmögliches Ding verkörperte, eine Gutenachtgeschichte. Es existierte gar nicht. Dennoch hielt ich es in den Händen, und es stellte den Grund dafür dar, dass Evening getötet worden war. Etwas anderes war nicht möglich.

Den Geschichten zufolge gibt es zwölf Hoffnungsladen, die Oberon schuf, als die Menschheit noch nicht viel mehr als eine interessante Zerstreuung war. Manche sagen, dass die Laden Geheimnisse, Sterne oder überhaupt nichts enthielten; dass sich in einem das Herz von Faerie verstecke, während die anderen der Ablenkung dienten, oder dass sie eine Karte in sich bargen, die uns zu unserem König und zu unseren Königinnen führen würde, die vermisst werden. Andere behaupten, die Laden enthielten die Schlüssel zu den tiefer gelegenen Gefilden von Faerie, den Orten auf der anderen Seite der Sommerlande. Und hinter verschlossenen Türen munkelt man, dass die Hoffnungsladen einen Schlüssel anderer Art beherbergen: den Schlüssel zur Unsterblichkeit; dass sie in der Lage seien, das Blut eines Wechselbalgs zu verändern und es zu einem Reinblut zu machen … oder menschlich.

Hätte mich jemand gefragt, ob es die Hoffnungsladen wirklich gäbe, ich hätte nur gelacht. Doch in jenem Augenblick, in dem ich das Gewicht des Holzes in den Fingern spürte und sich das Brennen in mir ausbreitete, glaubte ich daran, und ich verstand, weshalb Evening sich dafür entschied, lieber den Schlüssel als das eigene Leben zu schützen. Es gibt in Faerie kein Reinblut, das nicht gestorben wäre, um die Sicherheit einer Hoffnungslade zu gewährleisten.

Meine Hände zogen die Lade an meine Brust, ohne mein Gehirn zu konsultieren, und meine Daumen streichelten über den Deckel. Zum ersten Mal, seit ich aufgewacht war, stellte Evenings Tod das Letzte dar, woran ich dachte. Auf der Welt gab es nur die Hoffnungslade und mich. Beinah glaubte ich, sie mir zuflüstern und mir die Welt anbieten zu hören, wenn ich den Deckel anhöbe und mir ansähe, was die Geschichten uns nicht erzählen. Wenn ich wollte, konnte ich Pandora spielen. Ich konnte die Welt neu gestalten.

Pandora war eine Idiotin. Ich ließ die Lade fallen und schauderte vor Kälte ebenso sehr wie vor Versuchung. Kaum hatte die Hoffnungslade meine Finger verlassen, da erstarb auch das Brennen. Was immer sie zu verkaufen hatte, ich hatte keinen Bedarf dafür. Ich hatte genug um die Ohren, ohne von magischen Gegenständen drangsaliert zu werden, die eigentlich gar nicht existieren sollten.

In der Bürokiste fand ich Mülltüten aus Plastik. Ich griff mir eine und wickelte sie um meine Hände, bevor ich die Hoffnungslade wieder aufhob und mit dem Rest der Tüte umhüllte. Es half nichts. Ich konnte sie immer noch fühlen. Etwas so Mächtiges hatte ich nicht mehr gesehen, seit ich die Sommerlande verlassen hatte, und ehrlich gesagt, ich hatte auch nie den Wunsch danach verspürt. Eine derart starke Magie beschwört doch nur Ärger herauf. Ich wollte sie weit entfernt von mir wissen, und zwar so schnell wie möglich.

Ich klemmte mir die Tüte unter den Arm und trat den Weg zurück zum Fahrstuhl an. Die Zeit wurde knapp; bis zum Sonnenaufgang blieb vielleicht noch eine halbe Stunde. Ich fühlte mich entsetzlich ungeschützt, als könne jeden Augenblick jemand aus den Schatten hervorspringen und mich des Diebstahls bezichtigen. Was aber niemand tat. Ich schaffte es zurück zu meinem Auto, stieg ein und legte das schwarze Plastikbündel samt Hoffnungslade in den Fußraum der Beifahrerseite. Eingewickelt und beiseitegelegt, wirkte sie so klein. Jedenfalls sah sie nicht wie etwas aus, wofür es sich lohnte zu töten. Leider dachte aber jemand, dass dem sehr wohl so sei, und das bedeutete: Ich musste sie schnellstens verstecken.

Aber wo? Es musste ein Ort sein, an dem niemand danach suchen würde. Meine Wohnung stand ganz oben auf der Liste der Plätze, die man zweifellos als Erstes durchsuchen würde. Das Heim und der Hof der Königin folgten dicht dahinter. Ich war nicht gerade feinsinnig vorgegangen. Und es würde nicht einmal reichen, ein Versteck zu finden; nichts ist wirklich sicher, wenn niemand da ist, der es bewacht. So oder so würde ich jemandem vertrauen müssen, und wenn es darum geht, jemanden zu finden, dem man etwas anvertrauen kann, von dem niemand wissen darf, dass es existiert, wendet man sich immer an diejenigen, die man hasst.

KAPITEL 10

Tybalt? Tybalt, ich bin's, Toby. Bist du hier?« Vorsichtig trat ich in die Gasse und hob meinen Rock mit einer Hand vom Boden an. Die in Plastik gewickelte Hoffnungslade befand sich unter meinem anderen Arm. Sie fühlte sich sichtbarer an, als sie war, und ich warf immerzu Blicke hinter mich, weil ich erwartete, dass jemand aus der Dunkelheit springen und mich angreifen würde. Bisher hatte es aber noch niemand getan. Allerdings vertraute ich nicht darauf, dass mir das Glück hold blieb. »Komm schon, Tybalt. Wir haben nicht viel Zeit. Die Sonne geht auf, und ich muss heute Nacht noch arbeiten.«

Oberon allein wusste, was ich jetzt unternehmen sollte. Meine Nerven lagen blank. Den Großteil der Fahrt zu der Gasse, in der ich Tybalt vor Kurzem begegnet war, hatte ich mit dem Versuch verbracht, mir einzureden, dass der Gegenstand vor meinem Beifahrersitz keine große Sache war. Das hatte in etwa so gut funktioniert wie damals – als ich neun war – der Versuch, mich selbst davon zu überzeugen, dass ich durch Wände gehen konnte. Zumindest bekam ich diesmal äußerlich weniger blaue Flecken ab.

Vielleicht noch wichtiger war, dass ich mich nicht belügen *konnte*, was die Hoffnungslade betraf. Meine Finger kribbelten immer noch von der Berührung mit ihr, und meine Kopfschmerzen waren verschwunden. Woher sie auch stammte, sie war echt. Deshalb musste sie unbedingt aus Wechselbalg-Händen weg. Tybalt ist weder die netteste Person, die ich kenne, noch der netteste Cait Sidhe, aber er ist ein Reinblut. Ihn würde die Sehnsucht nach der Lade nicht ergreifen – und ganz gleich, was für ein Mistkerl er ist, seine Versprechen hält er. Ehrlichkeit gilt unter den Fae nicht als Tugend, doch wenn ein Reinblut ein Versprechen abgibt, dann wird es eingehalten. Ich brauchte ihn eigentlich nur zum Schwören zu bringen.

Was aber keine Rolle spielen würde, wenn ich ihn gar nicht finden konnte. »Warum bist du immer da, wenn ich dich *nicht* gebrauchen kann?«, brummte ich und bewegte mich auf den hinteren Abschnitt der Gasse zu. Er hatte mich den Großteil meines erwachsenen Lebens heimgesucht. Ich war nie sicher, ob er mich hasste, weil ich ein Wechselbalg war, oder wegen etwas Persönlicherem, und es war mir auch egal. Hass blieb Hass, und der unsere beruhte auf Gegenseitigkeit.

Der Sonnenaufgang war nah, aber noch präsentierte sich der Himmel dunkel, und der Nebel hatte sich so sehr verdichtet, dass meine Sicht praktisch gegen null ging. Ich hatte den Schlüssel in der Hoffnung zu schwenken versucht, er würde wieder seine Glühwürmchenschau abziehen, doch er gebärdete sich jetzt nur noch wie ein gewöhnliches Stück Metall mit kunstvollen Verzierungen. Die Taschenlampe aus dem Kofferraum zu holen stand außer Frage – ich wollte Tybalt anlocken, nicht blenden. Somit stand ich allein und im Wesentlichen blind an einem Ort, den er für sich beanspruchte, und niemand wusste, wo ich war oder wie man mich finden konnte.

Hatten Sie je eine dieser Erleuchtungen, die Ihnen nur zubrüllt: »Du bist ein Vollidiot«? Eine solche begleitete mich, seit ich aus dem Wagen gestiegen war.

Ich stand da, bis meine Zehen taub wurden und ich so heftig zitterte, dass ich Gefahr lief, die Hoffnungslade fallen zu lassen. Der Himmel wurde allmählich heller. Ich hatte noch Zeit, es bis nach Hause zu schaffen, allerdings war es knapp. »Also gut, Tybalt«, sagte ich. »Du gewinnst.« Damit wandte ich mich zum Gehen.

Er stand hinter mir.

Ich quiekte auf vor Überraschung und konnte gerade noch bremsen, bevor ich in ihn hineinlief. Er verschränkte die Arme vor der Brust und zog einen Mundwinkel zu einem Lächeln hoch.

»Wirklich?«, fragte er. »Was ist mein Preis? Und warum, meine liebe October, hast du dich so bezaubernd in Schale geworfen? Weißt du, für mich brauchst du dich nicht extra herauszuputzen; mein Herz wirst du nie erobern. Obwohl du es natürlich gerne weiter versuchen kannst, wenn du darauf bestehst. Probier es doch nächstes Mal mit einem Korsett.«

Er lächelte ungebrochen, während ich mich bemühte, erst mal wieder zu Atem zu gelangen. Und er grinste breit, als ich fauchte: »Bei Oberons Nüssen, Tybalt, warn mich nächstes Mal gefälligst vor!«

»Warum? So ist es lustiger.«

Ich blinzelte, und der Drang, ihm das Grinsen aus dem Gesicht zu schlagen, legte sich. Er würde mich nicht derart aufziehen, wenn er nicht interessiert daran gewesen wäre, was ich hier wollte, und solange er interessiert blieb, würde er mir zuhören. So sind Katzen nun mal. »Also dann, hallo. Hast ja lange genug gebraucht, um aufzutauchen.«

»Ich war beschäftigt.« Er runzelte die Stirn, und seine Stimmung schlug blitzschnell um. »Was tust du hier? Weißt du, die Sonne geht gleich auf. Ich hätte nicht gedacht, dass wir daraus eine Gewohnheit machen wollen.«

»Eigentlich habe ich nach dir gesucht.«

»Du hast nach mir gesucht?« Nun blickte er unverhohlen

ungläubig drein. »Hast du jetzt endgültig den Verstand verloren, oder ist das ein Witz, den ich einfach nicht verstehe?«

»Weder noch«, entgegnete ich. »Ich muss dich um einen Gefallen bitten.«

»Einen Gefallen? Das ist nicht dein Ernst.« Er warf einen weiteren Blick auf meinen Gesichtsausdruck, und seine Augen weiteten sich, während sich die Pupillen zu Schlitzen zusammenzogen. »Es *ist* offenbar dein Ernst. Wann hast du beschlossen, mich um einen Gefallen zu bitten? Habe ich irgendwas verpasst?«

»Du willst wissen, weshalb?«

»Da ich im Allgemeinen Fragen nur dann stelle, wenn ich gerne eine Antwort hätte – ja, das wäre nett.«

Ich öffnete den Mund – und hielt sofort wieder inne. Beinah wäre ich gegen ihn gestolpert, als sich der Druck der Sonne verstärkte und die endgültige Ankunft ihres Aufgehens ankündigte. Tybalt seufzte.

»Ah, das Vergnügen deiner Gesellschaft bei Sonnenaufgang. Wie konnte ich mir je wünschen, darauf zu verzichten?« Wir standen schon so nah beisammen, dass er sich nicht zu bewegen brauchte, um die Arme um meine Hüften zu legen; er tat es einfach und riet mir: »Du solltest vielleicht den Atem anhalten.«

»Wa…?«, setzte ich an, viel zu überrascht, um mich ihm zu entreißen.

»Wie du willst«, sagte er, fiel rücklings und zog mich mit sich in die Schatten, die an der Mündung der Gasse noch vorhanden waren.

Zuvor war es schon kalt gewesen, doch es war eine natürliche Kälte, die eines frühen Morgens in einer Küstenstadt. Nun aber war es geradezu eisig – die Art von Frost, die bis ins Mark vordringt. Meine Augen waren geöffnet, dennoch sah ich nur Schwärze, eine endlose Finsternis wie jene, von der Kinder schwören, dass sie unter dem Bett oder im Schrank auf sie lauert. Ich sog scharf die Luft ein und spürte ein Brennen in der Kehle, als die Kälte sie versengte.

Zuerst war die einzige Wärmequelle Tybalt, der mich fest an sich gedrückt hielt, die Arme nach wie vor um meine Hüften geschlungen. Dann spürte ich wieder die Hoffnungslade, die meine Haut durch das Plastik hindurch wärmte, das ich um sie gewickelt hatte. Diesmal stieß ich die Wärme nicht von mir, sondern klammerte mich daran und kämpfte zugleich gegen den Drang, einen weiteren Atemzug zu nehmen. Ich hatte keine Ahnung, was hier vor sich ging, aber ich wusste, dass ich nicht aus der Dunkelheit gelangen würde, wenn ich mich gegen Tybalt wehrte. Im Gegenteil, ich würde darin stranden.

Als mich gerade die Überzeugung beschlich, ich müsste sterben, wenn ich nicht sofort atmete, rührte sich Tybalt und stieß mich von sich in die grelle Helligkeit des Morgens. Ich stolperte und sank auf dem feuchten Asphalt der Gasse auf ein Knie, während ich die segensreich warme Luft gierig einsog. Sobald ich sicher war, nicht tot zu sein, hob ich den Kopf und starrte ihn an. Ich spürte, wie Eiskristalle in meinem Haar schmolzen.

»Was um alles in der Welt …«

»Du kannst reden«, fiel er mir ins Wort, wobei seine Miene eine völlige Ruhe ausstrahlte. »Deine Trugbanne sind unversehrt. Du bist weder in Panik, noch hast du Schmerzen. Kannst du wirklich behaupten, dass dies schlimmer war, als den Sonnenaufgang durchzustehen?«

Ich zögerte und sah mich um. Die Sonne stand am Himmel. In der Luft schmeckte ich die Asche der Magie der vergangenen Nacht … und Tybalt hatte vollkommen recht. Meine Magie, so gering sie auch sein mochte, war noch vollständig intakt. Ich war zwar durchgefroren, dennoch war diese Erfahrung auf eine sonderbare, fremdartige Weise einfacher gewesen, als es der Sonnenaufgang geworden wäre. Vorsichtig richtete ich mich auf, erprobte, ob ich das Gleichgewicht halten konnte, und beobachtete ihn dabei.

»Du hättest mich fragen können.«

»Und was hättest du geantwortet?« Ich zögerte, woraufhin er zufrieden lächelte. »Siehst du? Du würdest halb weggetreten nach Luft schnappen, und ich würde einerseits immer noch nicht wissen, weshalb du hergekommen bist, und hätte andererseits deinen unbezahlbaren Gesichtsausdruck verpasst, als ich dich in die Schatten zog. So. Da ich dir den Sonnenaufgang erspart habe, kannst du dich mit einer Antwort auf meine Frage erkenntlich zeigen. Warum bist du hier?«

Es gab keine Möglichkeit zu beschönigen, was gesagt werden musste, also versuchte ich es erst gar nicht. »Evening Winterrose ist tot.« Tybalt zuckte zusammen, seine Augen weiteten sich. Ich fuhr fort. »Du kennst Evening. Du weißt, was sie tun konnte. Sie hat die alten Formen verwendet, als sie starb, und sie hat mich gebunden. Sie hat eine so enge Kette um mich gewickelt, dass sie mich erwürgt, und du bist der Einzige, der mir helfen kann.«

Tybalts Augen blieben geweitet, als er die Stirn runzelte. »Ich? Warum ich?« Seine Miene wirkte betroffen. Er und Evening waren nie befreundet gewesen – den beiden hatte niemals auch nur genug aneinander gelegen, um sich als Feinde zu betrachten –, aber sie hatten lange, lange Zeit in derselben Stadt gelebt. Manche Bande reichen tiefer als die der Freundschaft. Die Neuigkeit von ihrem Tod brachte ihn durcheinander.

»Weil ich immer noch in ihren Diensten stehe, und das bedeutet, ich muss weitermachen, selbst, wenn es mich umbringt. Ich brauche jemanden als Rückhalt, falls die Dinge … falls die Dinge sich nicht so gut entwickeln, wie ich es gerne hätte.«

Erneut zuckte er zusammen und wollte wissen: »Warum um alles in der Welt hat sie *dich* dafür ausgewählt? Du konntest doch nicht einmal eine lebendige Frau finden. Wie willst du jetzt eine Tote rächen?«

Ausnahmsweise verletzte mich die Erinnerung nicht. Ja, ich hatte versagt, aber das hieß nicht, dass ich auch erneut versagen würde. Nicht dieses Mal. »Bitte, Tybalt. Ich brauche dich.« In einer berechnenden Geste der Unterwerfung senkte ich den Kopf. Viele Reinblütler vertreten nach wie vor die Meinung, dass wir dies den »besseren« Vertretern der Faeriegesellschaft schuldig sind. Die Welt hat sich verändert, aber das ist ihnen einerlei; die Zeit findet wenig Neigung zur Lehnstreue. »Meine Fähigkeiten sind begrenzt.« Ich trug ziemlich dick auf. Ich glaubte nicht, dass er mir widersprechen würde.

»Was willst du also von mir?«, fragte er mit tonloser Stimme. Ich schaute auf und stellte fest, dass er angespannt und mit finsterer Miene vor mir stand. Ich hatte ihm ein gehöriges Maß an Kummer aufgetischt und bat ihn unmittelbar danach um Gefälligkeiten; wenn ich Glück hatte, würde er mich ausreden lassen, bevor er mich zerfetzte und für die Nachtschatten zurückließ.

»Ich möchte, dass du das hier bewachst.« Damit zog ich die Mülltüte von der Hoffnungslade und hob sie an, um sie ihm zu zeigen. Die Berührung des Holzes auf meiner Haut brachte meine Hände wieder zum Kribbeln und jagte mir Hitzewallungen die Arme hinauf.

Tybalt erstarrte. Verwirrung stand in seinen Zügen. »Ist das …?«

»Ja.«

»Aber sie existieren nicht.«

»Ich schätze, da haben wir uns geirrt, was? Sie ist echt. Evening hatte das Ding. Sie hat einen Hinweis bei den Herbstluftgeistern versteckt und ihnen aufgetragen, ihn mir zu überbringen.« Ich verstummte kurz, bevor ich die Worte aussprach, die ich zu vermeiden gehofft hatte. »Ich glaube, sie wurde dafür getötet.«

»Das verstehe ich nicht. Sie sind nicht … Die Hoffnungsladen sind doch nicht *real*.«

Ich schüttelte den Kopf. »Das weiß ich. Allerdings weiß ich auch, dass zumindest eine existiert, und das hier ist sie, denn ich kann es fühlen, Tybalt. Ich fühle, wie sie zu mir singt. Ich habe keine Ahnung, wie viel von den Geschichten über Hoffnungsladen und Wechselbälger stimmt, aber ich weiß genug, um überzeugt davon zu sein, dass sie nicht bei mir bleiben kann. Und ich kann sie auch keinem anderen Wechselbalg anvertrauen. Sie muss in die Hände eines Reinbluts, zumindest so lange, bis ich herausgefunden habe, von wem Evening getötet wurde.« *Bitte*, fügte ich in Gedanken hinzu. *Ich weiß nicht, wie lange ich noch durchhalte.*

Das Brennen wurde schon wieder stärker – die Intensität wuchs schneller an als zuvor. Die Hoffnungslade kannte mich nun, und wofür sie auch geschaffen worden sein mochte, sie konnte es kaum erwarten, damit zu beginnen.

Tybalt wandte den Blick ab. »Die Königin …«

»Sie wird mir nicht helfen. Sie hat mich bereits abgewiesen.«

»Warum?« Er sah wieder hin und runzelte jäh die Stirn. »Was weiß sie?«

»Wenn ich das wüsste, hätte ich keine Bedenken, jemanden in Schattenhügel zu bitten, sie zu bewachen. Aber ich weiß es eben nicht, und das bedeutet, dass sie zum Wohle aller bei jemandem bleiben muss, den die Königin nicht beherrscht.« Die Höfe von Faerie haben keine Kontrolle über die Cait Sidhe, was Oberon höchstpersönlich so verfügt hatte. Die Königin konnte Tybalt nichts anhaben. Sie mochte keine Mörderin sein, aber unsere kurze Begegnung hatte bei mir den Verdacht hinterlassen, dass sie wahnsinnig wurde. Und wenn das der Fall war, wollte ich wirklich nichts mit ihr zu tun haben, solange ich verflucht war und nach Mördern suchte.

Tybalt verengte die Augen. »Warum bringst du das Ding nicht einfach ins Heim? Ich habe gehört, du bist dort immer noch willkommen. Und darauf können sich deine Einwände gegen Wechselbälger gewiss nicht erstrecken.«

»Devin hat schon genug Ärger mit der Königin. Ich will ihm nicht noch mehr machen.« Ich musterte Tybalts Züge und runzelte die Stirn. Ich wusste zwar nichts von bösem Blut zwischen ihm und dem Heim, aber vierzehn Jahre sind reichlich Zeit, um eine Blutfehde anzuzetteln.

»Dann der Teegarten.«

»Das wäre der erste Ort, wo jemand danach suchen würde, der die Lade finden will. Wenn diejenigen wissen, dass ich sie nicht bei Sylvester verstecken kann …«

»… würde man vermuten, du hast sie zur guten Lily gebracht.«

»Genau.« Ich legte den Kopf schief und beobachtete ihn. »Also, wirst du es tun?«

»Du hast mir immer noch nicht verraten, weshalb du ausgerechnet zu mir kommst. Ich bin nicht die einzige Katze in der Stadt.«

»Weil du mich hasst.« Als ich seine Verwirrung sah, klärte ich ihn auf. »Zwischen uns hat nie Liebe geherrscht, und wahrscheinlich wird das auch nicht mehr der Fall sein, aber du hältst dein Wort, und ich weiß, wenn du sagst, du tust das für mich, dann tust du es auch. Einen Freund zu verraten, würde deine Ehre vielleicht überleben, denn ein Freund würde dir vergeben. Ich aber nicht.«

Seine Züge verhärteten sich. »Was ist dabei für mich drin?«

»Die Aussicht darauf, dass ich in deiner Schuld stehe.« Ich gestattete mir ein schmales Lächeln. »Das genügt an Wert, um zu wissen, dass du Wort halten wirst.«

Er schwieg eine Weile, lange genug, um in mir die Sorge zu entfachen, ich könnte zu weit gegangen sein. Schließlich sagte er mit gedämpfter Stimme: »Also vertraust du mir, weil du mir nicht vertraust?«

Ich schluckte. »Ja«, bestätigte ich.

»Dafür bist du mir in der Tat etwas schuldig. Unter Umständen wirst du aber nie in der Lage sein, diese Schuld zu begleichen; womöglich lasse ich es auch nicht zu. Ich könnte sie jahrhundertelang über dir schwingen. Ich könnte beschließen, dich nie daraus zu entlassen.« In seiner Stimme schwang ein eigenartig warnender Tonfall mit, als wollte er, dass ich es mir noch einmal überlege.

»Das ist mein Problem, oder?« Ich hob den Kopf etwas weiter an und begegnete seinem Blick.

Er blinzelte, offenbar überrascht über meine Kühnheit. Dann zuckte er mit den Achseln und sagte: »Na schön.« Damit griff er nach der Lade und versuchte, sie mir aus den Händen zu nehmen.

Ich hielt die Hoffnungslade jedoch fest. »Nein«, sagte ich scharf. »Versprich es zuerst.«

Finster starrte er mich an; ich erwiderte den Blick. »Du kennst die Regeln. Du willst, dass ich in deiner Schuld stehe –

fein, ich tue es bereitwillig, aber gemäß den Regeln. Und jetzt versprich es.«

»Wenn du darauf bestehst«, erwiderte er und straffte die Schultern, bevor er einen Sprechgesang anstimmte: »Bei Wurzel und Zweig, bei Blatt und Ranke, auf Vogelbeere und Eiche, auf Esche und Dorn schwöre ich, dass was in meine Obhut übergeben wird, in meiner Obhut verbleibt und nur derjenigen ausgehändigt wird, der mein Versprechen gilt. Mein Blut zur Verteidigung der Aufgabe, die mir gestellt, mein Herz zur Wahrung des Versprechens, an das ich gebunden.« Die Luft verdichtete sich mit dem Geschmack von Poleiminze und Moschus, als seine Magie rings um uns knisterte und den Geschmack von Rosen verdrängte.

»Gebrochene Versprechen sind der Pfad zur Verdammnis«, sagte ich, und der Geruch von Kupfer und frisch geschnittenem Gras meiner Magie legte sich unter den Geschmack der seinen. »Gehaltene Versprechen sind der Sammelpunkt unserer unzähligen Pfade.«

»Und ein solcher Sammelpunkt wird mein Versprechen sein.« Die Magie rings um uns zerbarst, als die Förmlichkeiten endeten und er mir die Hoffnungslade abnahm. Diesmal ließ ich los. Meine Finger schmerzten vor Verlangen, als sie sich vom Holz lösten. Wie sehr begehrte ich die Lade? Ich wusste es nicht und wollte es auch nicht wissen.

»Danke, Tybalt«, sagte ich und ließ die verpönten Worte nachhallen. Dank brachte eine Treuepflicht zum Ausdruck. Solange Tybalt die Lade verwahrte, schuldete er sie mir. Doch es war unfassbar rüde von mir, es auf diese Weise zu betonen. Ich war nicht sicher, warum ich es tat; vielleicht war ich einfach überfordert.

Mit düsterer Miene klemmte er sich die Lade unter den

Arm, bevor er sich umdrehte und davonstapfte. Als sich die Schatten wie Vorhänge vor ihm teilten, schaute er noch einmal zurück und sagte: »Der Tag der Abrechnung wird kommen, October.« Damit trat er durch die Öffnung und verschwand.

Schaudernd schlang ich die Arme um mich selbst und ging die Gasse entlang zu meinem Auto zurück. Ich hatte keine Zeit zu vergeuden; ich musste nach Schattenhügel, und ich war erschöpft. Ich musste ein wenig schlafen. Evenings Fluch beeinträchtigte mich noch nicht, aber letztlich würde das geschehen, und wenn es so weit wäre, würde es keine Rolle mehr spielen, wie müde ich war. Irgendwie war Zeit ein äußerst begrenztes Gut geworden.

Neben meinem Wagen blieb ich stehen und blickte in die Dunkelheit der Gasse zurück. »Ja, Tybalt«, sprach ich in die Luft. »Ich weiß.«

KAPITEL 11

Es war fast sieben Uhr, als ich in meine Wohnung taumelte, über den Saum meines fleckigen Seidenkleids stolperte und neugierige Blicke von den Katzen erntete, die nicht daran gewöhnt waren, dass ich beim Heimkommen nach Rauch und Meer roch. Der Himmel vor dem Fenster ging langsam von rosigem Gold in ein klares, kristallines Blau über, als die Sonne ihren Aufstieg über die Gebäude abschloss. Das muss man San Francisco lassen: Es leben zwar zu viele Menschen in der Stadt, die Mietpreise sind höllisch, und die Politik ist noch schlimmer, aber wir haben wunderschöne Morgen. Diesen Aspekt hatte ich im Koiteich und bei allem, was danach geschah, irgendwie vergessen.

Ich schloss die Tür, lehnte mich gegen die Wand und ließ die menschliche Tarnung vergehen, begleitet von einem leichten Kupfergeschmack. Durch das Abstellen des Zaubers fühlte ich mich merkwürdig erfrischt und sauber, trotz der Dreckschichten, die ich mir während der Nacht zugezogen hatte. Die Katzen schlängelten sich um meine Knöchel und beschwerten sich. Halb benommen dachte ich noch daran, Futter in ihre Schale zu füllen, bevor ich mit dem Gesicht voraus aufs Bett fiel und in meinen Träumen versank. Ich war sogar zu müde, um die Vorhänge zuzuziehen.

Zum ersten Mal seit Wochen träumte ich nicht vom Teich. Ich weiß nicht, wovon ich stattdessen geträumt habe, doch was immer es war, es blieb nicht lange genug haften, um mich daran zu erinnern. Ich erwachte steif, voller Schmerzen und noch in dem blauen Seidenkleid, das früher meine zweitliebste Jeans gewesen war. Ich setzte mich auf, drückte mir eine Hand gegen die Schläfe und tat gar nichts. Die Kopfschmerzen, die ich erwartete, waren nicht vorhanden, und es dauerte einen Augenblick, bis mir einfiel, weshalb. Ich hatte die Hoffnungslade berührt. Ich hatte sie berührt, und meine Kopfschmerzen waren verflogen. Hatte sie mich bei jenem flüchtigen, zufälligen Kontakt verändert? Wurzel und Zweig, wie mächtig war dieses Ding?

Meine Erinnerung an die vergangene Nacht war zwar verworren, aber noch klar genug, um sie zu verstehen, angefangen bei Evenings letztem, panischem Anruf über meine Abweisung von der Königin der Nebel bis hin zur Entdeckung der Hoffnungslade und meinem Pakt mit Tybalt. Das größte Rätsel gab mir die Reaktion der Königin auf. Evenings Tod war ebenfalls rätselhaft und eine Tragödie. Aber dort gab es eine Antwort, die irgendwo auf mich wartete. Das verriet mir allein die Existenz der Hoffnungslade. Die Reaktion der Königin auf ihren Tod hingegen war eine andere Geschichte. Ich hätte Entsetzen, Kummer oder sogar Wut auf die Überbringerin der Nachricht verstanden. Was ich nicht nachvollziehen konnte, war ihre Panik angesichts der bloßen Vorstellung von Evenings Tod. Warum hatte sie sich so verhalten? Woher hatte Evening die Hoffnungslade überhaupt, und wer wusste, dass sie sich in ihrem Besitz befand? Zu vieles davon ergab keinen Sinn, und das gefiel mir ganz und gar nicht.

Beunruhigender als alles andere aber war das Fehlen von Kopfschmerzen. Am Vortag hatte ich mehr Magie gewirkt, als gut für mich war. An einem guten Tag bin ich in der Lage, meine Trugbanne ohne Aussetzer zu wahren und dennoch meine

Schutzbanne neu einzustellen. Wie gesagt, an einem guten Tag. Fügt man dem noch mehrere kleine Irreführungszauber, Nebelklarsehen und ein Abenteuer in Blutmagie hinzu, müsste ich eigentlich an den Schmerzen direkt auf die Höllenqualen zusteuern. Magisches Brennen schmerzt stärker als alles Physische, zumal es sich tief ins Innere bohrt, bis es Nerven entdeckt, von denen man nicht einmal wusste, dass sie existieren. Was genau hatte die Hoffnungslade getan, um mir all das zu ersparen?

Lacey sprang aufs Bett und kam herbei, um ihren Kopf an meinem Kinn zu reiben. Wenigstens ihr Tag begann gut. Natürlich hätten die Katzen selbst in einem nuklearen Winter eine schöne Zeit, solange jemand überlebt hätte, der sie fütterte. Ich kraulte sie hinter den Ohren und seufzte. Wenn die Katzen aufstehen konnten, dann konnte ich es auch.

Ich schob mir das Tier von der Brust und stemmte mich aus dem Bett. »Ich habe euch schon gefüttert, Lace, hör auf so zu tun, als hätte ich es nicht getan. Ich brauche eine Dusche, bevor …«

Der Satz blieb mir im Halse stecken, als mir Phantom-Rosenzweige über das Gesicht und den Hals schlugen und mir ihre unsichtbaren Dornen tief in die Haut trieben. Zu überrascht, um einen Aufschrei zu unterdrücken, krümmte ich mich vornüber.

Sylvester hatte mich einmal davor gewarnt, wie schlimm ein Bindungsfluch schmerzen konnte, wenn man nicht tat, was er verlangte. Allerdings hatte ich bis jetzt nicht wirklich begriffen, was er damit meinte. Jeder Atemzug bereitete mir Qualen. Es fühlte sich an, als schälte sich meine Haut, während die Welt im erstickenden Geruch der Rosen versank. Ich hatte Mühe, nicht zu fallen, und würgte ob des Gestanks. Untätigkeit kam also nicht infrage; die Messer von Evenings Befehl würden mich zerfleischen.

Ich kniff die Augen zu und sagte: »Ich weiß. Ich mache ja schon. Bitte, hör auf. Warte noch.« Das Brennen ließ nach, wenngleich ich immer noch Dornen spürte, die über meine Haut strichen. Das war schon in Ordnung – Hauptsache, ich konnte wieder denken und mich bewegen. Mehr brauchte ich nicht.

Mich aus dem dreckigen Ballkleid zu befreien erwies sich als Herausforderung. Mich zum Duschen zu zwingen und mich anzuziehen gestaltete sich noch härter. Fortwährend stolperte ich und stützte mich an den Wänden ab, während ich mich daran zu erinnern versuchte, wie solche Dinge wie eine Hose funktionierten. Die Katzen scharwenzelten dabei ständig um meine Knöchel, doch ich schenkte ihnen keinerlei Beachtung. Meine Gedanken weilten in weiter Ferne und kauten immer und immer wieder Evenings Tod durch. Ich hatte nicht von ihr geträumt. Eigentlich hatte ich gedacht, das wäre eine Gnade, doch wie sich nun herausstellte, hatten die Träume bloß darauf gewartet, dass ich erwachte. Ich Glückspilz.

Nachdem ich eine halbe Stunde lang über die eigenen Füße gestolpert war, hatte ich mich endlich fertig angezogen und trug eine saubere Jeans sowie eine schlichte weiße Bluse, und darüber einen grauen Pullover mit grobem Strickmuster, um mich zu wärmen. Der Himmel präsentierte sich grau bewölkt, weshalb ich anfing, meinen Mantel erst richtig zu vermissen. Allerdings hielt ich es für keine gute Idee, zum Hof der Königin zurückzukehren und danach zu fragen. Nach kurzem Zögern steckte ich mir den Schlüssel, den ich dem Rosenkobold abgenommen hatte, in die Hosentasche.

Die Katzen miauten danach, gefüttert zu werden. »Ich behaupte immer noch, dass ich euch bereits etwas zu fressen gegeben habe«, sagte ich, als ich ihre Schale füllte. Anschließend bereitete ich mir ein Sandwich mit Erdnussbutter und Marshmallow-Aufstrich zu, wobei ich von der zwar traurigen, zugleich aber durchaus begründeten Annahme ausging, dass ich keine weitere Gelegenheit zum Essen bekommen würde. Zu meiner Überraschung schmeckte es mir, und ich machte mir ein zweites Sandwich, bevor ich ins Badezimmer ging, um meine menschliche Tarnung anzubringen.

Vielleicht tat es mir gut, verflucht zu sein, denn der Zauber fügte sich beim ersten Versuch zusammen und stumpfte die spitzen Winkel und Kanten meiner Ohren und Wangen in etwas Menschlicheres ab. Die Haare ließ ich offen, um jene Winkel und Kanten zusätzlich zu verhüllen.

»Ich schaffe das«, sagte ich zu meinem Spiegelbild. Es widersprach mir nicht.

Die Katzen befanden sich auf der Couch, als ich das Badezimmer verließ, und beobachteten teilnahmslos, wie ich die Wohnung durchquerte und zur Tür hinaustrat. Im Vorbeigehen griff ich mir die Schlüssel von der Anrichte. Um die Schutzbanne neu einzustellen, benötigte ich nur Sekunden; erneut fiel mir die Magie überraschend und beunruhigend leicht. Auf dem schmalen Grasstreifen neben der Tür wuchsen wilde Pilze. Ich hielt inne, um einige zu pflücken, und stopfte sie mir in die Hosentasche. Man weiß ja nie, was man alles gebrauchen kann.

Niemand war in Sicht, als ich zu meinem Auto ging. Es war zu kurz vor Weihnachten. Alle waren entweder bei der Arbeit, beim Einkaufen oder bei ihren Familien. Jedenfalls trieb sich niemand in der Parkgarage herum, was mir gut passte. Ich würde auch so noch genug unfreundlichen Gesichtern begegnen.

Evenings Fluch entspannte sich, als ich in Bewegung geriet; wenn ich etwas tat, um die Dinge zu erledigen, brauchte er mich nicht zu verletzen.

Bevor ich ins Auto stieg, holte ich noch einmal Luft, um mich zu beruhigen, dann steckte ich den Schlüssel ins Zündschloss und fuhr in Richtung der Schnellstraße los.

Schattenhügel ist das größte Herzogtum im Gebiet der Bucht und umfasst die Region um den Mount Diablo. Der Berg definiert die Grenzen – kann man den Mount Diablo sehen, stehen die Chancen gut, dass man sich im Herzogtum befindet. Es gehört zu den größten politischen Einheiten im Königreich der Nebel, was sich jedoch dadurch ausgleicht, dass es sich aus mehreren, halb autonomen Grafschaften zusammensetzt und keinerlei politische Ambitionen hegt.

Dafür ist es groß genug, um einige Beispiele für ziemlich spektakuläre Architektur zu beherbergen. Vielleicht ist das der Grund, warum sich der Torquill-Mugel, wie zum Trotz gegen die Erwartungen derer, die ihn besuchen, in einem Park namens Paso Nogal im verschlafenen Vorort Pleasant Hill befindet, etwa dreißig Kilometer außerhalb des Mount-Diablo-Nationalparks. Die Fahrt dorthin würde weniger als eine Stunde dauern, zumal ich mich in die entgegengesetzte Richtung des Pendlerverkehrs bewegte. Um in den Mugel zu gelangen, würden vielleicht weitere zwanzig Minuten dazukommen. Man hält dort große Stücke auf Sicherheit, was nach dem, was Luna und Rayseline widerfuhr, auch gut verständlich ist.

Ich bog auf den Parkplatz im Paso Nogal, stieg aus dem Wagen und war ausnahmsweise dankbar für die Kälte. Dem Aussehen des Grases nach hatte es geregnet, was die gelangweilten Teenager vertrieben hatte, die andernfalls womöglich ihre Weihnachtsferien damit verbracht hätten, im Park herumzulungern. Ich bedankte mich stumm beim Wetter und trat den Marsch auf den Hang des nächstgelegenen Hügels an.

Die Torquills glauben an Vorsichtsmaßnahmen: Um in ihren Mugel zu gelangen, muss man durch eine Reihe von metaphorischen Ringen hüpfen, die von »albern« bis »lästig« reichen. Nachdem ich den größten Hügel im Park hinaufgestiegen, unter ein Gewirr von Weißdornbüschen gekrochen und sechs Mal gegen den Uhrzeigersinn um eine Eiche gerannt war, hielt ich inne, um Atem zu schöpfen. Der Boden war glitschig und schlammig, aber wenigstens hatte es zu regnen aufgehört. Mein bisher einziger Ausflug nach Schattenhügel bei Regen – der schon Jahre zurücklag – hatte mich davon überzeugt, dass nichts so dringend sein konnte.

Nachdem ich sicher war, dass ich nicht zusammenbrechen würde, drehte ich mich um und klopfte auf die Oberfläche eines nahen Baumstumpfs. Das Geräusch hallte wider, als rolle es durch eine riesige Halle, und in der hohlen Eiche, die gleich nebenan stand, schwang eine Tür auf. Ich strich meine Bluse glatt, wischte mir mit einer halb angespannten, halb eitlen Geste die Haare aus dem Gesicht und trat durch die Öffnung in den Mugel von Schattenhügel.

Wer immer den Mugel errichtet hatte, besaß feste Vorstellungen davon, wie Raum genutzt werden sollte – nämlich verschwenderisch und ohne Grenzen. Der Mugel übersteigt die physischen Beschränkungen des Hügels, in dem er sich eigentlich befinden sollte; es gibt Räume, die seit einem Jahrzehnt nicht mehr betreten wurden, Plätze, an die nur Kinder sich erinnern, verborgene Gänge und Gärten, um die sich niemand mehr gekümmert hat, seit wir unseren Herrn und unsere Herrinnen verloren haben. Ursprünglich öffnete sich der Mugel nicht in Paso Nogal, so viel weiß ich. Sylvester hat die Türen irgendwann in den vergangenen zweihundert Jahren hierher versetzt, um sonst unzusammenhängende Orte in der Welt der Sterblichen und den Sommerlanden miteinander zu verbinden.

Evening hatte mir erzählt, dass Sylvester mein Verschwinden als böses Omen aufgefasst hatte, den Mugel versiegelte und schwor, ihn nicht zu verlassen, bis seine Familie wieder nach Hause kam. Ich kann ihm keinen Vorwurf daraus machen. Er und Luna passten perfekt zueinander, und sie zu verlieren hätte ihn ohne Weiteres umbringen können. Stattdessen hatte es ihn in den Wahnsinn getrieben. Sein Seneschall leitete das Herzogtum, nicht er selbst, und Schattenhügel verfiel in Verzweiflung. Unter den Fae gilt der König als das Land, und in Schattenhügel war der König verrückt.

Jener Wahnsinn brach aus, als Luna nach Hause kam. Von all den Neuigkeiten, die Evening mir mitteilte, als sie mir die Dinge erzählte, die ich verpasst hatte, war dies das Einzige, was mich zum Lächeln brachte. Zum ersten Mal seit meiner Rückkehr durch Schattenhügel zu wandeln, fühlte sich an, als wäre hier nie etwas zerbrochen worden. Alles schien so zu sein, wie es immer gewesen war. Wohin ich auch blickte, überall war zu viel Vergoldung, zu viel Samt und ganz allgemein zu viel von allem. Sogar die Fenster waren von Girlanden aus silbrigen und hellblauen Rosen umringt. Der Geruch bereitete mir Unbehagen, aber Schattenhügel ohne Rosen, das ist undenkbar – jedenfalls, wenn Luna hier ist. Sie ist die Herrin der Rosen, und das Herzogtum spiegelt sie ebenso sehr wider wie Sylvester.

Leute zogen in allen Richtungen an mir vorbei, Reinblütler und Wechselbälger gleichermaßen. Gemeinsam war ihnen das hektische Treiben, das sie an den Tag legten und das nötig war, um einen herzöglichen Hof zu betreiben. Niemand kannte mich, deshalb blieb auch niemand stehen und fragte mich, weshalb ich hier war. Ich hielt inne, öffnete wahllos eine Tür und schaute in einen kleinen Raum, in dem zentimeterdicker Staub den Boden bedeckte. Ein Dienstmädchen mit Eselsschwanz schob sich mit vorwurfsvollem Blick an mir vorbei und fegte drauflos. Ich lächelte matt und ging weiter.

Evening hatte mir nicht erzählt, wo Luna und Rayseline gewesen waren, und ich hatte sie nicht bedrängt. Aufgrund der Dinge, die sie mir nicht sagen wollte, beschlich mich der Eindruck, dass man noch immer nicht recht wusste, was geschehen war. Luna und ihre Tochter waren erst verschwunden gewesen, dann – nicht mehr. Manchmal läuft es eben so. Das ist einer der Nachteile des Lebens in einem Land, das bisweilen auf einer Kindergeschichte zu basieren scheint.

Am Ende des Flurs begegnete ich einem Lakaien, der meine Aufmachung mit einem spöttischen Lächeln bedachte, das ich genauso spöttisch erwiderte, wenn ich auch zugeben musste, dass seines wahrscheinlich eher gerechtfertigt war. Er trug die blaue und goldene Livree von Schattenhügel und hätte in dieser Kluft jeden bis hin zu Oberon höchstpersönlich empfangen können. Ich hingegen kreuzte hier in Jeans auf. Nicht unbedingt geeignet für einen herzöglichen Hof.

»Wäre die Dame so freundlich, mir ihr Begehr zu nennen?«, fragte er.

»Die Dame ist hier, um den Herzog zu sehen. Wie möchtest du, dass sie das anstellt?«

Er bedachte mich mit einem weiteren, noch verächtlicheren Blick. »Vielleicht sollte die Dame sich erst umziehen.«

»Gewiss«, gab ich zurück. Es gibt gewisse Förmlichkeiten, an die man sich zu halten hat. Sich für den Hof umzuziehen, wenn man dazu aufgefordert wird, gehört dazu.

Der Lakai deutete auf eine Tür rechter Hand. Ich verbeugte mich flach, ging hinüber und öffnete sie.

Der Raum auf der anderen Seite war größer, als er eigentlich hätte sein dürfen. Verspiegelte Wände reflektierten unendlich viele Frauen mit erschöpften Augen, verhüllt von den dünnen Schwaden eines hastig gewobenen Trugbanns. Auf einem Tisch in der Mitte des Raums türmten sich Blätter, Federn, Blumenblüten und gekardete Spinnenseidenballen. Was damit zum Ausdruck gebracht wurde, war für Faerienormen simpel: War man nicht in der Lage, aus dem, was hier angeboten wurde, einen funktionierenden Zauber zu fertigen, konnte das Anliegen nicht so wichtig sein. Es ist ein subtiles Vorurteil der Reinblütler, eines der wenigen, die sich in Schattenhügel gehalten haben. Ich holte tief Luft und ließ meine Tarnung vergehen, bis mir aus einer der unzähligen Spiegelungen ein erschöpfter Wechselbalg zublinzelte, dessen spitze Ohren durch ungekämmtes braunes Haar hervorlugten. Es war an der Zeit, mich für den Adel herauszuputzen.

Nachdem ich betrachtet hatte, was auf dem Tisch lag, entschied ich mich für eine Handvoll Blätter und einen Ballen Spinnenseide. Für wahrhaft kunstvolle Kleider braucht man sowohl Schneiderinnen als auch die Mittel, sie zu bezahlen. Die wenigsten Wechselbälger sind so wohlhabend, deshalb behelfen wir uns mit einem endlosen Strom von Wegwerfillusionen und kurzlebigen Verwandlungen, bei denen wir aus den Rohmaterialien, die von den verschiedenen Höfen bereitgestellt werden, bestmöglich etwas zusammenbasteln. Solange wir danach nicht aussehen wie eine Küchenhilfe, ist es in Ordnung.

Ich schloss die Augen, zerknüllte die Blätter in den Händen und mischte sie mit Spinnenseide, bis sich eine gummiartige

Paste daraus ergab, die meine Finger zusammenklebte. Sobald das Zeug aufhörte zu knirschen, wenn ich es knetete, fuhr ich mit den Händen meine Seiten und meine Oberschenkel entlang und stellte mir ein schlichtes, goldbraunes Baumwollkleid vor – mit dieser Farbe war ich schon immer vertraut. Dazu erdachte ich mir passende Schuhe, in denen man auch vernünftig laufen konnte. *Eine* Nacht auf Stöckeln reichte mir für eine Weile. Der Geruch von Kupfer und frisch geschnittenem Gras verdichtete sich rings um mich und verbannte beinah den Geschmack der Rosen, als der Zauber Gestalt annahm.

Das gummiartige Gefühl an meinen Händen schwand und wurde durch das Rascheln schwerer Röcke um meine plötzlich nackten Beine ersetzt. Im Nacken spürte ich keine Haare mehr. Mit einem letzten Anschwellen von Kupfer rastete der Zauber ein und ließ mich taumeln. Obwohl ich ausgeruht war, verlangte mir das Weben derart komplexer Magie genug Anstrengung ab, dass ich mich einen Augenblick schwer auf den beladenen Tisch stützen musste, bevor es mir gelang, die Augen auf die Spiegel zu konzentrieren. Als sie es dann taten, betrachtete ich mich und seufzte.

Das Kleid passte nicht.

Ich hatte Baumwolle im Sinn gehabt und Samt erschaffen; der Ausschnitt war erheblich tiefer geraten, als ich beabsichtigt hatte, und das Oberteil war mit Efeuranken bestickt, wodurch es noch stärker so aussah, als wollte ich von meinem Gesicht ablenken. Dankenswerterweise hatte ich die Schuhe bequem hinbekommen, allerdings wiesen auch sie zum Kleid passende Stickereien auf. Sogar mein Haar war mir misslungen und in einer eleganten Reihe von Schichten hochgesteckt, durch die es wirkte, als wäre es nicht glatt. Finster starrte ich mein Spiegelbild an. Es änderte sich nicht.

Es war zwar nicht, was ich beabsichtigt hatte, aber es war immerhin ein anständiges Kleid, und ich hatte keine Lust, ein neues anzufertigen. Es würde reichen müssen. Ich drehte mich um und verließ den Raum.

Obwohl ich durch dieselbe Tür hinausging, durch die ich eingetreten war, gelangte ich auf einen völlig anderen Flur. Der Lakai, der mich hineingescheucht hatte, war verschwunden und durch einen Pagen ersetzt worden, der in steifer Habachtstellung vor den Türen zum Audienzsaal stand. Im Gegensatz zu meinem Kleid waren sein gestärkter Wappenrock und seine Hose wahrscheinlich echt. Dieser Bursche hielt die Würde seines Amtes unbestreitbar hoch. Ach ja, und mit dem Alter würde er wahrscheinlich auch nachlässiger werden.

Seine Züge verhärteten sich, als er mich erblickte, seine Augen hefteten sich auf die stumpfen Enden meiner Ohren. Er war nicht bloß jung, sondern so jung, dass er glaubte, Wechselbälger hätten am Hof nichts verloren. Interessant.

Manchmal begegnet man Vorurteilen am besten dadurch, dass man sie ignoriert. »Guten Morgen«, sagte ich. »Ich bin hier, um Sylvester zu sehen.«

»Und Ihr seid?«, fragte er und bedachte mich mit der Sorte von Blick, die für gewöhnlich Leuten mit ansteckenden Krankheiten und unbezahlten Rechnungen vorbehalten ist. Etwas an ihm wirkte vertraut. Er hatte das blonde Haar und die blauen Augen der meisten Daoine Sidhe und sah aus, als wäre er vielleicht vierzehn Jahre alt.

»Sir October Daye vom Königreich der Nebel, einst vom Lehen des Heims, Ritter der verlorenen Worte, vereidigt unter Sylvester Torquill, Tochter der Amandine aus Faerie und des Jonathan Daye aus der Welt der Sterblichen«, sagte ich. Meine vollständigen Titel aufzuzählen dauert zu lange, und ich bin ja bloß ein Ritter. Wenn die echten Adligen eintreten, kann das Stunden dauern. »Außerdem eine alte Freundin des Herzogs und der Herzogin, also – lässt du mich vorbei, oder soll ich mich durch die Küche hineinschleichen?«

Der Page blinzelte und verengte die Augen. »Oh«, sagte er. »Ihr seid das.«

Ich blinzelte ebenfalls. »Sind wir uns schon mal begegnet?«

»Nur im allerengsten Sinn des Wortes«, erwiderte er und sprach dabei mit leicht kanadischem Akzent.

Es war mehr der Tonfall als der Akzent, der mich darauf brachte. »Oh«, sagte ich. »Äh … hallo. So siehst du viel besser aus. Diese ganze Menschengeschichte passt nicht zu dir.«

»Ich bin sicher, Ihro Gnaden warten bereits«, gab der Page frostig zurück.

Sylvester wartete keineswegs. Er wusste gar nicht, dass ich kam. In Anbetracht dessen war ich versucht, noch ein Weilchen im Flur zu bleiben, mit dem Pagen zu reden und mir Zeit zu nehmen, um zu versuchen, ihm hinsichtlich seiner Ansichten über Reinblütler und Wechselbälger ins Gewissen zu reden … aber Zeit war nicht gerade etwas, das ich im Überfluss besaß. Wenn ich mich nicht von selbst in Bewegung setzte, würde Evenings Fluch schon dafür sorgen, dass ich es täte.

Wiedersehen werden nicht einfacher, indem man sie hinauszögert. Ich bot dem Pagen ein letztes, förmliches Neigen meines Hauptes dar, dann schritt ich an ihm vorbei in den Audienzsaal.

Abgesehen von vier Gestalten, die auf dem Podium am entfernten Ende des Raums saßen, präsentierte sich der Saal verwaist. Der Großteil von Schattenhügel ist etwas größer gebaut, als es notwendig wäre, und kein Raum spiegelt diesen ästhetischen Anspruch besser wider als der Audienzsaal, den man ohne Weiteres als Schauplatz für einen überdachten Jahrmarkt verwenden könnte, sollte Sylvester je den Drang danach verspüren. Bislang hatte er das nicht getan, soweit ich wusste; aber einige der Feiern, die er und Luna veranstaltet haben, waren groß genug, um legendär zu werden. Der Schöpfer des Mugels hatte wahrscheinlich beabsichtigt, dass der Raum majestätisch wirken und in Bittstellern Ehrfurcht erwecken sollte. In mir hat er nie etwas anderes als das Bedürfnis entfacht, mir ein Paar Rollschuhe zu besorgen, um die Gehzeit zu halbieren.

Meine Schritte hallten vom Marmorboden wider. Ich hatte den Raum halb durchquert, als ich Einzelheiten der Gestalten auf dem Podium erkennen konnte: zwei Männer und zwei Frauen, ein Mann und die jüngere Frau mit dem charakteristischen fuchsroten Torquill-Haar. Die andere Frau war mit silberpelzigen Ohren und drei auf einem Samtkissen neben ihr eingerollten Schwänzen noch buchstäblicher fuchsartig. Der jüngere Mann sah eigenartig aus und wirkte neben den anderen beinah fehl am Platz. Sein Haar bildete einen unordentlichen Wuschel aus graubraunen Locken, sein Zugeständnis an die herzöglichen Farben bestand aus einem Paar blauer Jeans und einem gelben Wappenrock.

Ich muss wohl auf dem Großteil meines Marsches durch den Audienzsaal wie ein gewöhnliches Mitglied des Hofes gewirkt haben, eine braunhaarige Frau in einem braunen Samtkleid, an der nichts bemerkenswert zu sein schien. Luna erkannte als Erste, wer ich war. Sie richtete sich kerzengerade auf ihrem Sitz auf und legte die Ohren flach an den Kopf an. Ihre Schwänze rollten sich aus und begannen zu zucken. Ihre plötzliche Aufmerksamkeit steckte Sylvester an, der sich mir stirnrunzelnd zuwandte. Ich sah die Verwirrung in seinem Gesicht, die umso deutlicher wurde, je näher ich kam.

Dann verblasste die Verwirrung und wurde von etwas ersetzt, das ich nicht erwartet hatte. Ich hatte geglaubt, auf fast alles vorbereitet zu sein. Auf das, was folgte, allerdings nicht.

»Toby!«, rief er. Schiere Freude trat in seine Züge, als er sich erhob und in seiner Hast, vom Podium zu steigen, beinah seinen Stuhl umstieß. Verwundert erstarrte ich. Sylvester durchquerte den Abstand zwischen uns beinah im Laufschritt, packte mich um die Mitte und schwang mich in die Luft empor, bevor ich Zeit hatte, mich daran zu erinnern, wie man sich bewegte. Mittlerweile lachte er, und hinter seiner Freude trat ein anderes Gefühl hervor: Erleichterung. Reine, unverfälschte Erleichterung.

Ich hatte mich vor Schattenhügel gedrückt, weil ich ihm nicht gegenübertreten wollte. Ich wollte den Ausdruck in seinen Augen nicht sehen, wenn ich zurückgekrochen kam und zugeben musste, dass ich versagt hatte. Aber alles, was ich sah, als ich ihn nun betrachtete, war die Freude eines Freundes, der endlich die Heimkehr von jemandem erlebt, den er verloren geglaubt hatte.

Worte zu finden schien unmöglich zu sein. Luna ersparte es mir, indem sie an uns herantrat, eine Hand auf Sylvesters Arm legte und sagte: »Liebling, vielleicht solltest du sie herunterlassen, bevor ihr schlecht wird. Ich möchte den Wichteln nicht erklären müssen, warum sie vor dem Hofempfang heute Abend den Boden wischen müssen.«

Nach wie vor lachend stellte mich Sylvester auf die Beine und erwiderte: »Ja, ja, sicher.« Dann zog er mich in eine Umarmung. Er roch wie immer nach Osterglocken und Hartriegelblüten. Sein fester, beruhigender Duft genügte, um es schwierig zu gestalten, nicht zu weinen. Ich schniefte und befreite mich von ihm, um mir die Augen abzuwischen. Sylvester zögerte kurz, dann ließ er mich los.

Ich stolperte einige Schritte zurück und flüchtete mich in Förmlichkeiten, indem ich mich verneigte und am tiefsten Punkt der Bewegung innehielt. Eines kann ich über Adlige sagen: Sie besitzen wahrscheinlich die vereinte Oberschenkelkraft aller Synchronschwimmerteams der Welt. In einer förmlichen Verneigung innezuhalten schmerzt ganz schön, und es regt mich stets dazu an, ordentliche Dehnungsübungen zu absolvieren, bevor ich es erneut versuche.

»Toby?«, sagte Sylvester fragend.

»Ich glaube, sie wird damit erst aufhören, wenn du ihre Gegenwart anerkennst, Liebling«, meldete sich Luna zu Wort.

»Ich hab sie hochgehoben. Ist das keine Anerkennung ihrer Gegenwart?«

»Ich meinte etwas förmlicher.«

»Oh.« Sylvester räusperte sich. »Ja, October, ich sehe dich. Kannst du bitte damit aufhören? Wo bist du gewesen? Na ja, ich weiß ja, wo du gewesen bist, das war eine dumme Frage, vergiss sie, aber weißt du, wir waren krank vor Sorge um dich. Wir haben erst erfahren, dass du zurück bist, als Evening aus Höflichkeit angerufen hat.« Mittlerweile klang er ein wenig verletzt. »Ich habe Botschaften geschickt. Hast du sie bekommen?«

»Ja, Euer Gnaden, das habe ich«, erwiderte ich und richtete mich auf. »Ich war … ich war noch nicht bereit, darauf zu antworten.«

»Aber warum?«, fragte Sylvester und sah mich an wie ein Kind, dem man gerade mitgeteilt hatte, dass Weihnachten ausfiel.

»Ich glaube, ich kenne die Antwort darauf«, sagte Luna, legte eine Hand auf seinen Arm und bedachte mich mit einem herzlichen, wenn auch etwas kummervollen Lächeln. »Hallo, Toby. Du siehst gut aus.«

»Gleichfalls, Euer Gnaden«, erwiderte ich und lächelte zurück. Ich konnte nicht anders. Es ist schwierig, Luna anzusehen, ohne zu lächeln.

Klein, zierlich, gedrungen: Mit diesen Worten hätte man die Herzogin von Schattenhügel beschreiben können, wenn sie sich dadurch nicht so zerbrechlich angehört hätte. Luna mochte eine kleine Frau sein, doch sie war alles andere als zerbrechlich. Unzählige Stunden Gartenarbeit hatten ihre Arme gestärkt, und sie besaß all die magischen Verteidigungsmöglichkeiten, die mit ihrem Kitsune-Blut einhergingen. Die Kraft wird durch die Anzahl der Schwänze ausgedrückt, und sie nannte deren drei ihr Eigen, silberpelzig und seidig glänzend. Ihr hüftlanges braunes Haar war zurückgeflochten, und ungeachtet der Förmlichkeit ihrer Umgebung schien sie zum Gärtnern gekleidet zu sein. Luna hatte noch nie viel von unnötigem Zeremoniell gehalten.

»Du hättest früher herkommen sollen«, schalt sie mich milde. »Du hast uns gefehlt.«

»Ihr habt mir auch gefehlt«, gestand ich und drehte mich Sylvester zu. »Euer Gnaden …«

»Wir haben nach dir gesucht«, sagte er. In seinen Worten schwang ein Nachdruck mit, als müsste ich nichts auf der Welt dringender hören als die Worte, die er mir zu sagen hatte. »Wir haben überall nach dir gesucht, das musst du mir glauben. Nachdem du verschwunden warst, ließ ich die Stadt von Etienne durchkämmen. Ich habe die Hälfte meiner Ritter mit ihm losgeschickt, habe getan, was ich konnte, aber du warst … du warst einfach weg. Toby, es tut mir so leid.«

Leid? Er gab zu, dass er Ressourcen von der Suche nach seiner Frau und Tochter abgezogen hatte – er gab es zu, während seine Frau unmittelbar neben ihm stand –, und er sagte mir, dass es ihm *leid*täte? Ich glotzte ihn an und wusste nicht, was ich darauf antworten sollte.

Rayseline rettete mich, indem sie an die andere Seite ihres Vaters trat, die Hände um seinen Arm schlang und mich ansah. Ihre Augen besaßen denselben Goldton wie die ihres Vaters, doch während die Farbe bei ihm warm und herzlich wirkte, vermittelte sie bei ihr einen beinah reptilienartigen Eindruck, den Blick eines Raubtiers.

»Na, sieh mal einer an«, sagte sie. »Hat sie sich endlich dazu herabgelassen, herzukommen und sich von den Folgen ihres Versagens zu überzeugen. Hallo, Versagerin. Wie geht es dir?«

»Hallo, Rayseline«, erwiderte ich in gemessenem Tonfall. Die Erleichterung, die ich ob ihrer Unterbrechung flüchtig verspürt hatte, erstarb bei ihren Worten.

Man weiß nicht, was Luna und Raysel in den zwölf Jahren widerfahren ist, die sie verschwunden waren – zwölf Jahre, die den ersten zwölf meiner fehlenden Zeit entsprachen. Aber während meine Jahre verloren waren, hatten sie die ihren durchlebt, was immer sie durchgemacht haben mochten. Die wenigen Leute, mit denen ich gesprochen habe, meinten, dass Luna ein wenig trauriger und seltsamer zurückgekehrt sei, doch Raysel … Raysel kehrte schwer beeinträchtigt zurück. So aufzuwachsen, wie es bei ihr der Fall gewesen war, hatte etwas in ihr zerbrochen, und als ich sie nun musterte, begann ich zu begreifen, weshalb man munkelte, es würde vielleicht nie verheilen.

»Ich habe mich schon gefragt, wann du kommen würdest, um hier herumzuschnüffeln«, fuhr sie fort. »Suchst du nach etwas Neuem, dem du nicht gewachsen bist? Ich bin sicher, Papa hat noch reichlich ungelöste Rätsel. Geh und versuch dich an denen.«

»Raysel, das reicht«, schalt Sylvester sie scharf. »Ich bin ihr Lehnsherr. October ist hier immer willkommen.«

»Sie will etwas«, gab Raysel zurück. »Ich kann es an ihr riechen.«

»Raysel, es ist genug«, meldete sich nun auch Luna zu Wort. Ihr sonst so ruhiger Tonfall war von Sorge und kaum verhohlener Verärgerung gefärbt. Also war Raysels Unausstehlichkeit nicht bloß für mich gespielt.

»Sie hat recht«, sagte ich. Sowohl Sylvester als auch Luna wandten sich mir zu. Raysel grinste und setzte eine triumphierende Miene auf. »Ich fürchte, ich bin hier, weil ich etwas will. Oder zumindest, weil ich Euch etwas mitteilen und Euch um einen Gefallen bitten muss.«

»Was auch immer du brauchst«, gab Sylvester zurück. »Das weißt du.«

»Da bin ich mir nicht so sicher«, entgegnete ich und schaute von ihm zu Luna und zurück. »Habt Ihr die Neuigkeit schon gehört?« *Bitte, sag ja*, betete ich. *Lass nicht mich diejenige sein, die es Euch sagen muss.* Sofern die Königin sich auch nur annähernd angemessen verhalten hatte, würden ihre Herolde bereits hier gewesen und wieder verschwunden sein … aber dafür erschienen mir alle zu ruhig; außerdem hatte die Königin gesagt, dass niemand auch nur Evenings Namen aussprechen würde. Dadurch mochte es irgendwie schwierig für sie werden, solche Benachrichtigungen zu versenden.

Wenn Sylvester es nicht wusste, war es meine Pflicht, es ihm mitzuteilen. Und das war das Letzte, was ich tun wollte.

»Wir haben gehört, dass der Winterball im Mugel der Königin in zwei Wochen enden soll«, ergriff Connor das Wort, der gerade das Podium verlassen hatte und sich neben Rayseline stellte – seine Gemahlin. Sie grinste mich an, ließ Sylvesters Arm los und hakte sich stattdessen bei Connor unter. »Bitte sag nicht, dass du endlich beschlossen hast, uns zu besuchen, weil du dachtest, wir hätten die neueste, aufregende Ausgabe des Mitteilungsblatts des Königreichs verpasst. Hallo, Toby.«

»Hallo, Connor«, gab ich zurück und lächelte trotz der Betrüblichkeit der Neuigkeit, die ich zu verkünden hatte. Es ist schwierig, nicht zu lächeln, wenn man Connor ansieht.

Man nehme einen typischen Surfertypen aus Kalifornien, verpasse ihm einen braunen, robbengrau melierten Bürstenhaarschnitt, so dunkelbraune Augen, dass sie beinah schwarz erscheinen, Finger mit leichten Schwimmhäuten und tief gebräunte Haut, und schon hat man Connor O'Dell. Er war der Unterseebotschafter an Sylvesters Hof, als ich hier gedient hatte. Wir waren … befreundet. Gut befreundet. Wir hätten sogar mehr als Freunde werden können, hätte seine Familie keine Einwände gegen die Vorstellung gehabt, dass er etwas mit einem Wechselbalg anfangen könnte. Deshalb war es nie über einige süße Begegnungen mit etwas Fummeln in den über den Mugel verstreuten Gärten hinausgegangen. Er hatte gesagt, es täte ihm leid; ich hatte dasselbe erwidert. Dann hatte ich mich von einem menschlichen Mann auffangen lassen, der niemals gesagt hätte, er könne mich nicht lieben, weil mein Blut nicht rein genug sei.

Ich habe Connor nie zum Vorwurf gemacht, wie sich die Dinge entwickelt haben. So ist es nun mal für Wechselbälger in einer Reinblütlerwelt. Nach Hause zu kommen und zu erfahren, dass er mit Rayseline Torquill verheiratet war, schockierte mich, doch es verringerte die Zuneigung zu dem Mann keineswegs. Wahrscheinlich würde ich mich noch von seiner Frau dabei ertappen lassen, wie ich ihm auf den Hintern starrte.

Indes blickte Sylvester nur verwirrt drein. »Nein«, sagte er. »Wir haben keine Neuigkeiten gehört – zumindest keine, die bedeutend genug wären, um dich zu uns zurückzuführen. Was ist denn los, Toby? Nicht, dass ich nicht vor Freude außer mir wäre, dich zu sehen, aber … warum bist du hier?«

Ich schluckte. »Also habt Ihr nichts über die Gräfin von Goldengrün gehört?«

Sylvesters Verwirrung steigerte sich. »Evening? Nein, nichts. Stimmt etwas nicht?«

»Ob etwas nicht stimmt?« Ich verkniff mir ein an Hysterie grenzendes Kichern. »Das kann man wohl sagen. Etwas stimmt ganz und gar nicht.«

»Ist sie verletzt?«

»Nein. Nein, sie ist … Euer Gnaden, Evening wurde vergangene Nacht umgebracht. Sie ist tot.«

Luna legte die Ohren flach an den Kopf an. »Tot?«, flüsterte sie.

Raysels plötzliches Gelächter kam jeder Antwort zuvor, die ich hätte geben können. Wir alle drehten uns ihr zu und starrten sie an, als sie den Arm ihres Mannes losließ und auf der Woge ihrer Belustigung aus dem Saal fegte.

»Was …?«, setzte ich an.

»Connor, geh mit ihr«, sagte Luna. Es klang nach mehr als einer Bitte.

Connor nickte traurig, steckte die Hände in die Hosentaschen und stapfte hinter seiner Frau her. Im Vorbeigehen sah er mir in die Augen; seine Miene wirkte betrübt, fast niedergeschlagen. Raysel war diejenige, die Kitsune-Blut besaß, aber er war derjenige, der wie ein geprügelter Welpe dreinschaute.

Zu dritt standen wir eine Weile betreten schweigend da, dann blickte Luna zu Sylvester und sagte: »Sie ist noch ein wenig labil wegen dieser … wegen allem. Meine Familie war schon immer anfällig für … na ja. Wir erholen uns nicht besonders schnell von Dingen der Art, die sie zu durchleben gezwungen war. So sind wir nun mal.« Während sie sprach, trat sie von einem Bein aufs andere und mied meinen Blick.

Niemand schien zu wissen, welche »Dinge« Luna und ihre Tochter in ihrer Abwesenheit widerfahren waren, aber der gehetzte Ausdruck in Lunas Augen verriet mir, dass sie womöglich schlimmer gewesen waren, als ich mir vorstellen konnte.

»Natürlich«, sagte ich und fühlte mich irgendwie verlegen, weil ich Zeugin von Raysels Gefühlsausbruch gewesen war. Ich wandte mich Sylvester zu.

Ihm war alle Farbe aus dem Gesicht gewichen, und er zitterte. Raysels dramatischen Abgang schien er gar nicht bemerkt zu haben. »Tot?«, stieß er hervor.

»Ermordet«, bestätigte ich und senkte den Blick, um die Bestürzung zu meiden, die seine Miene zweifellos widerspiegelte. Zu spät. »Man hat sie erst erschossen und ihr dann mit einer Eisenklinge die Kehle aufgeschlitzt.«

Tiefe Stille senkte sich über den Saal. Ich hob den Kopf und begegnete Sylvesters Blick. »Eisen?«, fragte er.

»Ja. Sie starb an den Wunden.« Leider an nichts Gnädigerem.

»Also besteht kein Zweifel daran, dass es sich um Mord handelt.« In seinem Tonfall schwang Gebrochenheit mit. Die Reinblütler müssen zusammenhalten, weil sie sich an niemanden sonst wenden können, deshalb trifft sie jeder Tod so schwer. Bei Wechselbälgern verhält sich das anders. Wir leben zu verstreut und sind zu verschieden. Manchmal dauert es Jahre, bis wir überhaupt herausfinden, dass jemand gestorben ist. Für uns ist der Tod eine größere Gefahr und erscheint uns daher nicht so unmöglich. Was ihn natürlich nicht besser macht.

»Es tut mir leid«, sagte ich matt.

»Ich … ja. Ja, natürlich.« Seine Finger suchten die Lunas und drückten sie fest. »Oh, Evening. Gab es … War das alles, was du zu berichten hast?«

»Bevor sie starb, hat sich mich gebeten, ihre Mörder zu finden«, antwortete ich und beobachtete ihn aufmerksam. »Ich bin hier, weil ich wollte, dass Ihr es wisst. Und weil ich um Hilfe bitten muss.«

»Ich wünschte, du wärst früher gekommen«, meldete sich Luna sehr leise zu Wort. »Du hast uns gefehlt, und keine Heimkehr sollte von solchen Neuigkeiten überschattet werden. Das ist ein böses Omen.«

Sylvesters Sorgen waren allerdings naheliegender als böse Omen. Seine Züge verhärteten sich, als er fragte: »Und du hast zugesagt?« Ich brauchte nur zu nicken. Sylvester wusste, dass mich mein Wort binden würde, ob ich wollte oder nicht. Ich sah keinen Grund, ihm von dem Fluch zu erzählen; er würde sich auch so genug Sorgen machen. »Oh, Toby. Warum hast du das getan?«

»Weil ich keine andere Wahl hatte.« Ich verschränkte die Hände hinter dem Rücken. »Wenn Ihr mir nicht helfen wollt, verstehe ich das natürlich.«

»Das habe ich nicht gesagt … verdammt. Gibst du uns bitte ein paar Minuten?« Seine Stimme klang von der Mühe, die es ihn kostete, Tränen zu unterdrücken, ganz angespannt. Er wollte ebenso wenig vor mir weinen, wie ich ihn weinen sehen wollte.

»Ich war eine ganze Weile nicht hier«, gab ich zurück und

griff seinen Wink auf. »Ich sehe mir mal an, was Luna aus den Gärten gemacht hat. Lasst Ihr mich rufen?«

Sylvester nickte stumm. Luna tat es ihm gleich, die Ohren nach wie vor angelegt.

Von einem sonderbaren Impuls überwältigt, stürzte ich vorwärts und umarmte beide gleichzeitig, ihn und sie mit je einem Arm, ehe ich mich umdrehte, den Rock mit beiden Händen anhob und aus dem Saal rannte. Ich hatte Glück und schaffte es schnell genug hinaus. Was immer geschehen mochte, bevor ich den Mugel wieder verließ, weinen würde ich ihn nicht sehen müssen.

KAPITEL 12

Über Anstand und Schicklichkeit zerbrach ich mir nicht den Kopf, als ich aus dem Audienzsaal gerannt kam. Ich ließ einfach meine Röcke sinken, lehnte die Stirn an den kühlen Stein der nächstbesten Säule und sog tiefe Atemzüge ein, während ich darum kämpfte, nicht zusammenzubrechen und zu heulen. Sechs Monate lang hatte ich die Torquills gemieden, weil ich Sylvester nicht unter die Augen treten wollte. Und alles, was ich dadurch getan hatte, war, ihn noch tiefer in seinen Schuldgefühlen versinken zu lassen. Hatte ich denn *irgendjemandem* einen Gefallen mit meinem Verhalten getan?

Als ich aufschaute, war der Page verschwunden. Gut. Es war eine lange Woche gewesen – die noch immer länger wurde –, und ich war nicht sicher, ob ich höflich bleiben konnte, erst recht nicht nach dem, was sich soeben mit den Torquills zugetragen hatte. Meine Manieren verabschieden sich stets als Erstes, wenn ich aufgewühlt bin, und manch einer meint, sie hätten schon vor geraumer Zeit aufgehört, sich später wieder einzustellen.

Ich wischte mir einige widerspenstige Strähnen aus dem Gesicht, drehte mich um, wollte den Flur runtergehen und stolperte dabei um ein Haar über den Saum meines Kleides. Mit lodernden Wangen hob ich den Rock wieder an und setzte mich erneut in Bewegung. Ich hasse die Aufmachung bei Hofe.

Zumindest besserte die Verärgerung meine Laune, wodurch es schwieriger wurde, darüber nachzugrübeln, wie falsch ich

Sylvesters Reaktion auf meine Rückkehr eingeschätzt hatte. Ich bog um eine Ecke, stieg über ein Himmel-und-Hölle-Muster, das ein Kind mit Fingerfarben auf den Marmorboden gemalt hatte, und öffnete willkürlich eine Tür. Die Wände des Flurs auf der anderen Seite waren mit einem geschmacklosen Muster aus Senfgelb und blühendem Heidekraut tapeziert. Zufrieden damit, dass die Richtung stimmte, nickte ich und ging weiter.

Als ich zum ersten Mal nach Schattenhügel kam, war ich neun Jahre alt. Anfangs erfüllte mich Ehrfurcht, dann Verärgerung, und schließlich verirrte ich mich. Die Gänge verlaufen ineinander verschlungen und zu langen, unmöglichen Kurven gekrümmt; Türen, die man kennt, führen an Orte, an denen man nie gewesen ist, und andere, die am Vortag noch nicht vorhanden waren, geleiten einen dorthin zurück, wo man begonnen hatte. Es ist ein riesiges Labyrinth mit Sinn für Humor, und es kann wirklich nervig sein. Ich habe gelernt, mich zurechtzufinden, indem ich mir markante Plätze einpräge und Übung mit schierem Glück kombiniere. Dennoch ertappe ich mich manchmal bei dem Wunsch, einen Beutel voller Brotkrumen dabeizuhaben.

Die gelben und purpurnen Wände wichen schlichtem Stein. Kopfsteinpflaster ersetzte den gefliesten Marmorboden. Rosenkobolde beobachteten mich von Fenstersimsen und den Winkeln der Räume aus. Sie nahmen die Stelle der ansonsten in Mugeln verbreiteten Katzen ein. So ironisch es sein mag, aber Sylvester ist allergisch gegen Katzen. Zum Glück bieten die Gärten seiner Frau reichlich stacheligen Ersatz für sie. Rosenkobolde sehen aus wie Katzen, verhalten sich ähnlich und verlieren Dornen statt Haare. Geeignete Haustiere für Allergiker.

Ein Großteil von Schattenhügel grenzt an Kitsch, aber Lunas Gärten wiegen das auf. Sie besitzt mindestens ein Dutzend und kümmert sich um alle höchstpersönlich. Dabei sind Kitsune für ihre gärtnerischen Fähigkeiten an sich nicht sehr bekannt. Luna verkörpert eine Besonderheit. Wenn sie die Herzogin spielt, gleicht sie einer Gänsehirtin in Fürstinnenkleidern, aber unter den Blumen ist sie eine Königin. Sie verneigen sich beinah, wenn Luna an ihnen vorübergeht.

Der dritte Flur, den ich entlanglief, endete unmittelbar nach der Winterküche an einer schlichten Holztür mit einer Rose aus Buntglas in Augenhöhe. Lächelnd schob ich die Tür auf und betrat den Garten der Glasrosen.

Alles, was Luna berührt, gedeiht, aber Rosen sind von jeher ihr Stolz und ihre Freude. Der Garten der Glasrosen ist gänzlich umschlossen und füllt einen runden Raum mit weißen Marmorwänden, die in etwa drei Metern Höhe in eine Filigrankuppel aus Silber und Glas übergehen. Wege aus weißem, zerstoßenem Quarz glitzern im Sonnenlicht, das durch die Rosen dringt, und entfachen einen Schimmer von Prismafarben. Und überall blühen Rosen in wilder, scheinbar zügelloser Hülle und Fülle. Ihre leichte Transparenz wirkt auf den ersten Blick sonderbar, bis der Verstand akzeptiert, was das Auge sieht: Jede Blume, jedes Blütenblatt und jede Knospe ist lebendig, besteht aus wachsendem Glas, durchsetzt mit Schlieren makelloser Farbe. Am besten finde ich, dass Glasrosen keinen Duft besitzen. Dieser Garten gehört zu den ausgesprochen raren Plätzen in Schattenhügel, an denen es *nicht* nach Rosen riecht.

Ich zog meinen Rock vor den Dornen zurück, die sich danach streckten, und folgte dem nächsten Pfad zu einer Bank aus demselben unverzierten Marmor, aus dem auch die Wände bestanden. Kleider sind zum Tanzen gedacht, nicht aber dafür, zwischen Rosen umherzuschlendern – in der Regel meide ich nach Möglichkeit beides. Mit einem Stöhnen setzte ich mich und stützte den Kopf auf die Hände.

Dieser Fall glich einer Trickbox: Jedes Mal, wenn ich ein Stück beiseiteschob, wartete dahinter ein weiteres. Die menschliche Logik war noch nie in der Lage, mit dem Wahnsinn von Faerie zurechtzukommen, und ich dachte schon zu lange wie ein Mensch, denn je länger ich die Dinge betrachtete, desto weniger Sinn schienen sie zu ergeben. Evening hatte mit Devin zusammengearbeitet, und zwar bis zu dem Zeitpunkt, als sie der Hoffnungslade wegen, die sie irgendwie versteckt haben musste, getötet wurde. Sylvester hatte der Mord überrascht, Raysel hingegen hatte nur gelacht. Die Königin der Nebel wollte mir nicht helfen, obwohl Evening ein Reinblut war, und sie wollte auch nicht, dass ich nach Antworten suchte. Was um alles in der Welt ging da vor sich?

Nichts ergibt je zuverlässig Sinn, wenn Fae in etwas verstrickt sind. Das einzig Konstante an uns ist, dass wir die Dinge zwingen, sich zu ändern.

Etwas raschelte im Gestrüpp. Ich hob den Kopf, doch die einzige Bewegung, die ich wahrnahm, stammte von den Kristallschmetterlingen, die pflichtbewusst von Blume zu Blume huschten: Glasinsekten, die Glasrosen befruchteten. »Hallo?«, rief ich und kämpfte gegen meinen natürlichen Verfolgungswahn an. In Schattenhügel würde mich nichts angreifen. Und falls doch, könnte ich mit der örtlichen Flora um mich schlagen, bis man von mir abließ.

»Hallo!« Die fröhliche Erwiderung ertönte aus einem dichten Beet von Blutender Liebe. »Bist du das, Toby?«

»Eigentlich schon«, antwortete ich zurückhaltend. »Wer ist denn dort?«

Die Blumen raschelten, und Connor O'Dell rollte grinsend daraus hervor. Irgendwo zwischen dem Thronsaal und dem Garten hatte er seine kleine Krone verloren. Stattdessen prangten Rosenblätter in seinem Haar. »Ich«, sagte er und stand auf. Wenigstens er schien einen halbwegs angenehmen Tag zu haben. Vielleicht lag es auch daran, dass er sich von Raysel davongestohlen hatte; ich schätze, das hätte jeden aufgemuntert. »Ich hätte nicht gedacht, dass du Rosen magst.«

»Die meisten Rosen mag ich auch nicht.«

»Aber diese schon?«

»Ja, diese mag ich.« Er kam zu mir herüber und setzte sich mit einer schwungvollen Bewegung neben mich. Ich verkniff mir ein Lächeln. »Du hast da etwas im Haar.«

»Tatsächlich?« Er schüttelte den Kopf wie ein Hund, der nach einem Bad versucht, sich vom Wasser zu befreien. Gelbe Glasrosenblüten prasselten auf die Bank und klirrten wie Kristalle, als sie auf dem Marmor aufprallten. »Oh. In der Tat. Das sollte mich lehren, mich nicht unter Rosenbüschen zu verstecken.«

»Nein, diese Lektion wirst du dann lernen, wenn du dich das erste Mal auf eines dieser Dinger rollst und dich dort schneidest, wo es *richtig* schmerzt«, gab ich zurück und schnippte ein Blütenblatt weg.

Connor zuckte zusammen. »Sprichst du aus Erfahrung?«

»Oh ja. Diese kleinen Teufel durchdringen mühelos jeden Jeansstoff.«

»Na ja, was hast du erwartet, wie Glasrosen sind? Weich?« Er grinste und versuchte offensichtlich, einnehmend zu sein. Es funktioniert nur halb; ich kannte ihn zu gut, um darauf hereinzufallen.

»Eigentlich nicht. Zerbrechlich vielleicht, oder scharf.« Ich hob ein Blütenblatt auf und betastete mit dem Daumen den Rand. Er schnitt mich tief und sauber. Ich hasse den Anblick meines Blutes, aber mit Blut hatte dieser ganze Schlamassel begonnen, und wahrscheinlich würde er auch mit Blut enden. »Sie können sich verteidigen. Das respektiere ich.«

»Das können gewöhnliche Rosen auch. Sie haben Dornen.«

»Na und? Diese Rosen bestehen *nur* aus Dornen. Sie können gar nicht anders, als sich selbst zu schützen.« Ich ließ das Blütenblatt fallen und rieb Daumen und Zeigefinger aneinander. »Versteckst du dich oft in Rosenbüschen?«

»Nur, wenn ich meine Ruhe haben will. Das ist ein guter Garten zum Verstecken.«

Ich sah mich um. »Ich habe nie verstanden, warum die Leute hier nicht öfter herkommen.«

Connor deutete auf meinen blutigen Finger und sagte: »Für die meisten sind die Rosen zu scharf. Sie wollen Blumen für ihre Liebe pflücken und schlechte Gedichte mit Vergleichen zwischen den beiden schreiben … zum Beispiel: ›Meine Liebe ist wie eine rote, rote Rose.‹ All dieses Zeug eben.« Er lehnte sich auf die Hände zurück. »Wer will seine Geliebte schon mit einer Blume vergleichen, die so scharf ist, dass sie alles schneidet, was sie berührt?«

»Eine Blume, die unabhängig von Wetter und Jahreszeit blüht und sich verteidigen kann, wenn es sein muss? Ich sehe da überhaupt kein Problem.« Ich zuckte mit den Schultern. »Wollte mich jemand als Glasrose bezeichnen, ich würde mich nicht darüber beschweren.«

»Nein, das würdest du wohl nicht«, pflichtete er mir bei. Das durch die Rosen scheinende Licht warf Schatten in sein Gesicht, die sein Kinn und seine Wangen in Schichten von Blau, Grün und hellem Violett tauchten. Seine Miene war ernst; aus seinen Augen sprach etwas, das ich kannte, auch wenn ich es mir nicht eingestehen wollte. Einen Moment lang ertappte ich mich dabei, Rayseline Torquill dafür zu verfluchen, dass sie als Erste zurückgekehrt war. Nun, da ich wieder unter den Lebenden weilte, hätte ich einen Mann gebrauchen können, der mich genau auf diese Weise ansah … doch sie *war* als Erste wieder hier gewesen, was immer ich diesbezüglich auch empfinden mochte. Ich hatte meine Gelegenheit gehabt, an Bord dieses Schiffes zu gehen, und hatte sie für Cliff und für die Freude ausgeschlagen, eine Fae-Braut zu spielen. Hätte ich dieselbe Chance noch einmal, würde ich dann auch wieder dieselbe Entscheidung treffen? Wahrscheinlich. Bereute ich es trotzdem? Ja, das tat ich.

»Wir sind, was wir sind«, sagte ich. »Wie geht es Raysel, Connor? Hat sie sich beruhigt?«

Connor wandte sich ab und beendete damit das Spiel des Lichts auf seinem Gesicht. Sofort fiel es mir leichter zu atmen. »Es geht ihr gut. Und ja, das hat sie.«

»Gut. Ich hatte schon befürchtet, es könnte ihr etwas fehlen.«

»Glaubst du etwa, es ist alles in Ordnung mit ihr?« Er hörte sich zugleich verbittert und belustigt an. Eine seltsame Kombination.

»Wahrscheinlich nicht«, erwiderte ich langsam.

»Du siehst heute reizend aus. Das wollte ich dir unbedingt sagen.« Lächelnd wandte er sich mir wieder zu. »Das ist das erste Mal, dass ich dich in einem Kleid erlebe und du dabei nicht wie ein Bär an einer Leine wirkst. Steht dir gut.«

Ich wollte nicht, dass er mich so anlächelte. Nicht zu diesem Zeitpunkt. Ich stand auf, ging zum nächsten Beet von Blutender Liebe und legte die Fingerspitzen auf eine Blume. »Die hier mag ich auch, obwohl sie keine Dornen haben«, sagte ich in der Hoffnung, er werde den Wink verstehen und mich das Thema wechseln lassen. »Sie passen wunderbar zu den Glasrosen. Wachsen sie auch in der Welt der Sterblichen, oder sind sie nur eine weitere von Lunas Schöpfungen?«

»Es sind Blumen der Sterblichen – ich glaube, sie nennen sie Fuchsschwanz«, antwortete er und ließ mir meinen erstaunlich offenkundigen Themenwechsel durchgehen. Kluger Junge. »Bei Blaugras bin ich mir nicht sicher – da scheint der Name zu buchstäblich zu sein. Aber die purpurnen Blumen sind ein Gewächs der Menschen.«

»Sie haben einen so schönen Namen: ›Blutende Liebe‹. Ich frage mich, warum die Menschen sie nicht auch so nennen.« Ich ließ die Finger am Rand der Blume ruhen und senkte den Blick. Alles war besser, als Connor anzusehen.

»Wer kann die Beweggründe von Menschen schon nachvollziehen?« Ich hörte, wie er aufstand und seine Füße über den Quarzweg schlurften. »Luna hat mir einen Strauß zum Geburtstag geschenkt – eine riesige Vase mit Blutender Liebe, Sterbender Liebe und sechs Arten von Träger Liebe. Wäre sie nicht meine Schwiegermutter, ich würde glauben, es sei ein Wink mit dem Zaunpfahl. Da sie aber meine Schwiegermutter *ist*, weiß ich es.«

»Was will sie denn?«, fragte ich, ohne aufzuschauen. »Enkelkinder?«

»Was würde Luna mit Enkelkindern anstellen? Sie einpflanzen?«

Ich musste kichern. »Stimmt. Weißt du, was sie will?«

»Ja.«

»Was?«, fragte ich und sah ihn an.

Connor wischte sich Dreck von der Hose und schaute überallhin, nur nicht zu mir. »Weißt du, jetzt, wo ich darüber nachdenke, ist Blaugras eigentlich gar nicht blau. Es ist grün. Das muss sie sich einfallen lassen haben.«

»Connor –«

Er hob die Hand. Ich verstummte und beobachtete ihn. Seine robbendunklen Augen musterten mich ernst, als er sagte: »Sie will, dass ich mich in ihre Tochter verliebe.« Plötzlich verbeugte er sich förmlich. »Ich wünsche dir noch einen schönen Nachmittag, Toby. Genieß die Rosen. Das mit Evening tut mir leid.« Damit drehte er sich um, während ich ihn mit offenem Mund anglotzte, ging aus dem Garten und ließ mich allein.

KAPITEL 13

Stille umhüllte mich und verdrängte alles andere. Ich ließ mich wieder auf die Bank fallen und schloss die Hand um die Rosenblüten, die von Connor abgefallen waren. Sie hinterließen brennende Schnitte an meiner Handfläche und meinen Fingern, die zu winzig waren, um zu bluten, aber ausreichten, um es mir zu ermöglichen, mich aus der Benommenheit emporzukämpfen, die Connors Abgang ausgelöst hatte. Ich war hier, um mir Unterstützung bei der Aufklärung des Mordes an einer Freundin zu beschaffen, und nicht, um mich in den Mann einer anderen Frau zu verlieben, umso weniger, da es sich bei der »anderen Frau« um Rayseline Torquill handelte, die rechtmäßige Erbin von Schattenhügel. In Faerie verläuft die Erbfolge an sich nicht linear, aber Sylvester und Luna hatten keine besseren Anwärter.

Ich war noch nie erpicht darauf gewesen, Feinde in gehobener Position zu sammeln, und hier war ich doch schließlich auch nicht, um mich zu verlieben, sondern weil ich eine Aufgabe zu erledigen hatte.

Ich weiß nicht, wie lange ich dort saß, bis ich hörte, wie sich Schritte näherten. Ich hob den Kopf. Die Blütenblätter glitten durch meine Finger und zerbarsten auf dem Weg. Es war nicht Connor. Der Page, der meine Wohnung aufgesucht hatte, stand vor mir, den Mund zu einer schmalen Linie zusammengepresst. Das Geräusch von zerbrechendem Glas ließ ihn zusammenzucken, aber er fing die Geste so gekonnt ab, dass man sie kaum bemerkte. Die Reinblütler bilden ihre Höflinge gut aus.

»Der Herzog wünscht Eure Anwesenheit, wenn es genehm ist«, sagte er. Sein Blick blieb stur geradeaus gerichtet, also weg von mir. Ich hätte zu wetten gewagt, dass ihm jemand – wahrscheinlich Etienne – einen Rüffel verpasst hatte, weil er mich an der Tür aufgehalten hatte. Armer Junge.

»In Ordnung«, antwortete ich und stand auf, wobei mir durchaus bewusst war, dass jede Chance, einen guten Eindruck zu hinterlassen, beim Teufel wäre, sollte ich über meinen Rock stolpern. »Wie heißt du?«

Erschrocken sah er mich an. »Quentin.« Nach einer Pause erkundigte er sich: »Habe ich Euch irgendwie beleidigt?«

»Nein, das hast du nicht«, gab ich zurück. »Du hast dich mehr als korrekt verhalten. Ich wollte dem Herzog nur sagen können, was für gute Arbeit du leistest.«

Quentins Züge entspannten sich. Er war zu überrascht, um das erfreute Lächeln zu verbergen, das seine Miene aufhellte. »Ich … das weiß ich durchaus zu schätzen, Mylady.«

»Trotzdem noch einen Rat, solange du mir zuhörst. Lass es dir nicht zu Kopf steigen.«

»Mylady?«

»Lass dir überhaupt nichts zu Kopf steigen. Nicht deine Position, nicht deine Natur, und auch nicht, wer oder was du bist. Du magst unsterblich sein, aber du bist nicht unbesiegbar.« Ich dachte an Evening, deren versehrter Leib an einem Ort weilte, an dem Höflinge aus Faerie sie niemals erreichen konnten, und unterdrückte einen Schauder. »Das ist niemand von uns.«

Er runzelte die Stirn und blickte verwirrt drein. »Ja, Mylady.« Er stimmte mir zu, weil die Etikette es so vorschrieb, was wir auch beide wussten. Leider würde ich nichts sagen können, um ihn zum Begreifen zu bringen, und es hatte ja keinen Sinn, mit ihm zu diskutieren, wenn er nicht auf mich hören wollte. Das funktioniert bei niemandem. Warnt man Reinblütler, sie sollen vorsichtig sein, wird man von ihnen ignoriert; warnt man Wechselbälger, so machen sie sich Notizen über die großartigen Spiele, die man ihnen vorschlägt. Es ist ein Wunder, dass wir überhaupt so lange überlebt haben.

Ich seufzte. »Also gehen wir zum Herzog, gut?«

»Ja, Mylady«, sagte er. Dann verneigte er sich, drehte sich um und führte mich aus dem Garten. Ich sah über die Schulter zurück und beobachtete, wie das Licht durch die Rosen schien. Dabei fragte ich mich, warum nicht alles so sein konnte. Warum konnte Faerie nicht wie ein Traum sein, ganz aus gesitteten Manieren und Glasrosen bestehend, mit Höfen und Pomp? Warum musste es dabei auch Mord, Rätsel und Spuren aus Albträumen geben?

Die zerbrochenen Blütenblätter auf dem Pfad reflektierten funkelnd das Licht und antworteten mir. Die Welt konnte nicht nur aus Träumen bestehen, weil ein zerbrochener Traum so sicher tötet wie ein Albtraum, nur noch viel gnadenloser. Albträume lächelten zumindest nicht, wenn man von ihnen in die Tiefe gezogen wurde.

Quentin wartete am Ausgang auf mich und hielt die Gartentür auf ordnungsgemäß höfische Weise auf, bis ich zu ihm aufschloss. Ich nickte ihm als Dank für seine Höflichkeit zu und ließ ihn die Tür hinter mir schließen. »Wie ging es ihm?«, fragte ich.

»Mylady?«

»Dem Herzog. Wie ging es ihm, als er dir aufgetragen hat, mich zu holen?«

Quentin fühlte sich anscheinend wieder unbehaglich, zuckte

mit den Achseln und setzte sich in Bewegung. »Ich habe ihn nicht gesehen, Mylady. Sir Etienne erteilte mir die Anweisung, Euch zu holen.«

Ich lächelte ein wenig. »Etienne, wie? Wie geht es dem alten Schlachtross?«

Nicht einmal Quentins Ausbildung vermochte das Grinsen zu unterdrücken, das über seine Züge huschte, wenngleich seine Worte durch und durch nüchtern ertönten. »Ich bin ganz sicher, dass Sir Etienne Einwände dagegen hätte, so tituliert zu werden.«

»Was der Grund dafür sein mag, dass ich es tue«, gab ich zurück. »Ich vermute, das bedeutet, es geht ihm gut, nicht wahr?«

»Ja, Mylady.«

»Gut zu wissen.« Da sich der Tag mittlerweile dem Abend zuneigte, war etwas mehr von den Bewohnern des Herzogtums zu sehen. Richtig voll würde es erst bei Einbruch der Nacht werden, wenn noch weitere der Einheimischen erwachten. Vorläufig zeigten sich nur die Faerie-Pendants von »Nachtschwärmern« – jene raren Seelen, die sich für ein Leben am Tag entschieden. Dabei ist Schattenhügel ein guter Ort dafür. Luna bleibt ihrer Gärten wegen tagsüber wach, und Sylvester tut es seiner Frau wegen. Ich erkannte einige der Wichtel, die gerade abstaubten und aufräumten, doch das war schon alles. Wichtel sind ausschließlich Hausgeister und neigen dazu, sich für Generationen an einen Haushalt zu binden. Oft erziehen sie ihre Kinder dazu, sich ihnen dabei anzuschließen.

Quentin blickte im Gehen stur geradeaus und schenkte der Hausdienerschaft so wenig Beachtung wie der Einrichtung. Ebenfalls ein übliches Merkmal der Ausbildung eines Höflings. Von einem Pagen wird die meiste Zeit über erwartet, dass er sich wie ein lebendiger Einrichtungsgegenstand verhält, und Tische nehmen Sofas nicht wahr.

Das Schweigen zwischen uns störte mich, also tat ich, was mir ganz natürlich erschien: Ich brach es. »Du lebst hier, oder?«

»Ja, Mylady. Meine … meine Eltern haben mich zur Ausbildung bei Herzog und Herzogin Torquill in Pflegschaft gegeben.«

»Woher stammst du? Dass es Kanada sein muss, merke ich, aber mehr kann ich gar nicht sagen.« Viele Reinblütler verfrachten ihre Kinder an einen hehren Hof, sobald sie stehen können. Das ist aber zu früh, wenn man mich fragt. Fae bringen ihren Kindern bei, Höflinge zu sein, bevor sie sie lehren, eigenständige Personen zu sein.

Eine Pause entstand, bevor Quentin mit den Schultern zuckte. Die nicht ganz menschlichen Formen seines Körpers ließen die schlichte Geste irgendwie elegant erscheinen. »Meine Eltern haben darum ersucht, mein Heimatlehen nicht zu nennen, weil sie fürchten, dass Fehler, die ich in meiner Jugend unter Umständen begehe, ihre Ehre beflecken könnten.«

Aua! Anonyme Pflegschaften sind keineswegs beispiellos, aber mir erschienen sie schon immer ein lausiger Weg zu sein, um Kinder loszuwerden, die alt genug geworden waren, um ein Ärgernis zu verkörpern. Normalerweise entledigt man sich auf diese Weise der Wechselbälger, nicht der Reinblütler. »Also, ich bin sicher, du wirst deinen Eltern und ihrem Haus nur Ehre machen.«

»Das hoffe ich, Mylady.« Er zögerte, bevor er hinzufügte: »Es fühlt sich sehr seltsam an, von zu Hause weg zu sein.«

Ich versuchte gerade, eine Antwort zu formulieren, als eine Horde kreischender Kinder an uns vorbeirannte und seine Aufmerksamkeit in Beschlag nahm. Es war ein bunt zusammengewürfelter Haufen – wie meistens bei Fae-Kindern –, und er bestand fast ausschließlich aus Wechselbälgern, wenngleich in der Mitte des Rudels einige hehre Reinblütler rannten. »He!«, rief Quentin entrüstet. »Kein Laufen in den Gängen!« Ich wandte mich ab und verbarg ein Lächeln hinter vorgehaltener Hand. Ganz gleich, wie elegant und fremdartig er sich auch zu geben versuchte, er war immer noch ein Teenager.

Der Junge an der Spitze der Gruppe war ein Tylwyth-Teg-Halbblut mit schlammbraunem Haar und Kleidern, die vermutlich älter waren als er selbst. Ohne die Schritte zu verlangsamen, drehte er sich um und streckte Quentin die Zunge heraus. Dann verschwand die Horde um eine Ecke, begleitet von lauten Schreien wie »Peng! Peng! Hab dich getroffen!« und »Nein, hast du gar nicht!«.

Quentin sah ihnen mit finsterer Miene nach, bevor er die Fassung wiedererlangte. Dann wandte er sich mir zu und sagte: »Tut mir leid, Mylady. Bisweilen werden die Kinder etwas übermütig. Ich verspreche, man wird sie zur Rede stellen.«

»Schon gut; lass sie ruhig spielen«, gab ich zurück. »Wann hattest du zuletzt Gelegenheit, so herumzutollen?«

»Mylady?«

»Ernsthaft. Wann hattest du zuletzt Gelegenheit, einfach nur zu spielen, ohne dir den Kopf über Ehre, Manieren oder dein Aussehen zerbrechen zu müssen?« Ich blieb stehen, lehnte mich an die Wand und beobachtete die Bewohner des Mugels, wie sie durch den Tag schlenderten. Insbesondere jedoch beobachtete ich Quentin. »Wann musstest du dir das letzte Mal keine Gedanken darüber machen, ob deine Freunde Reinblütler oder Wechselbälger sind?«

Quentin zögerte und wirkte unsicher, ob er überhaupt antworten sollte. Ich zog eine Augenbraue hoch, woraufhin er gestand: »Das ist lange her, Mylady.«

»Vermisst du dein Zuhause?«

Damit stellte ich die falsche Frage; Quentin versteifte sich und sagte: »Ich kann mich nicht von meinen Pflichten ablenken lassen, Mylady. Bitte, der Herzog erwartet uns.«

»Natürlich.« Ich stieß mich von der Wand ab und strich mit den Handballen meinen Rock glatt. »Und uns käme nicht im Traum in den Sinn, den Herzog zu verärgern, nicht wahr?«

Quentins Augen weiteten sich. »Selbstverständlich nicht! Er ist der Herzog!«

Ich runzelte die Stirn. »Na schön, hilf mir mal. Du bist ein Reinblut, und wenn ich mich nicht irre – und vertrau mir, das tue ich nicht –, dann sind deine Eltern beide Daoine Sidhe. Was hat man dir darüber beigebracht, ein Reinblut zu sein?« Verlegen trat er von einem Bein aufs andere, seine Wangen röteten sich, und er mied meinen Blick. »Na los, nur keine Scheu: Ich beiße nicht. Was hat man dir gesagt?«

»Dass es unser Recht und unsere Pflicht sei, in der Abwesenheit unseres Königs und unserer Königinnen über Faerie zu herrschen, weil die niedrigeren Geschöpfe unter Kontrolle gehalten werden müssen.« Dies klang nach etwas, das er auswendig gelernt hatte. Zugleich lag ein gewisser Funke von Aufrichtigkeit darin. Er mochte es noch nicht glauben, aber das würde er dereinst tun.

»Und die niedrigeren Geschöpfe sind?«

»Die Wechselbälger«, antwortete er und spannte den Körper an, weil er offensichtlich erwartete, dass ich aus der Haut fahren würde.

Dieser Ruf, den ich offensichtlich entwickelt hatte, wurde allmählich zu einem echten Klotz am Bein. »Okay«, sagte ich in ruhigem Tonfall. »Komme ich dir wie jemand vor, den man ›unter Kontrolle halten‹ muss?«

»Nein, Mylady.«

»Warum nicht?«

»Ich … es ist einfach so. Das ist alles.« Nach wie vor zupfte er mit offenbar tiefem Unbehagen an seinem Ärmel. Endlich hatte ich unter all der eingebläuten Arroganz die eigentliche Person entdeckt. Gut. Nun musste ich ihn nur noch dazu bringen, mir zuzuhören.

»Was ist mit ihm?« Ich deutete auf einen Bergschrat-Mischling, der vor einem der zahlreichen Bücherregale im Gang mit einem eselsschwänzigen Dienstmädchen plauderte. »Muss er unter Kontrolle gehalten werden?«

»Nein, aber …«

»Oder sie?« Ich deutete auf zwei Candela, die Arm in Arm den Flur entlangschlenderten und sich gegenseitig in ihren Augen verloren, begleitet von den leuchtenden Kugeln ihrer Irrlichter. »Müssen sie kontrolliert werden? Sieht *irgendjemand* hier so aus, als müsste er ›unter Kontrolle gehalten‹ werden?«

»Ich … ich weiß es nicht.«

»Genau. Lass mich dir etwas sagen: Der einzige Grund, weshalb ich Sylvester nicht verärgern will, besteht darin, dass er mein Freund ist, und ich verärgere meine Freunde äußerst ungern.« Wovon mein Verhalten in letzter Zeit nicht unbedingt zeugte – aber das wusste Quentin ja nicht. »Es liegt nicht daran, dass er besser ist als ich, denn das ist er nicht. Sein Rang verleiht ihm das Recht, mir Befehle zu erteilen, und das nehme ich zur Kenntnis; wir leben ja schließlich nicht in einer Demokratie. Ich schenke ihm meine Aufmerksamkeit und meine Höflichkeit, aber allein deshalb, weil ich ihn respektiere. Ich habe ihn noch nie gefürchtet oder verehrt, weil er der Herzog ist, und ich weigere mich, jetzt damit anzufangen.«

»Aber …«

»Lass mich ausreden«, fiel ich ihm ins Wort und schüttelte den Kopf. »Schattenhügel ist das egalitärste Herzogtum, das ich je besucht habe, und das liegt zum größten Teil an der Art, wie Sylvester herrscht. Er verlangt Respekt davor, *wer* er ist, nicht davor, *was* er ist. Ich weigere mich, mit anzusehen, wie sich das ändert, wenn es sich vermeiden lässt. Drücke ich mich verständlich aus?«

Quentin nickte mit geweiteten Augen. »Ich … ja.«

»Gut. Dann lass uns zu Sylvester gehen.«

»Ja, Mylady.«

»Noch etwas – ich bin nicht ›Mylady‹. Ich bin Toby. Ist das klar?«

»Ja, Toby«, erwiderte er und lächelte mich an. Ich kam viel besser voran, als ich gedacht hatte. »Würdest du mir jetzt bitte folgen?«

»Ich kann ja schlecht meine Eskorte abservieren, oder?« Ich trat neben ihn, und er reichte mir grinsend, mit aller Ritterlichkeit und Eleganz, die man von einem ausgebildeten Höfling erwartet, seinen Arm. Der Größenunterschied zwischen uns gestaltete das Gehen etwas linkisch, aber niemand lachte uns aus. Man sollte nie über einen Wechselbalg in formellem Kleid am Arm eines jungen Daoine Sidhe lachen. Einer von beiden wäre mit Sicherheit beleidigt, und dann hätte man ein ernstes Problem. Außerdem konnten wir unmöglich alberner als einige der anderen Paare auf dem Flur aussehen, wenngleich deren Seltsamkeiten eher Umständen wie der Zugehörigkeit zu radikal unterschiedlichen Rassen zuzuschreiben waren. Wir würden dem entwachsen: Quentin würde zweifellos größer werden, und ich trug in der Öffentlichkeit so gut wie nie ein Kleid. Die anderen würden in zehn Jahren noch immer seltsam anmuten.

Vor den Türen zum Audienzsaal blieben wir stehen. Quentin ließ meinen Arm los. Ich bedachte ihn mit einem fragenden Blick, woraufhin er schulterzuckend meinte: »Ich habe keine Erlaubnis, mit Euch einzutreten, Mylady.«

»Alles klar«, gab ich zurück. Unter Umständen hätte ich trotzdem versuchen können, ihn einzuladen, aber ich musste Sylvester noch von der Reaktion der Königin erzählen. Lächelnd bot ich ihm an: »Ich sollte anschließend noch ein Weilchen hier sein. Ich bringe einen Ball oder so was mit. Wir könnten ein wenig Spaß haben, nur wir beide, wenn es niemanden interessiert, ob wir uns würdevoll verhalten oder nicht. Klingt das cool?«

»Das würde mir gefallen, ja«, erwiderte Quentin. »Klingt wirklich cool.«

»Gut«, sagte ich und kehrte in den Audienzsaal zurück.

Der Raum wirkte noch verlassener als zuvor, da mich auf dem Podium nunmehr nur Sylvester und Luna erwarteten. Ihre Stühle hatten sie aufgegeben; Sylvester saß auf den Stufen, Luna kauerte neben ihm, den Kopf an seine Schulter gelehnt. Sylvester schaute auf, als er hörte, wie ich die Türen schloss, dann winkte er mich zu sich.

Sobald ich in Gesprächsweite kam, setzte sich Luna auf und bedachte mich mit einem matten Lächeln. Ihre Ohren waren immer noch halb angelegt, was von ihrer Betrübnis zeugte. Ich konnte sie gut verstehen.

»Toby«, sagte Sylvester müde. »Geht es dir gut? Ich meine, wirklich gut? Es … es ist so lange her, dass du uns zuletzt besucht hast, und nun, da du es endlich tust, bringst du solche Neuigkeiten über einen Mord … und Evening. Sie ist doch ewig lange hier gewesen. Evening war über tausend Jahre alt, wusstest du das? Die einzige noch Ältere, die in diesem Staat lebt, ist die Luidaeg.«

»Ich weiß«, erwiderte ich, nahm auf der untersten Stufe Platz und schaute zu dem Paar auf. Ich schlang die Finger um ein Knie und widerstand dem Drang zu zappeln. »Ich muss die Antworten darauf finden, warum das alles geschehen ist. Ich kann nicht … ich bin es ihr schuldig aufzuklären, warum sie sterben musste.«

»Es geht aber nicht nur darum, oder?«

Nicht gewillt, ihm zu antworten, wandte ich das Gesicht ab.

Nach einigen Sekunden der Stille seufzte Sylvester. »Das ist nicht der erste Ort, den du aufgesucht hast, nicht wahr?« Ich schüttelte den Kopf und sah ihn an, als er mit der Hand auf die oberste Stufe schlug. »Verdammt noch mal, Toby. Du warst im Heim, nicht wahr? Antworte mir!«

»Ja«, gestand ich. »War ich.«

»Eiche und Esche, warum *das* denn? Du wusstest doch, dass ich dir helfen würde, wenn du mich fragst. Ich habe darauf gewartet, dass du mich fragst.«

»Das haben wir alle«, meldete sich Luna zu Wort. »Wir waren so besorgt.«

»Ich hätte nicht gedacht, dass es so sein würde«, gab ich zurück und verschränkte die Finger enger ineinander. »Es tut mir leid. Ich … ich habe einfach nicht richtig nachgedacht.«

»Oh, Toby.« Sylvester schloss die Augen. »Was hast du ihm versprochen?«

»Die Rechnung wird später beglichen.«

»Und ich nehme an, es ist zu spät, dich zu überreden, ihm zu sagen, dass du seine Hilfe doch nicht in Anspruch nehmen wirst, nicht wahr?«

Ich lachte ein wenig überzogen. »Devin könnte mich wegen Vertragsbruchs zur Rechenschaft ziehen, wenn ich es nur versuchte – und das werde ich nicht tun, es sei denn, Ihr befehlt es mir. Ich *muss* die Antworten finden.«

»Gab es denn sonst niemanden?« Luna legte Sylvester die Hand auf den Arm und drückte ihn sanft. »Selbst wenn du dachtest, du könntest nicht hierherkommen, hätte die Königin …«

»Sie hat mich weggeschickt.« Sylvester öffnete die Augen, und beide starrten mich an, als ich fortfuhr. »Bei ihr war ich als Erstes. Sie sagte, niemandem sei gestattet, Evenings Namen auch nur auszusprechen, geschweige denn herauszufinden, was geschehen ist. Sie befahl mir, ihren Hof zu verlassen. Ganz ehrlich, sie hat mir richtig Angst eingejagt. Ich fürchte sogar, sie war nicht ganz bei Sinnen.«

»Das ist zwar nichts Neues, aber auch nicht gerade ermutigend«, meinte Sylvester. Sein Tonfall klang so grimmig wie der meine. Aus seinen Augen sprach eine neue Schärfe. Man kann leicht vergessen, dass Sylvester sich das Recht, über Schattenhügel zu herrschen, erworben hat; es war nicht bloß sein Erbe, das ihn auf den Thron brachte. Er war einst ein Held und hat sich alles verdient, was er besitzt. Wenn es eine Bedrohung zu überwinden gilt, verändert er sich, beinah so, als streife er sich eine zweite Haut über, die er die meiste Zeit über vergisst, und wird wieder ein Held. Ein müder, alter Held, der einen Stift statt eines Schwertes schwingt und Paragrafen statt eines weißen Schlachtrosses reitet. Aber trotzdem ist er ein Held. »Ich bin nicht glücklich darüber, dass du dich an Devin gewandt hast, nachdem sie dich rausgeworfen hatte. Du hättest gleich hierherkommen sollen.«

»Ich war nicht sicher, wie ich empfangen werden würde.«

»Zweifle nie wieder daran, dass du in meinen Hallen willkommen bist – und *das*, Toby, ist ein Befehl.« Die Betonung war subtil, aber bestimmt. Er war mein Lehnsherr. Er befiehlt. Ich gehorche.

»Ja, Euer Gnaden«, sagte ich und neigte das Haupt.

»Gut. Also, ich will, dass du dich nach Möglichkeit von der Königin fernhältst; ehrlich gesagt, ich vertraue auch nicht darauf, dass sie sich vernünftig verhält. Komm morgen Vormittag wieder her, damit ich weiß, dass du dich nicht in weitere Schwierigkeiten gebracht hast – verstanden?« Ich nickte. Er fuhr fort. »Es ist ja offensichtlich zu spät, dich davon abzubringen, dich erneut mit Devin einzulassen, aber sei vorsichtig. Ich will nicht miterleben müssen, dass du verletzt wirst.«

»Ich glaube zwar kaum, dass meine Sicherheit im Augenblick wirklich Priorität hat«, sagte ich und schüttelte den Kopf, bevor ich aufstand, »aber ich werde mich bemühen.«

»Das ist alles, was ich von dir verlangen kann.« Auch Sylvester erhob sich und setzte dazu an, mich zu umarmen. Ich wich nicht zurück. »Ich schicke die Ritter los, um Erkundigungen einzuholen. Falls sich hier irgendetwas in Erfahrung bringen lässt, werde ich es in Erfahrung bringen. Und falls du Hilfe brauchst, melde dich bei uns. Wir werden für dich da sein.«

»Ich werde mich melden«, sagte ich.

Sylvester ließ mich los und musterte mich streng. »Versprich es, Toby.«

Ich hob die Hände. »Ich verspreche es!«

Das schien zu genügen, um ihn zufriedenzustellen. Luna stand ebenfalls auf und umarmte mich kurz, ehe sie mich in Richtung der Türen schob. »Wir würden dich den ganzen Tag hierbehalten, wenn wir könnten«, sagte sie. »Aber genau deshalb musst du gehen. Bring zu Ende, was du zu tun hast, und komm dann zu uns zurück.«

»Ich werde tun, was ich kann«, versprach ich und rang mir ein Lächeln ab, bevor ich mich umdrehte, um zu gehen.

Quentin stand neben der Tür auf dem Flur und spielte wieder den vollendeten Lakaien. Mehrere Leute harrten einer Audienz, deshalb verließ er seine Stellung nicht, aber er zwinkerte mir zu, als ich an ihm vorbeiging. Ich erübrigte ein verkniffenes, aber erfreutes Lächeln. Er war ein guter Junge, und er lernte. Vielleicht besteht doch noch Hoffnung für uns.

Da es mittlerweile spät geworden war, füllte ein stetes Rinnsal von Leuten die Gänge, die in gemächlichem Tempo auf den Audienzsaal zuschlenderten. Gut, dass in Faerie Brandschutzinspektoren nicht viel zu sagen haben: Wenn der Verkehr auch nicht so dicht war, dass er mich auf dem Weg zum Ausgang behinderte, so hätte er eine Evakuierung doch durchaus erschwert. Die meisten Leute, an denen ich vorbeimarschierte, bedachten mich mit kauzigen Blicken, weil ich gegen den Strom ging, wenngleich mir eine zerbrechlich wirkende, in eine Wandnische eingekeilte Gwragen ein verschwörerisches Lächeln schenkte, als ich sie passierte. Ich vermute, sie dachte, eine verwandte Seele gefunden zu haben, noch jemanden, der nur weg von der Menge wollte. In gewisser Weise hatte sie damit auch recht, obwohl mein Bestreben auf Dringlichkeit beruhte, weniger auf dem Gwragen eigenen Widerwillen, sich in gesellschaftlichen Feinheiten zu verfangen. Ich erwiderte ihr Lächeln, lief weiter und eilte den letzten Abschnitt des Flurs entlang zum Hinterausgang des Mugels.

Das Licht des späten Nachmittags blendete mich kurz, als ich zurück in die Welt der Sterblichen trat. Ich hob einen Arm, um die Augen abzuschirmen, und wartete, bis sich die Helligkeit legte. Anschließend sah ich mich um und stellte fest, dass ich mich am Fuß des Hügels befand und wieder meine Kleider trug. Ein laues Summen in der Luft verriet mir, dass sich meine menschliche Tarnung eingeschaltet hatte. Ich betastete eine Ohrspitze, um mich zu vergewissern, dass sie rund war. Sie war es. Ich steckte die Hände in die Taschen und schaute den Hügel hinauf zu der Eiche, die als Eingang diente, bevor ich mich seufzend in Bewegung setzte und über den Parkplatz ging.

Mein Wagen befand sich noch dort, wo ich ihn abgestellt hatte, und schien unangetastet zu sein, obwohl ich ihn nicht abgesperrt hatte – was jedoch keine echte Überraschung bedeutete. In Pleasant Hill gibt es kaum Verbrechen; das Schlimmste sind für gewöhnlich Banden von Halbwüchsigen, die einander herumschubsen und sich »Ihr nervt!« an den Kopf werfen. Das ist eine angenehme Abwechslung, insbesondere im Vergleich zu San Francisco, wo es in einigen der weniger ehrbaren Vierteln beispielsweise als vollkommen akzeptabel gilt, der Freundin als Liebesbeweis ein abgeschnittenes Ohr zu überreichen.

Ich öffnete die Tür, stieg ein und gurtete mich an. Als ich den Zündschlüssel herumdrehte, ging das Radio an, und ich drückte auf die Suchlauftaste, bis ich den hiesigen Achtziger-Sender fand. Ich höre gern Musik, die ich wiedererkenne, und dazu gehört ein Großteil der Songs, die zurzeit die Hitparaden bevölkern, definitiv nicht. Bis ich die Bay Bridge erreichte und auf den Verkehr achten musste, beschäftigten mich Gedanken an den Fall und an Schattenhügel. Trotz der anderen Fahrzeuge gestaltete sich die Zusammenführung nicht schwierig – abgesehen von zwei Dränglern und der zierlichen alten Dame, die davon überzeugt schien, die Geschwindigkeitsbegrenzung betrage 30 Stundenkilometer. Ich hatte es nicht eilig und genug zum Grübeln, während ich darauf wartete, zur Mautstelle zu kommen. Im Schneckentempo folgte ich dem Verkehrsstrom und schüttelte den Kopf. Ich würde einfach so lange darüber nachdenken, bis sich das Puzzle zusammenfügte und alles einen Sinn ergab. Dann würde ich Evenings Mörder finden, ihnen Gerechtigkeit angedeihen lassen und mich für eine Woche ins Bett verdrücken.

Der Kassierer an der Mautstelle sah mich nicht einmal an, als er mir die Hand entgegenstreckte und mit tonloser Stimme verkündete: »Vier Dollar.«

Lächelnd griff ich in die Tasche und reichte ihm vier der Pilze, die ich im Gras unter meinem Fenster gepflückt hatte. »Frau Susi hat ein Boot, da kann sie überwintern«, sagte ich zu ihm. Er setzte schon dazu an zu protestieren, und ich beendete den Vers: »Doch warm ist's darauf nicht, sie friert sich ab den – Hinterm Berg wohnen Zwerg' in ihrem Haus, aus die Maus.« Der Geruch von Kupfer und frisch geschnittenem Gras stieg um mich herum auf und rankte sich um den Kopf des Mautkassierers.

Hinter meinen Augen zuckte kurz ein stechender Schmerz auf, und ich verkrampfte den Griff um das Lenkrad. Der Trugbann schien zu wirken, denn der Kassierer warf die Pilze in die Mautkassette und winkte mich durch. Ich lächelte matt, tippte mir an einen imaginären Hut und fuhr weiter. Ja, es war gemein, kleinlich … und wahrscheinlich war es sogar etwas, das ich besser nicht hätte tun sollen. Andererseits hat es eine lange Tradition, menschliches Geld durch beliebige Elemente aus der Pflanzenwelt zu ersetzen, und von Fae wird schließlich erwartet, dass sie die Tradition achten und hochhalten, oder? Außerdem tue ich es ja nur, wenn jemand unhöflich zu mir ist. Oder wenn ich den Betrag nicht passend habe.

Der Verkehr auf der Brücke erwies sich als übersichtlich,

und ich glaubte schon, dass ich den Rest des Weges nach Hause ohne Zwischenfälle bewältigen würde. Lächelnd freute ich mich auf eine gemütliche Fahrt zu meiner Wohnung, gefolgt von einer Pause, in der ich anfangen konnte, die Hinweise zu etwas zusammenzufügen, das einem durchgängigen Bild zumindest ähnelte. Die Verlockung, der Königin die Schuld zuzuschieben, war groß, obwohl ich dafür vermutlich hingerichtet werden würde. Leider glaubte ich nicht, dass ich mit dieser Theorie besonders weit käme; etwas daran stimmte irgendwie nicht. Na ja. Ich hatte Zeit, um darüber nachzudenken.

Ich bin sicher, irgendwo steht es geschrieben, möglicherweise im Terminkalender des Schicksals: »October Daye darf nie genug Zeit haben, um darüber nachzudenken, was sie als Nächstes tun wird.« Ich befand mich genau auf halbem Wege über die Brücke und war von Wasser umgeben, als vom Rücksitz ein tiefes, grollendes Kichern ertönte und im Innenspiegel eine Gestalt auftauchte.

Es befand sich noch jemand im Auto.

KAPITEL 14

Meine Finger verkrampften sich um das Lenkrad, als ich den Körper anspannte und mich zwang, weiter geradeaus zu blicken. Das war einfach großartig. Unbestreitbar toll. Einen Eindringling in meinem Wagen vorzufinden, während ich mich auf einer Brücke befand, umgeben von mehr Wasser, als ich mir auszumalen wagte? Haargenau, was meinem Tag *nicht* fehlte. Hektisch suchte ich nach Möglichkeiten, fand jedoch keine. Ich konnte nur weiterfahren.

Nach einem Augenblick räusperte ich mich und sagte: »Dir ist aber schon klar, dass wir beide sterben werden, wenn ich hier von der Brücke fahre, oder?«

Ich weiß nicht, was ich als Antwort erwartete, jedenfalls nicht das, was ich bekam: ein tiefes, rollendes Kichern, das fast noch mehr an ein Knurren erinnerte. Gelächter angesichts der Vorstellung eines wässrigen Grabes ist nie ein Zeichen dafür, dass man es mit einer geistig gesunden Person zu tun hat.

Ich schluckte und versuchte es erneut. »Ich muss gestehen, du bist im Vorteil. Ich bin ziemlich sicher, dass du weißt, wer ich bin, sonst wärst du nicht hier. Würde es dir etwas ausmachen, mir zu verraten, warum du in meinem Auto sitzt?«

Die einzige Erwiderung bestand aus einem weiteren Kichern. Ich kämpfte gegen den Drang an, mich umzudrehen, um etwas mehr erkennen zu können. Selbst wenn der Eindringling unbewaffnet war, was ich bezweifelte, sollte man die Kontrolle über das eigene Fahrzeug nie schleifen lassen, wenn man sich auf der Bay Bridge befindet. In gewisser Weise ist es eine Form von Darwinismus: Ist man dämlich genug, die Augen von der Straße abzuwenden, während man eines der größten Gewässer der Welt überquert, ist man auch zu dämlich, um weiterleben zu dürfen. Andererseits entspräche es auch einer Spielart des Darwinismus, würde mich die Gestalt auf dem Rücksitz umbringen. Die Lage schien mit jedem verstreichenden Augenblick aussichtsloser zu sein.

»Weißt du, meine Geduld kennt Grenzen«, sagte ich. Die Ruhe entwich aus meiner Stimme. Ich hatte Angst und war wütend. Jeder Versuch, dies zu verhehlen, wäre sinnlos gewesen. »Wenn du mir drohen willst, könntest du dich dann bitte beeilen und es tun, bevor wir einen Unfall bauen? Ich habe diese Rostlaube gerade erst abbezahlt, außerdem habe ich *wirklich* keine Lust, mich nach einem anderen Auto umzusehen.«

Diesmal ertönte kein Gelächter. Stattdessen schwoll der Schemen im Innenspiegel an, die Ränder wirkten durch einen Sperrbann verschwommen. Das Schweigen vermittelte, dass der Eindringling auf die eine oder andere Weise nicht davon ausging, dass ich in nächster Zeit ein neues Auto kaufen würde.

Er hielt sich hier im Wagen auf. Das war eine Tatsache, die ich nicht ändern konnte, was aber bedeutete, dass ich ruhig bleiben musste. Es ist schon schwierig, sich vernünftig zu verhalten, wenn man wütend ist. Und noch schwieriger ist es, wenn man sich fürchtet, also verweigerte ich mich beidem. Sobald der Mistkerl aus dem Auto war, konnte ich rechts ranfahren und einen netten kleinen Nervenzusammenbruch haben. Vorausgesetzt, ich überlebte bis dahin.

Die erste Abfahrt tauchte unmittelbar vor mir auf. Gut. Die Straßen von San Francisco sind nicht unbedingt sicherer als die Bay Bridge, aber zumindest kann man nicht so leicht in den

Tod stürzen, wenn man falsch abbiegt. Nicht so leicht zwar, aber unmöglich ist es auch nicht; falls die Welt tatsächlich einen Rand besitzt, verbirgt er sich wahrscheinlich in einer Einbahnstraße irgendwo in San Francisco. Ich verstärkte den Griff um das Lenkrad und sandte meinem Auto eine stumme Entschuldigung. Ich hatte es ernst gemeint, als ich sagte, ich wollte mich nach keinem neuen umsehen. Sicher, es war ein 1974er VW-Käfer mit einem Kilometerstand, der mich glauben ließ, jemand könnte damit nach Hawaii gefahren sein. Trotzdem war es mein Wagen. Ich hatte mich für ihn entschieden, weil ich ihn mochte, und es tat mir aufrichtig leid, dass wir keine Zeit mehr zusammen verbringen würden. Zumindest würde er in Ausübung seiner Pflicht sterben.

Die Ausfahrt kam näher; ich trat auf das Gaspedal und beschleunigte von der Brücke in die Harrison Street. Ein Großteil des Verkehrs blieb hinter uns zurück und steuerte achtbarere, touristentauglichere Gefilde an. Was mir gelegen kam. Ich beobachtete, wie der schemenhafte Kerl im Spiegel näher auf meine Seite des Autos rückte, offensichtlich nach wie vor in der Annahme, dass wir nach irgendwelchen heiklen Regeln spielten. Er irrte sich aber.

Ich mag Spiele. Und in der Regel gewinne ich.

Kaum hatte er sich vollständig in Bewegung gesetzt, trat ich das Gaspedal durch und riss den Wagen scharf nach links. Der Unbekannte flog durch den Innenraum und prallte mit einem befriedigenden Klatschlaut gegen die Tür. Rings um uns plärrten Hupen, als wir eine Einbahnstraße in die falsche Richtung entlangrasten. »Was zum …?!«, ertönte jetzt von hinten eine Stimme. Ich hatte sie noch nie zuvor gehört – gut. Das bedeutete: Es war niemand, den ich kannte, folglich würde ich weniger Gewissensbisse haben, wenn es mir gelang, das Auto in eine Mauer zu katapultieren und ihn umzubringen. Ich kann mitunter käuflich sein, aber ich bin nicht herzlos.

»Das nennt man rücksichtsloses Fahren, Mistkerl!« Wir befanden uns auf direktem Kollisionskurs mit einem Taxi. Im letzten Moment schwenkte ich herum und fluchte. Letzteres tat mir der Kerl im Fond gleich, nur lauter. Außer ihm wollte ich niemanden verletzen, und ich würde mich sogar damit begnügen, ihn lediglich so schlimm zu erschüttern, dass er mich nicht weiterverfolgen konnte, wenn ich weglief. »Ich weiß, dass *ich* einen Unfall überleben werde. Wie steht's mit dir? Hast du schon mal daran gedacht, dich anzuschnallen?«

»Du wirst uns beide umbringen!«

»So ist es ja gedacht!« In einer gewissen – fatalistischen – Weise hatte ich tatsächlich Spaß daran. Ich lächelte grimmig, als wir im Zickzack durch den entgegenkommenden Verkehr rasten und ich die Beinahzusammenstöße immer knapper vermied. Es geht doch nichts über eine gute Hochgeschwindigkeitsverfolgungsjagd, um den Abend zu begehen, auch wenn in diesem Fall eigentlich nur ein Auto darin verwickelt war.

»Halt sofort an, oder ich …«

»Oder was?« Ich bog in eine weitere Einbahnstraße. Diesmal bewegten wir uns sogar mit dem Verkehr, mal davon abgesehen, dass ich rund hundertvierzig Sachen draufhatte, während alle anderen etwa fünfzig fuhren. »Willst du mich schlagen? Schätzchen, wenn du Tante Toby das Lenkrad entreißt, während wir so schnell unterwegs sind, werden wir beide sterben – also du *und* ich, nicht nur ich. Lehn dich zurück und genieß die Fahrt, es sei denn, dein Auftraggeber bezahlt dich so gut, dass du bereit bist, dafür draufzugehen.«

Knurrend wich die Gestalt auf dem Rücksitz zurück. »Spitzohriges Biest …«

»Eigentlich bin ich eine spitzohrige Schlampe. Nur Reinblütler können Biester sein.« Ich schwenkte nach links und hörte, wie er gegen die Seite prallte. »Hast du dich noch immer nicht angegurtet?«

»Ich bring dich um!«

»Dafür wirst du dich aber hinten anstellen müssen.« Irgendwie hatte es sich ergeben, dass ich halb auf der Straße und halb auf dem Gehsteig fuhr. Solange die Fußgänger aus dem Weg sprangen, hatte ich auch kein Problem damit.

Diesmal knurrte er nur. Gut. Er wurde wütend, und ich wurde müde. Es war an der Zeit anzuhalten. Ich rammte den Fuß auf die Bremse und brachte den VW quietschend zum Stehen. Mit einer Hand löste ich den Sitzgurt. Die Stoßdämpfer konnte ich definitiv abschreiben, aber das war es fast wert – ich hatte ewig nicht mehr so viel Spaß gehabt.

Mein uneingeladener Passagier prallte mit einem widerhallenden Rums gegen die Rückenlehne des Sitzes. Ich erhaschte noch einen flüchtigen Blick auf sein zornig knurrendes Gesicht, auf schmale Lippen, unter denen übergroße gelbliche Zähne zum Vorschein kamen, bevor ich zur Tür hinaussprang und die Straße hinunter losrannte, ohne zurückzuschauen.

Angst und Adrenalin sind des Flüchtenden beste Freunde. Ich hatte fast einen Viertelblock zurückgelegt, als ich hörte, wie die Autotür zugeschlagen wurde, gefolgt von einer Männerstimme, die mir hinterherbrüllte, ich solle stehen bleiben. Das allerdings würde nicht geschehen. Der Mann war ein Powrie, und Powries sind so gut wie immer gedungene Strolche; sie greifen nicht willkürlich an. Jemand hatte ihn auf mich gehetzt. Wer immer es gewesen sein mochte, hatte so gut wie sicher Evening auf dem Gewissen, und sobald man mich durch Folter dazu gebracht hätte zu verraten, wo sich die Hoffnungslade befand, würde ich als Nächste sterben. Ich rannte weiter und hörte gar nicht, wie sich der Schuss löste.

Die Kugel traf mich von hinten an der linken Schulter, unmittelbar über dem Schlüsselbein. Ich schrie auf, taumelte und zwang mich weiterzulaufen. Es dauerte eine Sekunde, bis sich der Schmerz zu einem steten Pochen legte, das laut und deutlich davon kündete, dass ich noch größere Probleme als einen bezahlten Verbrecher hatte, der mitten auf einer Straße in San Francisco auf mich schoss.

Die Kugel bestand aus Eisen. Ich spürte das Brennen, das ihr Eindringen verursacht hatte, und ich konzentrierte mich darauf, um meine Beine zu zwingen, sich trotzdem weiterzubewegen. Ein Teil von mir wollte sich den Schmerzen ergeben und zusammenbrechen, aber dieser Teil musste nun mit seinem Elend zurechtkommen, denn ich würde nie und nimmer anhalten, um mich von einem Wahnsinnigen mit Eisen abschlachten zu lassen. Einen schlichten Tod könnte ich vielleicht noch verkraften. Aber einen Tod durch Eisen … Nichts schmerzt mehr als eine durch Eisen verursachte Wunde. Ich hatte Evenings Tod nacherlebt. Auf die Erfahrung, diese Schmerzen am eigenen Leib zu spüren, konnte ich getrost verzichten.

Die Straße präsentierte sich beinahe menschenleer – typisch für mein Glück. Ausnahmsweise wünschte ich mir Leute, und es war kaum eine Seele in Sicht. Blut durchtränkte mein Hemd an der Vorderseite. Ich fühlte, wie ich langsamer wurde, als sich das Eisen tiefer und tiefer in meinen Körper vorarbeitete. Ein Rennen zwischen Blutverlust und Eisenvergiftung würde darüber entscheiden, was von beiden mich schneller auszuschalten vermochte. Wenn ich nicht bald eine Möglichkeit fand, zumindest die Blutung zu stoppen, konnte ich mich aus meinem eigenen Kriminalstück schreiben, bevor es richtig begann: Abgang October, Bühne links. Der Schütze brauchte mir nur zu folgen und abzuwarten.

Ich rannte, bis es sich anfühlte, als würde mich das Laufen umbringen, die Augen halb geschlossen, eine Hand auf die offene Wunde an meiner Schulter gepresst.

Manchmal ist Timing einfach alles. Halb rennend, halb stolpernd gelangte ich in dem Augenblick zu einer Bushaltestelle, als der Bus ankam. Ich ergriff die Haltestange und hievte mich an Bord, ohne die Schritte zu verlangsamen. Der Mistkerl mit der Pistole befand sich so weit hinter mir, dass er keinen gezielten Schuss anbringen konnte, und die Chancen, dass er den Bus erwischen konnte, bevor er abfuhr, waren gleich null. Die Zeit und die Busse San Franciscos warten auf niemanden.

Der Fahrer starrte mich an, als ich mit der linken Hand in der Hosentasche nach Kleingeld kramte. Ich bemühte mich so gut es ging, ihn zu ignorieren, und konzentrierte mich stattdessen darauf, meine Finger zu zwingen, meinen Befehlen zu gehorchen. Noch reagierten sie, doch das würde sich ändern; das Eisen bahnte sich einen Weg noch tiefer in meine Schulter hinein, und mein gesamter Arm wurde allmählich taub. Ich starrte zurück. Mir war durchaus bewusst, wie ich aussehen musste; Blut hatte meinen Pullover durchtränkt und klebte mir das Haar an die Schultern. Trug ich meine Tarnung denn überhaupt noch? Ich wusste es nicht, aber nach der Eisenkugel hätte ich keineswegs darauf gewettet. Eisen tötet Magie.

»Gibt es ein Problem, Ma'am?«, fragte der Fahrer.

Ich warf meine Münzen in die Fahrgeldkassette. »Schauspielschülerin«, gab ich so gewandt wie möglich zurück. »Haben uns bei den Proben etwas zu sehr reingesteigert.«

Ich konnte ihm am Gesicht ansehen, dass er mir nicht glaubte. Ebenso las ich in seinen Zügen, dass er es gar nicht wirklich wissen wollte. Er nickte nur knapp und schloss die Türen. Nur Sekunden, bevor der Bus schaukelnd und mit quietschenden Bremsen vom Randstein anfuhr, gelang es mir, eine Haltestange zu ergreifen und mich auf den nächsten freien Platz sinken zu lassen, bevor ich hinfiel. Ich bemühte mich, die Rückenlehne nicht zu berühren. Es ist unhöflich, die Sitze mit Blut zu besudeln. Nach etwa einem halben Block legte sich das Rucken des Busses. Die Fahrbewegung fing an, meine Nerven zu beruhigen, und lud mich zu einem angenehmen, ausgedehnten Nickerchen ein. »Du hast es dir verdient«, schien die Bewegung zu sagen. »Du bist entkommen. Jetzt schließ die Augen und schlaf.«

Trotz meiner Erschöpfung war mir klar, dass dies keine gute Idee war. Ein Nickerchen zu halten, wenn man blutet wie ein abgestochenes Schwein – was die wenigen entsetzten Fahrgäste höflich ignorierten –, stellt eine gute Möglichkeit dar, tot aufzuwachen. Ich stützte die Ellbogen auf die Knie und presste die rechte Hand fester gegen die Stelle, an der die Kugel eingedrungen war. Es half nichts. Ganz gleich, wie viel Druck ich auch ausübte, ich konnte die Blutung auf meinem Rücken nicht eindämmen. Schaudernd wischte ich mir mit der linken Hand über die Lippen und erstarrte. Sie waren nass.

Während ich das Blut betrachtete, das meine Finger verschmierte, dachte ich über die Ironie der Geschehnisse nach. Ich hatte Simon Torquill und Oleander de Merelands ebenso überlebt wie die Belagerung am Hof der Königin, und nun verblutete ich im Sechs-Uhr-fünfzehn-Bus, umgeben von Menschen, die so taten, als wäre alles okay. Bei Helden redet man davon, dass sie »gute Tode« sterben. Man denkt, jemand sei gut und tapfer dahingeschieden – dann eröffnet jemand das Feuer, und man erkennt, dass der Tod, so gut er auch sein mag, auf jeden Fall das Letzte ist, was man je bekommen wird. Für meine Begriffe genügt das, um ihn alles andere als gut zu machen.

Eines wusste ich: Herumsitzen würde mich nicht retten. An der nächsten Haltestelle zwang ich mich, aufzustehen und zum Ausgang zu wanken. Wenn ich schon verbluten musste, wollte ich es zumindest draußen tun. Mein Kopf drehte sich bei jedem Schritt. Mir war nicht klar gewesen, wie viel Blut ich verloren hatte, bis ich mich wieder in Bewegung setzte.

Die Stufen des Busses schienen höher geworden zu sein, während ich gesessen hatte. Ich stützte mich schwer auf das Geländer und stieg langsam hinab. Unten angekommen, erstarrte ich mit pochendem Schädel und versuchte, das Gleichgewicht wiederzuerlangen. Wo war ich? Hatte sich der Bus überhaupt bewegt? Blutverlust und eine Eisenvergiftung richten interessante Dinge im Gehirn an, und plötzlich war ich mir nicht mehr ganz sicher.

»He, Sie, steigen Sie aus?«, fragte der Busfahrer.

»Wo bin ich?«, erkundigte ich mich. Die Worte hallten wider, als wären sie in einen langen Tunnel gebrüllt worden.

Der Fahrer schien nicht zu bemerken, wie verzerrt meine Stimme klang. Armer Kerl. Er musste halb taub sein. »Wir sind am Nordeingang des Golden Gate Park. Ist das Ihre Haltestelle?« Nach einer kurzen Pause fügte er mit sanfterer Stimme hinzu: »Brauchen Sie einen Arzt?«

Ich schüttelte den Kopf, trat von der letzten Stufe auf den Fußweg und hinterließ meine Fingerabdrücke auf dem Geländer. Vage kam mir der Gedanke, dass es keine gute Idee sein konnte, blutige Handabdrücke in der Stadt zu verteilen; ich war bloß nicht sicher, weshalb. Der Fahrer sah erst mich an, dann das Blut an seinem Bus und schüttelte schließlich den

Kopf. Ich wollte noch einen markigen, einprägsamen Spruch anbringen und ihm sagen, es ginge mir gut, doch ich war nicht sicher, ob die Worte nicht auf Kantonesisch rauskämen, nur um mich zu ärgern. Ich verpasste die Gelegenheit, so ich sie denn überhaupt hatte. Die Türen schlossen sich, und der Bus fuhr los. Ich blieb auf dem Fußweg vor dem Golden Gate Park zurück.

Der Golden Gate Park. Ich kannte hier ein paar Leute. Dessen war ich mir so gut wie sicher. Ich drehte mich um, stolperte an Joggern und Touristen vorbei und setzte mich den Asphaltpfad entlang in Bewegung, der in den eigentlichen Park führte.

Der Weg wand und krümmte sich. Ich folgte ihm mit sturer Entschlossenheit, ohne mich wirklich darum zu kümmern, wie er verlief. Das Denken fiel mir zunehmend schwer. Meine Schulter blutete immer noch, aber sie schmerzte eigentlich nicht mehr; ich war fast schon zu benommen, um in Bewegung zu bleiben, und es tat auch nicht mehr weh. Was kein gutes Zeichen war. Wenn bei Schussverletzungen die Schmerzen aufhören, liegt das in der Regel daran, dass man nicht mehr stark genug für sie ist. Der Körper sperrt sie aus, statt sich ihnen zu stellen. Aber immerhin befand ich mich im Park. So weit hatte ich es schon mal geschafft. Unter Umständen hatte ich noch eine Chance.

Der Golden Gate Park untersteht keiner einzelnen Herrschaft. Von außen mag er wie ein riesiges Besitztum aussehen, aber das ist er nicht; vielmehr gleicht er einem Korallenriff winziger Lehen, die seine Landschaft wie Sterne sprenkeln. Ein Großteil der Macht des Parks liegt in den Portalen, die er verbirgt. Wenn es mir gelang, eines davon zu erreichen, bevor mich die Kraft verließ, konnte ich es vielleicht überstehen. Die Wahrscheinlichkeit schien gering, aber es war immerhin möglich. Und wenn ich es nicht zu einem der Portale schaffte, würde ich mit etwas Glück an einer Stelle zusammenbrechen, wo man meinen Körper erst fände, nachdem die Nachtschatten mit mir fertig wären.

Natürlich stand eher zu befürchten, dass ein sterblicher Narr über einen Leichnam mit spitzen Ohren stolperte, sodass sich die Überlebenden all der Fragen annehmen mussten, die darauf folgen würden. Faerie ist es durch reines Glück gelungen, so lange versteckt zu bleiben, und Glück kann nicht ewig halten.

Der Geschmack von Rosen stieg mir in die Kehle und überlagerte den beißenden Geschmack von Blut. »Tut mir leid, Evening«, flüsterte ich. Es gibt Dinge, die vermögen selbst Versprechen nicht zu bewirken. Vage fragte ich mich, was geschehen mochte, wenn es zu bluten aufhörte. Würde es schmerzen? Oder schliefe ich einfach ein? So viele Fragen und so wenig Zeit, bevor der Schock und Blutverlust sie akademisch werden ließen.

Weihrauchgeruch mischte sich zum Geschmack von Blut und Rosen und erregte meine Aufmerksamkeit. Ich befand mich auf halbem Wege den Hang eines Hügels entlang, ehe mir klar wurde, dass ich den Asphalt verlassen hatte. Meine Füße glitten unter mir weg, verloren im rutschigen Gras den Halt. Den Rest des Weges schlitterte ich. Wenigstens spürte ich keine Schmerzen mehr. Darüber war ich angenehmerweise hinaus. Nichts spielte noch eine Rolle. Ich wusste, es gab etwas, das ich tun musste, doch ich verlor aus den Augen, worum es sich handelte. Der Weihrauchgeruch wurde stärker und lockte mich. Ich schaute auf und erstarrte.

Ich lag ausgestreckt vor einem stilisierten orientalischen Tor. Es verbarg sich größtenteils hinter Bäumen mit dichtem Blätterwerk und Kletterfarn, doch das war egal: Ich kannte es. Ich hätte tot sein können und hätte dieses Tor immer noch erkannt. Es suchte mich in meinen Träumen heim.

Der Japanische Teegarten.

Nach allem, was sich dort zugetragen hatte, hätte ich mich lieber der Gastfreundschaft des Hortes des Blinden Michael in einer Vollmondnacht ausgeliefert, ohne Kerze, die mir den Weg nach Hause leuchtete. Aber noch während ich mich hochstemmte, wusste ich, dass ich es mir nicht aussuchen konnte. Wenn man am Verbluten ist, darf man nicht wählerisch sein. Außerdem wäre es durchaus passend für mich, im Teegarten zu sterben. Zuvor hatte ich dabei versagt, diesmal konnte ich es richtig machen.

Unruhig rappelte ich mich auf und wankte auf den Eintrittsbereich zu. Mein linker Arm baumelte nutzlos herab, und ich hatte Mühe, das Gleichgewicht zu halten, als ich mit der rechten Hand in der Tasche meiner Jeans kramte. Alles, was ich darin fand, waren zerdrückte Pilze und blutige Fussel. Ich hatte das letzte Kleingeld in die Fahrgeldkassette im Bus geworfen, ohne nachzusehen, wie viel ich überhaupt bezahlte. Nun war es zu spät. Es ist unhöflich, sich in jemandes Mugel einzuschleichen, aber mir gingen allmählich die Zeit und die Möglichkeiten aus. Wenn ich nicht bezahlen konnte, musste ich mir auf anderem Wege Zugang verschaffen.

Die Frau am Tor blinzelte erst, dann weiteten sich ihre Augen ob des Zustands meiner Kleider. Sie war blond, hatte gefranstes Haar und vermutlich ein ebenso gefranstes Hirn, aber ich erkannte an der Form ihrer Augen und der Art, wie sie den Kopf hielt, dass in ihren Adern ein paar Tropfen Fae-Blut flossen, auch wenn es nicht stark genug sein mochte, um sie mehr als sterblich zu machen. Die Fae, die im Golden Gate Park leben, kümmern sich um ihresgleichen.

Für mich kam das Erbe dieser Frau einem Segen gleich; dadurch würde sie empfänglicher sein. Selbst wenn ich sie nicht davon überzeugen konnte, nicht das zu sein, wofür sie mich hielt, sollte es mir doch gelingen, sie lange genug zu verzaubern, um in den Teegarten zu gelangen. Vielleicht würde mir Lily nicht helfen können, aber sie bot die größten Chancen bei einer äußerst begrenzen Auswahl von Möglichkeiten. Zumindest wusste ich, dass ich in Frieden sterben konnte, wenn ich mich auf ihrem Landbesitz befand.

Ich biss mir auf die Zunge und flüsterte mir selbst die ersten drei Zeilen von »Eulerich und Miezekatz« zu. Dann stolperte ich, als die Eisenwunde in meiner Schulter von einer fernen Taubheit zu grellen, neuen Schmerzen aufflammte. Ich stützte mich am Rand der Kabine ab, holte tief und unstet Luft und reichte meine blutigen Fussel sowie die Pilze der Frau hinter dem Schalter.

Beinah hätte es nicht gereicht. Die spärliche Macht, die ich besaß, begann zu verblassen, während ich zwischen Bewusstlosigkeit und Wachzustand hin- und herschwankte. Sie runzelte die Stirn, bevor sie mit verkniffenen Augen den Inhalt ihrer Handfläche begutachtete und meinen überhasteten Trugbann zu durchschauen schien.

Münzen, dachte ich, so fest ich konnte. *Du siehst Münzen. Den genauen Betrag*. Ihr Stirnrunzeln vertiefte sich, bevor es sich schließlich in einem sonnigen Lächeln auflöste. Sie ließ die Pilze in die Registrierkasse fallen.

»Willkommen im Teegarten! Einen wunderschönen Tag«, sagte sie und strahlte dabei diese eigenartige Aufrichtigkeit aus, die Torhütern jeder Art gemein zu sein scheint. Ich zwang mich zu einem Lächeln, ehe ich mich halb gehend, halb stolpernd weiterschleppte. Es war ein großartiger Tag für Kleinkriminalität gewesen – mit der Frau am Eingang und dem Mautkassierer würden am Ende des Tages mindestens zwei Leute zu wenig in der Kasse haben. Natürlich war ich für meine Tricks mit einer Eisenkugelwunde belohnt worden. Wer sagt eigentlich, dass es so etwas wie Karma nicht gibt?

Die Wege, die durch den Japanischen Teegarten verlaufen, bestehen aus schmalen, verwitterten Brettern. Bäume und Blumenbeete umgeben sie. Gelegentlich weichen diese Steingärten oder seichten Tümpeln. Brücken sprenkeln die Landschaft. Manche wölben sich in Winkeln, die tatsächlich Stufen notwendig machen. Es bedarf eines ziemlich guten Gleichgewichtssinns, um es ohne zu stürzen durch den Teegarten zu schaffen, auch wenn man die Brücken meidet. Im Augenblick war mein Gleichgewichtsgefühl eher knapp bemessen. Die Wege waren durch Wasser und Verfall rutschig, und der mangelnde Halt brachte mich ein halbes Dutzend Mal beinah zu Fall, bevor es mir endlich gelang, außer Sichtweite des Eingangstors zu geraten.

Am Fuß der Mondbrücke gab ich es auf und setzte mich in ein Farnbeet. Durch die Bewegung wurde mir noch schwindliger, und die Welt verwandelte sich in einen farbenprächtigen Tanz aus Wasser, Blut und Schatten. Schaudernd kippte ich vornüber und fing mich mit dem gesunden Arm wieder ab, bevor ich mit dem Gesicht voraus im Wasser landen konnte. Mein Spiegelbild waberte vor mir und vermittelte mir einen klaren Eindruck der Lage. Meine Trugbanne hatten sich völlig aufgelöst – jeder Tourist, der den Weg entlangkam, würde etwas erblicken, womit er nicht gerechnet hatte. Zudem verkrustete Blut meine Lippen und mein Haar. Mein Pullover war fast bis zur Hüfte hinab durchtränkt.

Ich schaute in meine Augen und wusste, ich würde sterben.

Einer der Koi tauchte auf, starrte mich an und zerbrach mein Spiegelbild in unzählige gekräuselte Wellen. Ich blickte auf das Tier hinab und lächelte halbherzig, als ich die taube linke Hand ausstreckte und es am Kopf streichelte. Es scheute nicht vor der Geste zurück. »He, erinnerst du dich an mich?«, flüsterte ich. »Hab ich dir gefehlt? Ich glaube … ich glaube, diesmal bleibe ich …« Der Fisch sank wieder unter die Oberfläche und ließ meine Finger im Wasser baumelnd zurück. Blassrote Ringe strahlten von der Stelle aus, an der sie es berührten.

Ich spürte gar nicht, wie mein Gesicht in den Teich platschte. Alles war dunkel, und es war eine herrliche Dunkelheit, in der die Schmerzen endgültig und vollkommen verpufften. Es war vorbei, mit allem, mit dem Flüchten, mit dem Kämpfen, mit den Qualen. Nach allem, was ich durchgemacht hatte, war es endlich vorbei. Und diesmal würde mich das Wasser nach Hause tragen.

KAPITEL 15

Toby, sei nicht tot; sei nicht tot.« Es klang fast wie Tybalts Stimme, allerdings war sie zu verzerrt und zu weit entfernt, um dies wirklich sicher sagen zu können. Wasser hatte meinen Pullover durchtränkt und mir die Haare an die Wangen geklebt. Meine Lider fühlten sich bleischwer an. Zu schwer, um mir die Mühe zu machen, sie zu öffnen. Ich sank in die Arme, die mich hochhoben, erschlaffte und fiel in die Dunkelheit zurück.

Zeit verstrich. Wie viel, vermochte ich nicht abzuschätzen. Ich wusste nur, dass ich in Richtung Bewusstsein aufstieg und mit allem, was ich hatte, dagegen ankämpfte. Ein Erwachen versprach nur Schmerzen, Pflichten und zu viele Fragen, während der Schlaf mir Frieden bot – und eine Art von Schatten, wie es ihn im Sonnenlicht mitten auf dem Wasser geben konnte. Ich war fertig. Schlaf war alles, was ich noch wollte.

Man bekommt aber nicht immer, was man will. Die Schmerzen setzten ohne Vorwarnung ein. Ich japste nach Luft, schlug die Augen überrascht auf und presste sie sogleich wieder zu, als mein Kopf zu pochen anfing. Der flüchtige Blick auf meine Umgebung, den ich erhascht hatte, verriet mir so gut wie nichts darüber, wo ich mich im Augenblick aufhielt, nur dass sich über mir ein Dach befand und jenes trübe Licht nicht natürlich war. Ich befand mich in einen Raum; wo genau, das wusste ich nicht. Es spielte auch keine Rolle, da ich mich ohnehin zu schwach fühlte, um mich zu bewegen, und zu starke Schmerzen hatte, um mich für meine Umgebung zu interessieren. Hoffentlich sollte ich nicht jemandes Abendessen werden. Und wenn doch, so würde es wahrscheinlich wenigstens gegen meine Kopfschmerzen helfen.

Durch leichtes Experimentieren fand ich heraus, dass ich meine rechte Hand bewegen konnte. Der Boden unter mir fühlte sich weich, federnd, feucht und ein wenig warm an. Ich runzelte die Stirn und wurde unwillkürlich neugierig. Wo befand ich mich?

Schritte näherten sich mir von hinten. Umdrehen konnte ich mich jedoch nicht; es gelang mir nicht einmal, erneut die Augen zu öffnen. Ich konnte nur wie erstarrt liegen bleiben, als eine Hand meine Schläfen streichelte und eine sanfte Stimme flüsterte: »Sie ist noch nicht bereit für dich. Schlaf.«

Die wunderbare Dunkelheit schwappte wieder über mir zusammen.

Ich träumte von Glasrosen und dem Geschmack von Poleiminze.

Beim zweiten Mal erwachte ich schneller, wenn auch genauso widerwillig wie zuvor; die Rückkehr in meinen Körper bedeutete zugleich eine Rückkehr zu den Schmerzen. Und die hatten sich verschlimmert, während ich schlief. Sie strahlten von meinem Kopf und meiner Schulter aus, bis mir jeder Atemzug in der Brust stockte.

Aber ich lebte. Als mich diese Erkenntnis ereilte, schlug ich die Augen auf, zu verwundert, um mich weiterhin tot zu stellen. Ich lebte.

Ich blickte zu einer Decke aus geflochtenen Weidenzweigen empor, gestützt von einer Reihe von Bögen, die aus dem moosigen Boden gewachsen zu sein schienen. Pixies übersäten jede verfügbare Fläche, und ihr schimmerndes Licht erhellte den Raum. Das Moos unter mir war triefnass, was infolgedessen auch auf mich zutraf. Ich begriff, wo ich mich befand. In Lilys Mugel.

Der einzige Zugang zum Mugel, den ich kannte, bedingte, dass man die steilste Brücke im Garten erklomm. Ich war ziemlich sicher, dass ich das nicht getan hatte, bevor ich das Bewusstsein verlor. Mich überraschte sehr, dass ich den Teegarten überhaupt erreicht hatte. »Hallo?«, sagte ich. Meine Stimme kam als Flüstern. »Ist jemand hier?«

»Du bist wach.« Es war die Stimme, die ich zuvor gehört hatte, sanft, weiblich und leicht besorgt. »Bleib, wo du bist. Rühr dich nicht. Wir holen sie.«

»Alles klar«, gab ich zurück und schloss die Augen. Mich nicht zu rühren würde mir nicht schwerfallen. Ich bezweifelte, dass ich auch nur in der Lage wäre, mich herumzurollen, geschweige denn wegzulaufen. Ich hörte nicht, wie der Besitzer der Stimme ging, aber nach einer ungewissen Zeit – Minuten? Stunden? Ich hatte keine Ahnung – näherten sich leise Schritte, begleitet vom Rascheln von Seide. Die Schritte hielten unmittelbar neben meinem Kopf an.

»Hallo, Lily«, sagte ich, ohne die Augen zu öffnen. »Tut mir leid, dass ich so hereingeplatzt bin.«

»Du bist hier immer willkommen«, gab sie zurück. Ihre Stimme glich Wasser, das über Steine fließt, verwoben mit einem japanischen Akzent. »Selbst wenn du beschließt, nicht herzukommen, bist du willkommen.«

»Tut mir leid«, erwiderte ich, nach wie vor im Flüsterton. Ich war nicht sicher, ob ich lauter sprechen konnte, wenn ich gewollt hätte. »Ich bin ein wenig aufgemischt worden.«

»Ist mir aufgefallen. Jeder hat es bemerkt. Was hast du nur mit der armen Marcia gemacht?« Eine Hand berührte meine Schulter und tastete die Ränder der Wunde ab. Die Finger fühlten sich kühl an, und die Schmerzen wichen an den Stellen, wo sie mich berührten. »Sie war völlig aus dem Häuschen, und in der Registrierkasse waren Pilze.«

Zischend stieß ich den Atem aus und entspannte mich, als sich die ärgsten Schmerzen legten. »Ich hatte kein Geld dabei und musste hinein.«

»Törichter Wechselbalg«, schalt sie mich. »Kommst du nie auf die Idee, dass du auch einfach mal fragen könntest?«

»Ist nicht mein Stil«, sagte ich und brachte ein mattes Lächeln zustande.

Lily gab ein schnalzendes Geräusch von sich, als maßregle sie ein ungehöriges Kind, aber sie streichelte weiter meine Schulter. Ihre Finger zogen Spuren von Taubheit hinter sich her. Ich öffnete die Augen und legte den Kopf in den Nacken, um sie zu beobachten. »Pst«, sagte sie. »Halt still.«

»Ja, Ma'am«, gab ich zurück und sah ihr dabei zu, wie sie über mich hinweggriff, um ein Büschel Fingerhut vom moosigen Boden zu pflücken.

Ihre Hände waren zierlich und mit feinen silbrigen Schuppen bedeckt. Zwischen den Fingern spannten sich bis zum ersten Knöchel Schwimmhäute. Nur ihre Fingernägel wirkten menschlich, und selbst sie schimmerten in einem fahlen Silberblau. Wenn ich den Kopf richtig drehte, konnte ich den Schatten ihres Gesichts sehen, und die Erinnerung lieferte mir, was meiner Sicht verborgen blieb. Lily besaß erstaunlich fein geschnittene Züge, jadegrüne Augen und langes schwarzes Haar, das sie mit Weidenzweigen zurückgeflochten trug. Ihre blasse Haut zierten feine silbrige und grüne Schuppen. Sie war wunderschön, doch war dies keine menschliche Schönheit. Selbst für Fae-Begriffe galt Lily als einzigartig.

»Oh, October«, sagte sie und schwenkte die Blumen über

meinem Gesicht. »Du bist mir die liebste Art von Rätsel, Kind – die Art, die keinerlei Sinn ergibt. Darf ich dir diesmal helfen, oder möchtest du lieber wegen dem verbluten, was zwischen uns vorgefallen ist?«

»Wie hast du mich hierher gebracht?«, fragte ich und sah an den Blumen vorbei in ihr Gesicht.

»Das habe ich nicht«, antwortete sie lächelnd. »Blut im Wasser, erinnerst du dich? Als du vor meine Tür gebracht wurdest, konnte ich dich hereinlassen und dir Hilfe leisten, weil du mir mit dem Blut die Genehmigung dazu erteilt hattest. Mehr kann ich ohne deine Zustimmung nicht tun.«

»Vor deine Tür gebracht?«, hakte ich nach.

»Du hast mehr Freunde, als du glaubst, October. Lässt du mich dir nun helfen?«

Undinen-Magie unterliegt gewissen Regeln. Als ich in Lilys Wasser blutete, erteilte ich ihr damit die Erlaubnis, mich am Leben zu erhalten; mehr konnte sie nicht tun, bis ich es ihr gestattete.

»Natürlich«, sagte ich und schloss die Augen wieder. In Anbetracht dessen, dass Evenings Fluch über mir schwebte, konnte ich es mir nicht leisten, eine Hilfe auszuschlagen, die man mir anbot.

»Also gut. Ruh dich vorerst aus, October. Ich brauche etwas mehr von dir.« Ich spürte, wie sie mit dem Fingerhut die Ränder meiner Schulterwunde berührte und über den schlimmsten Schaden fuhr. Die Blumen brannten, als sie die Haut berührten, bevor sich von den Blütenblättern eine kühle, betäubende Gefühllosigkeit auszubreiten begann. Fingerhut ist giftig – wunderschön, tödlich und wahrscheinlich nicht gerade ideal, um sie in eine offene Wunde einzuführen. Andererseits hatte ich den ganzen Tag lang mit Pilzen bezahlt, zudem bin ich keine Heilerin. Wenn Lily dachte, es würde mir helfen, Fingerhut in meine Schulter zu reiben, dann hatte sie vermutlich recht damit, und selbst wenn nicht, konnte sie unmöglich mehr Schaden anrichten als bereits vorhanden war.

Lily stimmte einen japanischen Sprechgesang an. Die betäubende Kühle breitete sich weiter aus, stumpfte das Gefühl in meinem Arm und Hals ab, als der Duft von Lilien und Hibiskusblüten die Luft erfüllte. Nachdem der Gesang geendet hatte, legte sie mir die Hand auf die Wange und sagte: »Die Welt erwartet dich und wird bei deiner Rückkehr hier sein.«

Mehr Ermutigung brauchte ich nicht. Seufzend gab ich den Kampf auf, wach zu bleiben, und ließ mich zurück in die Finsternis gleiten.

Lily ist schon ein Bestandteil meines Lebens, so lange ich zurückdenken kann, sogar länger als Sylvester, und das will etwas heißen. Mama nahm mich oft in den Teegarten mit, als wir noch Menschen spielten. Papa ließen wir unter dem Vorwand zu Hause, dass es ein »Ausflug nur für Mädchen« sei. Lily war immer da und freute sich, uns zu sehen, beobachtete meine Mutter jedoch mit einer Vorsicht, die ich erst viel, viel später verstand. Lily beobachtete sie, weil es schwierig ist, einer Fae-Braut zu vertrauen; eine Fae-Braut baut ein Leben auf Lügen auf und verleugnet alles, was ihr in die Quere kommt.

Sie war immer noch da, als ich die Sommerlande verließ. Kurz hatte ich mit dem Gedanken gespielt, ihr statt Devin zu dienen, aber Devins Angebot war cooler und aufregender gewesen, und ich war immerhin die Tochter meiner Mutter: also auf der Suche nach Aufregung. Dennoch blieben wir uns weiterhin nah, und ihre Tür stand mir immer offen, bis zu dem Tag, an dem alles falsch lief … für uns beide.

Einige Tage, nachdem ich mich aus dem Teich befreit hatte,

suchte ich Lily auf, nach wie vor in einem Schockzustand und halb hysterisch vor Kummer. Ich wollte wissen, weshalb sie mich nicht gerettet hatte. Was ich erfuhr, war dann beinah mehr, als ich verkraften konnte.

»Er hat Mauern um mein Lehen angebracht«, erklärte sie. »Ich war einsam, October, so einsam, und meine Magie dient dem Wachstum und der Heilung, nicht der Verwandlung. Ich konnte dich nicht retten, Kind. Ich konnte nur dafür sorgen, dass du es so behaglich wie möglich hattest. Es tut mir leid.«

Lily war ebenso sehr Simons Gefangene gewesen wie ich, denn viele Jahre lang vergaß die Welt, dass sie existierte. Die Bewohner ihres Lehens verloren sich, waren plötzlich heimatlos und konnten nicht verstehen, weshalb. Bis der Bann brach, war sie dem Tode näher als ich, weil man in meinem Fall zumindest daran dachte, um mich zu trauern. Ich konnte sie nicht für Dinge hassen, die Simon uns beiden angetan hatte. Und eines hatten wir gemeinsam: Eines Tages würden wir Simon Torquill teuer bezahlen lassen.

Der Geschmack von Hibiskusblüten rief mich aus meinen Erinnerungen und zurück in meinen Körper. Seufzend und blinzelnd schlug ich die Augen auf. Die Schmerzen waren verschwunden. Dasselbe galt für meine Bluse und den Rest meiner Kleider. Ich trug nur die Streifen aus Moos und Weidenrinde, die Lily um meine verwundete Schulter gewickelt hatte. Na toll. Ich bin keineswegs prüde – es wäre auch schwierig, in den Sommerlanden aufzuwachsen, wo man Kleider bestenfalls auf Wunsch trägt, und trotzdem prüde zu werden. Aber das bedeutet keineswegs, dass ich Nacktheit genieße. Nackte Leute sind zwangsläufig unbewaffnet.

Ich stemmte den rechten Ellbogen in den Boden und hievte mich in eine sitzende Haltung. Die Bewegung verursachte mir Schwindelgefühle, aber die Kopfschmerzen hatten nachgelassen und waren nur noch halb so schlimm wie zuvor. Lily kniete einige Meter entfernt und tauchte etwas ins Wasser eines kleinen Teichs. Da ich nun wieder scharf sah, konnte ich feststellen, dass die raschelnden Laute von ihren schweren Seidengewändern herrührten. Sie waren dunkelgrün und weiß und silbrig, mit einem welligen Drachenmuster bestickt. Zwei Pixies kauerten auf den Ebenholzstäbchen, die ihr Haar zusammenhielten, und warfen flackernde Schatten über ihre Züge.

»Beweg dich langsam«, forderte sie mich auf, kam herüber und kniete sich neben mich. »Ich habe mein Bestes gegeben, aber der Mensch in dir protestiert gegen das Eindringen der Magie, und das Eisen blockiert mich zusätzlich. Mehr kann ich nicht tun.«

»Tut mir leid; war auch nicht meine Idee«, gab ich zurück und bewegte den Arm versuchsweise nach hinten. Die Verbände an meiner Schulter zogen, und ich zuckte zusammen. Lily schnalzte mit der Zunge und begann, den Wickel mit einem Seidenschwamm zu befeuchten. Das Wasser linderte einen Großteil des Wundgefühls, stillte es aber nicht gänzlich. Mich überraschte keineswegs, dass sie mich nicht völlig zu heilen vermochte; immerhin kämpfte sie gegen Eisen, und ich hatte kein Recht, ein Wunder zu erwarten. Wäre sie etwas Geringeres als eine Undine in ihrem eigenen Reich gewesen, sie hätte vermutlich nicht einmal so viel ausrichten können. Nichts von alledem verhinderte, dass ich enttäuscht war, als ich erkannte, wie beträchtlich der verbliebene Schaden war. Zwar nicht schlimm genug, um mich zu verkrüppeln – ich würde den Arm weiterhin verwenden können, auch während er verheilte –, aber es würde meine Aufgabe noch wesentlich schwerer gestalten, als sie es ohnehin schon gewesen war.

Das sollte mich lehren, künftig vorsichtiger zu sein. Ich schaute zu Lily hin und lächelte, so aufrichtig ich trotz der Enttäuschung und der Restschmerzen nur konnte. »Ziemlich gute Arbeit.«

Sie tat meinen Dank mit einer schwimmhautfingrigen Hand ab. Alles, was in Richtung eines Dankeschöns geht, entspricht in Faerie unsicherem Terrain. »Es ist nicht mehr oder weniger, als die Gastfreundschaft gebietet. Ehrlich, October, derlei Dinge wären gar nicht nötig, wenn du nur aufhören könntest, vor Kugeln zu springen.«

»Ich will versuchen, mir das zu merken.«

»Gut.« Die Kiemen unter ihrem Kiefer blähten sich, und ich verspürte einen unverhofften Anflug von Besorgnis. Sie versuchte zu verbergen, wie abgezehrt sie war, doch ich kannte sie gut genug, um es zu bemerken. Heilzauber sind kräfteraubend, selbst wenn man nicht gegen Eisen kämpft.

»Lily, geht es dir gut?«

»Ich bin müde, October, das ist alles. Das vergeht wieder.« Sie lächelte, und die Schuppen um ihren Mund runzelten sich. »Und jetzt erzähl, warum du aus meinem Teich gezogen werden musstest. Du hast auf meine Fische geblutet.«

»Weil du mich vermisst hättest, wenn ich gestorben wäre?« Ich zuckte mit den Schultern. »Nur so ein Gedanke.«

»Damit könntest du aber recht haben«, gab Lily zurück, ehe ihr Lächeln verblasste. »Was ist passiert?«

Sie verdiente, es zu erfahren, auch wenn ich es ihr nicht sagen wollte. Ich zwang mich, ihr in die Augen zu blicken, holte tief Luft und begann ganz von vorne.

Die Geschichte zu erzählen dauerte weniger lang, als ich erwartet hatte. Sie verstrich in einem rasanten Wortschwall, und bei einem Teil davon empfand ich es als Erleichterung, ihn laut auszusprechen, hier, wo durch Lilys Kontrolle keine Gefahr bestand, dass wir belauscht wurden. Die unmittelbare Dringlichkeit der Ereignisse hatte sich bereits so weit gelegt, dass sie zu schlichten Tatsachen wurden. Während Lily mir zuhörte, wurde ihre Miene zunehmend verkniffener, als ich mehr und mehr von der letzten Geschichte preisgab, in der Evening Winterrose eine Rolle spielte. Als ich zum Ende kam, hatte sie die Lippen zu einer schmalen, harten Linie zusammengepresst. »Offenbar hattest du eine ereignisreiche Woche.«

»Nicht freiwillig.«

»Trotzdem.« Sie erhob sich und neigte mir den Kopf zu. »Ich werde mit Tee zurückkommen – und wohl auch mit etwas zum Anziehen für dich, würde ich sagen. Du wirst dich hier eine Weile ausruhen, bevor ich dir zu gehen gestatte. Törichtes Kind.«

Damit trat sie auf das Wasser und war verschwunden. Zurück blieb ein leichter Geruch von Hibiskus und Seerosen.

»Wunderbar«, brummte ich und ließ mich rücklings ins Moos sinken, um zu warten.

KAPITEL 16

Das Gewand, das Lily mir brachte, passte mir recht gut, auch wenn ich mich dadurch noch nackter als zuvor fühlte. Nackt zu sein ist schon in Ordnung – ich bin zwar keine FKK-Fanatikerin, aber es ist in Ordnung. Eng anliegende Seidengewänder, die für jemanden mit mindestens fünfzehn Zentimeter weniger Körpergröße gedacht waren, sind dagegen nicht in Ordnung. Der Saum endete mitten an meinen Oberschenkeln, der Kragen bedeckte kaum meine Brust. Verschlimmernd oder zumindest erschreckend kam der rosa Pastellton hinzu. Insgesamt fühlte ich mich wie der Star eines geistlosen Fantasypornos.

Der Verband an meiner linken Schulter würde diesen Eindruck allerdings ziemlich rasch vernichten. Ich konnte den Arm mittlerweile zwar leichter bewegen als bei meinem ersten Erwachen – Wechselbälger erholen sich nicht so schnell wie Reinblütler, aber immerhin erheblich schneller als Menschen. Doch ich war mir nicht sicher, ob die Verbesserung reichen würde. Jedenfalls konnte ich ihn nicht schnell genug bewegen, um etwas Nützliches zu tun, und schweres Heben kam für einige Tage ohnehin nicht infrage. Bevor man angefangen hatte, auf mich zu schießen, hätte mir das kein Kopfzerbrechen bereitet. Jetzt, da dem so war, hatte ich reichlich Grund zur Sorge.

Wer auch immer Evening getötet und einen Powrie auf mich angesetzt haben mochte, würde gewiss nicht lockerlassen. Sofern überhaupt je eine Chance darauf bestanden hatte, so war sie spätestens in dem Augenblick gestorben, als der Kerl begann, auf einer öffentlichen Straße auf mich zu schießen. Worum es bei dem Spiel auch gehen mochte, jedenfalls steckte ich darin fest, bis es vorüber sein würde.

Lily befeuchtete regelmäßig das Moos rings um den Wickel. Ich durfte mich nicht mehr rühren, als notwendig war, um meinen Tee zu nehmen. Die Kombination aus meinen natürlichen Abwehrkräften und Lilys Wasser half, trotzdem fiel mir immer noch jede Bewegung schwer. Ich konnte ihr nicht einmal dabei zur Hand gehen, mir das Blut aus dem Haar zu waschen. Als sie damit fertig war, flocht sie es zu einem Zopf, den sie mit einem aus meiner unwiderruflich besudelten Bluse gerissenen Stoffstreifen zusammenband. Ich sah immer noch aus, als käme ich geradewegs aus der Hölle, aber mittlerweile nur noch aus einem der äußeren Kreise. Und allein der Umstand, dass ich vermutlich nicht jede Sekunde tot umfallen würde, stellte schon eine Verbesserung dar.

»Trink das«, befahl Lily und reichte mir eine weitere Tasse Tee. »Das wird dir helfen.«

Das Gebräu roch, genau wie die elf Tränke davor, nach Hagebutte und Hibiskus. Ich nahm es an und fragte: »Bin ich bald damit fertig, dieses Zeug zu schlürfen?« Ich verstand jedoch den Gedankengang dahinter. Der Tee half mir einerseits, den Blutverlust wettzumachen, andererseits zwang er Undinen-Wasser in meinen Körper. Das war an sich gut so, allerdings wurde die Vorstellung, in sirupartigem Blumentee zu ertrinken, dadurch nicht gerade verlockender.

Lily bedachte mich mit einem strengen Blick. »Du bist *dann* damit fertig, wenn ich es dir sage.«

»Zu Befehl.« Ich verzog das Gesicht und trank einen Schluck. Es gab zwar einen handfesten Grund für mich, den Tee zu trinken, dennoch wäre ich für eine Tasse Kaffee beinahe bereit gewesen, jemanden zu töten.

Mit sanfterer Stimme sagte Lily: »Es tut mir leid, wenn ich wie eine Glucke wirke, October, aber ich will nicht miterleben müssen, dass dich deine Hast noch umbringt. Nicht, wenn ich es vermeiden kann, indem ich dich hierbehalte.«

»Das ist doch keine Hast, Lily. Ich habe lediglich eine Aufgabe zu erledigen.« Die Undinen haben eine eher langsame, träge Sichtweise der Zeit. Für Lily sind ein Jahr und ein Tag so ziemlich dasselbe.

»Ach, tatsächlich? Willst du damit etwa sagen, dass du grundlos aus dem Aussichtsteich gefischt werden musstest? Wie eigenartig. Mir hätte klar sein müssen, dass du absichtlich aus Erschöpfung und Überanstrengung dort zusammengebrochen bist und darauf bestehen würdest, wieder hingelegt zu werden. Das tut mir leid.«

Ich seufzte. »Lily, durch Hast wird man in der Regel nicht angeschossen.«

»Ich verstehe. Dann hast du dir vermutlich die Zeit genommen zu überlegen, und alle Handlungen, die dazu führten, dass du angeschossen wurdest, waren wohldurchdacht.«

»Ich …« Lily verengte die Augen zu Schlitzen, und ich verstummte. In Gedanken ging ich die Ereignisse des Nachmittags durch. Ich hatte weder nachgedacht, noch hatte ich gehandelt – ich hatte bloß reagiert. Seit ich Evenings Stimme auf meinem Anrufbeantworter gehört hatte, reagierte ich überhaupt nur noch. Ich wandte den Blick ab und gestand: »Nein.«

»Dachte ich mir schon. Seit ich dich kenne, versuchen Leute, dich umzubringen; das scheint einen ganz gewöhnlichen Bestandteil deines Daseins zu bilden. Und ich habe mich längst mit der Tatsache abgefunden. Allerdings habe ich noch nie erlebt, dass du dich so wenig bemühst, diesem Bestreben entgegenzuwirken. Es hat fast den Anschein, als wolltest du, dass man dich erwischt.«

»Lily, ich …«

»Nein«, fiel sie mir ins Wort, und ich verstummte, gebremst von der Mauer ihrer Unerbittlichkeit. »Du vergisst, wie gut ich deine Mutter gekannt habe, October. Amandines Ausreden waren den deinen stets sehr ähnlich. Nichts, was du sagst, wird mir neu sein.«

Ich schaute auf, und sie begegnete meinem Blick, ohne mit der Wimper zu zucken. Ihre Lippen verzogen sich zu einem matten, traurigen Lächeln, und die Schuppen, die über ihre Wangen verliefen, kräuselten sich. »Mag sein. Aber du hast sie immer gehen lassen.«

Das Lächeln verblasste, wurde noch trauriger und zugleich schicksalsergebener. »Und ich habe es immer bedauert.«

»Wir tun, was wir tun müssen.«

»Und so muss es wohl auch sein.« Sie seufzte. »Na ja.«

»Was jetzt?«

»Jetzt verlässt du mich. Selbst wenn ich dich gegen deinen Willen hier festhalten könnte – selbst wenn ich es nach allem, was wir zusammen durchgemacht haben, überhaupt wollte … die Winterrose hat dich gebunden, und ich kann dem Gesetz nicht so gezielt trotzen. Die Sonne geht bald unter.«

»Unter?«, hakte ich nach und starrte sie an. »Lily, es war doch Nacht, als ich hierhergekommen bin.« Flüchtig fragte ich mich, wie viel Arbeitszeit ich wohl verpasst haben mochte.

»Die Zeit vergeht, October«, gab sie zurück. Darauf fiel mir keine Erwiderung ein. Lily sah mich ungerührt an und fuhr fort. »Sobald die Sonne untergegangen ist, wird Marcia ein Taxi für dich rufen, und ich lasse dich von einer meiner Helferinnen zum Rand des Parks begleiten. Wenn du mein Land verlässt, kannst du tun, was immer du für notwendig erachtest, und ich werde getan haben, was die Gastfreundschaft gebietet.«

»In Ordnung«, sagte ich.

»Ich bin noch nicht fertig.« Ihr Tonfall wurde schärfer und kälter. »Wären da nicht diese Bindung und der Umstand, dass du schon einmal mein unfreiwilliger Gast warst, würde ich dich überhaupt nicht gehen lassen. Das sollst du wissen. Deine Mutter würde mir deinen Tod nie verzeihen.«

»Meine Mutter hat die Sommerlande seit zwanzig Jahren nicht mehr verlassen«, gab ich zurück, ehe ich mich bremsen konnte. »Ich bezweifle, dass sie überhaupt herkäme, um dich anzubrüllen.«

»Ich denke, du wärest überrascht, was sie tun würde.« Ich starrte Lily an und fand keine Erwiderung darauf. Also setzten wir uns einfach und tranken Tee, während sich Schweigen zwischen uns ausbreitete, bis Lily den Kopf hob und ein unsichtbares Zeichen zur Kenntnis nahm.

»Die Sonne ist untergegangen«, verkündete sie und erhob sich mit flüssiger Anmut. »Komm, October. Nun ist es aber Zeit zu gehen. Ich hoffe bloß um deinetwillen, dass du dich ausreichend erholt hast.«

Ich rappelte mich auf und folgte ihr. Unterwegs hielt ich kurz inne, um meine blutigen Kleider von einer Púca mit Libellenflügeln und weißblinden Augen entgegenzunehmen. Sie wirkte so vertraut wie jemand, den ich einst gekannt hatte, aber ich fragte sie nicht, woher. Die Geschichten, auf die man in den unabhängigen Mugeln stößt, sind für gewöhnlich keine schönen.

Lily blieb stehen und musterte mich. »Du solltest dich anziehen«, schlug sie vor. »Es ist kalt da draußen, und daran bist du nicht so gewöhnt wie ich.«

»Stimmt«, pflichtete ich ihr bei. Niemand ist so sehr an die Kälte angepasst wie eine Undine, abgesehen von den verschiedenen Arten von Schnee-Fae. Lily konnte bei Temperaturen unter dem Gefrierpunkt nackt umherlaufen, ohne sich daran zu stören.

Ich zog die Jeans über den Saum des zu kurzen Gewands, wodurch es sich in eine etwas geschmacklose, teuer aussehende Seidenbluse verwandelte. Den Pullover trotz der Blutflecken und des Drecks überzustreifen gab mir etwas mehr das Gefühl, Herrin der Lage zu sein, ungeachtet des Lochs in der linken Schulter. Nicht wie eine Flüchtige aus einem Fae-Bordell gekleidet zu sein bewirkt so etwas bei mir. Ich hätte gern meinen Büstenhalter wieder angelegt, aber dafür hätte ich das Seidengewand ausziehen müssen. So knüllte ich ihn stattdessen zu einem Ball und stopfte ihn unter meinen Hosenbund. Mein linker Arm beugte sich zögernd, aber er beugte sich. Damit würde ich zufrieden sein müssen. Mir selbst zunickend, folgte ich Lily durch die Dunkelheit und zurück in die Welt der Menschen.

Die Nacht hatte die Touristen vertrieben und füllte die Schatten mit Massen anderer Art. Glühwürmchen gibt es in Kalifornien nicht, dennoch schwirrten Lichtpunkte über der Wasseroberfläche und huschten vor ehrgeizigen Fischen davon. Ein Pixiebefall hat auch seine Vorteile: Glühwürmchen bereichern die Nacht nicht mit glockenhellem Gelächter oder jagen einander in kunstvollen Tänzen durch die Luft. Durch die Äste der Bäume war Weihnachtsbeleuchtung geschlungen, die für eine zusätzliche, konstantere Helligkeit sorgte. Pixies, die der Luftakrobatik müde geworden waren, hockten auf den Kabeln, und Grüppchen von Bewohnern, deren Größe schon menschenähnlicher war, sprenkelten tratschend und lachend die Pfade. Der Teegarten erlebt seine Blüte stets dann, wenn nur die nächtlichen Bewohner zugegen sind, um ihn zu bewundern. Das ist die Zeit, in der niemand – und nichts – etwas zu verbergen hat.

Die Unterhaltungen verstummten, als wir uns näherten, und ich spürte im Vorbeigehen Augen im Rücken. Ich drehte mich nicht um. Manche Dinge lässt man besser ruhen, und dazu gehören Fragen von Leuten, die vierzehn Jahre lang ihre Heimat verloren haben, weil sie zu meinem Gefängnis geworden war. Es tat mir leid, und ich hätte es ungeschehen gemacht, ohne zu zögern, hätte es in meiner Macht gestanden … aber ich lernte jeden Tag ein wenig mehr, dass es nie zu einer Lösung führte, wenn man zurückblickte.

Die von Lily versprochene Helferin saß auf einem niedrigen Holzzaun neben dem Tor und plauderte mit einem großen, braunhaarigen Mann, dessen Augen der bezeichnende Schimmer von Fae-Salbe umgab. Ich blieb stehen und starrte sie an.

»Juliet?«, fragte ich.

Die Frau wandte sich dem Klang ihres Namens zu und lächelte, wobei sie übergroße Eckzähne hinter kirschroten Lippen offenbarte. Schmale Streifen liefen seitlich ihr Gesicht entlang und verloren sich in den goldenen und braunen Strähnen ihres Haars. »Hallo, Tobes«, sagte sie, glitt mit geschmeidiger Mühelosigkeit vom Zaun und grinste mich halb an. »Sehr überrascht?«

»Julie«, stieß ich beinah im Flüsterton hervor. Irgendwie überwanden wir den Abstand zwischen uns; dann umarmte ich sie und lachte so heftig, dass es wie ein Weinen aussah – oder weinte ich so heftig, dass es an ein Lachen grenzte? Julie hatte die Arme um mich geschlungen und tat es mir so ziemlich gleich, ergänzt um den grollenden Unterton ihres Schnurrens. Der Mann, mit dem sie gesprochen hatte, trat einen Schritt zurück, um aus dem Weg zu gehen, und beobachtete unsere Wiedervereinigung mit einem kleinen, fragenden Lächeln.

Letztlich schob ich Julie auf Armeslänge und musterte sie. »Was tust du denn hier?«

»Das Übliche.« Julie zuckte mit den Schultern und verdrehte die Augen, um auszudrücken, dass sie mit »das Übliche« nichts von Bedeutung meinte. »Onkel Tybalt regt sich mal wieder entsetzlich auf, deshalb bin ich hier und spiele die Helferin, bis es zu Hause wieder sicher ist.«

»Was hast du getan?«

Sie grinste. »Ihn gebissen.«

»Gut.« Ich drückte ihre Oberarme und erwiderte ihr Grinsen. Julie ist ein Cait-Sidhe-Wechselbalg, das Ergebnis einer Tändelei zwischen einem von Tybalts Höflingen und einer Sterblichen. Zum Leidwesen aller Beteiligten hatte sie die Wechselbalg-Entscheidung auf äußerst dramatische Weise vermasselt. Es gab einen Unfall – dessen Einzelheiten ich allerdings nie erfahren habe –, und ihre sterbliche Mutter kam dabei um, während Julie im Alter von sechs Jahren ihre artbedingte Gabe des Gestaltwandelns anzapfte. Als die Polizei eintraf, fand sie eine Leiche vor, aber kein kleines Mädchen. Julie befand sich bereits in den Händen der Familie ihres Vaters.

Es dauerte Jahre, sie in eine menschliche Gestalt zurückzulocken. Soweit ich weiß, hat Tybalt alles versucht, bis sie sich schließlich einfach verwandelte. Seither verläuft ihre Beziehung so: Als ihr De-facto-Onkel setzt er alles daran, sie zur Befolgung der Gesetze des Hofs der Katzen zu bewegen, und sie ignoriert sie weitgehend, bis zu dem Punkt, an dem sie hinausgeworfen wird. Immer wieder. Sie war ein verbittertes, trotziges, verhaltensgestörtes Kind, das zu einem gleichermaßen verhaltensgestörten Teenager heranwuchs; so war es nur natürlich, dass wir an dem Tag Freundinnen wurden, an dem wir uns begegneten. Sie birgt eine Menge Wut in sich und weiß sie auch auszudrücken. Als jemand, der schon immer besser verdrängte als etwas auszudrücken, beneidete ich sie darum.

Julie weist zudem das besondere Merkmal auf, der Grund dafür zu sein, weshalb Tybalt mich auf den Tod nicht ausstehen kann. Während meiner Zeit in den Sommerlanden hatten wir einige feindselige Auseinandersetzungen. Die meisten davon endeten damit, dass er mich daran erinnerte, wie liebend gern er mich ausweiden würde, wäre da nicht meine Mutter. Als wir heranwuchsen, folgte mir Julie vom Hof ihres Onkels geradewegs ins Heim – die erste Cait Sidhe, die etwas Derartiges wagte. Glückspilz, der ich bin, beschloss er, mir statt ihr die Schuld zu geben, weil ich »die Klügere« war. So bin ich eben. So lange ich zurückdenken kann, schaffe ich mir durch meinen Verstand Feinde.

»Möchtest du meinen Schatz kennenlernen?«, fragte Julie, packte den braunhaarigen Mann am Arm und zog ihn herbei, auf dass ich ihn bewundern konnte. »Ross, das ist October Daye – Toby, das ist Ross Hampton.«

»Sehr erfreut«, sagte er und streckte die Hand aus. Ich ergriff sie und schüttelte sie kräftig, während ich ihn musterte. Er war bestenfalls ein Viertelblut, und sein Erbe war unterschwellig. Etwas in den Schatten seiner Augen hätte mir ein Hinweis sein sollen, aber ich war zu müde, um es genau erkennen zu können. »Julie redet viel von dir.«

»Jetzt mach ich mir Sorgen«, sagte ich, zog die Hand zurück und sah Julie an.

»Seine Mutter war eine Dienerin dieser Lande«, erklärte Lily. Sie streckte sich auf die Zehenspitzen und zerzauste Ross das Haar. Er ließ es gutmütig über sich ergehen und bückte sich sogar, um es ihr einfacher zu machen. »In ihrer Abwesenheit fungieren wir als sein Heim und Herd. Er braucht Hilfsmittel, um unsere grundlegenden Trugbanne zu durchschauen, aber es ist nicht schlimm genug, um ihn seines Platzes zu berauben.«

Dünnes Blut gilt in Faerie als sozialer Makel, ist jedoch nicht schlimm genug, um jemanden völlig zu verbannen. Einige von Faeries bedeutendsten Gelehrten und Magie-Theoretikern hatten dünnes Blut – es verlieh ihnen die Fähigkeit, uns als das zu betrachten, was wir sind, aber mit Abstand. Und dadurch wurden sie stärker, als die meisten Leute begreifen können. Es sagte schon einiges über Lily aus, dass sie Ross und Marcia bei sich aufgenommen hatte.

»Alles klar«, meinte ich nur und schob die Hände in die Hosentaschen. Dann sah ich wieder Julie an und sagte: »Ich vermute, du weißt, was los ist, oder?«

»Lily sagt, du hast Probleme mit schießwütigen Idioten, deshalb sind Ross und ich hier, um dich durch den großen, bösen Park bis zu deiner wartenden Kutsche zu bringen, die in deinem Fall ein Taxi aus San Francisco ist«, gab sie zurück und drückte sich Ross' Arm in einer besitzergreifenden Geste an die Brust. »Wird ein Spaziergang.«

»Genau«, erwiderte ich und spähte zu Lily hin, die den Kopf schüttelte. Dies war meine Entscheidung. Sie wusste, dass Julie genug Cait Sidhe war, um Bedrohungen körperlicher Gewalt niemals ernst zu nehmen; sie hielt sich selbst für die größte Bedrohung in der Gegend, obwohl ihr Blut so dünn war wie das meine. Was aber Ross betraf … Er mochte es gut meinen, doch er war ein Viertelblut, was bedeutete, dass seine Magie bestenfalls schwach, falls überhaupt vorhanden war. Sie gab mir also einen Viertelblütler mit, der vermutlich höchstens laut schreien und sich verstecken konnte, und eine halbe Cait

Sidhe, die glaubte, sie könne alles und jedem Angst einjagen, nur dadurch dass sie brüllte und die Krallen zeigte. Warum?

Weil sie dachte, mich auf diese Weise davon überzeugen zu können, nicht zu gehen. Kopfschüttelnd setzte ich mich in Richtung des Tores in Bewegung. Falls wir von etwas angegriffen werden würden, könnten wir einfach in Panik geraten, bis es verschwände. »Kommt. Bringen wir diese wandernde Kuriositätenschau in die Gänge.«

Lily folgte uns so weit, wie sie konnte. Als wir ihr Land verließen und den eigentlichen Park betraten, sagte sie: »October?«

Julie und Ross befanden sich einige Schritte vor mir. Julie hielt noch immer seinen Arm fest. Ich blickte zu Lily zurück, die sich als Umriss vor dem Gartentor abzeichnete, und erwiderte bloß: »Ja?«

»Sei vorsichtig.«

»Bin ich das nicht immer?«, fragte ich. Damit wandte ich mich ab, ohne eine Antwort abzuwarten, und folgte meiner Eskorte durch das Tor hinaus.

Außerhalb des Teegartens herrschte fast völlige Finsternis. Nur das Licht unregelmäßig verteilter Straßenlaternen und das Funkeln vorbeifliegender Pixies durchbrachen die Schatten. Sowohl Fae-Gestalten als auch menschliche Schemen bewegten sich durch die dunklen Flecken und folgten den Pfaden, die ihnen die Nacht offenbarte. Die nächtlichen Bewohner des Golden Gate Parks brauchen allesamt wenig Licht; es würde ihnen höchstens Dinge offenbaren, die sie lieber im Verborgenen wussten.

Nachdem wir Lilys Hoheitsgebiet hinter uns gelassen hatten, ging Julie voraus. Dank ihres Cait-Sidhe-Erbes verfügte sie über eine Nachtsicht, neben der sich die meine geradezu mickrig ausnahm. Allerdings war meine vermutlich besser als jene von Ross. Fae-Salbe ermöglicht es Menschen, Trugbanne zu durchschauen, aber sie vermag nicht, das menschliche Auge zu verändern. Er musste also mit dem auskommen, was sein Blut ihm gewährte. Ich bemühte mich, möglichst Schritt zu halten. Das Pochen in meiner Schulter blieb ein steter Begleiter, allerdings so gedämpft, dass es nur eine geringe Ablenkung bedeutete. Lily verstand ihr Handwerk.

»Für Dezember ist es eine angenehme Nacht«, sagte ich noch und kniff in der nebligen Düsternis die Augen zusammen. »Ich bilde mir fast ein, die Hand vor dem Gesicht zu sehen.«

»Mag sein«, sagte Julie. »Es regnet jedenfalls nicht. Das ist doch schon mal etwas.«

»Ich mag Regen.«

Julie warf mir einen garstigen Blick zu, ihre Augen schimmerten in einem fahlen, verärgerten Grün. Ich grinste sie an. Die meisten Katzen mögen kein Wasser, und obwohl Julie sich gerne als Tigerin aufspielte, war sie in dieser Hinsicht nicht anders. Ja, Tiger hatten Streifen, aber die hatten Tigerkatzen ebenfalls. Wenn man den Unterschied zwischen den beiden herausfinden möchte, braucht man sie nur in einen Swimmingpool zu werfen. Danach empfehle ich allerdings, umgehend die Flucht zu ergreifen.

»Ich nicht«, gab sie mürrisch zurück.

»Ich schon«, sagte Ross. Ein Teil der Anspannung wich aus Julies Schultern. Lächelnd bedachte sie mich mit einem Achselzucken, aus dem sprach: »Was soll man machen?«. Ich grinste zurück. Cliff hatte mir eine Menge über die Anpassungsmöglichkeiten der eigenen Einstellung beigebracht, die man bisweilen vornehmen muss, wenn man den Frieden in einer Beziehung aufrechterhalten will. Womöglich wurde dieser Ross mehr als nur ein flüchtiges Techtelmechtel.

Die Cait Sidhe verlieben sich nicht oft. Meist geben sie sich kurzen, heißen Affären hin, die für beide Seiten nichts bedeuten, und vor allem verlieben sie sich nie in Wechselbälger, wenn es sich vermeiden lässt. So ist es einfacher. Sich in jemanden zu verlieben, der altert und stirbt, während man selbst ewig lebt, ist kein Überlebenstrieb, deshalb haben die Cait Sidhe gelernt, Abstand zu wahren … doch das bedeutet auch, dass sie sich umso inniger verlieben, wenn es passiert. Julie ist nur zur Hälfte Cait Sidhe, und ich habe noch nie erlebt, dass sie jemanden so ansah wie diesen Ross. Ich musterte ihn mit etwas mehr Interesse und versuchte herauszufinden, woher sein Fae-Blut stammte.

Er musste an Blicke dieser Art gewöhnt sein, denn er lächelte und verriet: »Der Vater meiner Mutter war ein Roane.«

»Oh, ich verstehe«, gab ich zurück. Roane sind freundlichere Verwandte der Selkies. Sie neigen nicht so sehr zu Rachsucht, und ihre Magie ist angeboren – wie die Cait Sidhe sind sie Gestaltwandler, keine Hautwandler wie die Selkies.

Julie ließ ein weiteres Grinsen in meine Richtung aufblitzen. »Das ist mein Mann.«

»Das ist schön«, sagte ich. Das Licht wurde heller, als wir uns der Straße näherten, wo mein Taxi hoffentlich noch wartete. Ich wollte nach Hause, fünf Liter Orangensaft trinken und etwas essen, bevor ich anfing, Leute anzurufen, um sie wissen zu lassen, dass ich noch lebte. Ich verzog das Gesicht. Sylvester musste in einem Zustand äußerster Panik sein, und Devin erging es wahrscheinlich kaum besser.

Hinter uns knackte ein Zweig. Ich drehte mich herum und zuckte zusammen, als der Verband an meiner Schulter die Ränder der noch frischen Schussverletzung zusammenzog. Da war aber niemand. Ich verharrte einen Augenblick, bevor ich mich meiner verwirrten Eskorte zuwandte. Die Zeit nutzte ich sowohl, um zu Atem zu kommen, als auch, um die Dunkelheit nach möglichen Gefahren abzusuchen.

Julie blickte belustigt drein, Ross hingegen wirkte verängstigt. Ich versuchte, ihn zu beruhigen und sagte: »Ich bin bloß etwas nervös.«

»Ich rieche zwar nichts«, erklärte Julie, »aber der Wind weht auch von uns weg. Ich glaube nicht, dass wir verfolgt werden.« Beunruhigt sah Ross sie an, und der getigerte Wechselbalg lächelte. »Schon gut, Schätzchen, uns passiert nichts. Du hast ja mich und Tobes bei dir. Was könnte da schon geschehen?«

Man soll das Schicksal nie herausfordern. So etwas nimmt es sehr ernst. Ich setzte dazu an, mich umzudrehen, als der zweite Zweig knackte – diesmal viel, viel näher. Doch ich wusste bereits, dass ich nicht schnell genug sein würde. Man ist nie schnell genug, wenn die Gefahr echt ist.

Der Schuss hörte sich wie ein Donnerschlag an.

Ross brüllte. Ich sah nicht zurück, auch nicht, als Julie zu knurren anfing wie der Tiger, der sie gern gewesen wäre. Ich hatte keine Zeit, mir um die beiden Sorgen zu machen; ich hatte überhaupt kaum Zeit zu reagieren. Mir war bereits klar, was geschehen sein musste, und noch während ich mich duckte und den zweiten Schuss über mich hinwegpfeifen ließ, schalt ich mich eine Närrin. Der Powrie, der zuvor versucht hatte, mich umzubringen, hatte gesehen, wie ich in den Bus gestiegen war. Danach brauchte er der Spur nur bis zu Lilys Tür zu folgen und zu warten, bis ich wieder herauskam. Wir waren mitten in seine Falle getappt.

Er stand mit gezückter Pistole auf dem offenen Gelände zwischen uns und der tiefer gelegenen Straße. Dichter Nebel wirbelte um seine Knöchel. Knapp zwei Meter Bösartigkeit, aus Muskeln bestehend und mit grinsenden Haifischzähnen bestückt, hätten mich auch ohne Pistole eingeschüchtert … aber dass er sie hatte, stufte ihn definitiv von »mögliche Bedrohung« auf »wahrscheinliche Todesursache« höher.

Ich stand wie erstarrt da und überlegte krampfhaft, was ich tun sollte, als Julie knurrend über meinen Kopf hinweghechtete und in der Luft eine Drehung vollführte, um ihn mit den Füßen voraus in die Brust zu treffen. Er wankte nach hinten und schlug sie wie eine Hauskatze beiseite. Immer noch knurrend landete sie auf dem Boden, sprang wieder auf die Füße und blickte mich an. Ich erkannte den Wink, als ich ihn sah. Als wir noch für Devin arbeiteten, hatten Julie und ich Seite an Seite gekämpft, und wir waren sogar ziemlich gut darin gewesen. Ich wusste, wie sie sich bewegen würde. Sie wiederum wusste, dass ich ausweichen würde. Wechselmannschaftstaktiken sind die beste Hoffnung, wenn man waffentechnisch so unterlegen ist, wie wir es waren.

Es ist schwierig, auf mehr als eine Person gleichzeitig zu achten – deshalb haben Gangs einen solchen Vorteil bei den meisten Kämpfen. Ich holte mit dem Arm aus, preschte vor und schlug dem Mistkerl seitlich gegen den Kopf, und zwar so hart ich konnte. Der Rückstoß schnellte meinen gesamten Arm entlang, und ich verbiss mir einen Aufschrei, als ich spürte, wie etwas riss. Immerhin erzielte ich die gewünschte Wirkung, denn er knurrte, wandte sich mir zu und hob die Pistole an. Das verschaffte Julie die Lücke, die sie brauchte, um ihn erneut anzugreifen. Kreischend und fauchend krallte sie nach seinen Augen. Es ist nie gut, als Einzelner gegen eine Gang zu kämpfen. Wenn man die Gegner nicht so ausschaltet, wie sie heranstürmen, lassen sie sich einfach zurückfallen und behindern einen.

Zu unserem Pech begriff er schnell. Er schlug nach Julie, und sie duckte sich, wobei sie ihre Bewegung auf meinen nächsten Hieb abstimmte – doch statt sich mir zuzuwenden, zielte er mit der Pistole mitten auf ihre Stirn. Sie erstarrte; ihre Augen weiteten sich verängstigt. Ich glaube, es hatte noch nie zuvor jemand eine Schusswaffe auf sie gerichtet, und aus dieser Entfernung brauchte er nicht einmal ein guter Schütze zu sein; er musste nur den Abzug betätigen.

Ich biss die Zähne zusammen und wappnete mich, ihn erneut zu schlagen. Es würde ihn nicht verletzen können, aber vielleicht würde er lange genug wegschauen, damit Julie ausweichen konnte. Er war ein Schlägertyp, und Schlägertypen werden in der Regel nicht ihres Verstandes wegen angeheuert. Wenn wir uns weiterhin abwechselten, konnten wir mit etwas Glück so lange verhindern, dass er eine von uns erschoss, bis wir einen Plan hatten, und das schien mir eine gute Idee zu sein. Wechselbälger erleiden durch Eisen nicht so viel Schaden wie Reinblütler, aber jede Art von Kugel kann einen bis dahin guten Tag so ziemlich ruinieren.

Er konzentrierte sich immer noch auf Julie und spannte gerade langsam den Hahn, als ich ihn von der Seite schlug. Er drehte sich herum. Die Waffe schwenkte in meine Richtung, und Julie ließ sich zurückfallen, sie war offensichtlich aus dem Gleichgewicht geraten. Oh, Eiche und Esche. Diesmal würde sie ihn nicht angreifen; sie war zu verängstigt. Er würde nicht abgelenkt werden.

»Sachte, Großer«, sagte ich und wich einen Schritt zurück. Falls er mich verfehlte, würde ich die Flucht ergreifen … falls nicht, war ich erledigt. »Ist nicht nötig, gewalttätig zu werden …« Die Waffe feuerte eine halbe Sekunde, bevor die Schmerzen aufflammten. Ich brüllte und schlug die Hände über das neue

Loch in meinem rechten Oberschenkel. Der Menge des Blutes nach zu urteilen, das zwischen meinen Fingern hervorquoll, hatte er die Hauptschlagader verfehlt – was in Anbetracht der Schussdistanz nicht gerade Gutes verhieß. Er hatte mich absichtlich nur verwundet. Er wollte sich Zeit lassen.

Ich zwang mich, nicht zu hyperventilieren, und hob den Kopf. Wenn ich schon sterben musste, dann mit offenen Augen. Er stand unmittelbar vor mir, Julie kauerte eingerollt auf dem Boden hinter ihm.

»Danke für die nette Fahrt, Miststück«, knurrte er und hob die Pistole.

Evening, es tut mir leid, dachte ich. Ich begegnete seinem Blick, straffte die Schultern und wartete darauf, dass er abdrückte. Das war es: das Ende des Spiels.

Da sprang Tybalt aus den Bäumen über uns und landete heftig auf dem Schädel des Powrie.

Die Pistole flog durch die Luft, ich fiel rückwärts und konnte mich nur mit Müh und Not abfangen. Ich habe immer noch keine Ahnung, weshalb ich nicht das Bewusstsein verlor. Ich konnte mich nicht bewegen, sondern nur mit offenem Mund auf das Geschehen starren. Bisher hatte ich den König der Katzen noch nie kämpfen sehen. Plötzlich aber war er überall, schien nur noch aus Fängen, Klauen und Wut zu bestehen, knurrte wie eine Kettensäge, die versucht, eine Oper zu singen. Unser unbedarfter Häscher hatte keine Chance.

Julie rappelte sich auf die Beine und schüttelte sich, bevor sie zurück in die Dunkelheit rannte. Mir wurde das Herz schwer, als ich erkannte, dass ich seit dem Beginn des Gefechts keinen Laut mehr von Ross gehört hatte. Ich wollte Julie folgen, konnte meine Füße jedoch nicht dazu überreden, sich zu bewegen. Tybalts Hand schnellte mit ausgefahrenen Krallen abwärts und quer über die Kehle des Powrie. Ich konnte gerade noch den Blick abwenden, bevor er den Treffer landete, und erblickte die Pistole, kaum einen Meter entfernt. Mühsam rappelte ich mich auf Hände und Knie und robbte über das Gras, um sie mir zu holen. Die Wunden in meinem Oberschenkel und meiner Schulter brüllten bei jeder Bewegung.

In der Waffe befanden sich noch drei Eisenpatronen – genug, um ein Dutzend Wechselbälger zu töten. Vermutlich sollte ich mich geehrt fühlen, dass jemand so viel Mühe auf sich lud, um mich aus dem Weg zu räumen, doch mir wurde nur übel. Die verbliebenen Kugeln sangen den Wunden in meiner Schulter und meinem Oberschenkel zu und verschlimmerten die Schmerzen noch. Eisen erkennt sich. Nicht zuletzt deshalb ist es so gefährlich.

Hinter mir setzte ein leises Schniefen ein, das schriller und lauter wurde, bis es in ein lang anhaltendes Geheul ausartete. Ich stemmte mich auf die Füße und drehte mich um, den Blick nach wie vor zu Boden gerichtet. Ich wollte nicht sehen, was mich dort erwartete – aber ich musste. Sogar die Reinblütler trauern um ihre Toten.

Julie hielt Ross in den Armen. Ihr Haar breitete sich wie ein Leichentuch über ihnen beiden aus. Blut war nicht viel zu erkennen, nur ein paar Spritzer vorne auf Ross' Hemd; zu wenig, um zu erklären, weshalb er sich nicht rührte … bis Julie den Kopf hob, dadurch ihr Haar beiseitezog und das schartige Loch offenbarte, das den Großteil seiner Stirn über dem linken Auge weggefetzt hatte. Er musste auf der Stelle tot gewesen sein. Irgendwie bezweifelte ich, dass dies Julie ein Trost sein würde. Lily hatte die beiden mitgeschickt, um mich zu beschützen. Warum also fühlte es sich so an, als wäre ich diejenige, die dabei versagte hatte, *sie* zu beschützen?

Eine Hand senkte sich auf meine Schulter. Ich wollte zurückspringen und taumelte stattdessen, als sich die Schmerzen in meinem Bein wieder meldeten. Tybalt schlang einen blutigen Arm um mich und fing meinen Sturz auf, indem er mich an sich abstützte. Mit zu Schlitzen verengten Pupillen blickte er auf mich herab. Ich schluckte.

»Ich …«, stammelte ich. Er schaute zu Julie und Ross, dann wieder zu mir. Ich nickte. »Das wollte ich nicht.«

»Ich weiß. Und Lily wollte ebenso wenig, dass den beiden etwas geschieht«, sagte er in einem freundlicheren Tonfall, als ich ihn jemals von ihm gehört hatte. »Auch Julie wird das wissen, sobald sie dazu in der Lage ist. Aber im Augenblick wird sie es nicht verstehen.«

»Bist du verletzt?« Ich betrachtete ihn, so gut ich es – so an seine Brust gedrückt – konnte. Das Blut schien aber ausnahmslos nicht von ihm zu stammen. Der Powrie lag reglos dort, wo er gefallen war, aber beim Gedanken an die Trostlosigkeit in Julies Augen konnte ich irgendwie kein Mitgefühl für ihn empfinden. Er wurde angeheuert, um zu töten, und er wollte seine Aufgabe erledigen. Hoffentlich hat ihm sein Auftraggeber auch genug bezahlt, um dafür zu sterben.

Tybalt blinzelte und blickte verdutzt drein. »Ich bin nicht verletzt. Du hingegen …«

»Ich habe ja schon eine Eisenvergiftung. Mit so viel Undinen-Wasser in mir wird es durch diese neue nicht noch schlimmer werden.«

»Trotzdem …«

»Ich kann stehen«, sagte ich und drückte mich von ihm weg. Nach kurzem Zögern ließ er mich los. Ohne die Augen von mir abzuwenden, senkte er die Hand auf die Wunde an meinem Oberschenkel, drückte zwei Finger dagegen und hob sie an den Mund. Seine Zunge schnellte hervor, um das Blut zu kosten. Ich unterdrückte ein Schaudern.

»Das ist kein sterbendes Blut«, erklärte er schließlich. »Du wirst weiterleben.«

»Großartig, das ist sehr beruhigend. Jetzt fühle ich mich gleich besser.«

»Solltest du auch. Es wäre sehr unpraktisch gewesen, dich heute Nacht sterben zu lassen.«

Ich schlang die Hände fest um mein Bein und verbiss mir mehrere spitze Erwiderungen. Die Blutung verlangsamte sich. Tybalt hatte recht. Die Verletzung würde mich nicht umbringen. »Weil du dann die verfluchte Lade ewig am Hals hättest?«

»Natürlich«, gab er zurück.

Ich Idiotin. Warum sollte er mich denn retten, wenn nicht für seine Schulden? Unter gewöhnlichen Umständen wäre er wahrscheinlich mit Popcorn aufgekreuzt. »Du hast gut gekämpft. Ich habe dich noch nie zuvor dabei beobachtet.«

Er gestattete sich ein schmales Lächeln. »Du hast ihn lange genug abgelenkt, da konnte ich in die Bäume klettern.« Näher ließen uns die komplexen Gesetze der Etikette von Faerie nicht an einen gegenseitigen Dank heran. Ich nickte stattdessen und fragte: »Was hast du hier gemacht?«

»Auf dich gewartet.«

Ich blinzelte. Damit hatte ich nicht gerechnet. »Was?«

»Du warst … verletzt, als du den Teegarten betreten hast«, erklärte er und schaute kurz weg. »Ich dachte, du könntest Schwierigkeiten haben, wenn du wieder herauskommst, und ich hatte recht. Wenn es um dich und Schwierigkeiten geht, habe ich so gut wie immer recht.«

»Du … warum?«, fragte ich verblüfft.

Er zuckte mit den Schultern. »Die Bedingungen meines Versprechens.« Ich bedachte ihn mit einem verständnislosen Blick, und er fuhr fort. »Ich sagte doch, ich würde dir ... dieses Ding zurückgeben. Das kann ich aber nicht, wenn du stirbst.«

»Das ist mir schon klar. Ich dachte bloß ...« Da verstummte ich kurz. »Ich glaube, ich dachte nur nicht, dass du es ganz so ernst nehmen würdest.«

»Ich nehme meine Versprechen *sehr* ernst – all meine Versprechen. Wenn du mich jetzt bitte entschuldigst – das alles war nicht gerade unauffällig. Allein die Schüsse werden die Polizei anlocken. Ich muss die Beweise verschwinden lassen.«

Beweise? Der Leichnam des Powrie würde weggeschafft werden müssen, bis die Nachtschatten kämen; dasselbe galt für Ross. Bei ihm wusste ich nicht, ob sich sein Körper so sehr von dem eines Menschen unterschied, dass er ersetzt werden musste, oder ob er einem Unsterblichen so nah kam, dass die Nachtschatten ihn wollten, aber letztlich spielte es auch keine Rolle. Was immer mit ihm geschehen würde, er würde tot bleiben.

Er – nicht aber sein Blut. Wenn ich aus Evenings Tod etwas gelernt hatte, dann dies: dass mir die Toten noch jede Menge erzählen können. Ein gedungener Powrie würde vermutlich auch keine unschönen Blutflüche an sich haben, die arglose Wechselbälger überraschen könnten. »Tybalt, die Leiche. Ich muss ...«

»Du musst weg von hier.«

Julie heulte immer noch und wiegte Ross' Körper hin und her. Ich wollte unbedingt zu ihr gehen, doch die Schmerzen in meinem Bein bremsten mich, noch bevor ich Tybalts Hand spürte, die mich zurückhielt.

»Geh nach Hause, October«, forderte er mich in einem etwas schrillen Tonfall auf. »Ich kümmere mich hier um alles.«

Ich drehte mich zurück und sah ihn finster an. »Empfindest du denn gar keine Anteilnahme?«, verlangte ich zu erfahren und deutete auf Julie und Ross.

»Davon empfinde ich mehr, als du mir zugestehst. Aber tot ist tot, und ich werde mein Wort halten. Lass dein Bein verarzten und sorg dafür, dass du mich nicht zum Lügner machst, indem du stirbst. *Geh nach Hause!*«

Ich schüttelte seine Hand von der Schulter ab und bedachte ihn mit einem bösen Blick, dann humpelte ich den Rest des Hangs hinab. Wenn er die Scherben aufklauben wollte, würde ich ihn dies tun lassen müssen. Außerdem hatte er recht. Die Zeit reichte nicht, um sich an der Leiche zu schaffen zu machen, bis die Polizei der Sterblichen käme. Ich hatte auch ohne eine Festnahme wegen des »öffentlichen Trinkens vom Blut eines Leichnams« schon genug Sorgen.

Das von Lily versprochene Taxi wartete auf der Straße mit so laut plärrendem Radio, dass der Fahrer die Schüsse wahrscheinlich gar nicht gehört hatte. Ich kletterte auf den Rücksitz und nannte meine Adresse. Niemand würde mir folgen, dafür würde Tybalt sorgen. Ich musste ihm vertrauen, denn dazu hatte ich mich ohnehin bereits verpflichtet. Und jetzt ging es um Leben oder Tod.

Der Fahrer brummte zur Bestätigung, fuhr los und lenkte uns durch den Nebel des späten Dezembers. Trotz der Lautstärke des Radios meinte ich, Julie immer noch weinen zu hören. Wer immer Evening getötet hatte, nun war es mehr als der Geschmack von Rosen, für den sie sich verantworten mussten: ein Mann, der eine Cait Sidhe geliebt und im Beisein von Freundinnen gestorben war, die ihn nicht retten konnten. Und dafür würden die Mörder bezahlen.

KAPITEL 17

Der Fahrer behielt die Augen auf der Straße und brummte: »Dafür werden Sie bezahlen müssen.«

»Was?« Ich schaute von meinem hastigen Versuch auf, aus meinem zuvor abgelegten Büstenhalter einen Druckverband für mein verwundetes Bein zu machen. Als ich darauf kam, den Formbügel zu entfernen, funktionierte es sogar richtig gut.

»Der Sitz. Mir ist egal, was passiert ist, und wenn Sie nicht ins Krankenhaus wollen, ist das Ihre Sache, aber Sie werden für die Polsterung bezahlen müssen.«

Oh. »Ich dachte, Lily hätte Sie bereits bezahlt«, sagte ich lahm.

»Für die Fahrt schon, aber nicht für die Reinigung, die ich durchführen muss, nachdem ich Sie abgesetzt habe.« Er sah mich über den Innenspiegel an. »Wenn ich mir die Bemerkung erlauben darf, Sie sollten sich den Vorschlag mit dem Krankenhaus doch noch mal durch den Kopf gehen lassen.«

»Werd darüber nachdenken«, sagte ich, sackte auf den Sitz zurück und schloss die Augen. »Ich habe meine Geldbörse nicht dabei.« Ich fand sie nirgendwo, weil ich sie im Auto zurückgelassen hatte, als ich geflüchtet war. »Wenn Sie mich zur Tür begleiten, kann ich Sie für die Reinigung bezahlen.« Wenn er mich zur Tür begleitete, würde ich mit Sicherheit dort ankommen.

»Abgemacht«, willigte er ein.

Der Rest der Fahrt verlief schweigend.

In meiner Siedlung rollte er auf einen der Besucherparkplätze vor dem Büro des Verwalters, stellte den Motor ab und kam zu meiner Tür, um sie für mich zu öffnen, bevor ich mein steifer werdendes Bein dazu überreden konnte, sich zu bewegen. »Kommen Sie«, sagte er barsch und bot mir seinen Arm an. »Allein schaffen Sie das nicht.«

Ich bedachte ihn mit einem verwunderten Blick und bemerkte endlich den Schimmer der menschlichen Tarnung, die ihn umgab. Er lächelte belustigt.

»Was ist? Noch nie einen Taxifahrer gesehen?«

»Ist schon eine Weile her«, gab ich zurück und bediente mich seines Ellbogens, um mich aus dem Wagen zu hieven. Als ich aufstand, wog ich unwillkürlich die Zusammensetzung seines Blutes ab und entspannte mich. Brückentroll. Das sind große, friedliebende und zuverlässige Leute, die ihre Pflichten – auch so kleine wie das Begleiten einer Frau zu ihrer Tür, um bezahlt zu werden – durchaus ernst nehmen.

Wir sprachen nicht miteinander, als er mir auf dem Weg zu meiner Wohnung half. Ich blieb stehen, sobald meine Tür zu sehen war, und wäre um ein Haar gestolpert.

»He, vorsichtig«, ermahnte er mich, als seine große Hand an meine Schulter wanderte, um mich zu stützen. Argwöhnisch schaute er zu meiner Veranda. »Ist der Kerl ein Freund von Ihnen?«

»Ja«, sagte ich, als mich Erleichterung durchströmte. »Ist er.«

Zum zweiten Mal binnen weniger als einer Woche erwartete mich jemand auf meiner Schwelle. Devin schaute auf, als er unsere Stimmen hörte, dann sprang er auf die Beine und kam regelrecht auf uns zugerannt.

»Toby!« Ohne dem Taxifahrer die geringste Beachtung zu

schenken, legte er mir die Hände auf die Schultern und riss mich an sich. Ich zischte, als er den Wickel berührte, und die Welt wurde ganz kurz weiß vor Schmerz. »Oh, Wurzel und Zweig, Julie hat schon gesagt, es sei schlimm, aber ich hatte ja keine Ahnung …«

»Julie?«, stieß ich hervor, während der Taxifahrer gleichzeitig überrascht rief: »Toby?«

Sowohl Devin als auch ich starrten ihn an. Das war aber ganz in Ordnung, da er mich ebenfalls anstarrte.

»Toby?«, wiederholte er. »Wie in October Daye?«

»Traurigerweise ja«, bestätigte ich und blinzelte, als Verwirrung die Oberhand über die Schmerzen in meinem Oberschenkel und meiner Schulter gewann. »Kennen wir uns?«

»Nein, aber Sie haben meiner kleinen Schwester mal vor etwa siebzehn Jahren aus einer brenzligen Lage geholfen.« Er grinste und entblößte dadurch Zähne, die nicht einmal ein Trugbann als etwas anderes als Brocken schartigen Steins erscheinen lassen konnte. »Vergessen Sie, was ich über die Polsterung gesagt habe, ja? Ich will Ihr Geld nicht. Ich kenne da einen Bannick, der so was ohnehin fast umsonst macht. Brauchen Sie mal ein Taxi, rufen Sie einfach an und fragen nach Danny. Ist das Mindeste, was ich tun kann.« Er verstummte kurz, bevor er beinah schüchtern hinzufügte: »Schön zu sehen, dass Sie wieder im Geschäft sind. Dieses Königreich braucht mehr Leute wie Sie.« Damit ging er, lief rasch den Pfad entlang zurück und ließ mich an Devin gestützt nachdenklich hinter ihm herstarren.

»Das war eigenartig«, sagte ich schließlich.

»Eigenartig interessiert mich nicht.« Devins Tonfall war scharf. »Mich interessiert nur, dich hineinzuschaffen und mir diese Wunden anzusehen. Was hast du gemacht, Toby?«

»Oh, das Übliche«, gab ich zurück und ließ mich von ihm zur Eingangstür führen. »Hab meinen Wagen zu Schrott gefahren. Wurde angeschossen. Zweimal. Mit Eisenkugeln. Hab 'ne Menge Blut verloren. Lily ist es zwar gelungen, mir einen Großteil davon zurückzugeben, aber das war, bevor ich zum zweiten Mal angeschossen wurde …« Die Welt drehte sich. Ich stützte mich auf Devins Arm. Das war ein vertrautes Gefühl: schwindlig vor Blutverlust, gestützt auf Devin.

»Wenn du dich einmal entschließt, zu deiner Arbeit zurückzukehren, machst du keine halben Sachen, was?«

Darauf wusste ich nichts zu erwidern. Stattdessen stolperte ich. Devin fing mich auf und trug mich in meine Wohnung. Irgendwie erschien mir das falsch zu sein. Stirnrunzelnd fragte ich: »Hatte ich die Tür nicht abgeschlossen?«

»Pst. Doch, hattest du, aber immerhin war ich es, der dir beigebracht hat, Schlösser zu knacken. Schon vergessen?« Er legte mich auf die Couch. »Runter mit der Hose.«

»Du bist ein unverbesserlicher Romantiker, was?« Ich zog die Pistole unter dem Hosenbund hervor und beugte mich zur Seite, um sie auf den Kaffeetisch zu legen. Das Letzte, was ich jetzt gebrauchen konnte, war, mich selbst anzuschießen.

»Nachdem Julie angerufen hatte, dachte ich, es könnten vielleicht heldenhafte Maßnahmen nötig sein.« Devin hob eine große schwarze Kiste auf und schüttelte sie in meine Richtung. »Ich hab den Erste-Hilfe-Kasten mitgebracht.«

In Devins Branche herrschte ein rauer Wind, der Heiler nicht unbedingt anzog. Infolgedessen besaß er selbst einiges an Erfahrung mit Heiltränken, -zaubern, -salben und allem, was noch dazu dienen konnte, einen Körper schneller wieder zusammenzuflicken, als es die Natur aus eigener Kraft vermochte. Heiltränke fordern ihren Tribut, aber wenn man in so großer Not ist, dass man sie braucht, empfindet man es immer als gerechten Handel.

Normalerweise hätte mich der Anblick des Kastens mit uneingeschränkter Freude erfüllt. Diesmal jedoch gab es ein kleines Problem. »Eisenkugeln, Devin«, sagte ich und schloss die Augen. »Du wirst keinen Zauber haben, der eine Eisenvergiftung behandeln kann.«

»Mag sein, aber ich kann mich zumindest um den Blutverlust und die Fleischwunden kümmern«, erwiderte er. Ich spürte, wie seine Finger den Knopf meiner Jeans öffneten, während er sich hinkniete. »Du kannst niemandem etwas nützen, wenn du tot bist.«

»Darüber könnte man streiten«, entgegnete ich, erschlaffte und ließ ihn arbeiten.

Devin zischte, als er meine Jeans zurückschob. »Was hast du vor, dagegen zu unternehmen? Es wegwünschen?«

»Keine Ahnung. Glaubst du denn, das würde funktionieren?«

»Höchstens, wenn du einen Dschinn im Schrank versteckt hast.« Der durchdringende Geruch von Desinfektionsmittel stieg mir in die Nase, und ich spürte, wie er begann, das Blut abzuwischen.

»Als ich zuletzt nachgesehen habe, hatte ich noch keinen.« Ich öffnete die Augen und sah hinunter.

Auf den ersten Blick schien es gar nicht so schlimm zu sein. Es war ein glatter Durchschuss gewesen. Die Kugel hatte ein kleines, fast ebenmäßiges Loch an der Vorderseite meines Oberschenkels hinterlassen. Rings um die Austrittswunde musste der Schaden größer sein. Ich konnte sie zwar nicht sehen, aber ich fühlte die ausgefransten Ränder der Muskeln, die dort aneinanderschabten. Als Devin das Blut beseitigte, kamen dünne rot-weiße Linien zum Vorschein, die wie Vorboten einer Infektion von der Wunde ausstrahlten. Das war die eigentliche Gefahr. Nicht der Blutverlust, nicht die Verletzung, sondern das Eisen.

»Hast du versucht, einen Trugbann zu weben, seit du angeschossen wurdest?«, fragte Devin, während er mit nach wie vor gesenktem Kopf weiter an meinem Bein arbeitete.

»Ich habe das Mädchen, das am Tor arbeitet, mit einem Verwirrungsbann belegt«, antwortete ich. Allmählich wurde mir durch den Anblick von so viel Blut ein wenig übel. Wie viel Blut fließt überhaupt in einem Körper? Und wie viel kann man sich leisten zu verlieren?

»Und nach dem zweiten Mal?«

Ich zögerte. Tybalt hatte mich in Richtung des Taxis geschoben, mein Haar hatte meine Ohren bedeckt ... »Nein«, gestand ich. Meine Augen weiteten sich. »Bei Maeves Zähnen, Devin, ich bin gerade ohne Tarnzauber an mir mit einem Taxi gefahren! Was, wenn der Fahrer ein Mensch gewesen wäre?«

»Er hätte dich für einen Comicfan auf dem Weg nach Hause von irgendeiner Veranstaltung gehalten«, antwortete Devin rasch. »Die Menschen ignorieren mehr, als du glaubst. Kannst du versuchen, einen Trugbann zu weben? Nur einen kleinen? Ich will sehen, ob du es kannst.«

»Sicher«, sagte ich und fuhr mit den Fingern der linken Hand in der Absicht durch die Luft, Schatten einzusammeln, mit denen ich arbeiten konnte. Ich erwischte aber nichts. Meine Magie, die ohnedies stets nur zögernd auf meine Befehle reagierte, rührte sich diesmal überhaupt nicht.

Mir wurde kalt.

»Devin ...«

»Eisenvergiftung. Du kannst von Glück sagen, dass es ein

glatter Durchschuss war, andernfalls wärst du inzwischen tot«, unterbrach er mich, griff in den Erste-Hilfe-Kasten und holte eine Flasche mit grünem Inhalt daraus hervor. »Trink das. Es sollte gegen das Schwindelgefühl wirken.«

»Will ich wissen, wo du das gekauft hast?«, fragte ich und nahm die Flasche entgegen. Die Flüssigkeit im Inneren roch nach Wasabi und Ananas.

»Wahrscheinlich nicht«, räumte er ein und schmierte eine dicke violette Creme um die Wunde an meinem Oberschenkel. Angesichts des Brennens biss ich die Zähne zusammen. Die Creme zog in meine Haut ein und hinterließ eine betäubende Kühle. »Versuch, dich nicht noch mal anschießen zu lassen. Du kannst diesen Monat nur eine Dosis bekommen.«

Ich betrachtete die Flasche mit neuem Respekt. »Was passiert sonst?«

»Du schmilzt.«

»Alles klar.« Die Flüssigkeit schmeckte so, wie sie roch, und kribbelte den gesamten Weg in den Magen hinab. Ich gab Devin die Flasche zurück. Es überraschte mich wenig, dass mein Schwindelgefühl bereits verschwunden war. »Eine Eisenvergiftung also. Wie lange muss ich mich jetzt ausschließlich auf meinen Verstand verlassen?«

»Ein paar Tage. Du musst dich zwar gegen eine Infektion schützen, aber du wirst es überleben.« Er bedachte meinen Oberschenkel mit einem kritischen Blick. »Das sollte genäht werden. Du kannst es selber tun, oder ich kann es für dich machen. Was immer dir lieber ist.«

»Nur zu«, antwortete ich und schloss die Augen wieder. »Du hast mehr Übung.«

»Du hättest bleiben sollen, statt loszurennen, um mit den Reinblütlern zu spielen«, schalt er mich milde, um mich davon abzulenken, wie die Nadel durch mein Fleisch stach. »Ich hab dir ja gesagt, dass dich das verweichlichen würde.«

»Ich wollte mal sehen, wie das ist«, entgegnete ich, grub die Finger in die Kissen und zwang mich, still zu halten. Was nicht leicht war.

»Und dein Fazit?«

»War ganz nett. Solltest du mal versuchen.«

»Werd ich mir merken.« Er drückte die Ränder der Wunde zusammen, um sie vernähen zu können. Nach fünf Stichen zog er die Hand allerdings zurück. »Du musst dich auf den Bauch drehen, damit ich mir die Rückseite vornehmen kann.«

»Bekomme ich einen Lolli, wenn du fertig bist?«, fragte ich und rutschte zur Seite, damit ich mich auf der Couch herumdrehen konnte. Die Augen hielt ich geschlossen. »Ich mag die mit Traubengeschmack.«

»Pst«, forderte er mich auf und machte sich wieder an die Arbeit. Zuerst die Creme, dann das scharfe Stechen der Nadel und das Gefühl, wie der Faden das Fleisch zusammenzog. »Ist es all das wirklich wert, diejenige zu sein, die Evenings Mörder findet, Toby?«

»Sie war auch deine Freundin.«

»Sie war eine Adlige. Haben wir dafür nicht eine Königin?« Ein Anflug von Verbitterung schlich sich in seinen Tonfall, als er die letzten Stiche anbrachte. »Soll sich der Adel doch selbst um seinesgleichen kümmern. Schaff deinen Hintern aus der Schusslinie.«

»Geht nicht.«

Er seufzte. »Du warst schon immer eine sture kleine Närrin.«

Ich hob den Kopf, sah über die Schulter zurück und lächelte ihn an. »Ich habe von den Besten gelernt.«

»Das hast du wohl«, pflichtete er mir bei, streckte die Hand aus und ergriff mit den Fingern mein Kinn. »Ich war kein besonders guter Lehrer.«

»Du warst gut genug«, entgegnete ich. Er rückte beiseite, damit ich mich hochstemmen konnte, behielt mein Kinn jedoch zwischen den Fingern. »Immerhin lebe ich noch, oder?«

»Ja, aber wie lange noch, wenn du so weitermachst?« Devin kniete nach wie vor. Der Erste-Hilfe-Kasten stand offen neben ihm. »Ich will, dass du aus dieser Geschichte aussteigst.«

»Das geht nicht«, entgegnete ich leise.

Die Gelegenheit, Devin außerhalb seines sorgsam eingerichteten Büros zu sehen, bot sich nicht oft. Sein Haar war zerzaust und hing ihm halb über ein Auge. Ich streckte die Finger aus, um die Strähne beiseitezuwischen. Mit ernster Miene fing er meine Hand ab.

»Lass mich nicht betteln, Toby. Bitte. Lass die Finger von dieser Sache. Soll sich doch der Hof der Königin darum kümmern.« Er drückte meine Hand. »Du bist gerade erst zu mir zurückgekommen. Ich bin nicht bereit, dich wieder gehen zu lassen.«

»Ich habe nie gesagt, dass …«

»Das brauchtest du auch nicht. Du bist nach Hause gekommen.« Die Finger nach wie vor an meinem Kinn, beugte sich Devin vor und küsste mich.

Ich hatte jahrelang für Devin gearbeitet. Seine Hände hatten schon jeden Zoll meines Körpers berührt, sowohl aus sexuellen als auch aus praktischen Gründen, angefangen damit, mir die Kleider auszuziehen, um eine Wunde zu verbinden. In all den Jahren hatte er mich nie mit solcher Innigkeit oder einem solchen Verlangen geküsst. Ich ertappte mich dabei, dass ich trotz meiner Verletzungen darauf reagierte, zuerst, indem ich den Kuss erwiderte, und dann, indem ich von der Couch glitt, um mich neben ihn zu knien. Seine Stiche waren gut. Sie zogen nicht einmal, als ich auf den Boden sank.

Es war Devin, der sich von mir löste. Er ließ die Hand los, die er festgehalten hatte, und sagte: »Ich muss mir deine Schulter ansehen.«

»Wow«, stieß ich hervor, schwindlig aus Gründen, die nichts mit Blutverlust zu tun hatten. »Auch 'ne Möglichkeit, die Stimmung zu verderben.«

Er grinste. »Nein, mein Schatz. Die Menge an Blut, mit der du dich verziert hast, schafft das auch ohne meine Hilfe recht bewundernswert.«

Ich blickte an mir hinab, als ich zurück auf die Couch kletterte. Das Gewand, das mir Lily geliehen hatte, war nicht mehr rosa. Geronnenes Blut hatte es in einen gesprenkelten Braunton verwandelt. Über der linken Schulter, wo die Schussverletzung durch die Anstrengung wieder aufgebrochen war, prangten hellere Streifen.

»Ich brauche eine Dusche«, stellte ich fest.

»Dazu kommen wir in etwa einer Minute«, gab Devin zurück und hob die Hände, um mich des Seidengewands zu entledigen.

Lilys sorgsam angefertigter Wickel hatte sich während des Kampfes gelöst und baumelte lose gegen mein Schlüsselbein. Devin zupfte die letzten Verbindungsstellen frei und warf den Verband auf den Boden. »Sie leistet gute Arbeit«, räumte er beinah widerwillig ein. »Sieht so aus, als wäre es ihr sogar gelungen, einen Großteil des Eisens auszuwaschen, bevor es sich richtig in deinen Körper vorarbeiten konnte. Das erklärt vermutlich auch, weshalb du noch bei Bewusstsein bist.«

»Du bist heute wirklich ein glücklicher Sonnenstrahl, was?« Ich betrachtete die Austrittswunde. Der sichtbare Schaden wirkte etwa halb so schlimm wie jener an meinem Oberschenkel, obwohl er mit einer Kugel desselben Kalibers angerichtet worden war. »Brauche ich Stiche?«

»Um ganz sicherzugehen – ja.« Devin ergriff das Tuch, das er verwendet hatte, um das Blut von meinem Bein zu wischen. »Ich glaube, bei dieser Wunde kann ich mir die Mühe schenken, sie zu desinfizieren.« Etwas leiser fügte er hinzu: »Weißt du, da wird eine Narbe zurückbleiben.«

»Das ist bei Eisen immer so.« Ich beobachtete, wie er das Blut abwusch, und dachte über die Schwere des Schadens nach. Lily hatte in der Tat Erstaunliches vollbracht. Der Arm würde zwar für eine Weile nicht voll einsatzfähig sein – wahrscheinlich mehrere Wochen, sofern er sich überhaupt vollständig erholte –, aber er würde nicht nutzlos sein, solange ich ruhig blieb.

Als ob das je infrage gekommen wäre.

Devin vernähte die Vorderseite mit drei Stichen, die Rückseite mit nur zwei. »So.« Er legte die Nadel und den chirurgischen Faden in den Erste-Hilfe-Kasten zurück, dann streckte er mir die Hände entgegen. Ich zog die Augenbrauen hoch. Er nickte in Richtung des Badezimmers. »Wolltest du nicht duschen?«

»Ja«, bestätigte ich. »Aber ich bin da drunter … ein wenig nackt.«

Ein Lächeln spielte um seine Mundwinkel. »Ist das nicht der geeignete Zustand zum Duschen? Ich glaube, nackt zu sein ist sogar eine Grundvoraussetzung dafür.«

»Wenn du darauf bestehst.« Ich ergriff seine Hände und ließ mich von ihm von der Couch hieven. Leicht wacklig verlagerte ich das Gewicht auf das verletzte Bein und verspürte Erleichterung, als es nicht einknickte. Wahrscheinlich würde ich zwar vorerst nicht laufen können, aber zumindest gehen. Je nachdem, wie sich die Infektion entwickelte, blieb abzuwarten, von welcher Dauer dieser Zustand sein würde.

Devin ließ keine Bemerkung darüber fallen, wie ich mich auf dem Weg zum Badezimmer auf ihn stützte, wofür ich ihm fast genauso dankbar war wie für seinen Arm um meine Mitte. »Du duschst doch immer noch gerne heiß, oder?«, fragte er und ließ mich an der Badezimmertür los.

»Je heißer, desto besser«, bestätigte ich, bevor der Spiegel meine Aufmerksamkeit erregte. »Oh.«

»Ja«, meinte Devin ernst. Er setzte sich auf den Rand der Wanne und drehte die Wasserhähne auf. Heißer Dampf breitete sich im Raum aus. »Verstehst du jetzt, weshalb ich ein klein wenig besorgt war?«

»Äh, ja, verstehe ich.« Schlamm hatte mir die Haare flach gegen den Kopf gekleistert, und meinem Teint haftete ein entschieden grauer Unterton an. Ich habe schon Leichen gesehen, die lebendiger wirkten. Angesichts meines Anblicks hätte ich Danny anrufen und um eine Fahrt zur nächstbesten Notaufnahme bitten sollen, denn Nachlässigkeiten bestraft das Leben in der Regel sofort.

»Du siehst schon besser aus als vorher.«

»Das ist *besser*?«

Devin schaute auf und antwortete nur: »Ja.«

Dies empfand ich als einen ernüchternden Gedanken. Ich stand immer noch da und grübelte darüber nach, als er herüberkam, mir die Hände um die Mitte legte und mich vom Boden hob. »He!«, protestierte ich.

»Dusch jetzt«, forderte er mich auf. »Anschließend bringe ich dich mit einem warmen Drink, durch den du dich besser fühlen wirst, zu Bett.«

»Ist das alles, womit du mich zu Bett bringen wirst?«, fragte ich.

Devin lächelte und half mir in die Wanne.

Heißes Wasser auf frischen Wunden mag medizinisch hilfreich sein, aber es schmerzt doch höllisch. Ich sog scharf die Luft ein, als mich der Strahl aus dem Duschkopf traf, und kämpfte gegen den Drang an zu schreien. Devin hielt den Duschvorhang offen und beobachtete mich, ehe er fragte: »Kommst du zurecht?«

Eine Eisenvergiftung, zwei Schussverletzungen, und er fragte, ob ich zurechtkäme? Ich rang mir ein Lächeln ab und griff nach dem Vorhang. »Wenn ich nicht mehr in der Lage bin, allein zu duschen, kannst du mich gleich begraben«, gab ich zurück und zog ihn zu.

Lachend meinte er: »Ganz wie du willst.« Damit verließ er das Badezimmer. Ich wartete auf das Geräusch der sich schließenden Tür, dann wandte ich mich ernsthaft der Aufgabe zu, mich zu waschen.

Man weiß nicht zu schätzen, wie wunderbar es sich anfühlt, sauber zu sein, bis man tagelang schmutzig gewesen ist. Ich blieb beinah eine halbe Stunde unter der Dusche und genoss einerseits das heiße Wasser, andererseits den Umstand, dass mich niemand umzubringen versuchte. Als das Wasser allmählich kühler wurde, drehte ich es ab, wrang mein Haar bestmöglich aus, griff mir ein Handtuch vom Regal und stieg behutsam aus der Wanne.

Devin erwartete mich im Flur. Er drückte mir eine Tasse mit gelbem, dickflüssigem Inhalt in die Hände. »Trink das.«

Ich schnupperte daran. Das Gebräu war warm und roch nach Lebkuchen. »Ist das …?«

»Es ist gut für dich.«

»Alles klar«, sagte ich und nippte daran. Es schmeckte bitter. Ich verzog das Gesicht. »Von *wie* gut reden wir? Denn das Zeug schmeckt wie ...«

»Gut genug.«

»Alles klar«, wiederholte ich. Devin beobachtete aufmerksam, wie ich die Tasse austrank.

Als ich fertig war, nahm er sie mir ab und stellte sie auf das Tischchen im Flur. »In deiner Kaffeekanne ist noch eine Tasse«, erklärte er. »Trink die morgen früh. Damit wirst du dich besser fühlen.«

»Versprochen?«, fragte ich mit einem verhaltenen Lächeln.

Devin schlang erneut den Arm um meine Mitte, wodurch er beinah das Handtuch löste. »Würde ich dich je belügen?«, gab er zurück und beugte sich zu mir.

»Tust du doch ständig«, entgegnete ich und lehnte mich an ihn.

Sein erster Kuss war vorsichtig, nur allzu bedacht auf meine frischen Verletzungen. Ich presste mich an ihn, legte die Arme um seinen Nacken und vergrub die Finger in seinem Haar. Das schien das Zeichen zu sein, auf das er gewartet hatte. Sein zweiter Kuss fühlte sich bestimmter an, mehr nach dem Devin, den ich kannte, jenem, der mir damals auf dem Dach des Heims die Jungfräulichkeit genommen hatte, während der Nebel alles andere auf der Welt aussperrte.

Als mein wundes Bein einknickte, hob er mich hoch, trug mich ins Schlafzimmer und küsste mich dabei ohne Unterlass.

Das Handtuch ließen wir zurück.

KAPITEL 18

Devins Stimme ertönte in meinem Ohr, als ich auf einen sicheren, wohligen Schlummer zutrieb. »Lass es sein, October. Lass … lass sie einfach ruhen.«

»Ich kann nicht«, murmelte ich.

Er seufzte. Die Bettfedern knarrten, als er aufstand. »Meine Kids werden am Vormittag hier sein«, verkündete er noch, und es war das Letzte, was ich begriff, bevor die schräg durch mein Schlafzimmerfenster einfallende Sonne mein Gesicht erfasste und mich langsam ins Bewusstsein zurückholte.

Mühsam schlug ich die Augen auf und starrte an die Decke. Nicht tot. Das war immerhin ein Anfang. Ich hatte einen entsetzlichen Geschmack im Mund, und mein Kopf fühlte sich an, als wäre er beim Endspiel der Fußballmeisterschaften der Sommerlande als Ball verwendet worden. Zählte ich die Schmerzen in meiner Schulter und meinem Oberschenkel hinzu, kam ich zu dem Schluss, dass ich am besten bis, na, sagen wir, bis irgendwann im März weiterschlafen sollte. Jedenfalls war es mir bereits gelungen, den Sonnenaufgang zu verschlafen, was bewies, dass eine Eisenvergiftung und hoher Blutverlust die besten Betäubungsmittel überhaupt sind.

Wenigstens blutete ich dank Devin und Lily nicht mehr. Wenn ich ein paar Stunden überstehen konnte, ohne dass jemand beschloss, dass die Welt ohne mich ein besserer Ort wäre, würde ich mich vielleicht sogar wieder wie ein normaler Wechselbalg fühlen.

Ich stemmte mich in eine sitzende Haltung, tastete auf dem Boden nach meinem Morgenrock und runzelte die Stirn, als mir klar wurde, dass die Katzen nicht verlangten, gefüttert zu werden. »Seltsam.« Cagney und Lacey forderten *immer* Frühstück, wenn sie Anzeichen dafür erkannten, dass ich wach sein könnte. »Mädels?«

Keine Antwort.

Beunruhigt streifte ich den Morgenmantel über, verließ das Zimmer und hielt nach meinen vierbeinigen Mitbewohnerinnen Ausschau. »Mädels? He, das ist nicht komisch, ihr beiden …« Sie antworteten immer noch nicht. Wenigstens trug das Bein mein Gewicht, ohne sich allzu sehr darüber zu beschweren.

Wie ich erwartet hatte, war Devin verschwunden. Er hatte sich nicht einmal die Mühe gemacht, mir eine Nachricht zu hinterlassen. Nur die Tasse auf meinem Flurtisch, dessen Seiten dieses dickflüssige, gelbe Zeug verkrustete, zeugte davon, dass er hier gewesen war. Ich ergriff die Tasse, hielt inne und schluckte schwer. Das Lämpchen an meinem Anrufbeantworter blinkte.

»Bitte, nicht schon wieder«, murmelte ich und drückte die Wiedergabetaste. Das Gerät gab einen Piepton von sich.

»October, hier ist Pete.« Mein Vorgesetzter klang zutiefst unglücklich darüber, mit meinem Anrufbeantworter zu reden. In Anbetracht dessen, wie schwierig es ist, brauchbares Personal für die Nachtschicht zu bekommen, konnte ich ihm keinen Vorwurf daraus machen.

»Oh, Mist«, stieß ich hervor und lehnte mich an die Wand. Ich wusste, was als Nächstes kommen musste. Seit ich aus dem Teich entkommen war, hatte ich es schon viele Male gehört.

»Ich habe dich gedeckt, so gut ich konnte, aber du hast

seit mittlerweile zwei Nächten nicht angerufen und bist nicht aufgekreuzt. Ich fürchte, nun müssen wir dich entlassen. Dein letzter Lohnscheck geht an die Adresse, die wir in den Akten haben.« Kurz zögerte er, dann fügte er hinzu: »Was auch immer los sein mag … ich hoffe, es geht dir gut.«

Damit endete die Nachricht.

»Schussverletzungen, eine Eisenvergiftung, eine tote Freundin, verschwundene Katzen, und jetzt muss ich mich auch noch nach einem neuen Job umsehen«, brummte ich, stieß mich von der Wand ab und schluckte meine Erleichterung darüber hinunter, dass die Nachricht nichts noch Schlimmeres bedeutet hatte. Es hatte keinen weiteren Todesfall gegeben. Nach den Dingen, die sich in letzter Zeit ereignet hatten, kam das einer Gnade gleich. »Verdammt, Evening, hättest du dir nicht jemanden aussuchen können, der nicht irgendwie die Miete bezahlen muss?«

Ich ging ins Wohnzimmer und zuckte zusammen, als ich die Pistole auf dem Kaffeetisch erblickte. Jemand versuchte sehr real, mich zu töten, und die Waffe in meinem Wohnzimmer wirkte plötzlich wie ein Symbol für den ganzen Schlamassel. Ich trat mit dem heilen Bein so gegen den Tisch, dass die Pistole heruntergeworfen wurde, über den Boden schlitterte und hinter den Vorhängen verschwand.

»Ich hasse dich, Evening!«, brüllte ich. »Ich hasse deine Pflicht und dein Sterben und … und dass du dich verdrückst und mich mit all dem Mist allein lässt!« Ich verstummte. Meine Wut verpuffte so jäh, wie sie eingesetzt hatte. Ich tat damit ja niemandem etwas Gutes. Nicht einmal mir selbst.

Auf die Stille nach meinem Ausbruch folgte ein vertrautes, wenngleich gedämpftes Geräusch: die Stimmen von Siamkatzen, zum zornigen Protest gegen ihre schlechte Behandlung durch die Welt erhoben. »Mädels?« Das Miauen führte mich zur Vordertür. Ich öffnete sie, und die Katzen rasten mit angelegten Ohren herein, die Augen geweitet und wirr. Ich starrte sie an. »Du meine Güte, Leute. Wart ihr die ganze Nacht draußen? Ihr wisst schon, dass es einen Grund hat, dass ich euch nicht rauslasse!«

Cagney schaute mit nach wie vor angelegten Ohren zu mir auf und miaute erneut lauthals. Ich seufzte. »Schon klar. Ihr seid raus, als Devin mich hereingebracht hat.« Lacey stimmte in das Klagelied mit ein, und beide begannen, sich um meine Knöchel zu schlängeln. Für gewöhnlich stört es mich nicht, wenn sie anschmiegsam sind. Für gewöhnlich habe ich aber auch kein Loch im Oberschenkel und keine Eisenvergiftung, die zusammen drohen, mich auf den Hintern fallen zu lassen. »Ja, ich weiß«, sagte ich und stieg auf dem Weg zur Küche über sie hinweg. »Ihr seid da draußen fast erfroren, seit dem Untergang des Römischen Imperiums nicht mehr gefüttert worden, und ich bin die Böse. Wie wär's, wenn ihr mich mal in die Küche lasst, ohne mir den Hals zu brechen?«

Die Katzen zeigten sich unbeeindruckt von dem Vorschlag und beschwerten sich den gesamten Weg entlang weiter. Sie hörten erst auf, als ihre Schale mit püriertem Fischimitat ganz gefüllt war. Der Rest von Devins gelbem, klebrigem Zeug verkrustete das Innere meiner Kaffeekanne. Ich kratzte es in meine Tasse, stellte sie in den Mikrowellenherd und fragte: »Braucht ihr beiden sonst noch was?« Die Katzen antworteten nicht.

Ich spülte die Kaffeekanne aus, füllte sie mit Wasser und betrachtete mein Spiegelbild im Toaster. Ich sah ganz erbärmlich aus. Meine Haut war bleich, ich hatte dunkle Ringe um die Augen, und meinen Hals übersäten Kratzer und Blutergüsse von der Begegnung mit dem Sitzgurt. Trotzdem sah ich tatsächlich besser aus als in der Nacht zuvor – dank des erholsamen Schlafes und mehrerer Heiltränke.

Schlaf, Heiltränke und ein wenig Gesellschaft. Ich lächelte, als ich die Kaffeemaschine füllte und einschaltete. Vielleicht war es falsch von mir, mitten in diesem idiotischen Chaos nach einem Silberstreif zu suchen, aber wenn es einen gab, dann bestand er aus den Brücken, die ich wieder aufzubauen begann. Sylvester hatte mich vermisst. Schattenhügel hieß mich gerne willkommen. Und Devin …

Ich berührte meinen Hals und erinnerte mich an die Berührung von Devins Lippen. Devin empfand noch immer etwas für mich. Auf seine eigene, verschrobene Weise hatte er nie damit aufgehört.

Das Klingeln des Mikrowellenherds holte mich in die Gegenwart zurück. Ich nahm die Tasse heraus, nippte an dem nach Lebkuchen schmeckenden Glibber und wartete, bis der Kaffee fertig war. Durch das Eisen in meinem Blut fühlte ich mich nach wie vor schwach und benommen, aber darum würde sich die Zeit kümmern, sofern ich dafür sorgte, dass man mich nicht vorher umbrachte. In der Zwischenzeit half mir das Zeug, das Devin hiergelassen hatte, zumindest dabei, mich auf den Beinen zu halten.

Der Geschmack von Rosen versuchte, mir in die Kehle zu steigen, allerdings dünner und kraftloser als zuvor; die Eisenvergiftung wirkte sich nicht nur auf mich aus. Ich schluckte ihn so gut ich konnte hinunter und trank einen weiteren, ausgiebigen Schluck von Devins Lebkuchenschleim, bevor ich die Tasse mit Kaffee auffüllte. So gern ich herumgestanden und über die Dinge nachgegrübelt hätte, es blieb doch eine Tatsache, dass ich gegen eine sehr reale Frist anarbeitete, und die

Spur zu Evenings Mördern hatte inzwischen mehr und mehr Zeit zu erkalten.

Der Lebkuchenschleim erwies sich – vermischt mit Kaffee – als wesentlich erträglicher. Ich füllte die Tasse erneut auf und schaufelte sechs Löffel Zucker hinein, bevor ich mich in Richtung des Flurs in Bewegung setzte. Eigentlich sah der Tag, wie er da vor mir lag, recht einfach aus. Ich würde Sylvester anrufen und ihn wissen lassen, dass ich noch lebte. Dann, wenn Devins Kinder auftauchten, würde ich zum Heim fahren und ihm alles erzählen. Von der Hoffnungslade, dem Schlüssel, dem Fluch, mit dem Evening mich belegt hatte, bevor sie starb, einfach alles. Er verfügte ja über die Puzzleteile, die mir fehlten, also all das, was sich in den von mir verpassten Jahren geändert hatte, und gemeinsam bekamen wir vielleicht genug zusammen, um diesen ganzen verfluchten Schlamassel zu beenden.

Die Mischung aus Kaffee und Heiltrank fühlte sich auf meiner Zunge zugleich süß und scharf an, und sie schmeckte auch danach, dass ich den nächsten Tag noch erleben würde. Ich griff gerade nach dem Telefon, als es an der Tür klingelte.

Ich verkrampfte mich, drehte mich um und starrte zur Tür, ehe ich mich langsam, zögerlich entspannte. Devin hatte gesagt, er würde die Kinder am Vormittag schicken. Mittlerweile war es nach Mittag; ich hätte sie längst erwarten sollen. Also zog ich den Gürtel meines Morgenmantels zu, ging zur Tür und öffnete sie.

Auf der Schwelle stand Gillian.

Ich hatte mein kleines Mädchen nicht mehr aus der Nähe gesehen, seit sie zwei Jahre alt gewesen war. Für mich war sie also nur eine Gestalt, die ich durch ein Teleobjektiv kannte, jemand, von dem ich heimlich Bilder schoss, wenn mich das Selbstmitleid überwältigte und ich auf meine alten, berufsbedingten Fähigkeiten zurückgriff, um über die Tochter, die ich verloren hatte, auf dem Laufenden zu bleiben. Das spielte aber keine Rolle. Manche Leute erkennt man auf Anhieb, ganz gleich, wie weit man sich voneinander entfernt hat.

Sie war größer als ich – zwar nur wenige Zentimeter, aber doch größer – und besaß den fohlenhaften Körperbau eines Mädchens, dessen Wachstum noch nicht ganz abgeschlossen war. Sie hatte das dichte, dunkle Haar ihres Vaters, mit diesen leichten Wellen, die ich immer geliebt hatte, und außerdem seinen italienischen Teint. Sogar ihre Augen waren die seinen. Mir ähnelte sie in keiner Weise, und dafür liebte ich sie umso mehr.

Ich muss wohl einen Laut der Überraschung von mir gegeben haben, denn sie schaute auf und lächelte. Für jenes Lächeln hätte ich alles gegeben, was ich besaß, und sogar noch einiges mehr.

»Gilly?«, flüsterte ich.

Ihr Lächeln wurde breiter. »Hallo, Mama.«

»Gilly«, wiederholte ich, als versuchte ich, mich selbst zu überzeugen. »Du bist hier.«

»Ich hoffe, du hast nichts dagegen?« Sie biss sich auf die Lippe, und das Lächeln verpuffte so rasch, wie sie es aufgesetzt hatte. »Ich habe deine Adresse von einem der Briefe, die du Papa geschickt hast. Ich dachte, vielleicht hättest du nichts dagegen, wenn ich mal bei dir vorbeischaue. Bloß, um dir frohe Weihnachten zu wünschen und so.«

»Dagegen? Warum sollte ich – nein! Ich meine, nein! Kein bisschen. Du kannst bleiben, so lange du willst.« Die Worte sprudelten zu schnell aus mir heraus und verhedderten sich ineinander. Ich zwang mich zur Ruhe. »Bitte, komm rein. Komm rein.«

Wieder lächelnd trat sie an mir vorbei ins Wohnzimmer.

Ich schloss die Tür und hätte am liebsten geschrien, gelacht, geweint und einen Tanz aufgeführt. Stattdessen begnügte ich mich damit, die Hände hinter dem Rücken zu verschränken und sie aufmerksam zu beobachten.

Gilly sah sich im Zimmer um und runzelte die Stirn. »Mama? Geht es dir gut?«

»Was?« Ich folgte ihrem Blick zur Couch und zuckte zusammen, als ich den Schlamm und das Blut sah, die dort die Kissen verkrusteten. »Ach das. Ja, Gilly, es geht mir gut. Mir ist nur bei der Arbeit ein Malheur passiert, und ich hatte noch keine Gelegenheit, beim Reinigungsdienst anzurufen, das ist alles.« Ich zögerte. »Heißt es noch Gilly? Ich meine, du bist inzwischen viel älter. Gefällt dir Gillian besser?«

Sie ignorierte meine Frage und sah sich weiter um. »Bei der Arbeit? Ich dachte, du arbeitest in einem Supermarkt.«

»Es kann ganz schön körperbetont werden, wenn man im Lagerraum Kisten verschiebt.«

»Warst du beim Arzt? Bist du auch sicher, dass alles in Ordnung ist?«

»Ja, Liebling, ich bin sicher.« Beiläufig zog ich meinen Morgenmantel etwas fester zu, um die blauen Flecken an meinem Hals zu verbergen. »War bloß ein kleiner Kratzer, der stark geblutet hat.«

»Aha, ich verstehe«, erwiderte sie und verrenkte sich den Hals, um den Flur hinabzuspähen. Einen Moment lang meinte ich, dass sie sich beinah enttäuscht anhörte. »Du lebst allein, oder? Ziemlich große Wohnung für eine Person.«

»War ein günstiges Angebot und ist mietpreisgeregelt. Ich wohne hier nur mit den Katzen. Gefällt mir so. Es ist friedlich.« Ich log, hoffte jedoch, dass sie es nicht bemerkte. Ich wollte sie nicht verscheuchen.

»Und die Nachbarn?«

»Habe ich einige. Aber ich kenne sie nicht besonders gut.« Meine Schulter begann zu pochen. Ich versuchte, sie mit der Handfläche zu massieren. Es half nicht. »Kann ich dir etwas anbieten? Milch? Kaffee?« Tranken menschliche Teenager überhaupt Kaffee? Ich wusste es nicht.

Sie schüttelte den Kopf, ihr Lächeln wurde geheimnisvoll. »Schon gut, ich esse bald. Darf ich den Rest der Wohnung sehen?«

»Sicher, mein Schatz.« Ich setzte mich in Richtung des Flurs in Bewegung, bemühte mich, nicht zu humpeln … und hielt inne. Etwas stimmte nicht. So sehr ich mir wünschte, dass dies hier echt wäre, es fühlte sich trotzdem nicht echt an. »Gilly? Weiß dein Vater, dass du hier bist?«

»Oh, klar«, gab sie zurück und blickte zur Küche hinein. Die Katzen waren verschwunden und hatten ihr Frühstück halb aufgefressen zurückgelassen. Kein gutes Zeichen. »Er hat gesagt, ich könnte ruhig herkommen.«

»Also hat er nichts dagegen, Weihnachten ohne dich zu verbringen?« Warum fiel es mir nur so schwer, das zu glauben? Ach ja – weil ich nicht völlig vertrottelt bin.

»Er findet schon etwas, um sich die Zeit zu vertreiben. Tut er immer.«

Ihr Tonfall klang desinteressiert, und ich runzelte die Stirn. Irgendetwas verschwieg sie. »Gillian, was ist hier los? Ganz ehrlich, ich fühle mich geschmeichelt, dass du hergekommen bist, aber steckst du in irgendwelchen Schwierigkeiten?«

»Schwierigkeiten?« Sie lehnte sich gegen die Couch und bewegte sich plötzlich mit einer bizarren, raubtierhaften Anmut. »Wieso denkst du, ich sei in Schwierigkeiten?«

»Es ist einfach seltsam, dich hier zu sehen.« Ich hob die

Hand, um mir die Haare aus den Augen zu streichen, und erstarrte. Ich trug keine menschliche Tarnung. Durch die Eisenvergiftung war ich noch zu benommen dafür, und mein Haar verdeckte meine Ohren nicht. Sie konnte mich so sehen, wie ich wirklich und wahrhaftig war … und sie hatte mit keiner Wimper gezuckt. Gepaart mit der Art, wie sie sich bewegte …

Meine Nerven brüllten: »Gefahr!« Zusammen mit der Eisenvergiftung und dem plötzlichen Empfinden, dass etwas entsetzlich schiefgegangen sein musste, ergab sich daraus kein angenehmer Gefühlscocktail. Ich wich einen Schritt zurück und hielt inne, als meine Schultern gegen die Wand prallten.

Gilly lächelte und entblößte dabei viel zu viele scharfe weiße Zähne.

»Gilly?«, flüsterte ich.

»Rate noch einmal«, sagte sie, nach wie vor lächelnd, und sprang los.

Sie erwischte mich, ohne es wirklich zu versuchen, rammte mich gegen die Wand und schlang die Hände um meine Oberarme. Ich spürte, wie sich eine Naht in meiner Schulter löste, und unterdrückte einen Schrei. Alle Menschlichkeit war aus ihren Augen gewichen, sodass sie nun ein stumpfes, helles Gelb aufwiesen.

»Doppelgänger«, stieß ich hervor und zwang mich, dem Blick jener fremdartigen gelben Augen zu begegnen.

»Gut geraten, Mischling«, sagte sie. »Möchtest du jetzt raten, was als Nächstes geschieht?« Ihr Gesicht war noch überwiegend das von Gillian. Sie sah nach wie vor wie mein kleines Mädchen aus. Ich schüttelte den Kopf und antwortete nicht. Sie verstärkte den Griff. Nägel schabten durch den Morgenmantel über meine Haut. »Na los, Daye. Rate.«

»Du verschwindest von hier und lässt mich in Ruhe?«

Sie lachte. »Ach, komm. Du kannst nicht *wirklich* so dumm sein, oder?«

»Tatsächlich glauben die meisten Leute das sehr wohl.« Genau, October. Riskier dem Monster gegenüber eine dicke Lippe. Hervorragende Idee, ganz ehrlich.

Der Doppelgänger knurrte. Sein Gesicht verzog sich zu etwas weniger Menschlichem. Gut. Je weniger die Kreatur so aussah wie meine Tochter, desto einfacher würde es werden. »Ich werde dich töten. Das ist dir klar, oder?« Er grub die Nägel in meine Schultern. Ich stöhnte und kämpfte erneut gegen einen Aufschrei an. Ich wollte meine Nachbarn nicht aufschrecken. Sie würden höchstens hereingestürmt kommen und von etwas hingemetzelt werden, von dem sie nicht einmal ahnten, dass es existierte. »Du bist eine tapfere, aber dumme kleine Diebin. Sag mir, wohin du die Lade gebracht hast, und ich lasse dich nicht leiden. Ich reiße dir einfach die Kehle heraus, und du stirbst einen schnellen, barmherzigen Tod. Los, Diebin. Sag es mir.«

Darum ging es also. Ich hätte es ja wissen müssen. Also schloss ich die Augen, versuchte, mich trotz der Schmerzen zu konzentrieren, und erwiderte: »Tut mir leid, ich habe keine Ahnung, wovon du redest.«

Die Kreatur ließ meine rechte Schulter los. Ich hatte kaum Zeit, den Körper anzuspannen, bevor sie mich schlug. Die Nägel zogen vier parallele Linien über meine Wange. Ich ließ die Augen geschlossen und spürte, wie mir das Blut über den Kiefer hinablief.

»Blutest du süß, Diebin?«, fragte das Wesen und leckte mit der Zunge über die Schnitte. Sein Speichel brannte wie Säure. Wimmernd versuchte ich, mich loszureißen. Die Hand des Doppelgängers senkte sich wieder auf meine Schulter und hielt mich fest. Ärgerlich meinte er: »Mittlerweile hättest du aber schreien sollen. Es schmeckt nicht so gut, wenn du nicht schreist. Warum schreist du nicht für mich?«

»Tut mir leid, aber wir servieren hier nur leichte Schmerzen«, presste ich flüsternd zwischen zusammengebissenen Zähnen hervor. »Keine künstlichen Farb- oder Geschmacksstoffe.« Diesmal ließ die Kreatur beide Schultern los. Ich spannte mich an und wappnete mich gegen einen Hieb, der jedoch ausblieb. Stattdessen hörte ich, wie das Wesen zurücktrat.

Nach einem langen Augenblick der Stille öffnete ich die Lider.

Der Doppelgänger hatte nun so gut wie jede Ähnlichkeit mit Gilly verloren, Maeve sei Dank. Er war größer, breiter und vollkommen geschlechtslos. Die Winkel seines Körpers wurden unerklärlich … falsch. Die Haut war mit formlosen grauen und grünen Flecken gesprenkelt, die waberten, während ich hinsah, und dabei leicht die Farbtöne ihrer Umgebung annahmen. Vermutlich besaß er die Gabe, so lange zur Tarnung mit seinem Umfeld zu verschmelzen, bis er bereit war zuzuschlagen.

»Lauf«, forderte er mich mit tiefer, schnarrender Stimme auf, ehe er wieder lächelte. »Jetzt sofort.«

Ich hob eine Hand an meine blutende Wange. »Ich soll laufen?«, fragte ich.

»Lauf. Aber keine Sorge – du bist nicht schnell genug. Ich werde dich erwischen. Trotzdem macht es mir mehr Spaß, wenn du es versuchst.«

Ich habe mir nie groß Gedanken darüber gemacht, wie viel Spaß Leute haben, wenn sie versuchen, mich umzubringen. Was jedoch nicht bedeutete, dass ich stehen bleiben und auf den Tod warten musste. Die Couch befand sich zwischen mir und der Pistole des Powrie, der Doppelgänger zwischen mir und der Tür. Somit blieb nur eine Richtung, die ich einschlagen konnte, und das tat ich.

Ohne auf die Schmerzen in meinem Bein zu achten, drehte ich mich um, rannte in den hinteren Bereich der Wohnung und schlug die Flurtür zu, als mir jeder spätnächtliche Horrorfilm, den ich jemals gesehen hatte, durch den Kopf blitzte. Die Fenster im Schlaf- und Gästezimmer waren zu hoch und schmal, um durch sie hinauszuklettern, und im Badezimmer gab es keine. Leider hatte ich, als ich die Wohnung nahm, nicht in Erwägung gezogen, wie schnell ich vor einem mordlüsternen Gestaltwandler daraus flüchten konnte, ohne die Eingangstür zu benutzen.

Mangels anderer Möglichkeiten raste ich ins Schlafzimmer, sperrte die Tür ab und schob einen Stuhl unter den Knauf. Ich hörte, wie die Flurtür aufgestoßen wurde und so heftig gegen die Wand prallte, dass meine Kaution so gut wie sicher dafür draufgehen würde. Allerdings hatte ich keine Zeit, mir darüber den Kopf zu zerbrechen. Ich war viel zu beschäftigt damit, den Baseballschläger unter meinem Bett hervorzukramen. Das tat ich eher zur Beruhigung – ich war nicht so dumm zu glauben, ich könne dieses Wesen mit einem Sportartikel aus dem Discountmarkt erledigen. Aber es gab mir etwas, woran ich mich festhalten konnte, und ich fühlte mich dadurch weniger nackt. Einen Moment erübrigte ich sogar dafür, mich nach der Pistole in meinem Wohnzimmer zu sehnen. Kaum etwas wirkt besser gegen das Gefühl der Ungeschütztheit als schwere Artillerie.

Die langsamen, geduldigen Schritte des Doppelgängers hallten durch den Gang. Wahrscheinlich hatte das verfluchte Ding eine Menge Spaß daran. Na, immerhin gefiel es überhaupt jemandem.

Der Geschmack von Rosen nutzte meine Verstörtheit und

stieg mir in die Kehle. Und ich spürte, wie die Wunden an meiner Schulter und meinem Oberschenkel wieder zu bluten begannen. Der Blutverlust würde ein Problem werden. Natürlich wäre das ohne Fluchtmöglichkeit aus meiner Wohnung und mit einem mordlüsternen Doppelgänger auf den Fersen die angenehmere Art zu sterben.

Die Schritte hielten vor der Tür inne, und der Doppelgänger flüsterte: »Hab dich gefunden, kleine Diebin. Und jetzt hast du Angst, auch wenn du nicht schreist. Du hast solche Angst, dass ich sie von hier aus schmecken kann.« Ich wich einen Schritt zurück und hielt den Baseballschläger wie ein Schwert vor mir. Wegzurennen versuchte ich erst gar nicht. Wozu auch? Ich konnte ja nirgendwohin.

Der Doppelgänger schlug heftig gegen die Tür, die sich dadurch nach innen bog. Beim zweiten Schlag gab das billige Furnierholz nach. Es war nicht dafür gedacht, einer Misshandlung solcher Art standzuhalten. Das war dann wohl das Ende. In einem Morgenmantel würde ich durch die Hände eines Doppelgängers sterben, den ich, dumm wie ich war, selbst in meine Wohnung eingeladen hatte. Die Antworten, nach denen ich suchte, würde ich nie finden. Evening und Ross würden nicht gerächt werden.

Es klingelte an der Wohnungstür.

Stille trat ein, als der Doppelgänger seinen Angriff auf die Schlafzimmertür einstellte. Eine lange Pause entstand, während wir beide überlegten, was wir als Nächstes tun sollten.

Dann hörte ich meine eigene Stimme, die unbeschwert rief: »Ich komme!«

Schritte entfernten sich den Flur entlang, zu leicht für eine Kreatur von der Größe des Doppelgängers … aber gerade richtig, um von mir zu stammen.

Ich verharrte reglos, bis die Schritte verhallten. Dann sperrte ich das Schloss auf, schob den Stuhl aus dem Weg und öffnete die halb gesprungene Tür. Der Flur war verwaist. Der Doppelgänger ging tatsächlich nach vorn, um zu öffnen. Oh, das war klug. Warum klebte er sich nicht gleich ein Schild auf dem Rücken, auf dem stand: »Tritt mich«?

Obwohl ich mich so gut es ging bemühte, leise zu sein, knirschte der Teppich unter meinen Füßen, als ich mich zentimeterweise vorwärtsbewegte. In Anbetracht der Schläge, die ich einstecken musste – und der Menge an Blut, die ich verlor –, fand ich es schon ziemlich bemerkenswert, dass ich nicht einfach zusammenbrach. Was mir alles nichts helfen würde, wenn mich der Doppelgänger erwischte. Womöglich schlich ich geradewegs in eine Falle, doch das war ein Risiko, das ich eingehen musste.

Ich befand mich auf halbem Weg den Gang hinab, als ich aus dem Wohnzimmer Stimmen hörte. »Sie verstehen das nicht!« Das war Dare. Durch die Mischung aus Anspannung und Verzweiflung klang ihre Stimme unverkennbar, auch ohne den gekünstelten Akzent. »Wenn Devin sagt, wir sollen hierherkommen, dann kommen wir hierher. Sie können uns doch nicht wegschicken. Wir können nicht darauf hören. Das wird er nicht zulassen.«

»Sie hat recht, Ma'am.« O Wurzel und Zweig, Manuel war bei ihr. Ich schauderte, konnte nicht verhindern, dass ich mir ausmalte, was der Doppelgänger mit ihnen anstellen würde, und zwang mich einige Schritte weiter den Gang hinab. »Devin hat gesagt, wir sollen herkommen und Ihnen bei allem helfen, was Sie brauchen.«

»Tut mir leid, Kinder«, entgegnete meine Stimme. Der Doppelgänger bediente sich eines geradezu schmerzlich fröhlichen

Tonfalls, der – wenn Manuel und Dare mich besser gekannt hätten – ein Hinweis darauf gewesen wäre, dass etwas nicht stimmte. Vor Sonnenuntergang hörte ich mich nie so vergnügt an. »Ich finde aber einfach, dass es gerade kein so günstiger Zeitpunkt für einen Besuch ist. Könnt ihr vielleicht später wiederkommen? Ich backe euch Kekse …«

Das war zu viel. Ich hatte noch keine Gelegenheit gehabt, die Küche für etwas Aufwendigeres als Kaffee und Spiegeleier zu verwenden, und ich wollte verdammt sein, wenn mir ein bei mir eingedrungenes Monster dabei zuvorkäme, sie richtig einzuweihen. Den Baseballschläger immer noch vor mir erhoben wie ein Breitschwert für Arme, trat ich ins Wohnzimmer. »Du wirst meine Küche *nicht* benutzen.«

Es mochte nicht der überragendste Auftritt aller Zeiten gewesen sein, aber in Anbetracht dessen, wie viel Blut ich bereits verloren hatte, fand ich, dass ich mich recht gut schlug. Mein Ebenbild wandte sich mir zu und verengte die mir gestohlenen Augen. »Ich dachte, ich hätte dich auf dein Zimmer geschickt.«

Manuel und Dare glotzten ungläubig zwischen uns hin und her. Es war wohl nicht besonders schwierig, uns auseinanderzuhalten; der Doppelgänger war vollständig bekleidet, ich trug nur den Morgenmantel. Außerdem war ich diejenige, die das gesamte Bluten übernahm. »Hast du auch. Leider bin ich ein wenig zu alt für Stubenarrest.«

»Äh … Ma'am?«, stieß Manuel mit geweiteten Augen hervor.

Der Doppelgänger ließ eine Hand vorschnellen. Die Finger verwandelten sich in Klauen, als er Manuel von der Tür wegstieß. Der Junge schrie vor Schmerz und Überraschung auf, fiel rückwärts und stürzte außer Sicht.

»Manny!«, brüllte Dare.

Der Doppelgänger drehte sich um, stapfte auf mich zu und

wurde größer, während er meine Gestalt aufgab. »Böses Mädchen«, schalt er mich grinsend. »Böses, *böses* Mädchen. Zeit für deine Bestrafung.«

Die Kreatur bewegte sich langsam, schien sich ihrer Überlegenheit sehr sicher. Es war vermutlich die einzige Chance, die ich erhalten würde, also nutzte ich sie, indem ich den Baseballschläger gegen die Mitte dieses Wesens schwang, so kräftig ich konnte.

Der Doppelgänger streckte eine Hand aus und fing den Schläger mitten im Schwung ab, mühelos wie ein Kind, das Gänseblümchen pflückt. Er spannte die Hand an, und das Holz zerbarst in Splitter. Mir blieb nur das untere Drittel meines einstigen Baseballschlägers.

»Oh, Mist«, entfuhr es mir, als ich zurückwich. Aluminium. Nächstes Mal würde ich einen Schläger aus Aluminium kaufen. Oder vielleicht einen Montierhebel.

Der Doppelgänger bewegte sich zu schnell, um ihm auszuweichen, als er vorsprang, mein Kinn packte und die Klauen in meine Wange grub. »Du bist eine dumme Diebin, aber mittlerweile hast du genug Angst«, erklärte er, nach wie vor lächelnd. »Du wirst mir alles sagen, was ich wissen muss.« Er ließ die Splitter meines Baseballschlägers fallen, bohrte die Finger unter meine Achselhöhle und hob mich vom Boden. Mein Herz hämmerte so heftig, dass es beinah so schlimm schmerzte wie meine Verletzungen. Ich hatte dem Tod schon öfter ins Auge geblickt, unter anderem in letzter Zeit, aber noch nie aus solcher Nähe.

Das wäre vielleicht das Ende gewesen, hätte der Doppelgänger nicht einen winzigen, aber fatalen Fehler begangen: Er hatte Dare den Rücken zugekehrt. Ich kannte sie nicht besonders gut, dennoch hätte ich zu sagen vermocht, dass es keine gute Idee war, ihr den Rücken zuzukehren. Das Mädchen hatte Zeit genug gehabt, alle möglichen Reaktionen auf jemanden durchzugehen, der ihren Bruder wie einen räudigen Hund beiseitegefegt hatte, und sie entschied sich für die natürlichste: Wut.

»He, Missgeburt!«, brüllte sie. Der Doppelgänger drehte sich aber nicht um. Wahrscheinlich war er deshalb so überrascht, als die Messer in seinen Rücken einschlugen. Er heulte auf und ließ mich fallen. Wie durch ein Wunder landete ich auf einem Teil meines Körpers, der zuvor noch keine Schmerzen gehabt hatte: meinem Hintern.

Knurrend wandte sich die Kreatur Dare zu. Das musste ich dem Mädchen lassen: Sie mochte ein arrogantes Gör sein, aber sie blickte dem Antlitz des Todes entgegen und zeigte sich aufrichtig unbeeindruckt. »Ich habe bei Blind Dates schon Erschreckenderes gesehen«, sagte sie. Was ihre Sprüche anging, brauchte sie noch Übung, aber ich war gerade jetzt nicht in der Position, sie zu kritisieren. »Willst du etwas von mir?«

Offensichtlich war dem so, denn das Ungetüm stapfte ungebrochen knurrend auf sie zu. Dare zeigte keine Furcht, sondern schleuderte ein weiteres Messer. Diesmal zielte sie auf die Kehle. Die Kreatur schlug es beiseite, ohne innezuhalten. Ich glaube, an der Stelle begriff Dare, dass es vielleicht doch keine gute Idee gewesen war, etwas so Großes aus solcher Nähe zu beleidigen, denn sie wich mit geweiteten Augen zurück.

Aus meiner Schulter rann das Blut nicht mehr, es schoss vielmehr daraus hervor, durchtränkte meinen Morgenmantel und strömte meinen Arm hinab. Ich zwang mich aufzustehen und biss angesichts der Schmerzen, die mich zurück auf den Hintern zu befördern drohten, die Zähne zusammen. Vier von Dares Messern steckten hinten in dem Ding; zwei im Kreuz, eines seitlich im Arm, das vierte jedoch in einem Winkel, der es unter Umständen durch den Brustkorb lenken würde, wenn jemand den Griff packte und nach oben stieß.

Ich habe schon immer einen ziemlich guten Jemand abgegeben. Ich bewegte mich so schnell ich noch konnte und legte die Hände um den vom fast schwarzen Blut rutschigen Griff des Messers. Meine linke Hand wollte sich nicht schließen, aber ich zwang sie doch dazu und biss die Zähne zusammen, als das Blut des Doppelgängers auf meiner Haut zu brennen begann. Dare wimmerte irgendwo vor mir. Die Masse des Wesens versperrte mir die Sicht auf sie.

Das reichte. Meine Hand fand schließlich einen sicheren Halt, und ich stieß zu, so kräftig ich konnte. Der Doppelgänger heulte auf und wirbelte halb herum, doch ich konnte mich am Messer festhalten, drehte es und stieß es dann noch tiefer hinein. Eine klauenbewehrte Faust traf meinen rechten Arm, als die Kreatur versuchte, mich von ihrem Rücken zu reißen. Mühelos durchschnitt sie meinen Bizeps. Das spielte nun auch keine Rolle mehr. Ich konnte nicht anders: Selbst wenn ich gewollt hätte, ich hätte das Messer nicht mehr loslassen können.

»Dare, die Vorderseite!«, brüllte ich.

Sie erwiderte nichts, aber ich hörte, wie ihre hohen Absätze über den Boden klickten, als sie das Monster angriff. Der Doppelgänger heulte weiter und schlug in alle Richtungen um sich, während er versuchte, sich zu befreien. Ich verdrehte das Messer heftiger, ließ mich von den Schmerzen, die das über meine Hände strömende Blut verursachte, nicht dazu bringen, den Griff zu lösen. Es fühlte sich an, als würde mir die Haut von den Knochen gefressen. Sollte das geschehen, würde es vermutlich wenigstens aufhören wehzutun. Ich hörte, wie Dare brüllend und fluchend erneut zustieß, und der Doppelgänger fiel. Reglos landete er auf dem Boden, nach wie vor mit mir auf dem Rücken.

Als ich sicher war, dass er seine letzte Zuckung getan hatte, löste ich meine widerwilligen Hände von Dares Messer und zwang mich aufzustehen. Dares letzter Streich hatte die Kehle des Ungetüms so aufgerissen, dass sie an eine schaurige Parodie von Evenings Tod erinnerte. Ein Schauer säureartigen Blutes hatte sie bespritzt. Mit einer Hand umklammerte sie ihr letztes Messer, die Augen geweitet und glasig vor Schock.

Manuel stolperte wieder zur Tür herein. Offenbar hatte er sich gerade erst aufgerappelt. Für Außenstehende dauert ein Kampf nie so lange, wie er sich für Beteiligte anfühlt. Vier parallele Schnittwunden verliefen über die Brust des Jungen und kennzeichneten, wo der Doppelgänger ihn getroffen hatte. *Herzlichen Glückwunsch, Junge. Deine ersten Narben.*

»Was …«

Die Ränder des Doppelgängers begannen schon zu rauchen und zu verschwimmen. Ich wich davor zurück. »Das ist der Teil, bei dem er schmilzt.« Und genau das tat er. Die Kreatur löste sich zu einer Pfütze klebrigen Schleims auf, die ich nie und nimmer aus dem Teppich bekäme.

»Ms Daye?«, sagte Dare mit überraschend kleinlauter Stimme. Hatte sie tatsächlich zum ersten Mal getötet? Bei Oberons Blut, hatte ich gerade mit angesehen, wie sie den letzten Rest ihrer Unschuld verloren hatte? »Ms Daye, geht es Ihnen gut?«

Ich wandte mich ihr zu. Einem Teil meines Gehirns fiel sinnloserweise auf, dass ihre Augen noch grüner wirkten, wenn ich vor Eisenvergiftung und Blutverlust ganz benommen war. »Nein«, antwortete ich und hätte fast gelächelt, als sich die Schmerzen endlich wieder legten. Ein Schockzustand bewirkt so etwas. »Ich bin ziemlich sicher, dass es mir nicht gut geht. Aber es war nett von dir, dich danach zu erkundigen.« Dann brach ich zusammen. Das Bewusstsein zu verlieren wurde allmählich zur Gewohnheit.

KAPITEL 19

Stimmen drangen durch den Nebelschleier. Ich versuchte nicht zu reagieren und wartete darauf, dass die Dinge, die sie sagten, verständlich wurden, bevor ich den unwiderruflichen Schritt unternehmen würde, die Augen zu öffnen. Sobald man zugegeben hat, dass man am Leben ist, wird einem in der Regel nicht mehr erlaubt, sich weiter tot zu stellen.

»Ich dachte, ich hätte euch beiden aufgetragen, euch um sie zu kümmern!«, brüllte Devin. Seine Stimme hörte sich an, als wäre er nur wenige Schritte entfernt – und er klang stinksauer. Wenn es möglich war, dass ein Wechselbalg an Bluthochdruck starb, so würde ihm dies wahrscheinlich eines Tages gelingen. Wann war Devin zu meiner Wohnung zurückgekommen? Ich ging meine Erinnerungen an den Tag durch und konnte mich nicht entsinnen, ihn hereingelassen zu haben.

Die Luft roch nach Zigarettenrauch. Ich bin nie Raucherin gewesen, und dieser Gedanke ließ die revolutionäre Idee entstehen, dass wir uns vielleicht gar nicht in meiner Wohnung befanden. Ich verkrampfte mich kurz, dann entspannte ich mich wieder und wartete. Wenn Devin da war, schwebte ich jedenfalls nicht in Gefahr. Nun ja, jedenfalls in keiner großen Gefahr.

»Wir waren doch auch rechtzeitig dort!«, begehrte Dare mit verzweifelter Stimme auf. Armes Kind. Sie war ein Gör, aber sie hatte ihr Bestes getan. Immerhin hatte sie mir den Hintern gerettet, und ich war ihr dafür dankbar.

»Rechtzeitig wofür? Um dabei zuzusehen, wie sie abgeschlachtet wird? Großartige Idee! Warum habt ihr keine Kamera mitgenommen? Ihr hättet Bilder schießen können!«

»Sie ist aber nicht tot!«, schrie Dare, wobei sie sich den Tränen nahe anhörte. Devin brachte seinen Kindern nie bei, sich gegen ihn zu verteidigen; vielmehr lehrte er sie, dass Unterwürfigkeit eine Tugend sei. Wenn man ihn sich vom Leib halten wollte, musste man es selbst und ohne Hilfe von außen lernen. Das war die erste Lektion, die man zu verinnerlichen hatte, bevor man ihn verlassen konnte.

»Was sie gewiss nicht euch beiden zu verdanken hat.«

Beiden? Ich hatte bislang nur Dare sprechen gehört – wo steckte Manuel? Stirnrunzelnd öffnete ich ein Auge und gestattete mir einen trüben Blick in Devins Büro. Ich wette, die Nachbarn hatten Spaß dabei zu beobachten, wie mich zwei blutbespritzte Teenager den Weg hinabtrugen. Vermutlich war es das Unterhaltsamste, was sie in der gesamten Woche gesehen hatten.

Ich schlug das zweite Lid auf und blinzelte, bis ich den Raum scharf sehen konnte. Dare und Manuel saßen auf Klappstühlen vor Devins Schreibtisch und beobachteten, wie er auf- und ablief. Die Kinder wirkten regelrecht krank, und Dare klammerte sich an Manuels Arm fest, als wäre er eine Art Rettungsleine.

»Aber wir …«, setzte sie an.

Devin sprang vor und drückte ihre Schultern gegen die Rückenlehne des Stuhls, der dadurch auf den Hinterbeinen wippte. Dare wimmerte, und Devin brüllte: »Sei still! Ihr wart dumm! Ihr hättet schon Stunden früher dort sein müssen!«

»Manuel meinte aber, wir hätten noch Zeit …«, protestierte sie matt.

Das reichte. Vielleicht liebte ich den Mann, vielleicht auch nicht, doch ganz gleich, wie verängstigt er sein mochte, er hatte keinen Grund, es an Dare auszulassen. Ich stützte mich mit dem rechten Arm ab und stemmte mich hoch. »Sei nett zu ihnen, Devin. Sie haben ihre Aufgabe doch erfüllt.« Es fühlte sich an, als spräche ich mit einem Mund voller Baumwolle, aber mir tat nichts weh – noch nicht. Ich war sicher, die Schmerzen würden mich bald einholen.

»Toby!« Devin ließ Dare los und eilte herbei, um sich neben mich zu knien. Besorgt sah er mir ins Gesicht. »Toby, was ist passiert? Warum hat dieses … Wesen dich angegriffen? Geht es dir gut? Was wollte es? Du bist wach!«

»Reden ist für gewöhnlich ein untrügliches Zeichen für Bewusstsein«, meinte ich und streckte die Hand aus, um ihm vorsichtig auf die Schulter zu klopfen. »Ich bin in Ordnung. Das heißt, zumindest insoweit, als das Wort beinhaltet, dass mir gerade von einem Doppelgänger die Seele aus dem Leib geprügelt wurde.«

Manuel drehte sich uns zu und lächelte matt. »Hallo, Ma'am!« Dare klammerte sich nur weiter an seinem Arm fest und zitterte. Sie wirkte völlig verschreckt, und ich konnte ihr das nicht verübeln. Devin kann ziemlich furchteinflößend sein, wenn ihm danach ist.

»Hallo, Leute«, sagte ich und erwiderte Manuels Lächeln. An Devin gewandt, fügte ich hinzu: »Die beiden haben mir das Leben gerettet, also lass es gut sein. Hör auf, sie anzubrüllen.«

Seine Miene verzog sich und wurde finster. »Sie waren aber auch diejenigen, die überhaupt erst zugelassen haben, dass dein Leben in Gefahr geraten ist. Wenn sie dort gewesen wären, als sie es sein sollten …«

»Ich wäre noch im Bett gewesen«, unterbrach ich ihn und schüttelte den Kopf. »Dieses Monster hat das Gesicht meiner

Tochter benutzt, um in meine Wohnung zu gelangen, Devin. *Es war Gillian.* Ich hätte es so oder so hereingelassen, ob sie nun dort gewesen wären oder nicht. Teufel auch, wären sie schon bei mir gewesen, als es aufkreuzte, hätte ich sie wahrscheinlich hinausgeworfen. Wären sie um die Zeit dort gewesen, die du festgelegt hattest, dann wäre ich jetzt tot.«

Er erstarrte, und seine Miene fiel in sich zusammen, als ihm meine Worte ins Bewusstsein sickerten. Ich hatte recht, und das wusste Devin. Es war nicht fair, den beiden Teenagern die Schuld für meine Dummheit zu geben. Er begnügte sich damit, die Arme vor der Brust zu verschränken und mich streng anzusehen. »Du solltest vorsichtiger sein.«

»Wie?«, fragte ich. »Indem ich aufhöre, mit Leuten zu reden? Das Haus nicht mehr verlasse? Oder halt, noch besser, indem ich für immer hierbleibe? Wenn ich das tue, kann ich aber nicht herausfinden, was Evening widerfahren ist, und wenn ich nicht herausfinde, wer sie getötet hat, wirst du nicht bezahlt.« *Wenn ich nicht herausfinde, was passiert ist, dann ist deine Bezahlung allerdings auch die geringste meiner Sorgen.*

Devin seufzte und legte mir den Handrücken an die Wange. »Ich habe dich lieber lebendig, als bezahlt zu werden, Toby. Es ist noch immer nicht zu spät, die Finger von all dem zu lassen. Wenn du es nicht den Höfen überlassen willst, dann sag mir, was du bisher hast, und ich mache es zu dem Problem von jemand anderem. Du kannst es mit dem Wissen sein lassen, dass du getan hast, was du konntest.«

»Das kann ich leider nicht«, widersprach ich und schüttelte den Kopf. »Ich habe ihr mein Wort gegeben.«

Das war gelogen: Ich hatte mein Wort nicht gegeben, Evening hatte es sich einfach genommen. Was Devin jedoch nicht wusste. Es ist weder eine Schande noch peinlich, durch eine

Bindung gefangen zu werden, schon gar nicht, wenn sie von jemandem gewoben wurde, der so mächtig war wie Evening. Außerdem hatte ich ohnehin vorgehabt, das Heim aufzusuchen und ihm alles zu erzählen. Ich öffnete den Mund, um damit anzufangen … und stockte schon. Etwas stimmte hier nicht. Der Gedanke, es ihm zu sagen, fühlte sich seltsamerweise falsch an.

»Toby …«, setzte er seufzend an.

»Ich weiß.«

Einige Minuten saßen wir da und sahen einander an. Dare und Manuel beobachteten uns von ihren Sitzen aus. Die armen Kinder mussten sich fühlen, als hockten sie auf einem Atomwaffentestgelände. Wer von uns war furchteinflößender – er oder ich?

Ich war fast bereit, mich dafür zu entschuldigen, dass ich so dumm gewesen war, mich verfluchen zu lassen, als Devin den Kopf schüttelte und das Gesicht abwandte. »Wenn dir etwas passiert …«

»Wir greifen einfach auf Erfahrungen aus der Vergangenheit zurück und gehen davon aus, dass ich in vierzehn Jahren zurück bin. Dann kannst du mich anbrüllen.«

Er drehte sich mir gar nicht erst zu. Anscheinend war dies eine jener Situationen, die Humor nicht aufzulockern vermochte. Ich war nie besonders geschickt darin gewesen, solche Momente zu erkennen. »Das ist nicht lustig.«

Die Schmerzen waren noch nicht zurückgekehrt. Abgesehen von den Federn der Couch, die mir ins Kreuz pikten, fühlte ich mich gut. Was mir Sorgen bereitete. Es konnte ja bedeuten, dass ich nun doch zu übel zugerichtet war, um wieder zu genesen. »Kann ich gehen?«

Devin wandte sich mir zu und lächelte, wenn sein Blick auch traurig blieb. »Würde ich versuchen, dich hierzubehalten, wenn du nicht gehen könntest?«, fragte er und reichte mir seine Hände. »Steh auf. In der Toilette ist ein Spiegel.«

Aufzustehen erwies sich als leichter gesagt als getan, sogar mit seiner Hilfe. Als ich es doch geschafft hatte, hielt ich weiter seine Hände fest und wartete, bis die Welt aufhörte, vor meinen Augen zu verschwimmen. Wenigstens meine Beine gehorchten mir.

»Jetzt geht es«, sagte ich, ließ ihn los, drehte mich um und wankte zur Tür.

Aus dem hell erleuchteten Büro in den dunklen Flur zu gelangen erwies sich als verwirrend. Meine Zehen verfingen sich am Türrahmen, und ich stolperte. Mit dem linken Arm fing ich mich an der Wand ab und erstarrte. Nichts schmerzte. Weder mein Bein noch meine Schulter. Nichts.

Ein weiterer unangenehmer Gedanke ereilte mich, als ich mich von der Wand abstieß, allerdings so langsam es mir möglich war, ohne das Gleichgewicht zu verlieren. Wie spät war es? Ich hatte Sylvester versprochen, ich würde ihn anrufen, wenn ich Hilfe bräuchte, und das war, *bevor* ich angeschossen wurde. Er musste außer sich sein vor Sorge.

Ich konnte ihn anrufen, sobald ich wusste, wie schlimm der Schaden war. Vorsichtig öffnete ich die Tür zur Damentoilette und trat ein.

Der einzige Unterschied zwischen den Toiletten im Heim besteht darin, dass die der Herren bessere Graffiti aufweisen, während die der Damen ruhiger sind. Außerdem gibt es in der Herrentoilette ein funktionierendes Pissoir – jenes in der Damentoilette wurde violett besprüht und mit Zement gefüllt, bevor ich ins Heim kam. Den Grund dafür kenne ich nicht, aber ich bin sicher, es war eine Menge Bier im Spiel. Ein Gwragen-Halbblut lehnte am Waschbecken. Eine Zigarette baumelte von ihren liebesapfelroten Lippen. Die Farbe war definitiv kein Lippenstift. Als ich eintrat, richtete sie sich auf, ließ die Zigarette auf den gefliesten Boden fallen und verschwand hastig. Blinzelnd sah ich ihr nach. Wurzel und Zweig, sah ich wirklich *so* erschreckend aus?

Ich stählte mich, drehte mich um und wagte einen Blick in den Spiegel. Ich war auf alles vorbereitet … außer auf das, was ich sah.

»Was zum …?«

Der Trend, Toby die Kleider zu wechseln, während sie schlief, hatte sich offenbar fortgesetzt: Mein blutiger Morgenmantel war durch ein hauchdünnes violettes Nachthemd ersetzt worden, das vermutlich aus der Sorte von Katalog bestellt wurde, die man in braunes Papier eingewickelt bekam. Es war zwar knöchellang, ließ jedoch die Schultern – eigentlich deutlich mehr als die Schultern – nackt. Unter anderen Umständen hätte mich das vielleicht gestört, aber jetzt war ich zu beschäftigt damit, den Rest meines Spiegelbildes auf mich wirken zu lassen.

Mein Haar war zu einem Pferdeschwanz zusammengebunden, sodass Gesicht und Hals frei lagen. Die dunklen Ringe unter den Augen waren verschwunden. Meine Haut wirkte glatt und wies nicht einmal Blutergüsse auf. Ich sah zwar nach wie vor wie eine aufgewärmte Leiche aus, mittlerweile allerdings wie eine wesentlich frischere.

Narbengewebe prangte genau dort an meiner Schulter, wo ich die Schussverletzung erwartet hatte. Schmerzen verspürte ich nicht. Langsam zog ich das Nachthemd hoch und entblößte mein rechtes Bein bis zur Hüfte. Das Loch, das die Kugel in meinen Oberschenkel gerissen hatte, war auf dieselbe Weise verheilt. Kein Wunder, dass ich laufen konnte: Meinen Beinen fehlte nichts. Irgendwie war es Devin gelungen, mich restlos zusammenzuflicken, während ich weggetreten war.

Natürlich musste ich Narben haben. Keine Magie der Welt vermag, Eisenwunden zu heilen, ohne Narben zu hinterlassen.

Erstaunt stellte ich noch etwas fest, das sich verändert hatte: Mein Kopf war klar. Was immer die Schussverletzungen auch geheilt hatte, es musste auch die Eisenvergiftung besiegt haben. Ich hatte nicht geglaubt, dass so etwas möglich sei. Wie konnte das sein?

Der Geschmack von Rosen kitzelte mich in der Kehle. Ich verkrampfte mich. »Oh nein, nicht jetzt …«

Mehr Zeit blieb mir nicht. Evenings Bindung schwappte wie eine Welle über mich hinweg, gestärkt durch die Rückkehr meiner Gesundheit und übermotiviert durch meine zwangsläufige Untätigkeit. Erinnerungen an ihren Tod stürmten auf mich ein, verhüllten den Raum mit einem roten Schleier. Mein Blut geriet in Wallung, stürzte den Erinnerungen Hals über Kopf entgegen, ohne mir Zeit zu lassen, mich zu wappnen. Was war ich doch töricht gewesen zu glauben, ich könnte wie eine Daoine Sidhe handeln, ohne den Preis dafür zu entrichten. Es war immer ein Preis zu bezahlen. Die Pixies, der Schlüssel, die Schüsse, das Blut, der Schrei – all das steckte in den Rosen, wartete auf mich, zerrte mich nach unten. Alles war doch dasselbe, war es immer gewesen und würde es immer sein. Der Tod ändert sich nicht. Der Tod ändert sich nie.

Diesmal gestaltete es sich noch schwieriger, mich loszureißen, bevor mich die Erinnerungen bis in Evenings Grab ziehen konnten. Mein Blut war mit Eisen in Berührung geraten, obendrein erst kürzlich. Es erinnerte sich nicht nur daran, wie es sich anfühlte, durch Eisen zu sterben … es *wusste* es.

Lass mich los, dachte ich. *Wenn ich hier und jetzt sterbe, verlierst du auch. Lass mich also los …*

Mit einem Ruck kehrte ich in meinen Körper zurück und stellte fest, dass ich mich am Rand des Spülbeckens festklammerte und über dem Boden würgte. Ich konnte mich weder daran erinnern, auf die Knie gesunken zu sein, noch an sonst etwas, das nach dem Erscheinen der Rosen geschehen war. Die Welt drehte sich so heftig, dass meine Brust und mein Magen schmerzten.

Stöhnend lehnte ich den Kopf an das Spülbecken. Die Bindung würde dafür sorgen, dass ich in Bewegung blieb, das war mir klar; etwas Derartiges lässt nie lange zu, dass man stillhält. Allerdings war mir nicht bewusst gewesen, wie weit der Fluch gehen würde, um mich zu motivieren.

Zumindest teilweise war es meine Schuld. Die Erinnerungen, die ich Evenings Blut entnommen hatte, stärkten die Bindung, wickelten sie um mich, bis es keinen Ausweg mehr gab. Sie hätte mich auch dann angetrieben und mir zugesetzt, wenn ich nicht in ihrem Blut gelesen hätte. Sie hätte mich sogar getötet, aber sie hätte Evenings Tod nicht gegen mich verwendet. Und die Bindung wurde stärker. Letztlich würde sie so stark werden, dass ich nicht mehr in der Lage sein würde, dagegen anzukämpfen, und sie würde mich zwingen, die Erinnerungen an die Augenblicke, in denen Evening starb, so lange weiter zu erleben, bis mein Herz aussetzte.

Wahrscheinlich hatte sie nicht beabsichtigt, dass es so sein sollte, aber zum Leidwesen für uns beide hatte sie wie das gedacht, was sie war: ein Reinblut. Ein Reinblut hätte ohne Schwierigkeiten in ihrem Blut lesen, die gewünschten Informationen erhalten und den Rest abschütteln können. Evening hatte in den Kategorien gedacht, die sie kannte, aber ich war ein Wechselbalg, und meine Magie war nicht so stark. Ihre Bindung aber war zu mächtig, als dass ich sie ewig abwehren konnte. Und wie gesagt, sie wurde noch stärker.

Ich steckte in ernsten Schwierigkeiten.

Hinter mir öffnete sich die Tür. Ich rührte mich nicht, ließ die Augen geschlossen und versuchte, meine Atmung zu beruhigen. Alles, was mich töten wollte, musste an Devin und seinen Kindern vorbei, und wären sie bereits überwunden, hätte es ohnehin keinen Sinn mehr gehabt zu flüchten. Den Kopf an das Waschbecken gelehnt zu lassen schien mir dagegen eine viel bessere Idee zu sein. So bestand zumindest die Aussicht darauf, dass ich sterben würde, ohne mich erneut übergeben zu müssen.

Zögernde Schritte überquerten den Boden und hielten etwa einen Meter entfernt inne. »Ja?«, fragte ich, ohne den Kopf vom Waschbecken zu lösen. Es war ein hübsches Waschbecken. Nun ja, eigentlich war es ein dreckiges, ekliges Waschbecken, und ich wollte gar nicht an die Dinge denken, die den Abfluss verkrusteten, aber es bot mir immerhin etwas, wogegen ich meinen Kopf lehnen konnte, und nur das zählte für mich.

»Ms Daye?« Es war Dare, die sich unbehaglich und etwas verängstigt anhörte. Ausnahmsweise konnte ich ihr keinen Vorwurf machen. Ich hatte ziemlich deutlich zum Ausdruck gebracht, dass ich sie nicht mochte, und Devin drohte ihr vermutlich mit allerlei Garstigkeiten, wenn sie nicht gut mit mir auskäme oder mich nicht am Leben erhielte. Das eine hatte noch nie zwangsläufig mit dem anderen einhergehen müssen, was gut war: Evening und ich hätten es nie geschafft, wenn wir dafür auch noch gut miteinander hätten auskommen müssen.

»Ja, Dare?«

Sie trat einen Schritt vor. Ihre Füße schlurften über das Linoleum. Ich hob den Kopf, um sie zu beobachten, versuchte jedoch nicht aufzustehen. So dumm war ich nicht.

»Geht es Ihnen gut, Ms Daye?«

»Sicher«, gab ich zurück und senkte den Kopf wieder. »Ich kuschle gern mit Badezimmerarmaturen.«

»Sie sehen nicht aus, als ob es Ihnen gut ginge!«, meinte sie und kam ein paar weitere Schritte näher. Tapferes Mädchen. »Soll ich Devin holen?« Das bewies einen gewissen Mut ihrerseits – Devins Kinder nannten ihn nie beim Namen, wenn jemand sie hören konnte.

»Mir wäre lieber, du lässt das bleiben.« Ich ließ von der beruhigenden Stabilität des Wachbeckens ab, rappelte mich auf und stützte mich mit einer Hand am Spiegel ab. Ich war bereit, mich abzufangen, sollte ich fallen, was jedoch keineswegs bedeutete, dass mich die Möglichkeit mit Freude erfüllte. »Ich bin in Ordnung.«

Dare musterte mich argwöhnisch und erwiderte: »Sie sehen aber nicht so aus …«

»Also gut, neuer Versuch. Es geht mir im Augenblick besser, als es dir gehen wird, wenn du Devin rufst.« Ich lehnte mich gegen den Spiegel und versuchte wild dreinzuschauen. Es gibt günstigere Umstände dafür, einschüchternd zu erscheinen – jegliche Umstände zum Beispiel, unter denen ich kein tief ausgeschnittenes, violettes Nachthemd trage. »Ich finde, er ist schon besorgt genug, meinst du nicht?«

Die unausgesprochene Drohung schien sie zu entspannen. Man findet Trost in Dingen, die man kennt. Und was sie kannte, das war die chaotische und bisweilen gewalttätige Welt des Heims. »Soll ich Ihnen ein paar Minuten Zeit lassen, um sich zu sammeln?«

»Das wäre eine gute Idee, ja.« Ich schluckte, um den Geschmack von Rosen aus dem Mund zu bekommen. Doch es funktionierte nicht besonders gut. Ich hatte auch nicht damit gerechnet.

Dare zögerte und wiegte sich auf den Fersen vor und zurück, bevor sie die geweiteten Augen wieder auf mich richtete. Ich war dankbar, dass sie dabei mit dem Vor- und Zurückwiegen aufhörte – mit anzusehen, wie sie es in Stöckelschuhen tat, verursachte mir Schwindel. »Darf ich Ihnen eine Frage stellen, Ms Daye?«

»Klar«, gab ich mit einem Schulterzucken zurück. Sie konnte ohnehin jederzeit meine tiefsten, dunkelsten Geheimnisse erfahren, wenn sie sich Zugang zu Devins Akten verschaffte. Ich erwartete, dass sie etwas Vulgäres oder völlig Sinnloses fragen würde.

Doch sie überraschte mich. »Wie haben Sie Devin kennengelernt?«

»Devin?« Ich richtete mich auf und sah sie zum ersten Mal, seit sie den Raum betreten hatte, richtig an. Sie wirkte angespannt, nervös, als wäre sie gerade dabei, ein heiliges, ungeschriebenes Gesetz zu brechen. Was ich nicht verstand. »Das war vor langer Zeit«, antwortete ich langsam.

»Erinnern Sie sich daran?«

Natürlich erinnere ich mich daran, dachte ich. *Die Frage ist, warum interessiert es dich?* »Ich habe ihn vor langer Zeit kennengelernt, als ich vor … na, egal, wovor ich weglief. Jedenfalls versuchte ich, Orte zu meiden, wo mich die Menschen unter Umständen kannten, und ich bin dabei ziemlich abgestürzt. Eines Tages drehte ich mich um, und da stand er. Er erklärte, ein Freund hätte ihm gesagt, wo er mich finden könnte. Er fragte mich, ob ich mal etwas Neues versuchen möchte.« Ich zuckte mit den Schultern. »Ich habe ihn ins Heim begleitet.« Und das war das Ende der Geschichte. Als ich schließlich merkte, worauf ich mich einließ, war es schon zu spät.

»Waren Sie ...« Dare verstummte.

»Waren wir was? Freunde? Ja, nachdem wir ausdiskutiert hatten, dass ich ihm nicht gehörte, nur weil ich für ihn arbeitete.« Die ersten Jahre hatten an Chaos gegrenzt, erfüllt von Machtspielen und kleinen Schlachten, die nie ganz in einen Krieg ausarteten. »Geliebte? Ja, auch das. Anfangs, weil ich meine Schulden bezahlen musste, später weil ihm etwas an mir lag. Zumindest schien es so zu sein.« Unsere Beziehung – wenn man es so nennen will – endete in der Nacht, in der ich das Zimmer betrat, das wir manchmal teilten, und ihn dabei ertappte, wie er es Julie besorgte, als wäre es eine olympische Disziplin. Sex als Bezahlung ist die eine Sache. Sex mit meinen Freunden war aber eine völlig andere. Gleich am nächsten Tag kam ich auf Connors Angebot zurück, mit ihm essen zu gehen. »Er hat mich so gekauft, wie er wahrscheinlich auch dich gekauft hat. Ich brauchte einen Ort, wo ich leben konnte, und das Heim war dieser Ort, zumindest für eine gewisse Zeit.«

Dares Wangen erröteten. Die Verlegenheit ließ ihr Alter durchschimmern. »Oh.«

Der Sex. Die Leute konzentrieren sich immer darauf. »Du kennst die Regeln«, sagte ich etwas barscher, als ich beabsichtigt hatte. Das lag an den Erinnerungen: Das ist auch ein Grund, weshalb ich sie nicht besonders mag.

Aber Dare verdiente das nicht. In sanfterem Tonfall meinte ich: »Wenn dir nicht gefällt, wie es hier läuft, dann verschwinde von der Straße. Such dir einen anderen Platz zum Leben.«

»Das versuche ich ja«, gab sie so leise zurück, dass ich es beinah überhörte. Dann schaute sie mit flehentlichem Blick auf und fragte: »Wie sind Sie entkommen?«

Ich blinzelte. »Er hält dich doch nicht gefangen.«

»Wenn Sie das glauben, sind Sie dumm.« Sie schüttelte den Kopf. »Wir sind hierhergekommen, weil man uns sonst nirgends wollte, als unsere Mama starb. Alle sagten, wir sollten verschwinden und erst wiederkommen, wenn wir älter sind, wenn wir mehr wissen, wenn wir etwas gelernt haben. Nur will uns niemand beibringen, was es heißt, älter zu sein oder mehr zu wissen – nicht einmal Devin. Man bringt uns nur bei, was es heißt, gebrochen zu sein.«

»Dare …«

»Devin ist nicht so übel. Er hält sich an die Abmachung, aber … wie Sie sagen. Sie ist mit Kosten verbunden.«

»Was verlangst du von mir?«

»Sie sind abgehauen.« Dare sah mich an. »Wir alle wissen von Ihnen, weil er ständig von Ihnen spricht. Sogar als er dachte, Sie wären tot, hat er weiter über Sie geredet. Wir haben alles gehört, was Sie jemals getan haben, weil Sie diejenige sind, die von hier losgekommen ist – Sie sind diejenige, die sein Eigentum war und dann aufgehört hat, es zu sein. Und ich will wissen, wie Sie das geschafft haben. Weil wir es auch tun wollen.«

Sie meinte es ernst. Ich starrte sie an. Verflucht. Schließlich sagte ich leise: »Ich werde tun, was ich kann, um euch zu helfen. Falls es überhaupt etwas gibt, was ich tun kann. Glaub mir. Es gibt keinen richtigen Weg, es zu schaffen … aber es ist schon möglich, und wenn ich euch dabei helfen kann, dann werde ich es tun.«

Der Blick, den sie mir schenkte, war strahlend, voller Dankbarkeit und Ehrfurcht. Ich zuckte zusammen und versuchte, mir meine Bestürzung nicht anmerken zu lassen. Der anhaltende Geschmack von Rosen half dabei – er gab mir etwas anderes als den Ausdruck in ihren Augen, worauf ich mich konzentrieren konnte. Ich habe es noch nie gemocht, so betrachtet zu werden, als sei ich eine Heldin. Das endet nur damit, dass ich jemanden enttäusche. Manchmal habe ich Glück. Manchmal bin ich selbst die Einzige, die dabei verletzt wird.

KAPITEL 20

Devin schaute auf, als sich seine Tür öffnete – und lächelte. Er war allein; Manuel war zu irgendeiner unbekannten Aufgabe verschwunden. Seine Miene konnte man irgendwo zwischen »selbstgefällig« und »erschöpft« einordnen. Die Selbstgefälligkeit gewann schließlich die Oberhand. Vermutlich hatte sie die älteren Rechte. »Wie ich sehe, hat Dare dich gefunden.«

»Ich war nicht weit gegangen!«, erwiderte ich. »Irgendwie hat mich mein Spiegelbild abgelenkt.« Dare schlich hinter mir herein und suchte sich ein Plätzchen an der Wand.

»Überraschung.«

»Ja. Große Überraschung.« Ich schüttelte den Kopf. »Was hast du gemacht?«

»Es war schlimm, Toby.« Mit ernster Miene kam er zu mir herüber. In seinen Augen prangten Schatten, die davon zeugten, dass ihn die vergangenen Tage beinah so sehr in Mitleidenschaft gezogen hatten wie mich. »Wir dachten nicht, dass du es schaffen würdest. *Ich* vor allem dachte nicht, dass du es schaffen würdest.«

»Und was hast du getan?«

»Ich habe dich geheilt.«

»Devin, die Hälfte dieser Verletzungen wurde von Eisen verursacht. Du hast keine Zauber, die so stark sind.« Ich glaubte nicht, dass es so starke Zauber überhaupt gab.

Er zuckte mit den Schultern und versuchte, unbekümmert zu wirken, als er nach meinen Händen griff. Ich zog sie jedoch zurück. »Ich habe einige … geschuldete Gefälligkeiten eingefordert, das ist alles.«

»Wer könnte dir genug geschuldet haben, um eine Eisenvergiftung zu heilen, weil du darum ersucht hast?« Und wer konnte eine solche *Macht* besitzen? Ich drang in seine persönlichen Angelegenheiten ein. Das war unverzeihbar unhöflich von mir, dennoch musste ich es tun, weil ich in Erfahrung bringen musste, was mich seine guten Taten kosten würden. Ich musste wissen, ob es mehr war, als ich bezahlen könnte.

Devin griff erneut nach meinen Händen. Diesmal ließ ich sie ihn ergreifen. »Die Luidaeg.«

Dare sog scharf die Luft ein.

»Was?« Ich starrte ihn an. Ich hatte schon erwartet, dass er etwas sagen würde, das ich nicht hören wollte, aber dies ging deutlich über meine schlimmsten Befürchtungen hinaus. »Du hast dich an *sie* gewandt?«

»Sie war mir für einige Gefallen aus der Vergangenheit etwas schuldig. Also habe ich die Schulden eingefordert.«

»Devin, das ist Wahnsinn! Du … Sie ist ein Monster, praktisch ein Dämon! Sie …«

»… steht jetzt nicht mehr in meiner Schuld«, beendete er den Satz. »Das war ihr wesentlich mehr wert als dein Leben. Sie mag nämlich keine Schulden. Als ich ihr sagte, wir seien quitt, war sie erstaunlich erleichtert. Mich überrascht sogar ein bisschen, dass sie dich nicht zehn Jahre jünger gemacht und dir auch noch eine Essnische dazugeschenkt hat, nachdem sie damit fertig war, dich zu heilen.«

»Du hast also mein Leben von der *Luidaeg* ausgelöst?« Ich konnte es immer noch nicht glauben. Vermutlich wollte ich es nicht glauben.

Devin schaute an mir vorbei und schien Dare zum ersten

Mal zu bemerken. »Du kannst gehen. Warte vorn, bis ich mich mit neuen Befehlen melde.«

Dare schaute überrascht drein, dann nickte sie und antwortete: »Ja, Sir.« Damit drehte sie sich um und huschte hinaus. Ich blickte ihr nach.

»Toby.«

Devin ließ meine Hände los, als ich wieder ihn ansah. Stattdessen legte er die Hände an meine Wangen und küsste mich innig. Ich legte die Finger um seine Handgelenke und erwiderte den Kuss einige Sekunden lang, bevor ich die Hände zurückzog. Mit pochendem Herzen und etwas außer Atem brachte ich hervor: »Das hättest du nicht tun sollen. Du hättest dich auf keinen Fall an *sie* wenden dürfen.«

»Ich musste.«

»Was wird mich das kosten?«

»Es ist ein Geschenk.«

»Ein Geschenk.«

Als er die Ungläubigkeit in meinem Tonfall hörte, runzelte Devin die Stirn. »Ja, ein Geschenk. Ist das so schwer zu glauben?«

Als er mich diesmal küsste, wehrte ich mich weniger und rückte dicht an ihn heran, bevor ich mich wieder löste und sagte: »Du hast in deinem ganzen Leben noch nichts verschenkt. Alles geht immer auf irgendjemandes Rechnung.«

»Die Dinge ändern sich.« Er küsste mich auf die Wange. »Leute ändern sich. Ich habe mich auch verändert.«

»So sehr?«

»Vielleicht«, gab er zurück und wich ein Stück von mir weg, um mich anzusehen. Aus seinen Augen sprach etwas, das ich nicht einzuordnen vermochte, eine sonderbare Mischung aus Liebe, Angst und nagendem Verlangen. »Ich dachte, du wärst tot, Toby. Verstehst du das? Hast du wirklich ganz begriffen, wie nah du dem Tod warst? Ich glaube nicht.«

»Devin …«

»Als sie hier mit dir ankamen, hattest du beinah zu bluten aufgehört, weil du kein Blut mehr übrig hattest. Du warst gerade im Begriff, mich zu verlassen – schon wieder, und diesmal wärst du nicht zurückgekommen. Das wollte ich unter keinen Umständen zulassen, Toby. Nicht, wenn ich etwas unternehmen konnte, um es zu verhindern.« Er lächelte fast und streichelte mir mit den Fingern seitlich über das Gesicht. »Ich konnte nicht zulassen, dass du mich schon wieder verlässt. Du bist gerade erst nach Hause gekommen.«

Wenn ich tatsächlich so viel Blut verloren hatte, dann hatte er wahrscheinlich recht. Es musste eines regelrecht göttlichen Eingreifens bedurft haben, mich zu retten. »Du hast dich also an die Luidaeg gewandt«, sagte ich wieder. Wenn ich es oft genug wiederholte, würde sich seine Antwort ja vielleicht doch noch ändern.

»Ja. Und ich würde es wieder tun.«

»Devin, ich …«

»Nicht.« Zuvor waren wir zurückhaltend gewesen, da uns beiden meine Verletzungen und mein schlechter Zustand bewusst gewesen waren. Nun gab es keine Zurückhaltung mehr. Er ließ alle Bemühungen fahren, behutsam zu sein, zog mich dicht zu sich und küsste mich heftig. Als er sich von mir löste, flüsterte er: »Tu's nicht. Du kannst mir nicht danken, und ich würde dich gar nicht lassen, wenn du es versuchtest, also belassen wir es dabei: Ich werde dich nicht sterben lassen. Ich bin noch nicht fertig mit dir. Dafür verfügst du über etwas, das ich zu sehr brauche.«

Seine Finger wanderten meine Seiten hinab tiefer und tiefer, bis sie meine Hüften erreichten. Ich legte die Hände über die seinen und schüttelte den Kopf. »Dafür ist jetzt keine Zeit, Devin«, sagte ich. Bedauern färbte meine Stimme. »Ich muss Sylvester anrufen und ihn wissen lassen, dass es mir gut geht, und dann muss ich gehen. Ich bin noch nicht fertig.«

»Du brauchst Sylvester nicht anzurufen«, gab Devin mit einem verhaltenen Lächeln zurück. »Ich bin ja nicht völlig gedankenlos. Während du dich erholt hast, habe ich ihn angerufen.«

Ich blinzelte. »Wirklich?«

»Ja. Was prompt damit belohnt wurde, dass er mich beschuldigte, derjenige zu sein, durch den du überhaupt erst verletzt wurdest.« Devins Lächeln wurde sarkastisch. »Er ist wohl nicht so gut auf mich zu sprechen, wie?«

Das hörte sich ganz nach Sylvester an. Ich entspannte mich und zuckte mit den Schultern. »Er denkt, du willst mich von ihm weglocken.«

Devin zog eine Augenbraue hoch. »Und werde ich das?«

»Die Möglichkeit besteht schon. Aber vorerst … wo genau sind meine Kleider?«

»In deinem Kleiderschrank vielleicht? Das scheint mir ein vernünftiger Ort dafür zu sein.«

»Du hast mich ohne etwas zum Anziehen hierher bringen lassen?«

»Die Kinder waren etwas zu beschäftigt damit, dich am Leben zu erhalten, um sich mit solchen Nebensächlichkeiten aufzuhalten, Toby. Außerdem steht dir dieses Nachthemd hervorragend.«

»Darin sehe ich wie eine unterbezahlte Nutte aus.«

Grinsend meinte Devin: »Nun, wie ich schon sagte …«

»Devin!« Ich wich aus der Reichweite seiner Hände zurück

und schüttelte den Kopf. »Gibt es hier noch *irgendetwas* anderes, das ich anziehen kann? So gehe ich nicht hinaus.«

»Da es mir nicht gelingt, dich davon zu überzeugen, überhaupt nicht rauszugehen, werde ich dir wohl noch einmal zur Hand gehen müssen.« Devin trat zu seinem Schreibtisch und drückte den Knopf der Gegensprechanlage. »Dare, hol Ms Dayes Sachen und bring sie in mein Büro.« Er sah zu mir hin, als er den Knopf losließ. »Ich fürchte, damit ist unsere Zweisamkeit zu Ende. Sie wird gleich hier sein. Kinder haben es immer so eilig.«

»Na ja, du bringst uns schließlich bei, es nie ruhig anzugehen, wenn es sich vermeiden lässt.«

»Kannst du mir daraus einen Vorwurf machen? Wechselbalgjahre sind kurz.« Er breitete die Hände aus. »Wir müssen sie weise nutzen, solange wir können.«

»Möglich.« Ich verstummte und musterte ihn. »Ich fand immer, es sei viel Zeit. Ich glaube, wir können sogar mehrere Jahrhunderte leben. Zumindest, wenn wir uns nicht erschießen lassen.«

»Es mag viel Zeit sein, trotzdem ist sie kurz.« Er lehnte sich gegen den Schreibtisch und reichte mir seinen Arm. Ich ging zu ihm, schmiegte mich an ihn und ließ ihn den Arm um meine Mitte schlingen. »Die Zeit ist sehr kurz. Sie läuft schon ab.«

Ohne ihn aus den Augen zu lassen, neigte ich den Kopf zurück. »Also bringst du uns bei, wie man sie bestmöglich nutzt?«

»Das ist besser, als nur dabei zuzusehen, wie sie verrinnt. Wir müssen strahlend hell brennen, wenn wir nicht ewig brennen können.«

Ich runzelte die Stirn. »Allmählich bereitest du mir Kopfzerbrechen.«

»Mach dir keine Sorgen; dafür besteht kein Grund.« Er

drückte mir einen Kuss auf die Stirn. »Du hast eine Aufgabe zu erledigen, nicht wahr? Bist du schon auf Spuren gestoßen?«

»Rayseline Torquill. Sie hat gelacht.«

»Was?«

»Ist nicht wichtig.« Ich schüttelte den Kopf. »Jedenfalls waren es nicht Simon oder Oleander, so praktisch das auch wäre. Deren Arbeit würde ich überall erkennen, doch diese Sache fällt nicht darunter. Die Königin hat nicht gerade vernünftig auf die Neuigkeit reagiert, also könnte es auch jemand an ihrem Hof gewesen sein.« Ich verstummte kurz. »Und es war *nicht* der Blinde Michael.«

»Woher weißt du das?«

»Es gab eine Leiche.«

Devin verzog das Gesicht. »Wohin gehst du als Nächstes?«

Der Geschmack von Rosen klebte mir schon wieder wie Zucker auf der Zunge und wies mir überdeutlich die Richtung. »Nach Goldengrün.«

Er blinzelte. »Evenings Mugel?«

»Dort können Antworten zu finden sein.«

»Ist das nicht gefährlich?«

»Im Augenblick ist alles, was ich tue, gefährlich. Wer immer für all das verantwortlich sein mag, hat bereits zweimal versucht, mich umzubringen. Ich kann aber nicht aufhören.« Abermals legte ich eine Pause ein. »Sie haben einen Mann getötet. Er hat zu Lilys Leuten gehört. Er war noch ein halber Junge, und jetzt ist er tot. Ich konnte ihn nicht retten.«

»Ich weiß von Ross«, sagte er. Eine sonderbare Ausdruckslosigkeit trat in seine Augen. Bevor ich darüber nachdenken konnte, was sie bedeuten mochte, fuhr er fort. »Du nimmst Manuel und Dare mit.«

Das genügte, um mich entsetzt protestieren und den Ausdruck in seinem Gesicht vergessen zu lassen. »Was? Auf keinen Fall! Sie wären mir nur im Weg. Nein.«

»Du hast mich um Hilfe gebeten, und das ist es, was ich dir gebe. Sie gehen mit dir.«

»Devin, das ist …«

»Du bezahlst mich doch für meine Hilfe, oder?« Plötzlich schwang in seiner Stimme ein spröder Unterton mit. Ich erstarrte.

»Devin …«

»Beantworte die Frage.«

»Du weißt, dass ich das tue.«

»Dann lass mich meine Arbeit bitte auch erledigen. Sie werden mit dir gehen.« Er löste seinen Arm von meiner Mitte. »Ich lasse dich hier nicht allein weg. Nicht nach all dem, was schon geschehen ist.«

»Ich übernehme aber keine Verantwortung, wenn sie verletzt werden.«

»Natürlich nicht.«

»Das gefällt mir nicht.«

»Hab ich auch nicht erwartet.«

»Du bist ein Idiot«, sagte ich rundheraus.

»Vielleicht, aber es bietet immerhin die Chance, dich am Leben zu erhalten.« Er ließ ein Grinsen aufblitzen, das so rasch verpufft war, wie es eingesetzt hatte. »Das hier ist nicht für jeden etwas, Toby. Diese Welt … Vielleicht hättest du nicht zurückkommen sollen. Ich bin froh, dass du es getan hast, aber vielleicht war es doch falsch.«

Diesmal war ich es, die sich zu ihm beugte. Ich küsste ihn so zärtlich, wie ich es nur vermochte. »Ich habe mich so entschieden. Vielleicht hätte ich gar nicht herkommen sollen. Aber ich habe es nun mal getan.«

»Einst eines meiner …« Er kicherte. »Du hast mich nie wirklich verlassen, oder?«

Die Tür knarrte, bevor ich mir eine Antwort überlegen konnte. Zum Vorschein kam eine angespannt wirkende Dare. Sie drückte sich eine Plastiktüte wie einen Schild an die Brust. »Sir?«

Ich löste mich von Devin und straffte die Schultern. »Du kannst es hier rüberwerfen, Mädchen.« Sie blickte Devin an, der nickte, dann holte sie aus und warf mir die Tüte zu. Sie hatte einen guten Wurfarm. Natürlich war das in Anbetracht dessen, wie sie in meiner Wohnung die Messer geschleudert hatte, auch keine echte Überraschung.

Ich öffnete die Tüte und fand darin Jeans, meine Laufschuhe und eine weinrote Baumwollbluse, die wohl eine gute Wahl gewesen war, wenn man bedachte, wie stark ich geblutet hatte. In einer kleineren Tüte steckten außerdem Unterwäsche, Sportverbände und noch ein Mobiltelefon. Ich bedachte Devin mit einem neugierigen Blick.

Er zuckte mit den Schultern. »Du bist einfallsreich und neigst zu Unfällen. Bestimmt findest du Verwendung dafür.«

»Ich meinte nicht die Verbände.«

»Das ist das Lästige daran, wenn die Technik immer kleiner wird. Es wird zunehmend einfacher, sie zu verlieren. Natürlich umso mehr, wenn man das gesamte Auto, in dem sie sich befindet, gleich mit verliert.«

»Und woher stammt all das, Devin?«

Ein gequälter Ausdruck huschte über sein Gesicht. »Du warst eine ganze Weile weggetreten. Ich hatte reichlich Zeit, ein paar der Kinder in deine Wohnung zu schicken, um Dinge zu holen. Aber nein, sie haben nichts zerbrochen, was nicht bereits dieser Doppelgänger zerstört hatte. Dafür ist es ihnen gelungen, die Polizei davon zu überzeugen, wieder zu verschwinden.« Er grinste. »Offenbar hat sich jemand wegen Lärmbelästigung über dich beschwert.«

»Verstehe«, sagte ich. »Ich gehe mich jetzt mal anziehen.«

»Schade.«

»Trottel.«

»Genau.«

Ich grinste und fühlte mich so gut wie seit Monaten nicht mehr, als ich das Büro verließ und in die Toilette zurückkehrte.

Sich in einer öffentlichen Toilette umzuziehen ist eine durchaus erlernbare Fähigkeit, die aber zu einer Kunstform wird, wenn der Toilettenboden seit einem Jahrzehnt oder mehr nicht mehr geschrubbt wurde. Einige der Flecken erkannte ich sogar wieder. Dennoch gestaltete es sich nicht schwierig, aus dem Nachthemd und in die Jeans zu schlüpfen. Sobald ich richtige Kleider trug, fühlte ich mich besser. Als Panzerung waren sie nicht besonders gut, aber sie waren alles, was ich hatte.

Ich steckte die Hände in die Taschen der Hose, um sie zurechtzuzupfen, und hielt inne, als meine Finger Metall berührten. Ich schloss die Hand darum und zog den Schlüssel heraus, den ich von dem Rosenkobold bekommen hatte. Verwirrt runzelte ich die Stirn. Hatte er nicht in meiner anderen Jeans gesteckt? Derjenigen, die ich dadurch ruiniert hatte, dass ich darin fast ausgeblutet wäre?

Der Schlüssel glitzerte in meiner Hand und nahm kurz einen Hauch seiner früheren Helligkeit an. Evenings letzte Erinnerungen hatten mir verraten, dass es sich um den Schlüssel für Goldengrün handelte; er musste also unbedingt sicher verwahrt werden. Ein kurzes Aufflackern der Bluterinnerungen setzte ein und flüsterte mir zu, dass »sicher« gleichbedeutend mit »geheim« sei. Ich steckte den Schlüssel zurück in die Tasche und vergewisserte mich, dass er dort auch gut verborgen war, bevor ich das geliehene Nachthemd in die Plastiktüte stopfte. Es war ein magischer Schlüssel. Vielleicht gab es ja noch etwas, das ich aufschließen musste.

Als ich ins Büro zurückkehrte, warteten dort Manuel und Dare. Das Mädchen hatte sich eine schwere Jeansjacke gesucht, die metallisch schepperte, wenn sie sich bewegte. In Anbetracht dessen, wie viele Messer sie schon ohne die Jacke zu verstecken gewusst hatte, beschloss ich, sie lieber gar nicht erst danach zu fragen. Damit und mit dem Minirock, den Stöckelschuhen und dem Top, das den Bauch frei ließ und von einem »Pornostar in Ausbildung« zeugte, hatte sie auf den Titel der Miss Subtil der USA wenig Chancen.

Manuel dagegen war dezenter gekleidet. Er hatte über den Pullover und die Jogginghose eine Windjacke angezogen, die gerade lose genug hing, um anzudeuten, dass er etwas darunter tragen könnte, ohne zu plärren: »He, ich bin bewaffnet!« Viel besser als die Aufmachung seiner Schwester war es nicht, aber man arbeitet eben mit dem, was man hat.

Ich ging an den beiden vorbei und ließ die Tüte auf Devins Schreibtisch fallen. »Gute Arbeit übrigens – das mit den Klamotten.«

»Kein Problem. Hier, fang!« Devin warf mir einen Schlüsselbund zu.

Reflexartig fing ich ihn auf und runzelte die Stirn. »Was ist das?«

»Hattest du vor, nach Goldengrün zu *laufen*?«

»Oh nein«, stieß ich hervor, als mir eine Erkenntnis dämmerte. »Mein Wagen ist noch in der Gegend der Brücke.«

»Nein, dein Auto wurde abgeschleppt oder gestohlen. Oder beides. Du nimmst eins von meinen.«

»Devin, das kann ich nicht …«

»Du bezahlst ja dafür, schon vergessen?« Er zwinkerte mir zu. »Keine Sorge. Für einen fairen Handel bin ich immer offen.«

»Gut.« Ohne darauf zu achten, dass uns die Teenager beobachteten, beugte ich mich vor, um ihn erneut zu küssen, bevor ich auf die Tür zusteuerte. »Kommt, Leute. Lasst uns das Auto nehmen.«

»Wenn du bis zum Einbruch der Nacht nicht angerufen hast, schicke ich Hilfe«, rief mir Devin noch hinterher.

»Gute Idee«, sagte ich dazu und verließ das Büro. Die Teenager folgten mir.

An der Vordertür hielt ich inne und sagte: »Tarnungen aktivieren.« Die Luft erfüllte sich mit unserer Magie. Der durchdringende Geruch meines Kupfers vermischte sich mit jenem von Dares Äpfeln und Manuels Zimt. Bald darauf waren die Banne gewoben, und drei gewöhnlich aussehende Menschen traten in den Nachmittag des späten Dezembers hinaus.

Manuel schwieg, bis wir uns draußen befanden, dann fragte er leise: »Wohin gehen wir?«

Man konnte sich darauf verlassen, dass Devins Kinder erst dann fragten, wenn es kein Zurück mehr gab. Er brachte uns – ihnen – wirklich bei, sich keine Gedanken über Konsequenzen zu machen. »Nach Goldengrün.«

»Der Mugel der Winterrose?«, fragte Manuel und wirkte dabei leicht entsetzt.

Dare hingegen runzelte nur die Stirn. »Warum gehen wir gerade dorthin?«

»Weil es dort Antworten geben wird. Zumindest … wenn ich sie so gut kannte, wie ich denke.«

»Und wenn nicht?«

Ich überlegte kurz. »Dann finden wir eben einen anderen Weg.« Wenn es dort keine Antworten gab, war ich erledigt, aber es bestand kein Anlass, den beiden auch das noch mitzuteilen. Devin hatte recht: Ich lebte auf Wechselbalgzeit, und das Voranschreiten von Evenings Fluch bedeutete, dass diese Zeit ablief. Tote lösen keine Rätsel und leisten auch sonst keine wesentlichen Beiträge zu irgendetwas. Wenn es in Goldengrün nichts gab, das mir weiterhelfen konnte, würde es für mich erheblich schwieriger werden, meine Schulden zu bezahlen.

KAPITEL 21

Der Zugang zu Goldengrün von der Welt der Sterblichen aus verbarg sich hinter dem Kunstmuseum von San Francisco, unmittelbar am Rand der Klippe, von der aus das Meer zu überblicken ist. Ich empfand diesen Ort schon immer als besonders geeignet für Evenings Mugel: abgeschieden und städtisch zugleich, ein Grenzgebiet wie die Stadt selbst. Dort ist es wunderschön. Ich hatte mich oft gefragt, ob Evening den Bau des Museums wohl persönlich beaufsichtigt hatte – immerhin waren die Türen, die Goldengrün mit der Welt der Sterblichen verbanden, vermutlich älter als die Stadt selbst. Sofern sie den Bau nicht geplant hatte, musste sie zumindest Einfluss darauf genommen haben. Diese Frau hatte ihre Verbindungen in der gesamten Stadt und an so alten Stellen geknüpft, dass niemand von ihrem Dasein wusste. In der Welt der Sterblichen würde man sie vermissen. Aber nicht so sehr wie ich.

Devins Auto entpuppte sich als verbeulter Ford Taurus, der allerdings besser lief, als es mein armer VW je getan hatte. Wir rollten die gewundene Zufahrt zum Personalparkplatz hinab und hielten bei einem Grüppchen von Eukalyptusbäumen. Das Museum hatte über die Feiertage geschlossen, weshalb weit und breit keine anderen Autos dort parkten.

Ich blickte in den Innenspiegel. Manuel sah aus dem Fenster und hatte die Hände im Schoß gefaltet, während sich Dare die Nägel feilte. Sie waren bereit und wollten helfen – da dies immer noch besser war, als sich Devins Launen zu stellen.

Dass mir Evenings Fluch zunehmend zusetzte, bremste mich. Wahrscheinlich waren die beiden genau das, was ich brauchte. Trotzdem wollte ich mich wirklich nicht mit ihnen herumschlagen.

Ich räusperte mich. Die beiden schauten auf und richteten die apfelgrünen Augen auf mich. Je mehr Zeit ich in ihrer Gegenwart verbrachte, desto besser verstand ich, weshalb Menschen sich darüber beschwerten, dass Fae sie mit dem »bösen Blick« bedachten. Am liebsten hätte ich den beiden Sonnenbrillen gekauft.

»Wir sind da.« Dare setzte gerade dazu an, ihren Sitzgurt zu lösen, doch ich hob die Hand, um ihr Einhalt zu gebieten. »Nein. Ihr bleibt im Wagen.«

»Was?«, fragte sie. Manuel starrte mich an. »Der Boss hat gesagt, wir sollen für Ihre Sicherheit sorgen, während Sie Ihren Kram erledigen. Wie sollen wir das vom Auto aus tun?«

»Ich weiß nicht, wie ihr vom Auto aus für meine Sicherheit sorgen sollt, und es ist mir auch egal. Ich nehme euch aber auf keinen Fall mit hinein.«

Manuel runzelte die Stirn. »Warum nicht?«

»Weil Goldengrün nicht bloß irgendein Ort ist; es ist ein Mugel. Das bedeutet, er ist auch … ein klein wenig lebendig. Da Evening fort ist, wird er stinksauer sein. Ich weiß nicht, wie es im Inneren ist, aber ich hoffe, er wird sich gut genug an mich erinnern, um mich nicht zu fressen.«

Manuel nickte bedächtig und gab zu: »Das ist übel.«

Ich seufzte. »Ja. Im Augenblick kann ich keine Ablenkung gebrauchen. Ihr müsst hierbleiben, denn sonst werde ich so beschäftigt damit sein, euch zu beschützen, dass ich etwas übersehe.«

»Aber Ms Daye …«

»Kein Aber, Dare. Ihr müsst hierbleiben. Alle beide.« Ich bedachte sie mit einem finsteren Blick. Dare ließ es sich nicht nehmen, mich ebenso finster anzustarren, doch schließlich sahen beide weg und gaben nach.

»Ich bin gleich zurück«, versprach ich lahm, zog den Schlüssel aus dem Zündschloss und stieg aus dem Wagen. »Vertreibt euch erst mal die Zeit. Mir ist egal, was ihr macht, solange ihr nicht verhaftet werdet oder das Auto beschädigt. Ich komme zurück, sobald ich kann.«

Als ich die Tür schloss, meldete sich Manuel noch einmal zu Wort. »Ma'am?«

»Ja?«

»Wie merken wir, wenn Sie uns brauchen?« Mit ernster Miene sah er mich an. »Der Boss wird wirklich, wirklich furchtbar wütend, wenn Sie noch einmal verletzt werden.«

Das stimmte. Ich wollte den beiden keinen Ärger aufhalsen. Sie sollten mir nur nicht im Weg sein, während ich hineinging, um einen Schlüssel zu benutzen, von dem sie nicht wussten, dass ich ihn hatte, und um eine Tür aufzusperren, von der ich nicht wusste, ob sie überhaupt existierte. »Falls ich in Schwierigkeiten gerate, schreie ich einfach«, antwortete ich. »Dann könnt ihr kommen.«

»Werden wir Sie denn hören?«

»So, wie ich schreie, hören mich die Menschen in China. Bleibt einfach hier, in Ordnung?«

»Ms Daye?«

»Ja, Dare?« Es glich dem Versuch, Kindergartenkinder bei einer Babysitterin zurückzulassen. Mit etwas Glück würden ihnen die Fragen ausgehen, bevor die Sonne sank. Vielleicht jedenfalls.

»Hier.« Sie zog ein Messer aus dem Ärmel und hielt es mir

hin. Ich erkannte zwar nicht den Stil der Klinge, aber wenn es zum freien Tragen auf der Straße zugelassen war, wollte ich ein Kelpie sein. »Für den Fall, dass Sie nicht schnell genug schreien können.«

»Gute Idee«, sagte ich. Sie wirkte beinah enttäuscht von meiner Reaktion – Dare war noch jung genug, um die sogenannten *Regeln gegen das Bedanken* als sinnlos zu empfinden. Ich zwinkerte ihr zu und steckte das Messer in den Gürtel, mit der Schneide nach außen, um mich nicht zu verletzen. Ihre Miene hellte sich erst auf, als sie die unausgesprochene Dankbarkeit in meinen Augen las. Sie konnte ziemlich klug sein, wenn sie es zuließ.

Der Geschmack von Rosen stieg mir erneut in die Kehle; der Fluch würde mir bald wieder eine Schelle verpassen, und das mussten sie ja nicht unbedingt miterleben. Ich nickte ihnen zum Abschied kurz zu, drehte mich um und stapfte auf das Museum zu. Ich hörte, wie die Autotüren hinter mir zugeschlagen wurden. Fein. Solange sie nicht zu weit umherstreunten oder mir folgten, konnten sie tun, was sie wollten. Vielleicht würde Manuel die Schlösser der Museumstüren knacken und seiner Schwester etwas kulturell Bereicherndes zeigen als die aktuellsten Sendungen auf MTV.

Für einen Beobachter hätte ich ausgesehen, als hätte ich den Verstand verloren, als ich den Pfad entlangging und das Ritual zum Eintritt nach Goldengrün befolgte. Ich umkreiste drei Mal die Sonnenuhr und berührte sie bei sechs, neun und drei Uhr, bevor ich mich hinkniete, einen Stein aufhob und ihn kräftig von der Klippe warf. Danach wartete ich einen Augenblick und lauschte auf das Platschen. Die Wellen rauschten dreißig Meter tiefer, und jedes Mal rechnete ich damit, ein Platschen zu hören. Es kam aber nie.

Das hohe Gras teilte sich um mich, als ich den Pfad verließ. Dorniges Gestrüpp schabte über meine Jeans, ohne Halt zu finden. Wenn das kein Beweis für Magie ist, dann weiß ich nicht, was einer wäre. Unsichtbare Luftgeister flüsterten mir in die Ohren und forderten mich auf umzukehren, doch ich behielt den Blick stur geradeaus gerichtet. Wenn ich aus dem Muster ausbrach, würde ich den Eingang einen Monat lang nicht finden können; die Zauber waren zu ausgeklügelt gewoben. Der Hauptpfad in den Mugel verlief mitten durch das Museum, und der einzige andere Weg, den ich kannte, dauerte mindestens eine Stunde. Ich hatte also keine Zeit zu vergeuden.

Mugel sind verborgen, weil sie es sein müssen, und zwar nicht nur vor den Augen der Sterblichen. Die Fae sind von Natur aus sehr territorial. Wir streifen zwar umher, aber was uns gehört, gehört uns, und wir sind bereit, es gegen alles zu verteidigen, was da kommen mag. Die meisten Bürgerkriege in Faerie wurden wegen Land ausgetragen. Evening war lediglich dem Namen nach eine Gräfin. Sie besaß zwar Titel und Land, hatte jedoch keine Untertanen. Es gab niemanden, der ihren Mugel für sie beschützen konnte. Stattdessen benutzte sie Magie, hüllte ihren Hof in mehrere Schichten Trugbanne, verbarg die Türen in Schatten und die Mauern im Flüstern des Windes auf dem Wasser. Das war ja schön und gut, gestaltete es aber auch ziemlich schwierig, dort hineinzugelangen.

Ich watete durch sechs Meter Unterholz, bevor endlich ein Pfad auftauchte, der durch das Unkraut verlief und an der Tür des ramponierten Vorratsschuppens endete, der im Schatten zweier gewaltiger Eichen stand. Evening hatte mir einmal erzählt, dass sie diese Bäume selbst gepflanzt hatte, hundert Jahre, bevor ich geboren wurde. Sie hatte diesen Weg über eine lange, lange Zeit hinweg benutzt.

Das Flüstern verstummte, als ich auf den Schuppen zuging. Seine Aufgabe war erfüllt. Es gab mehr zugängliche Pforten, aber dies war der Weg, den man einschlug, wenn man von niemandem beobachtet werden wollte. Dies war der verborgene Pfad. Ich legte die Hand auf den Türknauf, und meine Finger verkrampften sich, als ein Stoß statischer Elektrizität über meine Haut strich. Das war meine letzte Warnung. Wenn ich jetzt weiterging, würde ich mich verpflichten.

Ich öffnete die Tür.

Sie schwang auf Angeln auf, die trotz des Rosts, der sie verkrustete, gut geschmiert gewesen sein dürften. Für Reinblutbegriffe war Evening als Schaustellerin nie Weltklasse gewesen, aber dies war ihr Land, und es richtete sich nach ihren Regeln … vorläufig wenigstens. Die Zauber, die sie so sorgfältig gewoben hatte, würden verblassen, bis das Portal nach Goldengrün seine Verankerung verlor und der Schuppen bloß zu einem weiteren vergessenen Lagerort würde. Faerie würde einen weiteren Anker in der Welt der Sterblichen verlieren – aber jetzt noch nicht. Im Augenblick konnte mich der Pfad noch aus der einen Wirklichkeit in eine andere führen. Ich schloss die Augen, ließ den Knauf los und schritt durch die Tür.

Sie fiel geräuschvoll hinter mir zu und befand sich schlagartig außer Reichweite, da der Raum sich krümmte und verzerrte. Die Luft fühlte sich zugleich heiß und kalt an, was das Atmen etwas schwierig gestaltete. Dies war keine nahtlose, fein gearbeitete Pforte wie der Eingang nach Schattenhügel; dies war ein zwischen die Welten gerissenes Loch, das zugleich in beiden und keiner davon existierte.

Ein einziger Schritt brachte mich zum Ende des Weges, und die Welt der Menschen fiel wie ein böser Traum von mir ab. Ich öffnete die Augen und atmete die reinere, vorindustrielle

Luft tief ein, während ich den Blick mit zusammengekniffenen Augen den trüb erhellten Flur hinabwandern ließ. In Goldengrün herrschte nie völlige Dunkelheit, doch dies hier kam dem näher, als ich es je zuvor erlebt hatte. Evening musste die Lichter ausgeschaltet haben, als sie gegangen war, und da sie nicht zurückgekommen war, hatte niemand sie wieder eingeschaltet. Dies war genau das, was ich jetzt *nicht* brauchte. Goldengrüns Trugbanne galten als geradezu legendär. In der Düsternis würde es wesentlich schwieriger sein, sie zu meiden, und ein Fehltritt konnte sowohl für meine geistige als auch körperliche Gesundheit schädlich sein. Um Mugel musste man sich immer kümmern, und Goldengrün hatte gerade seine Besitzerin verloren … Ich konnte also nicht damit rechnen, dass der Mugel guter Laune sein würde. Manche Leute meinen, es sei albern, die Hügel zu personifizieren; ich hingegen sage mir, ich personifiziere sie lieber zu sehr, als mich zu irren. Ich stelle mir vor, dass die Wahrscheinlichkeit, von ihnen getötet zu werden, geringer ist, wenn sie sich geschmeichelt fühlen.

Mit ausgestreckten Händen setzte ich mich den Flur entlang in Bewegung. Nach wenigen Schritten stieß ich mit dem Oberschenkel gegen den Rand eines niedrigen Marmortisches, und etwas zerbarst auf dem Boden. Ich zuckte zusammen. Tja, eine Vase weniger, die ich bei meinem nächsten Besuch zerbrechen konnte. Ich ging weiter, und das Geräusch meiner Schritte breitete sich plötzlich hörbar aus, was von meiner Ankunft im mittleren Hof des Mugels zeugte. Ich gestattete mir ein kleines Lächeln. Wahrscheinlich würde es von hier aus eine Möglichkeit geben, die Lichter einzuschalten, und sobald ich etwas sehen würde, konnte ich auch mit der Suche nach der Tür beginnen, zu der mein Schlüssel passte.

Nach drei Schritten in den offenen Bereich erstarrte ich.

Hinter mir atmete jemand.

Ich ließ eine Hand zu dem Messer in meinem Gürtel sinken und spähte mit zusammengekniffenen Augen in die Schatten. Wer immer es war, sollte mich besser rasch angreifen, andernfalls würde derjenige herausfinden, was für eine grauenhafte Woche ich gehabt hatte. Auf meine Freunde wurde geschossen, in meinem Wohnzimmerteppich klebten Reste eines Doppelgängers, und mein früherer Boss und Vielleicht-Geliebter war gezwungen gewesen, einen Handel mit der Luidaeg abzuschließen, um mich am Leben zu erhalten. Für dumme Spielchen war ich echt nicht in Stimmung.

Das Atmen veränderte sich nach etwa fünf Minuten Reglosigkeit. Plötzlich wurde es von einem neuen Geräusch begleitet: Schritte. Ich verharrte, wo ich stand, und wurde mit dem Anblick einer Gestalt belohnt, die sich langsam durch die Düsternis näherte. Wer immer es sein mochte, es handelte sich um einen Mann, der nicht viel größer war als ich.

Ich zog das Messer vom Gürtel und sprang. Ein kalkuliertes Risiko: Ich ging davon aus, dass ich bereits tot wäre, wenn der Mann, auf den ich mich so impulsiv stürzte, eine Schusswaffe gehabt hätte. Wenn mich jemand erschießen wollte, hatte sich derjenige ein tadelloses Ziel entgehen lassen, indem er die Gelegenheit meines Eintretens nicht ausgenutzt hatte. Und wenn derjenige keine Schusswaffe bei sich trug, verlagerten sich die Chancen zu meinen Gunsten. Womöglich war er immer noch besser bewaffnet als ich, aber jemand, der das Überraschungsmoment nutzen wollte, rechnete für gewöhnlich nicht damit, dass seine Opfer zurückschlugen. Ich habe es schon immer vorgezogen, diejenige zu sein, die als Erste zuschlägt.

Ich traf ihn seitwärts mit dem Ellbogen in den Solarplexus. Etwas in meiner Schulter riss, als ich Druck auf die frische

Narbe ausübte. Zornige, pochende Schmerzen flammten auf. Selbst eine magische Heilung hat ihre Grenzen; die Narbe sah zwar alt aus, war es aber nicht.

Die Schwerkraft zog uns beide zu Boden. Ich packte mit der rechten Hand sein Gelenk und stemmte mein Knie so in seinen Bauch, dass ich die Luft aus ihm presste. Er versuchte, sich freizuwinden, und gab einen verletzten, erschrockenen Laut von sich, wie ihn ein Seehund ausstößt, den man mit einem Stock schlägt. Er versuchte nicht einmal, nach einer Waffe zu greifen. Ich hielt inne. Wen kannte ich, der wie ein Seehund zu bellen anfing, wenn man ihn verletzte?

»Connor?«

»Ja«, keuchte er. Die meisten Adligen sind Weicheier; sie werden nicht oft genug verletzt, um es ohne Weiteres zu vertragen. Ich wünschte, ich könnte auch ein Weichei sein. »Freut mich auch, dich zu sehen.«

»Wieso um alles in der Welt schleichst du hier drin herum?« Ich ließ ihn los und stand auf. Feuchtigkeit, so spürte ich, breitete sich aus und bedeckte meine Schulter. Ich war ziemlich sicher, dass ich etwas Verheiltes wieder aufgerissen hatte. »Das ist nicht besonders klug. Ich habe eine lausige Woche hinter mir.«

Connor stemmte sich in eine sitzende Haltung, wobei er leise Schnauflaute von sich gab. Offensichtlich hatte er Hilfe beim Aufstehen von mir erwartet, und sei es nur in Form meiner Hand. »Habe ich gehört«, gab er zurück. Die Dunkelheit verhinderte, dass ich sein Gesicht sehen konnte. Ich stellte fest, dass ich erstaunlicherweise sogar dankbar dafür war. »Lily hat mir erzählt, was Ross widerfahren ist. Du kannst von Glück sagen, dass du noch lebst.«

»Wann hast du Lily gesehen?«, fragte ich und verengte die

Augen. Soweit ich wusste, redete Lily nicht mit dem örtlichen Adel. Wie die meisten Landeigner des Golden Gate Park zog sie es vor, für sich zu bleiben.

»Sylvester hat mich hingeschickt. Er sucht nach dir.«

»Was? Devin hat ihn angerufen. Er wusste doch, wo ich war.«

Connor stockte. »Toby, niemand hat angerufen. Ich bin hierhergekommen, weil Lily sagte, sie glaube, du könntest dich irgendwann mal hier umsehen. Das gesamte Herzogtum ist in Aufruhr. Sylvester ist außer sich vor Sorge.«

Ich spürte, wie mir eiskalt wurde. »Das kann nicht stimmen.«

»Glaub es ruhig.« Nach wie vor etwas unregelmäßig atmend, stand er auf. »Für ein Mädchen schlägst du ziemlich hart zu.«

»Und du gehst für einen Kerl ziemlich leicht zu Boden. Connor, ist das dein Ernst? Weiß Sylvester wirklich nicht, wo ich bin?«

»Er hat keine Ahnung.« Connors Füße schlurften über den Boden und sandten ein Echo durch den Raum. »Hast du etwas dagegen, wenn ich das Licht einschalte? Allmählich wird es mir unheimlich, diese Unterhaltung mit dir hier so im Dunklen zu führen.«

»Wenn du weißt, wie es sich anschalten lässt, dann nur zu.«

»Alles klar.« Schritte entfernten sich von mir, gefolgt von einem schabenden Laut. Dann flutete warmes, farbloses Licht, das von den Wänden auszugehen schien, den Raum. Connor befand sich etwa anderthalb Meter entfernt und hielt die Hand flach gegen einen der Zierleuchter gepresst. Ich musste ihn wohl angestarrt haben, denn er zuckte mit den Schultern.

»Evening hat es mir gezeigt«, erklärte er. »Sie hielt es für eine gute Idee, dass jemand außer ihr den Trick kennt.«

»Wann?«

»Vor ein paar Monaten.«

Das wies auf eines von zwei Dingen hin: Entweder hatte Evening schon damals damit gerechnet, dass sie sterben würde … oder dies hier war gar nicht Connor. »Da.« Ich hielt ihm das Messer, dass ich mir von Dare geborgt hatte, mit dem Griff voraus hin. »Nimm das.«

Er blinzelte. »Was? Warum?«

»Weil du dich für mich schneiden musst.« Verständnislos glotzte er mich an. Ich seufzte. »Ich wurde erst vor Kurzem von einem Doppelgänger angegriffen, Connor. Ich glaube zwar nicht wirklich, dass derjenige, der mich tot sehen will, unmittelbar nach dem Versagen des ersten einen weiteren schickt, aber als Mädchen kann man nicht vorsichtig genug sein.«

»Du meinst es also ernst.«

»Eigentlich schon, ja.«

Mit finsterer Miene ergriff er das Messer, ritzte sich den Zeigefinger auf und zeigte mir die Wunde. »Siehst du? Ganz gewöhnliches Blut.«

Doppelgänger können eine Menge nachahmen, Blut allerdings nicht. »Ausgezeichnet. Mein Messer, bitte.« Ich streckte ihm die Hand entgegen. Mit nach wie vor finsteren Zügen drückte er mir den Griff in die Finger.

Ich steckte die Klinge zurück an den Gürtel, drehte mich herum und betrachtete den Raum. Mit eingeschalteten Lichtern wirkte er kleiner. In der Mitte stand ein schlichter Silberthron. Willkürlich verteilte Türen führten in ungeahnte Gefilde. Ich hatte noch nicht einmal die Hälfte der Türen in Verwendung gesehen und würde wahrscheinlich alle ausprobieren müssen, ehe der Tag um war. An der Wand hing einsam Evenings Wappen. Einst hatte dort ein zweites Wappen geprangt, doch Dawn war seit mittlerweile zwanzig Jahren tot. Ihre Schwester hatte nur eine Weile gebraucht, um zu ihr aufzuschließen.

»Es ist seltsam, dass sie dir gezeigt hat, wie die Lichter angehen«, meinte ich. »Mir hat sie es nie gezeigt.«

»Hättest du ihr vertraut, wenn sie es versucht hätte?«

Das brachte mich zum Nachdenken. Schon vor meiner Zeit im Teich war ich ein argwöhnischer Wechselbalg gewesen. Danach hörte ich überhaupt nur noch auf meine Paranoia. Hätte ich Evening vertraut, wenn sie mir den Vorschlag unterbreitet hätte? Wahrscheinlich nicht. Schmerzte es mich, dass sie mich nicht gefragt hatte? Leider ja.

»Nein«, gestand ich schließlich. »Hätte ich nicht.«

»Vermutlich hat sie es deshalb nicht getan.«

Ich schüttelte den Kopf und hielt den Blick auf die Wand gerichtet. »Ich bin nicht hierhergekommen, um über meine persönlichen Probleme zu reden.«

»Warum bist du dann hier?«

»Weil ich eine Aufgabe zu erledigen habe.«

»Und diese Aufgabe wartet in Goldengrün? Du solltest Sylvester anrufen, bevor er vollends ausflippt.«

»Wie ich schon sagte, ich dachte, jemand hätte ihn bereits angerufen.« Seufzend sah ich Connor wieder an. »Meine Aufgabe erwartet mich dort, wo Evenings Mörder sind. Da ich aber nicht weiß, wo das ist, beginne ich hier.«

»Bist du sicher, dass du dem gewachsen bist?«

»Spielt das eine Rolle?«, gab ich zurück. »Was können sie schon tun? Mich umbringen? Das versuchen sie bereits. Es ist belanglos, ob ich dem gewachsen bin oder nicht. Ich stecke drin und komme erst wieder raus, wenn diese Geschichte endet oder ich sterbe. Nicht eher.«

Connor runzelte die Stirn. »Du blutest.« Er hörte sich überrascht an.

»Ich weiß.« Ich warf einen Blick auf das Blut, das meine

Bluse durchtränkte, und seufzte. »Das ist schon die dritte Bluse in dieser einen Woche. Ehrlich, ich sollte am besten einfach oben ohne rumlaufen.«

»Was ist passiert?« Seine Überraschung schlug in verletzte Verärgerung um. Meine Güte. Ich brauchte niemanden, um mich zu beschützen – und falls doch, gäbe es dafür wahrlich bevorzugtere Anwärter als ihn.

»Meinst du im Verlauf der letzten Woche oder gerade eben?«, fragte ich mit ausdrucksloser Miene.

»Gerade eben. Den Großteil der vergangenen Woche kenne ich bereits.«

»Du erinnerst dich an den von mir erwähnten Angriff durch einen Doppelgänger?« Er nickte. »Das ist passiert. Pass auf, du kannst dabei sein, wenn ich vor Sylvester katzbuckle, weil ihn niemand angerufen hat.«

»Du blutest immer noch.« Er legte mir die Hand auf die Schulter, und mein Herzschlag beschleunigte sich. Ich bewegte mich mit hoffentlich beiläufiger Langsamkeit unter seiner Hand hervor. Das brauchte ich nicht. Schon gar nicht im Augenblick. Wahrscheinlich nie.

Reiß dich zusammen, Dumpfbacke, schalt ich mich. *Was ist, reicht dir Devin nicht?* »Die Wunde ist aufgebrochen, als ich dich angegriffen habe. Keine Sorge. Ich genese schnell.«

Connor holte tief Luft und fragte: »Darf ich dir helfen?«

Er konnte es wohl nicht lassen, mich in Verlegenheit zu bringen. Als Nächstes würde er sich wahrscheinlich noch erkundigen, wie ich hereingelangt war, ohne die Vordertür zu benutzen. Ich drehte mich zur Wand und antwortete: »Connor, ich kann dich nicht in diese Sache hineinziehen.«

»Du glaubst, Raysel hat es getan, nicht wahr!« Es klang nicht wie eine Frage.

»Ich glaube, sie *könnte* es getan haben.« Ich steckte die Hände in die Hosentaschen. »Stört dich das?« Ich sah über die Schulter zurück und beobachtete, ob er zusammenzuckte oder Anzeichen von Schuld erkennen ließ – irgendetwas, das meinen Hormonspiegel senken mochte.

Er tat mir den Gefallen aber nicht. Seine Miene blieb unverbindlich, als er meinte: »Ich glaube nicht, dass sie es war. Das ist nicht ihr Stil. Aber ich kann nachvollziehen, weshalb du sie verdächtigst. Stört dich *das*?«

»Ja«, gestand ich. »Es stört mich.« Es hatte keinen Sinn zu leugnen.

»Warum?«

»Weil ich mir nicht erklären kann, warum du losgezogen bist und jemanden wie sie geheiratet hast.« Jetzt hatte ich es ausgesprochen.

Vielleicht würde er mir nun eine Antwort geben, die ich glauben konnte.

»Es hatte politische Gründe.« Nun war er es, der den Blick abwandte. »Salznebel brauchte einen Waffenstillstand, Raysel brauchte einen Ehemann. Ihr gefiel mein Aussehen, ihre Eltern waren einverstanden, Herzogin Lorden trug mir auf zu gehen, ich ging.«

»Es war also eine … arrangierte Ehe?« Meine Meinung über seinen Geschmack besserte sich um etwa zwanzig Punkte, aber ich blieb trotzdem entsetzt. Nur weil wir eine Feudalgesellschaft hatten, mussten wir ja nicht gleich *so* feudal sein. »Das gibt es wirklich noch?«

»Meine Frau ist zweifellos dieser Ansicht.«

»Das ist einfach nicht richtig.«

»So ist es nun mal. Mein Heimatherzogtum braucht das Bündnis, und ich werde tun, was immer notwendig ist, um meine Heimat zu beschützen.« Er straffte die Schultern, und mein Herz tat einen zittrigen Ausfallschritt.

»Tut mir leid«, sagte ich mit unabsichtlich sanfter Stimme.

Er trat auf mich zu. »Mir auch.«

Einen Moment lang starrten wir einander in die Augen. Seine waren von Rand zu Rand braun und wurden zur Mitte hin nur dunkler, statt in eine erkennbare Pupille überzugehen. Man konnte in diesen Augen ertrinken. Das wollte ich auch. Es wäre sicherer gewesen als alles, was ich mit Devin tat, und es würde mich mit größter Wahrscheinlichkeit nicht umbringen … und es kam nicht infrage. Wenn ich Sex wollte, hatte ich bereits gefunden, was ich suchte, wenn ich aber Liebe wollte, hatte ich wahrscheinlich Pech gehabt. So oder so, dieser Weg stand mir nicht offen. Ich legte die Hände an seine Brust und schob ihn zurück.

»Wir können das nicht tun«, sagte ich. Meine Stimme hörte sich hohl an. Es lag weniger daran, dass ich ihn wollte, als vielmehr daran, dass ich die Vorstellung von ihm wollte; die Vorstellung von jemandem, der mich festhielt und mir sagte, dass alles in Ordnung käme, ohne dass ich ins Heim zurückmüsste.

Connor bedachte mich mit einem verletzten Blick und streckte die Hand aus, um sie mir auf die Schulter zu legen. »Warum nicht? Ich will es. Du willst es auch. Warum können wir dann nicht?«

»Fangen wir mit dem Einfachen an«, gab ich zurück und wich unter seiner Hand weg. »Du bist verheiratet, und ich will nicht verbannt werden. Ist das eine gute Antwort?«

»Raysel wäre es egal, das weißt du. Solange wir verheiratet bleiben, bleibt sie die Erbin, und das allein macht sie glücklich. Es ist keine Ehe, es ist ein Vertrag.«

»Mir ist es aber nicht egal. Ich will ihr nicht auf die Zehen treten.« Kopfschüttelnd wich ich einen weiteren Schritt zurück. »Das ist es nicht wert, Connor.«

»Ich glaube nicht, dass du das ernst meinst«, entgegnete er in einem gedämpften Tonfall, der mir ein Kribbeln über den Rücken jagte. Mein zentrales Nervensystem plädierte dafür nachzugeben. Nein, nein, nein. Dies würde *nicht* geschehen. Nicht mit ihm.

»Hör mal, Connor, vielleicht wäre es das Ganze doch wert. Ich weiß es nicht. Frag mich noch einmal, wenn ich weiß, wer Evening umgebracht hat, vielleicht habe ich dann eine bessere Antwort.« Ich schob die Hände wieder in die Hosentaschen. »Können wir uns vorerst darauf konzentrieren, herauszufinden, wer all das angerichtet hat, bevor diejenigen beschließen, es erneut zu versuchen?«

Er nickte etwas zögernd und ließ die Hände an den Seiten niedersinken. Ich verspürte einen Anflug von Erleichterung, vermischt mit Bedauern, und holte langsam und tief Luft. Bei Oberons Knochen, was hatte ich mir nur gedacht?

Ich warf einen Seitenblick in seine Richtung. Er betrachtete eine der Schnitzereien an der Wand und achtete darauf, mich nicht anzusehen. Die Antwort war einfach: Ich hatte mir überhaupt nichts gedacht, sondern einfach reagiert. Ich liebte ihn nicht, allerdings hatte es einmal eine Zeit gegeben, da war das vielleicht anders gewesen, und das genügte schon, um mich weiterzutreiben. Ich brauchte es einfach, gebraucht zu werden. Aber dies war nicht der richtige Weg.

»Toby?«

»Ja?«

»Wonach suchst du?«

Sein Tonfall verriet mir, dass er weitermachen wollte. Ich

nutzte die Gelegenheit. »Ich weiß nicht – irgendetwas Nützliches. Antworten vielleicht.«

»Sind Antworten in der Regel so einfach zu finden?«

»Nach einer Woche, wie ich sie hinter mir habe, schuldet mir die Welt ein paar einfache Antworten.«

»Und hast du schon welche gefunden?«

Das war ein Anwärter für die Liste der dümmsten Fragen. »Noch nicht. Nur einige leere Flure und dich.« Ich drehte mich im Kreis und ließ den Blick suchend durch den Raum wandern. In den Ecken hielten sich trotz der eingeschalteten Lichter hartnäckig Schatten. Es gab keine Leichen, und der Geist von Hamlets Vater würde wahrscheinlich auch nicht erscheinen, trotzdem war es schlimm genug. Beinah glaubte ich, aus dem mittleren Flur leise Geräusche zu vernehmen.

»Willkommen in den verwunschenen Hallen von Helsingør«, murmelte ich.

Connor sah mich an. »Was war das?«

»Shakespeare.«

»Warum?«

Ich schwieg, und in der Stille des Augenblicks hörte ich die Geräusche aus dem Flur erneut. Sie waren echt und wurden lauter. »Bist du allein gekommen?«

»Was?« Er blinzelte. »Natürlich. Wen hätte ich denn mitbringen sollen? Sylvester lässt von seinen Leuten jeden Ort überprüfen, den du aufgesucht haben könntest.«

»Verstehe.« Ich wich zurück. Wer auch immer sich da den Flur entlang näherte, verhielt sich viel zu leise, um Manuel oder Dare sein zu können. »Ich will jetzt nicht schwarzmalerisch oder so erscheinen, aber zurzeit versucht man, mich umzubringen. Das bedeutet, es ist vielleicht nicht der beste Plan, hierzubleiben.«

»Was?«

Aus der Richtung des Flurs ertönte ein unverkennbares Klicken. Es ist schwierig, den Laut einer Patrone nicht zu erkennen, die in die Kammer gleitet, vor allem, wenn gerade jemand beschlossen hat, dass es großen Spaß bereitet, auf einen zu schießen. Also ergriff ich sofort Connors Hand, rannte zur nächstbesten Tür und zischte: »Lauf!«

Aus dem Flur drang ein gedämpftes Knurren, gefolgt von rennenden Schritten. Manchmal hasse ich es, recht zu haben.

Die Tür wollte sich nicht öffnen lassen. Ich riss den Schlüssel aus meiner Tasche, drückte ihn gegen das Schloss und brüllte: »Öffne dich, verdammt! In Evenings Namen!« Nichts geschah. Die Schritte wurden lauter. Ohne mir einen Blick nach hinten zu gestatten, schrie ich: »In Oberons Namen! In *irgendjemandes* Namen! *In Namen meiner Mutter, öffne dich, verflucht noch mal!«*

Das Schloss löste sich, und die Tür schwang jäh auf. Connor und ich stolperten in einen schmalen Gang. Ich wartete gerade lange genug ab, um die Tür zuzutreten und ins Schloss zu werfen, bevor ich mich den Gang hinab in Bewegung setzte. Ich wusste nicht, wohin er uns führen mochte, aber mir war klar, was geschehen würde, wenn wir blieben, und in diesem Fall zog ich das Unbekannte vor. Connor stolperte; ich ergriff im Laufen seine Hand und zerrte ihn hinter mir her.

Connor hatte schon bald Mühe, mit mir Schritt zu halten – Selkies besitzen Ausdauer im Wasser, aber nicht an Land. »Wohin gehen wir?«, fragte er keuchend.

»Weg!« Ich hörte, wie die Tür hinter uns aufgebrochen wurde, dann folgte das Geräusch rennender Füße. Ich hatte keine Ahnung, wie viel Vorsprung wir hatten, und ich war nicht einmal sicher, ob ich es überhaupt wissen wollte. Wir würden entkommen oder sterben. Die Chancen standen für beides gleich.

»Wir wissen doch gar nicht, ob die uns etwas tun wollen! Wir wissen nicht einmal, wer es ist!«

»Tut mir leid, aber ich habe keine Lust, zu warten und es herauszufinden.« Durch die Mühe, die es mich kostete, Connor mitzuschleifen, verschlimmerte sich das Pochen in meiner Schulter noch. Dennoch ließ ich nicht los. Er würde sterben, wenn ich es täte.

»Aber …«

»Die haben Kanonen! Und jetzt halt die Klappe und lauf!«

Ein trübes Licht begann, den Gang zu erfüllen und die rauen Steinwände zu erhellen. Der Boden veränderte sich unter unseren Füßen und ging von erhabenen Kopfsteinen in festgetretenen Sand über. Connor stolperte erneut, aber ich zerrte ihn weiter und beschleunigte die Schritte. »Komm schon, wir sind fast da!« Ich hatte keine Ahnung, wo »da« sein mochte, wenn ich auch gewettet hätte, dass wir nicht aus einem magischen Wandschrank hervorstürzen würden. Der Sand ließ mich an einen Strand denken, was in Ordnung war. In San Francisco gibt es reichlich Strände – einen sogar unmittelbar neben dem Museum.

Im Nachhinein betrachtet hätte es mich nicht überraschen sollen, als der Boden unter unseren Füßen verschwand und wir in luftleerem Raum rannten.

Es blieb noch ein Augenblick Zeit, um flüchtig die Felswand der Klippe hinter uns und die schmale Öffnung der Höhle zu betrachten, aus der wir hervorgelaufen waren. Dann fielen wir und konnten nur noch schreien. Mich im freien Fall dreißig Meter über dem Pazifik wiederzufinden bringt einfach das Schlimmste in mir hervor. Connors Hand entglitt der meinen, während wir fielen. Ich versuchte noch, sie wieder zu ergreifen, doch dann war es zu spät: Ich schlug mit den Füßen voraus im Wasser auf. Der Aufprall presste mir die Luft aus den Lungen. Die Wellen schlugen wie eine Faust über mir zusammen, und die Welt wurde dunkel.

KAPITEL 22

Mit geschlossenen Augen und dem Kopf nach unten trieb ich vor mich hin, bis mich der Druck in meiner Brust schlagartig erwachen ließ. Ich begann, um mich zu schlagen und zu treten und nach der Oberfläche zu suchen. Noch geriet ich zwar nicht in Panik, doch das war nur eine Frage der Zeit, und wenn ich nicht an die Luft gelangte, bevor ich die Kontrolle verlor, würde ich zu einem weiteren roten Kreuz in den ohnehin schon gut befüllten Aufzeichnungen der Küstenwache. Jeder hat etwas, womit er nicht zurechtkommt. Bei manchen sind das enge Räume oder Höhen. Bei mir ist es Wasser. Ich kann es nicht mehr ertragen zu baden, geschweige denn zu schwimmen. Für mich gibt es nur noch Duschen und höfliche Ausreden. Alles andere ähnelte zu sehr einer Rückkehr in den Teich.

Das Meer rings um mich wurde dunkler. Als Connor und ich im Wasser landeten, war es noch hell; die Sonne sollte zu sehen sein. Es sei denn, ich schwamm in die falsche Richtung.

Ich drehte mich herum und kämpfte mich so kräftig ich konnte in die entgegengesetzte Richtung. Die Wellen waren wenig hilfreich – allerdings sind Meere auch nicht dafür bekannt, verzweifelten Schwimmern zu helfen, erst recht nicht solchen, die töricht genug sind, vollständig bekleidet aus großen Höhen ins Wasser zu tauchen. Mich erstaunte, dass ich mir nicht das Genick gebrochen hatte.

Allmählich wurde es schwieriger weiterzuschwimmen: Erschöpfung, Sauerstoffmangel und meine verwundete Schulter verschworen sich mit der Angst, um mich auszulaugen. Erschwerend kam hinzu, dass sich der Geschmack von Rosen am Ansatz meiner Kehle verdichtete. Ich war geschwächt, und der Fluch wurde stärker; ich konnte mich nicht verteidigen. Wenn er mich packte, bevor ich die Luft erreichte, würde die Bedrohung, die er darstellte, zu einer dieser Prophezeiungen werden, die sich selbst erfüllten, denn dann gäbe es keine Aussicht mehr darauf, dass ich überlebte.

Etwas traf mich von unten. Von einer plötzlich einsetzenden neuen Art von Panik erfüllt, trat ich hinab und wurde damit belohnt, dass meine Fersen gegen etwas Weiches prallten. Das würde die hiesige Fauna lehren, sich mit einem ertrinkenden Wechselbalg anzulegen. Ich kämpfte mich weiter empor, bis ich wieder getroffen wurde. Diesmal erwies sich mein erwidernder Tritt jedoch als matter. Mir ging die Energie aus. Ich vermochte nicht zu sagen, in welche Richtung ich mich bewegte, und der Sauerstoffmangel ließ meine Sicht allmählich verschwimmen. Dann prallte zum dritten Mal etwas gegen mich, und ich erschlaffte, gab auf. Sollten mich die Haie doch haben.

Was immer es auch sein mochte, es packte mich hinten am Kragen und begann, aufwärtszuschwimmen und mich mühelos an die Oberfläche zu ziehen. Ich japste nach Luft und wurde hochgehalten, bis ich anfing, Wasser zu treten. Die Wellen entpuppten sich als recht mild; sobald ich wieder atmen konnte, hielt ich nach dem Ufer Ausschau. Wenn ich es erreichen konnte, bevor … nun, es gab eine Menge »Bevors«, die mir Kopfzerbrechen bereiteten. Bevor der Fluch zuschlug, bevor ich vollends in Panik geriet, bevor ich ertrank …

Selkie. Ich war mit einem Selkie von einer Klippe ins Meer gestürzt – und hatte gefürchtet zu ertrinken. Wäre ich nicht so müde gewesen, ich hätte mich geschämt. Der Fluch brannte, als könne er jeden Augenblick zuschlagen; mir blieb vermutlich nicht viel Zeit.

»Connor?«, stieß ich also mit zittriger Stimme hervor. »Bringst du mich ans Ufer?« Er nickte, schwamm näher heran und ließ mich die Arme um seinen Hals schlingen. Sein Körper war beinah so lang wie der meine, zudem so stark und gesund, wie es echte Seehunde nur selten sind.

Wir befanden uns lediglich rund dreißig Meter vom Ufer entfernt, aber wenn man auf einem Seehundrücken reist, ist das mehr als genug für einen entschieden unangenehmen Ritt. Ich ließ die Augen geschlossen und versuchte, das Klatschen der Wellen gegen mein Gesicht zu vergessen. Es ist unhöflich, sich vor Seekrankheit auf das Genick seines Begleiters zu erbrechen, so verlockend es auch sein mochte.

Als ich bereits dachte, ich könnte es nicht länger ertragen, hievte uns die Flut auf den Sand. Ich rappelte mich auf die Beine und wankte vom Wasser weg. Ich schaffte es fast bis zum trockenen Sand, bevor mich der Fluch wie ein in Rosenwasser getauchter Amboss traf und mich auf die Knie sinken ließ. Es blieb keine Zeit, um zu kämpfen, nicht einmal, um zu schreien. Die echte Welt verpuffte, ich war verloren.

Vielleicht war es eine Folge meiner mit Müh und Not unterdrückten Panik; vielleicht wurde der Fluch auch geschickter darin, mich zu verletzen. So oder so, diesmal ging es nicht nur um Evenings Tod. Mühelos durchwühlte er meine Erinnerungen und zog den grauenhaften Augenblick daraus hervor, in dem meinen Lungen vergaßen, was Luft war, um ihn mir in einem ordentlichen Paket aus Blutmagie und Eisen darzureichen. Der Sand erschauderte und wurde zunächst zu einem blutigen Teppich, dann kam das feuchte, von der Sonne aufgeheizte Holz des Teegartenpfads. Sofern ich schrie, vergruben die Erinnerungen den Laut. Es gab keine Gegenwart, nur die Vergangenheit, und ich ertrank darin.

Jemand schüttelte mich. Keine der Erinnerungsschlingen, die mich in ihren Klauen hatten, beinhaltete ein Schütteln – Zappeln, Bluten und Sterben, ja, aber kein Schütteln. Ich versuchte, mich bis zu dem Schütteln emporzukämpfen, und wurde von einem Strauß Phantomrosen zurückgeschlagen, der mich hinabdrückte. Undeutlich, aus weiter Ferne vernahm ich nun Geschrei. Ich vermochte nicht zu sagen, ob es von mir stammte oder nicht. Das spielte auch keine Rolle. Diesmal würde kein Tourist auftauchen, der mir ins Wasser half. Mein Herzschlag glich einem Trommeltakt, der sich unter dem Gewicht von Blut, Eisen und verworrenen Erinnerungen verlangsamte.

Ich fragte mich, ob die Schmerzen jemals enden würden.

Dann schlug mich Connor.

Der neue Schmerz war physisch und stechend und half mir, ein wenig Boden gutzumachen. Mein Herzschlag beschleunigte sich, als Connor mich wieder und wieder schlug. Die Schmerzen steigerten sich mit jedem Mal und ermöglichten es mir, schrittweise auf die echte Welt zuzuklettern.

Er holte gerade mit der Hand aus, um mich erneut zu schlagen, als ich die Augen öffnete. »He«, sagte ich mit rauer Stimme, »du kannst jetzt aufhören. Bitte.«

»Ich dachte, du würdest sterben«, erwiderte er mit geweiteten Augen.

»Willkommen im Klub«, gab ich zurück, um flapsig zu wirken. Es gelang mir aber nicht. Ich wollte mich schon aufsetzen, da legte er einen Arm um mich, sodass ich mich gegen ihn lehnen konnte.

»Was ist passiert?«

»Ich habe zu viel Wasser geschluckt.«

»Lass dir etwas anderes einfallen«, entgegnete Connor nüchtern. »Ich bin ein Selkie, schon vergessen? Wir ertränken Leute auf halb professioneller Basis. Ich weiß, wie Ertrinken aussieht. Wenn du denkst, ich würde glauben, du hättest zu viel Wasser geschluckt, musst du mich entweder für blind oder für dumm halten. Ich weiß nicht, was schlimmer ist.«

Ich blinzelte und errötete. Selbstverständlich hatte ich nicht beabsichtigt, ihn zu beleidigen; mir war nur nicht klar gewesen, dass meine Lüge so offensichtlich sein würde. Natürlich hatte er recht: Die meisten Ertrinkenden krümmen sich nicht im Sand und schreien sich die Kehle wund. Das Wasser in ihren Lungen verhindert das. »Ich …«

»Was ist passiert, Toby? Die Wahrheit.«

Irgendwann muss man jemandem vertrauen. So funktioniert es nun mal. Connor O'Dell wäre zwar nicht meine erste Wahl gewesen, aber wie es aussah, war er meine letzte. »Evening ist mir passiert«, sagte ich und schloss die Augen. »Als sie starb, sorgte sie dafür, dass ich auch garantiert tun würde, worum sie mich gebeten hatte. Sie wollte gerächt werden, und deshalb hat sie …«

»Dare! Sie ist hier drüben!« Ich schlug die Augen auf und erblickte Manuel und Dare, die auf uns zurannten. Dare stolperte in ihren Stöckelschuhen vor sich hin. »Ma'am! Ms Daye!« Als sie Connor bemerkten, beschleunigten sie ihre Schritte. Plötzliche Mordlust trat in ihre Mienen.

Connor versteifte sich, und ich lächelte matt und hob eine Hand, um zu winken. »Sie gehören zu mir.« Lauter rief ich: »He, Leute. Er gehört auch zu mir.«

Schlitternd kamen die beiden zum Stehen. Manuel fragte unsicher: »Ist alles in Ordnung, Ms Daye?«

»Es geht mir gut, Manuel, ich bin bloß etwas nass. Connor war so freundlich, mich aus dem Wasser zu fischen.« Mich verblüffte, wie leicht mir die Lüge von der Zunge ging. Vermutlich hatte ich mich mittlerweile daran gewöhnt, geschunden, von Schmerzen geplagt und verflucht zu sein. »Was macht ihr zwei hier unten?«

»Wir haben diese Männer beim Reingehen beobachtet, nur trugen sie Sieh-nicht-her-Zauber, deshalb konnten wir sie nicht richtig sehen, und Manny dachte, wir sollten ihnen folgen, aber wir konnten keinen Weg hinein finden, und ...« Ich hob die Hand, um Dares atemlosem Redefluss Einhalt zu gebieten.

»Versuchen wir es anders«, schlug ich vor. »Manuel? Was ist passiert?«

»Wir sind einigen Männern ins Museum gefolgt. Sie hatten einen Schlüssel, wir nicht. Wir sind um das Gebäude herumgegangen und kamen gerade noch rechtzeitig zur Klippe, um Sie fallen zu sehen«, erklärte er zügig und förmlich.

»Ihr seid mir also gefolgt, obwohl ich gesagt habe, ihr sollt es nicht tun, und habt gesehen, wie wir von der Klippe stürzten?«

»Ja.«

»Manuel?«

»Ja?«

»Das war dumm.«

»Ja, Ma'am.«

Ich wandte mich Connor zu und fragte: »Kannst du mir mal aufhelfen? Ich muss diese beiden ins Heim zurückbringen.« Er schüttelte den Kopf und hob mich in seine Arme, während er aufstand. Ich schrie auf. »He!«

»Was?«

»Lass mich runter!« Er setzte sich den Strand entlang in

Bewegung. Manuel und Dare folgten uns. »Hörst du nicht? Lass mich runter.«

»Nein. Ich bringe dich – euch alle – nach Schattenhügel. Ihr könnt gehen, wenn ich sicher bin, dass du überleben wirst.«

In Anbetracht der jüngsten Ereignisse würde das vermutlich irgendwann im Juni möglich sein. Seufzend lehnte ich mich in seinen Armen zurück. Meine Schulter pochte wieder und erinnerte mich daran, dass es hier nicht sicher war. Schattenhügel? Na schön, dort wäre es wahrscheinlich besser.

»Sylvesters Nerven wird das allerdings nicht beruhigen«, murmelte ich.

»Da kann man nichts machen.«

»Sollten wir nicht zuerst im Heim anrufen? Um Bescheid zu geben, wohin wir gehen?« Manuel hörte sich aus unerfindlichen Gründen nervös an, so als fürchtete er, Devin würde ihm die Schuld an meinem ungeplanten Schwimmausflug geben. Vielleicht würde er das auch wirklich tun.

Ich fasste in meine Tasche, zog das vor Wasser triefende Mobiltelefon hervor und warf es auf den Strand. »Damit? Mein Telefon ist im Eimer. Hast *du* eines?«

»Nein …«

»Damit hat sich das wohl erledigt. Connor, wie kommen wir nach Schattenhügel?«

»Du hast doch ein Auto.«

»Ich kann fahren!«, rief Dare.

Connor und ich wechselten einen Blick, dann verkündete er: »*Ich* fahre.« Dare zog einen Schmollmund. Connor schüttelte den Kopf. »Tut mir leid, Mädchen. Diesmal nicht.«

Im Vertrauen darauf, dass Connor die Dinge im Griff hatte, schloss ich die Augen und gestattete mir, mich zu entspannen. Schattenhügel gehört zu den sichersten Orten, die ich kenne. Die meisten Leute haben Besseres zu tun, als Sylvester zu nerven, der dafür bekannt ist, dauerhafte Lösungen für vorübergehende Ärgernisse zu finden. Immerhin war er einst ein Held, und manche Gewohnheiten sind nicht so leicht abzulegen. Außerdem: Wie oft kann man schon beobachten, wie ein Selkie Auto fährt?

Nicht sehr oft, wie sich herausstellte, selbst wenn sich die Gelegenheit tatsächlich mal ergab. Connor setzte mich auf den Beifahrersitz, ich schloss erneut die Augen, und schon waren wir da. Meine Erschöpfung blendete die Kilometer dazwischen einfach aus. Ich erwachte, als Connor den Wagen anhielt. Dare und Manuel warfen besorgte Blicke in meine Richtung, als Connor mich vom Beifahrersitz hob. Ich wehrte mich nicht, sondern ließ mich von ihm den Hügel hinauf in den Mugel tragen, zumal ich nicht sicher war, ob ich den Marsch bewältigt hätte.

Luna wartete in der Eingangshalle. Lakaien waren weit und breit nicht zu sehen; offenbar hatten sie erkannt, dass sich der sicherste Ort weit entfernt von ihrer besorgten Herzogin befand. Ihr Haar war ungekämmt, ihre Schwänze ringelten sich hinter ihr vor Aufregung unablässig ineinander.

»Geht es dir gut?«, verlangte sie zu erfahren, als unsere sandige, wasserfleckige Gruppe vor ihr stand. Dass ich schlaff auf Connors Armen ruhte, ließ die Dinge vermutlich noch schlimmer aussehen, doch mir fehlte die Kraft, etwas anderes zu tun. Manuel und Dare versuchten, hinter uns zu verschwinden. Wie die meisten von Devins Kindern waren sie gut darin, Befehle zu befolgen, hatten jedoch ihre Mühe damit, zu improvisieren. Er brachte ihnen nie bei, flexibel zu sein. »Sylvester ist losgezogen, um von Devin einen Beweis zu fordern, dass du nicht tot bist. Ich hoffe, du bist zufrieden mit dir.«

»Hallo, Luna«, sagte ich und lächelte matt.

Sie musterte mich mit gerunzelter Stirn, ehe sie meinte: »Du siehst entsetzlich aus. Was ist passiert?«

»Irgendwie sind wir von einer Klippe ins Meer gefallen.«

»Wir?«

Connor zuckte zusammen. »Es war keine Absicht …«, setzte er gerade an.

Luna schenkte ihm jedoch keine Beachtung. »Was habt ihr denn gemacht?«

»Wir sind weggelaufen?«

»Wovor?«

»Das weiß ich nicht genau«, gestand ich. »Hauptsächlich vor den Geräuschen aus dem Flur.«

»In Goldengrün«, fügte Connor hinzu, der offenbar entschieden hatte, dass er auch etwas beisteuern musste. Schlechte Idee. Wütend wandte sich Luna ihm zu, und er schrak zurück. Eigentlich hätte ich von ihm erwartet, es besser zu wissen.

»Wurdest du verletzt?«, fragte sie, wieder an mich gewandt.

»Nicht schlimm.« Ich deutete auf meine blutende Schulter. »Vor ein paar Tagen wurde ich angeschossen, aber das ist inzwischen größtenteils verheilt.«

»Angeschossen und so schlimm verwundet, dass du nicht einmal anrufen konntest. Ja, das ist gar nicht schlimm.« Sie blickte um uns herum zu Manuel und Dare hinüber, die sich bemühten, nicht bemerkt zu werden, und fügte hinzu: »Und du hast Gäste mitgebracht.«

Dare starrte auf ihre Füße, während ihre Ohren hochrot anliefen. Manuel verneigte sich hastig und murmelte: »Freut mich, Sie kennenzulernen, Ma'am.«

Lunas eisiges Gebaren schmolz um eine Winzigkeit, als sie lächelte. Sie hielt es niemals lange aus, wütend zu bleiben, und für gewöhnlich wird sie es überhaupt erst, wenn sie sich um jemanden sorgen muss – häufig bin ich das. Ich besitze ein Talent dafür, sie in Panik zu versetzen. »Es freut mich auch, dich kennenzulernen.«

Ich stupste Connor in die Schulter. »Lass mich runter.« Er bedachte mich zwar mit einem garstigen Blick, würde jedoch vor Luna nicht mit mir streiten. Ich taumelte, als er mich auf die Füße stellte, und Dare trat vor, um mir ihren Arm anzubieten. Dankbar ergriff ich ihn. »Hallo, Mädchen.«

Sie beugte sich zu mir und flüsterte: »Sie … hat drei Schwänze.«

»Ja«, bestätigte ich in normaler Lautstärke. Flüstern ist unhöflich, insbesondere, wenn man es mit jemandem zu tun hat, dessen Ohren scharf genug sind, um Mäuse in einem Feld rascheln zu hören. »Ihre Gnaden ist eine Kitsune.« Luna lächelte. Ich lächelte zurück.

»Kitsune?«, fragte Manuel. »Eine Fuchselfe?«

»Genau«, bestätigte Luna. »October, sich einander vorzustellen mag zwar schön und gut sein, aber ich hoffe doch, du glaubst nicht, dass es mich davon ablenken wird herauszufinden, was geschehen ist. Mein Gemahl war ganz unerträglich … vor Sorge um dich.«

Ich seufzte. »Na schön, Luna. Können sich Manuel und Dare irgendwo frisch machen und vielleicht etwas zu essen bekommen?« Die beiden Teenager starrten mich an, protestierten jedoch nicht. Stell niemals in der Öffentlichkeit den Boss infrage.

Luna schnippte mit den Fingern. Ein Lichtpunkt erschien vor ihr. »Folgt dem hier, es wird euch zur Küche führen«, sagte sie. »Quentin wird euch dort erwarten; er kann euch bei allem helfen, was ihr braucht.«

»Aber …«, setzte Dare mit einem Blick zu mir an.

»Keine Sorge, Dare. Hier ist es sicher«, beruhigte ich sie. »Auf Sicherheit versteht sich Schattenhügel bestens.« Das stimmte, sofern man die unschöne, nach wie vor ungelöste Tatsache verschwieg, dass Luna und Raysel ein Jahrzehnt lang verschwunden gewesen waren. »Und jetzt husch – es ist unhöflich, Leute warten zu lassen, und Quentin ist ein Freund von mir.« Dare wollte schon wieder aufbegehren, aber Manuel brachte sie zum Schweigen, ergriff ihre Hand und zog sie mit sich, als er Lunas Geleitlicht folgte.

Sobald sie um die Ecke verschwunden waren, drehte sich Luna mir zu und fragte: »Von Devin?«

»Ja.«

»Wie lange schon?«

»Lang genug.« Ich schüttelte den Kopf. »Sie sind gute Kinder. Manuel – der Junge – ist vernünftiger, aber ich glaube, seine Schwester steht ganz kurz davor zusammenzubrechen. Sie müssen dort weg.«

»Hast du vielleicht daran gedacht, sie hierher zu bringen?«

Ich lächelte verlegen. »Ihr habt doch die Tradition, Streuner aufzunehmen.«

»Ja, die habe ich wohl«, erklärte sie und sah Connor an. Er verkrampfte sich, schwieg jedoch. Luna entließ ihn mit einem weiteren Blick aus ihrer Aufmerksamkeit und wandte sich wieder mir zu. »Ist das ein Tausch?«

»Ich weiß nicht, was Ihr meint.«

Sie seufzte. »Glaubst du wirklich, ich könnte ihn nicht an dir riechen? Aber egal. Was ist passiert?«

Die Frage bedeutete, dass ich dem Thema Devin noch eine Weile ausweichen konnte – aber nicht, wie ich sehr wohl wusste, für immer. Wenn mich Luna jetzt nicht fragte, würde Sylvester es gewiss später tun. »Können wir irgendwohin gehen? Das ist nicht gerade der vertraulichste Ort im Mugel.«

»Natürlich. Connor, trag sie.« Damit drehte sich Luna um und steuerte auf eine hellblaue Tür zu, die mir zuvor nicht aufgefallen war. Vermutlich, weil sie nicht da gewesen war. So sind Mugel.

Bevor ich Einspruch erheben konnte, hob mich Connor wieder von den Beinen. »He!«

Er grinste. »Ich befolge nur Befehle.«

Ich seufzte und kam zu dem Schluss, dass es keineswegs der Mühe wert war, sich zu wehren. Stattdessen ließ ich mich von ihm durch die Tür tragen. Dahinter befand sich ein Innengarten, der an den Hof eines alten englischen Landhauses erinnerte. Kopfsteingepflasterte Pfade wanden sich um moosbewachsene Steinblöcke, während wild wachsende Rosen und Geißblätter sich bemühten, fein gearbeitete Marmorstatuen zu überwuchern. Luna führte uns zu einem Platz zwischen zwei Hecken, wo Klee und Butterblumen den Boden wie ein Teppich überzogen. »Bitte setz sie ab.«

Connor senkte mich vorsichtig in eine sitzende Haltung. Ich lehnte mich auf die Hände zurück und grub die Finger in den Klee. Luna kniete sich neben mich.

»Diesen Garten habe ich noch nie gesehen«, stellte ich fest.

»Ich habe ihn angelegt, während du weg warst, zum Gedenken an meine Gefangenschaft und deinen Tod. Nun, da wir beide wieder zu Hause sind, weckt er angenehmere Assoziationen.« Sie musterte mich mit strengem Blick. »Du blutest.«

»Ich habe mir eine Narbe aufgerissen.« Ich zog den Stoff meiner Bluse beiseite, um den schmalen Riss zu enthüllen, der sich mitten durch die Narbe an meiner Schulter zog.

Luna runzelte die Stirn und streckte die Hand aus, um die

Stelle mit ihren zierlichen Fingern zu berühren. »Das ist frischer, als es aussieht. Und die Wunde wurde von Eisen verursacht.«

»Mit beidem hast du recht.«

»Wessen Idee war es, dich zur Luidaeg zu bringen?«

Ich erstarrte. »Wie könnt Ihr …?«

»Ich habe ihre Arbeit schon ein- oder zweimal gesehen. Das war sie doch, oder?«

»Ja.« Luna kannte die Luidaeg? Ich glaube, ich hätte es wissen müssen – beide lebten schließlich seit Jahrhunderten im Gebiet der Bucht. Dennoch empfand ich die Vorstellung irgendwie als erschütternd. Ich konnte mir nicht vorstellen, welche Situation sie je zusammengeführt haben konnte.

»Natürlich.« Sie holte eine Mullbinde aus einer Tasche ihres Rocks hervor und reichte sie mir. »Verbinde dich.« Als sie meinen Gesichtsausdruck bemerkte, fügte sie hinzu: »Wenn man so viel mit Rosen arbeitet wie ich, gewöhnt man sich an, Verbände dabeizuhaben.«

»Verstehe«, sagte ich und begann, mir linkisch die Schulter zu verbinden.

Luna ließ keinerlei Anzeichen erkennen, mir helfen zu wollen, sondern wartete, bis ich den Mull festzurrte, bevor sie meinte: »So. Und jetzt erzähl mir, was geschehen ist – und zwar alles. Aber keine Lügen. Die würde ich ohnehin bemerken.«

Ich sah sie an, dann nickte ich und begann beim Anfang. Diesmal erzählte ich die ganze Geschichte oder zumindest so viel davon, wie ich als sicher empfand. Einige Dinge war ich nach wie vor nicht bereit preiszugeben. Zum Beispiel ließ ich die Hoffnungslade und meinen Verdacht gegen Raysel aus, da ich es vorzog, damit zu warten, bis ich weitere Antworten hatte. Abgesehen davon schilderte ich alles. Die Anrufe, die Schüsse, den Doppelgänger, sogar die Bindung, die Evening in meine Knochen gepflanzt hatte. Alles.

Lunas Lippen hatten sich zu einem stummen Knurren zurückgezogen, als ich zum Ende kam, wodurch sie die Fuchszähne entblößte, die sie in der Regel höflich verbarg. »Warum hast du uns das nicht von Anfang an erzählt?« Sogar Connor starrte mich fassungslos an. Ich war nicht sicher, was ich als schlimmer empfand: die Wut in Lunas Augen oder die blanke Verzweiflung in den seinen. Hautwandler bewegen sich auf einem seltsamen Grenzpfad. Sie sind keine Wechselbälger, aber auch keine richtigen Reinblütler. Weil ihr Blut so verworren ist, sind sie schwächer als die meisten Fae. Da das seine so dünn war wie das meine, wusste er so gut wie ich, was der Fluch bedeutete.

»Was hätte es gebracht, Luna?« Die Verbitterung in meinem Tonfall überraschte mich selbst. »Es war in dem Augenblick zu spät, als ich ihre Nachricht abhörte. Ich bringe das zu Ende oder ich sterbe.«

»Du weißt doch, was du zu tun hast, oder?«, fragte sie. »Es ist ja offensichtlich.«

Ich runzelte die Stirn. »Eigentlich nicht, nein. Wovon redet Ihr?«

»Du musst die Luidaeg besuchen.« Sie sagte es so, als sei es eine vollkommen vernünftige Idee.

Von wegen. Im Vergleich zu einem Besuch bei der Luidaeg hätte ich es als vernünftiger empfinden, Tote zum Leben zu erwecken. Ich starrte sie an. »*Was* muss ich?«

»Die Luidaeg besuchen.«

»Das kommt … aber plötzlich. Und klingt irgendwie krank.«

»Ich weiß. Trotzdem ist es das, was du tun musst.«

Connor wandte sich ihr mit geweiteten Augen zu. Das konnte ich verstehen. Immerhin ist es nicht alltäglich, dass die eigene Schwiegermutter eine Freundin zu einem Dämon schickt. »Luna …«

»Connor, sei still. October muss diesen Pfad beschreiten, nicht du.«

»Und warum genau haltet Ihr das für eine gute Idee? Wollt Ihr mich ins Jenseits befördern?«

»Nein. Ich versuche vielmehr, dich zu retten.« Luna verengte die Augen zu Schlitzen. »Als die Luidaeg deine Wunden geheilt hat, wurde sie zu einem Teil dieser Geschichte. Sie hat dein Blut geschmeckt. Und damit auch das von Evening. Dadurch kennt sie diese Bindung und weiß, wie sie geknüpft und wie du damit gebannt wurdest. Wenn es jemanden gibt, der dir sagen kann, wie du aus der Sache rauskommst, dann ist es die Meereshexe. Sie ist die Einzige, die stark und fair genug ist, es zu tun.«

»Fair?«

»Sie befolgt die Regeln. Ob sie es will oder nicht, sie befolgt sie. Wenn du den Weg über sie wählst, besteht die Chance, dass du auf der anderen Seite lebendig ankommst.« Luna seufzte. »Du bist zu sehr wie deine Mutter. Kaum zu glauben, dass es dir so lange gelungen ist zu überleben.«

»Pures Glück«, meinte ich mit tonloser Stimme. Mir gefiel nicht, dass sie meine Mutter zur Sprache brachte. Ich empfand das als eine unehrenhafte Taktik.

Luna schüttelte den Kopf. »Ich glaube auch nicht, dass es eine besonders gute oder weise Idee ist, aber es ist die einzige, die ich habe. Sie könnte in der Lage sein, dir zu helfen. Ich bin es jedenfalls nicht.«

Eine Weile musterte ich sie, dann erhob ich mich langsam und stützte mich an der Hecke ab. »Ich verstehe, Euer Gnaden.«

»Wirklich?«

»Ich glaube schon.« Ich seufzte. »Ich hätte es Euch früher erzählen sollen.«

»Ja, das hättest du«, pflichtete sie mir bei und stand ebenfalls auf. »Aber dafür ist es nun zu spät. Du brauchst Hilfe, Toby. Bitte.«

»Denkt Ihr wirklich, die Luidaeg wird mir helfen?«

Connor war inzwischen vollends verstummt und starrte uns nur entsetzt an.

»Ich glaube sogar, du hast gar keine andere Möglichkeit«, erwiderte Luna.

»Verstehe.« Ich strich mir mit einer Hand das Haar zurück. »Können … Es widerstrebt mir zutiefst, darum zu bitten, aber können Manuel und Dare vielleicht hierbleiben, bis ich zurück bin?« Es war ein größeres Gesuch, als es den Anschein haben mochte, denn ich fragte nicht nur, ob sie hier auf mich warten durften; ich fragte, ob Luna sich um sie kümmern würde, sollte die Luidaeg mir nicht gestatten zurückzukehren. Dare hatte mich gebeten, ihr und Manuel aus dem Heim zu helfen. Weit konnte ich sie damit zwar nicht bringen, aber immerhin bis nach Schattenhügel, und Sylvester würde nicht zulassen, dass Devin sie zurückholte, wenn sie nicht gehen wollten. Hier würden sie sicher sein, wenn sie es wollten.

Luna nickte. »Selbstverständlich. Sie essen gerade und quälen Quentin; ich rede mit ihnen, nachdem du gegangen bist.« Sie legte den Kopf schief und lauschte auf etwas. »Hört sich an, als hätten sie beschlossen, ihm eine neue Form von Poker beizubringen. Der arme Quentin.«

»So sind sie, meine Kinder.« Ich grinste.

»Genau. Sie kommen in der Tat ganz nach dir. Weißt du, wie du die Luidaeg findest?«

Ich überlegte kurz. »Nein. War bisher noch nie nötig.«

»Dachte ich mir.« Sie schnippte mit den Fingern. Ein dorniges Gesicht tauchte im Gebüsch auf. »Hallo, mein Lieber. Toby braucht eine Eskorte.« Der Rosenkobold rasselte mit den Dornen, während er hervortapste und sich vor sie setzte, dann richtete er die lebhaften gelben Augen auf mich.«

»Hallo du«, sagte ich erfreut. »Schön, dich wiederzusehen.« Das Wesen öffnete den Mund und tschilpte. Offenbar freute es sich ebenfalls. Es ist doch immer schön, wenn sich jemand an einen erinnert.

»Er wird dich dorthin führen, wo du hinmusst«, erklärte Luna und trat zurück. »Vertrau ihm, aber lass ihn nicht aus den Augen, bis du dein Ziel erreicht hast.«

»Was ist, wenn ich es doch tue?«

»Du würdest es bereuen.« Sie lächelte traurig. »Komm einfach zurück, ja? Wir haben schon einmal um dich getrauert. Das möchte ich lieber nicht wiederholen.«

»Steht auch nicht auf meiner Liste der zu vollbringender Taten, Euer Gnaden.« Ich richtete mich auf, fand das Gleichgewicht wieder und sah den Rosenkobold an. »Wann immer du bereit bist.«

Er nieste, setzte sich im Laufschritt in Bewegung und steuerte auf den Rand des Gartens zu. Mir blieb keine Zeit, nachzudenken oder mich zu verabschieden; ich preschte einfach hinterher und fand irgendwie die Kraft zu rennen. Hinter mir rief Luna: »Vertrau dem Kobold!« Im selben Augenblick sprang das Wesen hoch und verschwand durch die Steinwand.

Luna hatte mich noch nie in die Irre geleitet. Sie konnte zugleich gebieterisch und vage sein, aber sie hatte mich noch niemals belogen. Also lief ich weiter und sprang, ohne innezuhalten, hinterher.

Die Wand teilte sich wie Nebel und öffnete sich zu einem langen Tunnel. Der Kobold zeichnete sich drei Meter vor mir als ein beweglicher grüner Strich in der Dunkelheit ab. Ich heftete die Augen auf seinen Rücken, ignorierte mein Seitenstechen und raste hinter ihm her. Er sprang gegen eine weitere Wand, verschwand abermals, und ich folgte ihm. Diesmal landete ich auf einem wackligen Theatersteg. Der Kobold blieb stehen und blickte über die Schulter zurück, um sich zu vergewissern, dass ich mich noch hinter ihm befand. Dann trat er an den Rand des Stegs und machte einen Satz in die Dunkelheit.

Mitgefangen, mitgehangen. Ich sprang auch diesmal hinterher und schaffte es, nicht zu stolpern, als meine Füße auf festen Boden trafen. Der Kobold rannte weiter, und ich folgte ihm in die Finsternis.

KAPITEL 23

Nach dem letzten Sprung standen wir an der Mündung einer Gasse in einem Stadtteil, den ich noch nie zuvor gesehen hatte. Über uns kreischten Möwen. In der Luft hing der Gestank von Müll, in den sich der vom Wind herbeigewehte Geruch von verrottetem Fisch und Motoröl mischte. Wir mussten uns in der Nähe der Docks befinden, und zwar in keinem der schöneren Gebiete. Es war Wasserhexenterritorium … und was immer die Luidaeg noch sein mochte, auf jeden Fall war sie eine Wasserhexe.

Jedes Kind, das in Faerie aufwächst, hat von der Luidaeg gehört. Sie gilt noch mehr als Schreckgespenst als Oleander, deren Geschichten erst wenige Jahrhunderte alt sind. Die Luidaeg hingegen zählt seit dem *Anbeginn* Faeries zu den Kindheitsschrecken im Reich der Fae. Meine Überzeugung, dass dies eine schlechte Idee war, nahm noch weiter zu.

Der Rosenkobold setzte sich und gähnte. Ich musterte ihn. »Das ist es? Sind wir da?« Zufrieden rasselte er mit seinen Dornen. Offenbar. Stirnrunzelnd drehte ich mich um und betrachtete die Gasse.

Müllhaufen türmten sich an den Mauern, Pfützen abgestandenen Wassers hatten sich dort gebildet, wo der Asphalt aufgebrochen war oder Schlaglöcher aufwies. In der rechten Mauer prangte wenige Schritte von uns entfernt eine Tür. Das Holz war fleckig vor Salz, Rost verkrustete die Angeln. Mit einem unguten Gefühl im Magen starrte ich die Tür an. Eines Tages werde ich herausfinden, weshalb alles in Faerie in San Francisco zu enden scheint. Gerüchten zufolge weilte die Luidaeg seit fast siebzig Jahren in der Stadt. Angeblich konnte sie für den entsprechenden Preis alles erschaffen, was man wollte. Natürlich gab es auch Dinge, die ich wollte, allerdings erschienen mir die Kosten immer zu hoch, um sie zu bezahlen.

Wenn Luna nicht wusste, was sie tat, steckte ich in Schwierigkeiten.

Der Rosenkobold hatte sich indes auf meinen Fuß gesetzt und putzte sich zwischen den Zehen. »Bist du sicher, dass wir hier sein sollten?« Er schaute zu mir auf und entbot mir ein kehliges Schnurren. Ich seufzte. »Alles klar, großartig. Nette Gegend.«

»Danke«, sagte eine Stimme hinter mir. »Ich persönlich finde sie zwar ätzend, aber es ist immerhin ein Zuhause, und die Mieten liegen unter den Immobilienwerten.«

Ich drehte mich um, wodurch der Kobold von meinem Fuß purzelte. Die Frau hinter mir lächelte sarkastisch und klemmte sich ihre Einkäufe unter einen Arm. Ich hatte nicht gehört, wie sie sich genähert hatte. Der Rosenkobold legte die Dornen an und zischte. Kein allzu gutes Zeichen. »Äh … hallo.«

»Auch hallo. Nettes Gewürm.« Sie bedachte den Kobold mit einem nachdenklichen Blick. Ich runzelte die Stirn.

»Kenne ich Sie nicht?«

»Vielleicht«, gab sie zurück und grinste. »Du hast mir nie meine Quittung gegeben, *Schätzchen*.« Sie sah menschlich aus und hatte lockiges, zu einem Pferdeschwanz zusammengebundenes schwarzes Haar. Sommersprossen sprenkelten die dunkel gebräunten Wangen und verbargen beinah die verblassten Aknenarben. Die Frau trug eine speckige Montur, schwere Arbeitsstiefel und ein ausgebleichtes Flanellhemd, eine Aufmachung, durch die sie unbestreitbar in die Kategorie »aus dem Viertel« fiel.

Ich blinzelte. »Oh. Sie sind das.« Sie hatte den Rosenkobold gesehen. Einem Menschen wäre das nicht möglich gewesen. »Ich wollte Ihnen die Quittung schon geben, aber Sie waren einfach zu schnell verschwunden. Hören Sie, ich suche jemanden. Leben Sie in dieser Gegend?«

»Könnte man so sagen.« Sie verlagerte die Tüte in den anderen Arm. Der Inhalt klapperte. »Weißt du nicht, wohin du musst?«

»Wie ich schon sagte, ich suche jemanden.«

»Verstehe. Hübsche Ohren übrigens. Oberons Bastarde haben sich schon immer wie die Ratten vermehrt.« Sie kniete sich hin, um den Rosenkobold unter dem Kinn zu kraulen. Er zischte erneut und huschte hinter meine Beine. Grinsend schaute die Frau auf. Ihre Pupillen verengten sich zu Schlitzen. »Ich glaube, du suchst nach mir.«

Ich hatte schon etwas in der Art erwartet, weshalb es mir gelang, nicht zusammenzuzucken. So gut wie nicht. »Sind Sie …?«

»… die Luidaeg, ja. Gut geraten. Natürlich stehst du auch auf meiner Schwelle, also war es wohl nicht so schwierig. Wie hast du mich überhaupt gefunden?« Nach wie vor kauernd, schnupperte sie und bedachte mich mit einem nachdenklichen Blick. »Du stinkst nach den Rosenpfaden. Und nicht nur nach einer Rosengattung – ich rieche die Winterrose an dir, außerdem Lunas Linie und deine eigene. Alte Rosen und neue Rosen …« Sie verstummte kurz. »Vielleicht kommst du besser mit rein.«

»Ich …«

»Hör mal, wenn du nicht hier bist, um mich zu sehen, kannst

du auch draußen bleiben. Welches alberne Bestreben dich auch hergeführt haben mag, meinetwegen kann es unerfüllt bleiben; noch hast du es nicht zu meinem Problem gemacht.« Sie richtete sich auf und kramte einen Schlüssel aus ihrer Tasche. »Aber ich gehe rein, bevor meine Eiscreme schmilzt.« Damit schob sie die Tür auf und trat in die Dunkelheit hinein.

Ich starrte hinter ihr her, bis sie den Kopf zurücklegte und fragte: »Was ist denn nun? Kommst du?«

Was sollte ich zur Meereshexe, dem Schrecken aller Kinder in ganz Faerie sagen? Nein?

Die Wohnung erwies sich als dunkel und mit Ausschussware von gut hundert verschiedenen Gebrauchtwarenläden eingerichtet. In den Schatten regten sich Dinge. Worum es sich dabei handelte, wollte ich ebenso wenig wissen, wie mich interessierte, was da unter meinen Füßen knirschte, als ich den mit Gerümpel übersäten Flur entlangging. Der Rosenkobold schlich hinter mir her und drückte sich unablässig gegen meine Knöchel. Ich sah zu ihm hinab. Er winselte.

Die Luidaeg drängte sich an uns vorbei in die Küche. »Bei der Wurzel und beim verfluchten Zweig, heb das Ding auf, sonst fängt es noch an zu plärren wie ein Baby.«

Ich kniete mich nieder und hob den Kobold in meine Arme. Er gab einen Fieplaut von sich, schmiegte sich an mich und klammerte sich an mir fest. »Woher wissen Sie …«

»Ich hatte auch schon mit den kleinen Mistkerlen zu tun. Sie waren ein Unfall seitens einer Nichte von mir.« Mit einer Cola light in der Hand tauchte sie wieder an der Küchentür auf. »Sie sind alle berechenbar – Kobolde *und* Oberons Bastarde. Was willst du?«

»Wie bitte?« Ich konnte ihr nicht folgen. Diese ganze Geschichte überrumpelte mich.

»Wollen. Was willst du? Ich meine, ich habe dich erwartet, allerdings hätte ich nicht damit gerechnet, dich schon so bald zu sehen.« Sie öffnete die Dose und trank einen Schluck. »Ist ja in Ordnung, wenn du es nicht sagen willst. Ich hoffe nur, dir behagt meine Gesellschaft, zumal wir hier festsitzen, bis du damit herausrückst.«

»Woher wissen Sie, dass ich etwas will? Vielleicht bin ich nur hier, weil ich dankbar dafür bin, dass Sie mir das Leben gerettet haben.« Das kam einem »Dankeschön« gefährlich nahe – andererseits hatte sie mir zuvor gedankt. Vielleicht war sie so alt, dass diese Einschränkungen für sie nicht mehr galten.

Ihr Gelächter klang verbittert. »Von wegen. Das letzte Mal, als einer von euch dünnblütigen Bastarden mir ›dankbar‹ war, wurde ich anschließend von Trotteln mit Fackeln durch die halben Sommerlande gejagt, weil sie behaupteten, ich hätte den Burschen verhext, damit er mir diene. Diesen Mist brauche ich nicht. Ich fordere keine Dankbarkeit und bekomme auch keine. Wenn du hier bist, dann weil du etwas willst. Was also?«

Der Kobold wimmerte in meinen Armen. Ich widerstand dem Drang, es ihm gleichzutun. Sie lachte wieder. »Lass mich raten. Ich bin nicht das, was du erwartet hast, ist es so?«

»Sie wirken etwas … gewöhnlicher, als ich gedacht hätte«, räumte ich ein. Auch die Königin belog ich nie. Und irgendwie fand ich, dass die Luidaeg dieselbe Ehrlichkeit verdiente.

»Natürlich tue ich das.« Sie näherte sich mir, bis sich unsere Nasen beinahe berührten. »Du bist hierhergekommen und hast nach einem Monster Ausschau gehalten, richtig? Tja, ich enttäusche dich ungern. Du bist Amandines Tochter, nicht wahr?« Ich nickte, woraufhin sie grinste. »Du gleichst deiner

Mama mehr, als sie es wollte, und ich wette, du kannst dir die Zusammensetzung von Blut über die Zunge rollen lassen wie Wein. Also los, Kleine, gib mir eine Kostprobe.«

Ihre Augen weiteten sich, bis sie die Welt ausfüllten; ihre Pupillen dehnten sich zu einer unendlichen Dunkelheit aus. Fast gegen meinen Willen tat ich, was sie verlangte, und blickte tief hinein, um zu sehen, was sie war und welche Pfade ihr Blut bereist hatte. Tief, so tief …

… Wasser und Feuer, Blut und Brennen. Damals waren sie und ihre Schwestern Göttinnen, sie und die Schwarze Annis und die Sanftmütige Annie. Sie hüteten die jüngeren Kinder und durchstreiften die Moore und Flüsse der Welt. Maeves Erstgeborene, blutend und schreiend aus ihrem Leib gezogen, während Oberon weit, weit entfernt wandelte. Aber sie starben nacheinander durch die Hände von Menschen und Fae, durch Eisen und Esche und Vogelbeere und Feuer starben sie, bis die Luidaeg als Letzte übrig blieb, auf der Flucht, stets auf der Flucht. Monster und Dämon nannte man sie, weil ihr Blut so viel älter und wilder war als das ihre …

Japsend riss ich mich von ihren Augen los und taumelte zurück. Ein letzter Gedanke zischte noch an mir vorüber und brannte sich mir ein: … *haben wir alles für die Rosen verloren? O Mutter, du* Närrin …

Mein Griff um den Kobold verkrampfte sich; er zischte und stellte die Dornen gerade genug auf, um mich zu piken. Schaudernd zwang ich mich zur Ruhe und entspannte den Griff, ohne den Blick von der Luidaeg zu lösen.

Sie sah mich mit einer hochgezogenen Braue an. »Nun?«, fragte sie. »Weißt du schon, was ich bin?«

»Ich … Sie …« Die Antwort war da, geschrieben in Blut, Asche und in Maeves verzweifelten Schreien, als sie an den

Gräbern ihrer Töchter kniete. Die Legenden besagten, die Luidaeg sei ein Monster. Allerdings hatten sie mich nicht vorgewarnt, weshalb.

»Oberon war weit und breit nicht zu sehen, als meine Schwestern und ich geboren wurden. Die Jahreswende hatte sich vollzogen: Er war fort und tändelte mit seiner hübschen Sommerkönigin herum. Und weder er noch sie krümmten einen Finger, als ihre Kinder, ihre vollkommenen, ach so schönen Kinder anfingen, uns wie Hunde zu jagen. Schließlich waren wir die Töchter meiner Mutter, nicht die Titanias. Damit konnte man sie nicht belästigen.« Ihr Lächeln wirkte schmal und verbittert. »Sein Gesetz wurde zu spät für uns erlassen.«

»Sie sind Maeves Tochter.« Sie war eine der Erstgeborenen, eine der ältesten Bewohnerinnen von Faerie, ein Teil unserer Grundfesten und unserer Anfänge. Sie sollte tot oder verschollen sein, aber nicht in einer billigen Mietwohnung meiner Heimatstadt Cola light trinken.

Die Luidaeg lächelte matt. »Und du bist Amandines Tochter. Ich habe mich schon gefragt, wie lange es dauern würde, bis ein Mitglied *jener* Linie sich wohl die Mühe macht, mich aufzuspüren – wenn ich auch gestehen muss, dass dein Blut etwas dünner ist, als ich dachte. Sie hat wohl versucht, die Dinge selbst zu richten, wie? Hirnlos war sie schon immer. Liegt wohl in der Familie.« Sie schlürfte wieder von ihrem Getränk. »Jetzt weißt du, was ich bin.«

»Sie sind kein Monster.«

»Ich war nah genug dran, um ins Reich der Märchen zu gehören.« Die Luidaeg schüttelte den Kopf, und mir wurde klar, dass ich tiefer geblickt hatte, als sie erwartet hatte. Interessant. »Genug davon, ich bin es leid. Was willst du? Spuck's aus oder verschwinde.«

»Sie haben mich geheilt.«
»Und?«
»Ich weiß, dass Sie es nicht aus Herzensgüte getan haben.«
»Ich hasse Schulden.«
»Haben Sie den Fluch geschmeckt?«
»Fluch?« Sie grinste. »Du meinst diese garstige Bindung, mit der dich die Winterrose geschlagen hat? Oh ja, die habe ich geschmeckt. Das ist eine der fieseren Arbeiten, die ich in diesem Jahrhundert gesehen habe. *Dabei* hat sie wirklich alle Register gezogen. Sie war schon immer ein arglistiges Miststück.«
»Gibt es einen Ausweg?«
»Sicher. Erfüll die Verpflichtung.«
»Gibt es noch eine andere Möglichkeit?«
»Was denn, war der Auftrag nicht deutlich genug für dich?« Sie räusperte sich. Als sie wieder das Wort ergriff, ertönte Evenings Stimme, barsch und grausam. »Finde die Antworten, October Daye. Finde die Gründe und diejenigen, die dies verursacht haben, oder finde nur den Tod.« Nach einer kurzen Pause fuhr sie mit ihrer eigenen Stimme fort. »Die Winterrose war in dem, was sie tat, recht geschickt. Es gibt kein Schlupfloch.«
Das war genau das, was ich nicht hören wollte. »Also bin ich gefangen.«
»Jep.« Sie setzte sich auf einen wackligen Stuhl und schlug die Beine übereinander. »Ich kann mir bloß nicht zusammenreimen, wie sie dich dazu gebracht haben mag, ihr Blut zu trinken. Hättest du das nicht getan, wäre die Bindung nicht annähernd so stark geworden.«
Ich zuckte zusammen. Es hatte keinen Sinn, nun zu lügen. »Eigentlich habe ich das aus freien Stücken getan.«
Die Luidaeg blinzelte. »Du warst *ganz allein* so dumm?

Wunderbar. Amandines Linie wird von selbst aussterben. Ich brauche keinen Finger dafür zu rühren.«

»Ich wusste es nicht«, protestierte ich und prägte mir ihre Randbemerkung für spätere Überlegungen ein.

»Dass du verflucht wurdest? Ja, so etwas hätte *ich* auch nicht bemerkt.«

»Nein, dass sich der Fluch durch das Trinken ihres Blutes verstärken würde.«

»Euch Kindern wird einfach nichts mehr beigebracht.« Sie trank einen ausgiebigen Schluck von ihrer Cola light. »Zu meinen Zeiten hättest du nie so lange überlebt, ohne zu wissen, wie man seine Feinde von innen nach außen verrotten lässt.«

»Das ist aber mal ein schönes Bild.«

»Finde ich auch. Was willst du? Ich kann keinen Fluch brechen, der von der Winterrose gewoben wurde. Das ist gegen die Regeln.«

»Ich will Informationen.«

Das schürte ihr Interesse. Sie richtete sich auf und strich sich das Haar mit einer Hand zurück, die zu glitzern schien. Ihr gesamter Körper begann zu schimmern, als überzöge ihn eine Ölschicht. Die Veränderungen waren zunächst kaum zu merken, aber sie vollzogen sich stetig, als sie ihre menschliche Tarnung abstreifte. Beinah fürchtete ich, was darunter zum Vorschein kommen mochte. »Informationen, wie? Du solltest aber wissen, dass meine Dienste nicht billig sind.«

»Das ist kein Problem.«

»Was kannst du mir geben?«

Ich verlagerte den Rosenkobold auf einen Arm, kramte in der Jeanstasche und holte Evenings Schlüssel hervor. Das Metall brach in ein jähes, rosiges Leuchten aus. Ich kämpfte gegen den Drang an zusammenzuzucken. »Das ist …«

Die Luidaeg erhob sich und schnitt mir das Wort ab. »Ein Schlüssel zu den Sommerpfaden. Ein alter.« Fordernd streckte sie die Hand aus. »Gib ihn mir.«

»Sagen Sie mir, was ich wissen muss.«

»Wie viel?«

»Alles.«

Sie musterte mich. »Drei Fragen, drei wahre Antworten, und du gibst mir den Schlüssel.«

»Vier. Alle wahr, und Sie zählen eine Frage nur, wenn ich sage, dass sie ein Teil des Spiels ist.«

»Vier, und du beantwortest mir eine.«

»Abgemacht.«

»Am Anfang bekommst du sogar eine Antwort kostenlos dazu: Ich weiß nicht, wer beschlossen hat, die Winterrose zu stutzen. Und jetzt schieß los.« Damit sank die Luidaeg wieder auf ihren Stuhl.

Somit fiel meine erste Frage zusammen mit der Chance auf eine einfache Antwort aus. Mist. Ich bin nie besonders gut in Ratespielen gewesen. »Erste Frage: Was genau ist eine Hoffnungslade?«

Überrascht blinzelte sie. »Eine Hoffnungslade?«. Als ich nickte, wollte sie wissen: »Eine echte oder eine Nachbildung?«

»Ist das Ihre Frage?«

»Nein, ich hole nur Informationen ein, die ich brauche, um dir zu antworten«, entgegnete sie mürrisch. »Fragen zur Abklärung sind in den Regeln enthalten, schon vergessen? Also, ist es eine echte Hoffnungslade?«

»Ich denke schon.«

»Die vier geheiligten Hölzer ineinander verzahnt, geschnitzt mit Messern aus Wasser und Luft? Hat sie dir die Finger verbrannt, als du sie berührt hast?«

»Woher wollen Sie wissen, ob ich ...«

»Lass das. Glaubst du wirklich, ich könnte die Zeichen nicht erkennen, wenn ich danach suche? Was die Lade ist? Was sie kann? Nun, zunächst mal: Die Geschichten stimmen – manche davon jedenfalls. Die erste Hoffnungslade war ein Geschenk von Oberon an Titania, das es ihr ermöglichen sollte, ›ihren Hof nach Belieben anzupassen‹. Sie gab es an das erste ihrer Halbblutkinder weiter, und irgendwann tauchten dann mehrere Laden auf. Niemand weiß, von wem die späteren angefertigt wurden. *Ich* weiß es auch nicht, also frag erst gar nicht.

Eine Hoffnungslade kann die Zusammensetzung des Blutes verändern. Also ja, sie kann dich menschlich machen, falls du das vermutet hast; sie kann dich auch in die andere Richtung bringen.« Ihr Lächeln wirkte bissig. »Was ich allerdings nicht empfehle, Tochter der Amandine. Du bist noch nicht für die Konsequenzen bereit.«

»Oh«, flüsterte ich. Ich hatte die Lade berührt; ich hatte die Macht in Händen gehalten, eine Welt statt der anderen zu wählen. Warum ängstigte mich das? »Nächste Frage: Warum haben Sie mich geheilt?«

»Devin hat mich dafür bezahlt.« Die Luidaeg zuckte mit den Schultern und warf die leere Dose weg. »Vor etwa sechzig Jahren wollte man mich auf dem Scheiterhaufen verbrennen. Ihm ist es gelungen, das abzuwenden. Seither stand ich in seiner Schuld. Als er mir die Chance bot, diese Schuld zu begleichen, ergriff ich sie.«

»Eisenwunden?«

»Das habe ich dir nicht einmal in Rechnung gestellt, Halbblut. Ich wollte meine Freiheit unbedingt.« Sie schüttelte den Kopf. »Wenn man so lange gelebt hat wie ich, ist jede Art von Gefangenschaft zermürbend.«

»Hat er Ihnen gesagt, warum?« Es war ein Schuss ins Blaue; es gab nur eine bestimmte Anzahl von Möglichkeiten, wie dies ablaufen konnte, und keine davon sah gut aus. Mit dieser blieb ich vermutlich wenigstens auf der sicheren Seite.

Die Luidaeg lächelte. »Oh. Endlich eine gute Frage.«

»Was?« Dieses Lächeln gefiel mir nicht.

»Warum er mich ersucht hat, dich zu heilen? Warum er einen ›Dämon‹ für etwas so Geringes aus seiner Schuld entließ? Er sagte …«, sie fuhr mit Devins Stimme fort, »… ›Ich bin noch nicht mit ihr fertig. Sie hat sie nicht gefunden. Heile sie sofort, oder ich sorge dafür, dass du brennst!‹« Sie kicherte und wechselte zurück zu ihrer eigenen Stimme. »Als ob er das könnte. Trottel.«

Ich fühlte mich, als würde mir der Boden unter den Füßen weggerissen. »Was?«

»Die Antwort gefällt dir nicht? Tut mir leid; ich habe dir die Wahrheit versprochen. Wie du sie verkraftest, liegt ganz bei dir. Letzte Frage.«

Ich starrte sie an. Sie lächelte weiter. Dann schluckte ich schwer. Ich wusste, was als Nächstes kommen musste, aber das hielt mich nicht davon ab, mir zu wünschen, ich könnte ihr noch eine letzte Frage stellen, um wenigstens einen winzigen Beweis dafür zu erhalten, dass mein plötzlicher Verdacht falsch war. »Nein«, gab ich zurück und warf ihr den Schlüssel zu.

Blinzelnd fing sie ihn auf. »Nein? Was meinst du mit ›nein‹?«

»Nein, ich frage jetzt nicht. Später.« Vor meinem geistigen Auge fügte sich ein Bild zusammen, grauenhaft offensichtlich, nun, da ich mir gestattete, darüber nachzudenken. Mit Blut fing alles an: Evenings Blut auf dem Teppich, mein Blut auf dem Beton, das Blut eines gedungenen Mörders und eines unschuldigen Mannes, das im Gras des Golden Gate Park trocknete. Alles rankte sich zurück zum Beginn von allem anderen, genau wie die Metallarbeit an Evenings Schlüssel. Alles lief immer auf Blut und Rosen hinaus.

Manchmal denke ich, alles in Faerie läuft auf eines von beidem hinaus.

»Was?!«, stieß sie hervor und erhob sich ein wenig. »Das kannst du nicht machen!«

»Doch, kann ich. Wissen Sie, ich schulde Ihnen auch eine Frage. Sie können Sie jetzt stellen.« Ich lächelte und versuchte, das Übelkeit erregende Hämmern meines Herzens zu überspielen. Sie konnte mich töten, ohne darüber nachzudenken. Das wäre beinah barmherziger gewesen als das, was zu tun ich im Begriff stand. Zumindest wäre ich dann keine Verräterin – nur tot. »Ich muss die Wahrheit sagen.«

»Was soll mich davon abhalten, dich hier und jetzt auszuweiden?«, fauchte sie und krümmte die Hände zu Klauen. »Beantworte mir *das*!«

»Ganz einfach«, gab ich zurück und ließ die Arme eng um den Rosenkobold geschlungen. »Wenn Sie mich töten, sterbe ich, während Sie in meiner Schuld stehen. Das könnten Sie nicht ertragen. Haben Sie selbst gesagt.«

Sie funkelte mich zornig an und wich einen halben Schritt zurück. »Eines Tages wirst du diese Frage stellen.«

»Vielleicht.«

»Wenn du es tust, werde ich das Recht haben, dich zu töten.«

»Vielleicht, vielleicht auch nicht. Noch ist es nicht so weit.« Außerdem gab es keine Gewähr dafür, dass ich so lange leben würde.

Die Luidaeg verharrte einen Augenblick, dann lächelte sie verdrossen. »Bedenkt man, wer deine Mutter ist, bist du ziemlich klug. Vielleicht überspringt der Verstand bei euch eine Generation.«

»Ich fasse dies als das auf, als was es gemeint war.« Ich verneigte mich halb. Der Rosenkobold entwand sich meinen Armen und kauerte sich auf meine Schulter.

»Was wirst du jetzt tun?«

Hätte der Angriff im Park nicht stattgefunden, hätte ich aussteigen können, denn was mir im Kopf herumspukte, wäre ohne Blut nicht möglich gewesen. Mein Blut reichte nicht, ebenso wenig jenes von Evening. Ich brauchte das Blut von jemandem, der in die Geschichte verwickelt war – Blut, das wenigstens einen Ansatz der Wahrheit enthalten würde. Ohne den Angriff hätte ich es dabei bewenden lassen können. Aber der Angriff hatte sich ereignet, und wir hatten das Blut – Tybalt war davon bedeckt gewesen. Mittlerweile würde es getrocknet sein, dennoch schien es mir einen Versuch wert zu sein. Eine Chance bestand, und ich musste es einfach wissen.

»Das Einzige, was ich kann«, antwortete ich und seufzte. »Ich werde die Toten fragen.«

KAPITEL 24

Nach Einbruch der Dunkelheit in der Nähe der Docks ein Taxi zu suchen ist etwas, das ich nie wieder tun werde. Ich hätte ja Danny angerufen, doch leider konnte ich kein Telefon finden. So konnte ich nur mit den Armen winken, wann immer ein Auto vorbeifuhr, und hoffen, dass sich jemand meiner erbarmen und anhalten würde. Schließlich tat es auch jemand.

Der Rosenkobold war noch nie in einem Auto gewesen. Er blickte unablässig aus den Fenstern und gab interessierte Miaulaute von sich, bis ich Mühe hatte, nicht zu lachen. Ich wollte den Fahrer nicht unbedingt davon überzeugen, dass die Frau, die er in einer der übelsten Gegenden der Stadt mitgenommen hatte, verrückt war. Außerdem fürchtete ich, das Gelächter könnte vorwiegend hysterisch ausfallen. Ich hatte die Wohnung der Luidaeg wie benommen verlassen und verzweifelt nach einer Schlussfolgerung gesucht, die nicht zu Blut führte. Es gab aber keine. Der gesamte Fall bestand aus Blutmagie und Ketten aus zerbrochenen Leben; es schien sinnvoll, ihn auch dementsprechend zu lösen. Aber was, wenn ich das nicht wollte? Tja, das hatte mich noch nie aufgehalten.

Es war nach Mitternacht, als wir bei meiner Wohnung eintrafen. Ich bezahlte den Taxifahrer mit meinem letzten Bargeld. Wenn ich nicht bald einen neuen Job fand, würden an die Stelle der Fae-Probleme deutlich weltlichere Schwierigkeiten treten. Vielleicht konnte ich lernen, mich als Barkeeperin zu betätigen. Die arbeiteten doch nachts, oder?

Der Rosenkobold hockte auf meiner Schulter, als ich den Weg zu meiner Wohnung entlangging. Die Schutzbanne waren nicht neu gewoben worden, als ich sie zuletzt verlassen hatte, vorwiegend deshalb, weil ich da von Manuel und Dare aus der Wohnung getragen wurde. Ich zögerte und überlegte, was mich im Inneren erwarten mochte, dann schloss ich die Tür auf, öffnete sie und schaltete das Wohnzimmerlicht ein. Bloßes Warten beantwortet selten die Frage, was sich unter der Couch versteckt.

Es blieb kaum Zeit, das Chaos zu betrachten, dass vom Angriff des Doppelgängers zurückgeblieben war, bevor zwei zornige braune und cremefarbene Schemen fauchend unter dem Kaffeetisch hervorschnellten. Der Rosenkobold sammelte sich, sprang zu Boden und rasselte mit seinen Dornen. Die Katzen wichen verwirrt zurück und starrten mich missbilligend an. Ich war nicht nur weg gewesen, ich kam auch noch mit einem … na ja, mit etwas zurück, und dieses Etwas bedrohte sie.

Lachend schloss ich die Tür hinter mir. »Cagney, Lacey, beruhigt euch. Das ist …« Ich verstummte und versuchte, mir einen passenden Namen auszudenken. »Das ist Spike. Er ist hier zu Besuch.« Der Rosenkobold schaute zu mir auf, rasselte abermals mit den Dornen und tschilpte.

Die Katzen ließen sich nicht so einfach beschwichtigen. Jaulend umkreisten sie uns beide. Spike drehte sich im Kreis, folgte ihren Bewegungen und rasselte, wann immer sie ihm zu nahe kamen. »Spike, Mädels, hört jetzt auf damit. Ihr könnt später raufen.« Alle drei hielten inne und wandten sich mir zu. Ich hatte gerade Katzen dazu gebracht zu gehorchen. Wunder gibt es doch immer wieder.

Ich kauerte mich hin, um sie anzusehen, und sie erwiderten meinen Blick sonderbar ruhig. Wenn sie solche Dinge tun, frage ich mich bisweilen, ob sie in Wirklichkeit Cait Sidhe sind, die bei mir eingeschleust wurden, um mich im Auge zu behalten – doch in diesem Gedankengang lauert der Wahnsinn. Sie sind bloß Katzen, und letztlich kennen alle Katzen dieselben merkwürdigen Pfade.

»Ich muss mit eurem König reden«, erklärte ich. Sie blinzelten mit schimmernden Augen und starrten mich so ausdruckslos an, wie es nur Katzen können. Ich seufzte. »Ich muss zu Tybalt. Ich weiß, dass ihr ihn finden könnt.«

Sie ließen keine Anzeichen erkennen, mich verstanden zu haben. Lacey begann, Cagneys Ohr zu putzen, und ignorierte mich völlig. Spike schaute zwischen den beiden hin und her und rasselte verwirrt mit den Dornen. Ich harrte aus. »Leute, zwingt mich nicht, Druck anzuwenden«, sagte ich. »Ihr wisst doch, dass ihr mich zu ihm bringen müsst, wenn ich es verlange. Ihr könnt den Hof der Katzen finden. Ich kann es euch auch befehlen, aber ich bitte euch lieber darum.«

Die Katzen wechselten einen Blick. Lacey gab ihre Putzbemühungen auf. Katzen mögen vielleicht nicht die klügsten Geschöpfe der Welt sein, aber sie erkennen eine Aufforderung sogar dann, wenn sie von einem Wechselbalg stammt. Katzen und Fae unterhalten eine besondere Beziehung, durch die sie zumindest teilweise in unsere Welt gezogen wurden. Sie wissen durchaus, wann sie um etwas ersucht werden. Die beiden streckten sich, um mir ihr Desinteresse zu verdeutlichen, dann setzten sie sich in Richtung der Tür in Bewegung.

Ich stieß den unbewusst angehaltenen Atem aus. Sie würden mich hinführen. Cagney wartete an der Tür und stieß ein bestimmendes Jaulen aus. Der Tonfall war einfach zu deuten: »Komm mit oder lass es bleiben.« Ich setzte dazu an, den Katzen zu folgen, dann drehte ich mich noch mal um und hob die Pistole unter dem Saum der Vorhänge auf. In meiner Hand fühlte sie sich schwer an, und die Nähe des Eisens darin verursachte ein Brennen, doch jeder Schutz war besser als gar keiner. Und wenn Eisenkugeln nicht mehr genügten, dann war es wohl vorbei.

Spike rasselte. Ich blickte kopfschüttelnd zu ihm zurück. »Bleibst du?« Er rasselte wieder. »Bleib. Halt Wache.« Das schien zu ihm durchzudringen. Er nahm Beobachtungshaltung an und richtete die Augen auf das Fenster. Gut. Eine ganze Woche voll Tod, Eisen und Dämonen, und nun wurde mein Haus auch noch von einem beweglichen Rosenbusch bewacht.

Die Katzen warteten draußen. Ich steckte die Pistole in die Hosentasche und nickte. »Geht voraus.«

Sie schlenderten den Pfad hinab zu dem Gemeinschaftsweg, der meine Wohnung mit den Post- und Wäscheräumlichkeiten verband. Ich folgte ihnen mit wenigen Schritten Abstand und behielt sie im Auge. Dabei konzentrierte ich mich dermaßen auf ihre wackelnden Schwänze, dass ich gar nicht bemerkte, als der Pfad von den Wegen abwich, die ich kannte. Ein Zischlaut riss mich aus meiner Konzentration, und ich schaute auf.

»Oh Mann.«

Wir standen in einer schmalen Gasse, die ich aus der Gegend um den Golden Gate Park fast erkannte – fast, aber nicht ganz. Der Raum hatte sich so verzogen, dass gewölbte Krümmungen und geknickte Winkel entstanden waren, wodurch alles irgendwie falsch wirkte. Jedes freie Fleckchen besetzten Katzen, von verwöhnten Haustieren bis zu räudigen Hinterhofkriegern. Etwas, das wie ein Luchs aussah, kauerte im hinteren Bereich der Horde und fauchte mit den anderen. Der Anblick erinnerte mich daran, dass die Größe wenig zählt, wenn man zahlenmäßig unterlegen ist.

»October.«

Ich drehte mich um und ließ die Hände in den Hosentaschen, während ich sagte: »Hallo, Tybalt.«

Der König der Katzen lag ausgestreckt auf einem Matratzenstapel, der die Mündung der Gasse blockierte, zu beiden Seiten flankiert von großen, zornig wirkenden Glückskatzen. Etwa ein Dutzend Cait Sidhe in menschlicher Gestalt lungerten an den Wänden und auf dem Boden rings um ihn herum, in Lumpen gekleidet. Die meisten sahen so aus, als liefen sie nicht oft auf zwei Beinen. Cagney und Lacey mischten sich unters Volk und verschwanden in der Masse, womit sie mir wohl sagen wollten, dass sie mich nun hergebracht und ihre Aufgabe damit erfüllt hatten. Mehr Hilfe würde ich nicht erhalten.

»Du bist hier«, stellte Tybalt fest, wobei er sich eher belustigt als überrascht anhörte. Durch die Höhe seins »Throns« ragte er über mir auf, was es ihm gestattete, auf mich herabzublicken, ohne dass er oder ich sich den Hals verrenken mussten. Er hatte die Kleider gewechselt und trug nun eine eng anliegende Jeans sowie ein schwarzes Seidenhemd. Gut. Mit etwas Glück hatten sie die alten Kleider noch nicht gewaschen. Die Höflinge rings um ihn beobachteten mich mit Raubtieraugen. Du bist entweder ein Raubtier oder Beute, sprach aus ihren Mienen, und wir werden dich so oder so töten. »Warum bist du hier? Das ist nicht dein Hof.«

»Dies ist der Hof der Katzen; ich habe offizielle Belange mit seinem König zu erörtern. Das bedeutet Waffenstillstand.«

»Offizielle Belange?«

»Ja, offizielle Belange«, bestätigte ich. Ihn auf seinem eigenen Gebiet zu beleidigen konnte das Letzte sein, das ich je tat. »Der Angriff im Park …«

Er runzelte die Stirn. »Was ist damit?«

»Das war kein willkürlicher Überfall. Jemand hat dafür bezahlt, und ich muss in Erfahrung bringen, wer es gewesen ist.«

»Glaubst du etwa, *ich* wüsste es?«, fragte er. Ein Raunen ging durch die Menge, tief und gefährlich.

»Nein. Ich denke, *er* wusste es.«

Das brachte ihn offensichtlich zum Nachdenken. Er setzte sich ein wenig auf und richtete all seine Aufmerksamkeit auf mich. »Er ist aber tot, October.«

»Und ich bin Amandines Tochter. Du weißt, was sie tun konnte.« Ich straffte die Schultern und stellte mich etwas aufrechter hin. Es half, mein Grauen zu verbergen. »Als der Angriff erfolgte, habe ich dir gesagt, dass ich sein Blut brauche. Ich kann damit Antworten finden.«

»Das würdest du tun?« In Tybalts nach wie vor stirnrunzelnde Miene schlich sich etwas, das an Respekt erinnerte.

»Ich habe das schon öfter gemacht.« Ich achtete sorgsam darauf, nicht zu erwähnen, wann. Das halbe Königreich schien über Evenings Fluch Bescheid zu wissen. Es war also unnötig, ihn in den Kreis der Wissenden eintreten zu lassen.

»Ist das sicher?«

»Spielt das eine Rolle?«

»Nein, ich glaube nicht.« Er erhob sich und ging zum hinteren Ende der Gasse. Die Katzen machten Platz, um ihn hindurchzulassen. Hinter ihm schlossen sich die Ränge wieder. »Ich bin gleich zurück. Warte auf mich.« Als er die tiefsten Schatten erreichte, breitete er die Hände aus, und die Finsternis öffnete sich wie ein Vorhang, sodass er hindurchschreiten und verschwinden konnte.

Ich beobachtete immer noch die Schatten, als etwas gegen meinen Rücken prallte. Die Wucht schleuderte mich zu Boden, bevor ich reagieren konnte. Die Pistole in meiner Tasche wurde mir so heftig gegen den Oberschenkel gepresst, dass ich wusste, es würde ein blauer Fleck zurückbleiben. »Was zum …«, stieß ich noch hervor, als ich schon fiel.

Zur Antwort erhielt ich nur ein unzusammenhängendes Knurren. Ich versuchte, den Kopf zu heben, doch er wurde sofort wieder zu Boden gedrückt. Meine Wange schlug dermaßen heftig auf dem Asphalt auf, dass es mir in den Ohren summte. Die Katzen rings um mich jaulten aus Leibeskräften. Gut zu wissen, dass sie das Geschehen bemerkt hatten. Ich erschlaffte; wer immer sich über mir befand, sollte glauben, ich hätte aufgegeben. Dann stemmte ich mich hoch, rollte mich herum und ignorierte die frisch aufflammenden Schmerzen, als sich die Pistole tiefer in mein Bein bohrte. Ich wurde mit einem ohrenbetäubenden Kreischen belohnt und stellte fest, dass ich Julie auf den Gassenboden drückte. Heulend bäumte sie sich unter meinen Händen auf, und dann gelang es ihr, mich herumzuwirbeln. Wenigstens landete ich diesmal auf dem Rücken statt auf dem Bauch. Sie hockte sich rittlings auf mich, die Züge vor Wut bestialisch verzerrt.

»Was soll denn das?«, verlangte ich zu erfahren, bevor sie beide Hände um meine Kehle legte. Konversation schien auf ihrer Prioritätenliste nicht sehr weit oben zu stehen. Meinen Kopf gegen den Boden zu knallen hingegen schon. Schreiend suchte ich nach dem nötigen Halt, um sie von mir zu stoßen.

Ich schrie immer noch, als Hände Julie von hinten packten und Tybalt sie gegen die nächstbeste Wand schleuderte. Sie prallte davon ab und landete auf den Füßen, die Hände so gekrümmt, dass ihre Krallen sich zeigten. Er brüllte sie aus voller Kehle an; sie verharrte einen Augenblick unverkennbar verärgert, ehe sie den Mund öffnete und zurückbrüllte. Ihre Stimme kam der seinen weder an Kraft noch an urtümlicher

Wut auch nur nahe. Tybalt stapfte vorwärts, schlug ihr quer übers Gesicht und schlug sie zu Boden. Julie fauchte und erinnerte dabei mehr an ein Kätzchen denn an einen Tiger. Tybalt brüllte erneut.

Damit war es beendet. Winselnd drückte sie sich flach auf den Asphalt, rollte sich herum und entblößte ihren Hals. Tybalt kniete sich hin und fuhr mit einer Kralle ihre Halsschlagader entlang, bevor er sie vom Boden und in eine grobe Umarmung zog. Die Botschaft war unmissverständlich. Sie hätte sterben können, doch er hatte sie verschont. Nun würde sie gehorchen.

Ich rappelte mich auf die Beine, und ungeachtet der Schmerzen in meinem Kopf beobachtete ich die beiden. Einen solchen Kampf hatte ich noch nie gesehen, dennoch verstand ich die Bedeutung auf Anhieb. Julies Angriff war unerwartet erfolgt, aber es war nicht nur ein Angriff auf mich gewesen. Als Tybalt eingriff, wurde daraus eine Herausforderung um die Vorherrschaft. Wie nicht anders zu erwarten gewesen war, hatte der Wechselbalg verloren.

»Töte sie«, zischte Julie und löste sich von ihm. »Töte sie oder lass mich es tun.«

Tybalt legte die Stirn in Falten und senkte die Arme. Das Hemd, das er im Park getragen hatte, war über eine Schulter geschlungen. Geronnenes Blut befleckte den hellen Stoff. »Nein«, gab er mit rauer Stimme zurück. Dschungeluntertöne schwangen darin mit, düster und fremdartig. »Das werde ich nicht tun. Sie ist unter den Regeln des Waffenstillstands hier.«

»Dann werde ich ihr folgen und sie töten, sobald der Waffenstillstand nicht mehr gilt«, stieß Julie mit zorniger Miene hervor.

»Warum willst du mich umbringen?«, verlangte ich zu erfahren.

Der Blick, den sie mir nun zuschleuderte, strotzte so sehr vor Hass, dass ich überrascht zurückwich. »Du hast Ross getötet«, fauchte sie.

»Hab ich nicht!«, widersprach ich. Ich mochte ihn ja vielleicht in den Tod geführt haben, aber ich hatte ihn keineswegs getötet. Manchmal zählt die Semantik durchaus. »Es war nicht meine Schuld!«

»Doch, das war es, du dummes Miststück!« Sie setzte dazu an, sich erneut auf mich zu stürzen. Tybalt hob einen Arm, um ihr Einhalt zu gebieten.

»An deiner Stelle würde ich jetzt gehen, October. Dieser Hof ist geschlossen.« Er nahm das Hemd von seiner Schulter und warf es mir zu. Ich fing es mit einer Hand auf und zerknüllte es in meiner Faust. Die Blutflecken bedeckten die Hälfte des Stoffes; das würde reichen.

Eigentlich war es sogar zu viel. Ein Teil des Blutes musste von Tybalt selbst stammen. Er händigte mir den Schlüssel zu seinen Erinnerungen aus, was Fae niemals leichtfertig tun. »Tybalt …«

»Geh.« Er schüttelte den Kopf. »Das ist weder der rechte Zeitpunkt noch der rechte Ort.« Julie kreischte, und er zog sie abermals zurück. Die anderen Cait Sidhe in menschlicher Gestalt hatten sich mittlerweile erhoben. Ihre Augen leuchteten in der Düsternis. Allmählich fühlte es sich wie eine Szene aus einem Hitchcock-Film an. Mit dem Hemd in der Hand nickte ich und brachte eine linkische Verneigung zustande, bevor ich mich umdrehte und zur Mündung der Gasse ging. Die Katzen teilten sich, um mich vorbeizulassen. Ihre Stimmen verhallten hinter mir, als ich über die alten Matratzen und Kissen stieg, die Tybalts »Thron« bildeten.

Als ich den Fußweg draußen erreichte und mich vor dem

Osttor des Golden Gate Park wiederfand, drehte ich mich um und blickte in die nunmehr leere Gasse zurück. Der Hof der Katzen verweilte nie lange an einem Ort. Wahrscheinlich war er weitergezogen, sobald ich ihn verlassen hatte. Ich blieb mit Tybalts blutfleckigem Hemd zurück.

Ich betrachtete das Hemd. Das Blut hatte sich zu dunklen Flecken gesammelt, die beide Ärmel und die Vorderseite übersäten. Ich kratzte mit einem Fingernagel an einem der größeren Flecken. Das Blut wollte sich nicht lösen lassen. Also gut: Dann versuchte ich es mal ganz direkt. Ich kehrte in die Gasse zurück, um nicht von der Straße aus beobachtet zu werden, und hob das Hemd, um mit der Zunge über den Fleck zu fahren. Der Geschmack war widerlich – Blut, Schweiß, Dreck –, aber es war immerhin ein Geschmack. Magie entdeckte ich jedoch keine darin. Ich runzelte die Stirn. Das Blut war bereits zu lange getrocknet. Wenn ich darin lesen wollte, musste ich es zuerst wiedererwecken. Dies mochte vielleicht nicht die beste Idee sein, die mir je in den Sinn gekommen war, aber im Augenblick hatte ich keine andere.

Ich blickte zum Park, der auf der gegenüberliegenden Straßenseite lag. Lily war eine Undine. Wasser bildete den Geltungsbereich und den Kernpunkt ihres Lehens, und wenn jemand in der Lage war, Blut wiederzuerwecken, dann war sie es. Der Vorschlag würde ihr vermutlich nicht gefallen, aber wahrscheinlich würde sie es dennoch tun, wenn ich sie darum bat. Später würde sie mir vielleicht sogar verzeihen.

KAPITEL 25

Marcia saß mit dem Kinn in der Hand hinter dem Eintrittskartenschalter. Ich überlegte, was sie vor Sonnenaufgang hier tun mochte, dann schüttelte ich den Kopf und ging weiter. Geld hatte ich keines dabei; hoffentlich würde sie mich trotzdem hineinlassen.

Als ich mich näherte, hob sie den Kopf, lächelte und begrüßte mich überschwänglich. »Guten Morgen! Lily hat schon gesagt, dass Sie kommen würden und ich Sie gleich hineinlassen soll.«

Ich stutzte. »Lily erwartet mich?«

»Natürlich!«, rief sie nach wie vor lächelnd. Ich fürchtete fast, dass ihr Gesicht auseinanderbrechen würde. »Sie war sicher, dass Sie herkommen würden. Uns allen wurde aufgetragen, nach Ihnen Ausschau zu halten.« Verschwörerisch beugte sie sich vor, und ich bemerkte den Schimmer von Fae-Salbe um ihre Augen. Vielleicht war ihr Blut doch nicht so dünn, wie ich vermutet hatte. »Um die Wahrheit zu sagen, mich überrascht es auch, dass Sie nicht schon früher gekommen sind.«

»Verstehe«, sagte ich langsam. »Also soll ich einfach …«

»Sie können gleich reingehen. Lily wartet.« Ihr Lächeln verblasste, nachdem sie mir die Botschaft übermittelt hatte, und sie musterte mich mit einer sonderbaren Kälte in den ausdruckslosen blauen Augen.

»Alles klar.« Ich erkenne es durchaus, wenn ich abserviert werde. So betrat ich den Teegarten und achtete darauf, die

Augen vom Wasser fernzuhalten, als ich auf die höchste der gekrümmten Mondbrücken zusteuerte. Der Scheitelpunkt lag hinter einem Geflecht von Kirschzweigen verborgen, wodurch es so aussah, als strecke sich der Anstieg ewig hin. Diese kleine optische Täuschung ist zutreffender, als den meisten Leuten klar ist: Menschliche Augen können bloß nicht bis ganz nach oben sehen. Ich umfasste das Geländer und begann mit dem Aufstieg.

Die Zweige der umliegenden Bäume rankten sich enger und enger ineinander, je höher ich stieg, und verbargen mich gänzlich, als ich in die Luft über der sichtbaren Oberkante der Brücke trat. Ich kletterte weiter, und sie rankten sich weiter ineinander, bis sie zu einem grünen Dach wurden. Mein letzter Schritt führte mich aus der klaren Luft auf einen soliden, sumpfigen Boden. Lily kniete mir zugewandt ganz in der Nähe neben einem niedrigen Tisch.

Zwei Teetassen standen auf dem Tisch, den dazu passenden Kessel hielt sie in den Händen. Alle drei Gefäße zierten gekrümmte schwarze Linien, die an die Wölbung von Kirschzweigen oder von Knochen erinnerten. »October. Komm, setz dich. Bitte.«

»Hallo, Lily«, begrüßte ich sie, ging zu ihr und kniete auf der gegenüberliegenden Seite des Tisches nieder. Die Pistole in meiner Tasche drückte mir gegen die Haut. Ich spürte das Eisen wie eine beginnende Erfrierung durch meine Kleider hindurch. »Tut mir leid, dich so zu überfallen, aber ich brauche …«

»Ich weiß, was du willst.« Sie beugte sich über den Tisch und füllte die erste Tasse. »Ich wusste, dass es dazu kommen würde, als ich erfuhr, dass Ross dabei starb, als er dich begleitete; dass der König der Katzen außerhalb der Umfriedung meines Lebens einen Mann getötet hat und dass Julie keine Gefälligkeiten meinerseits mehr in Anspruch nehmen würde.« Ein gepeinigter Ausdruck huschte über ihre Züge, flackerte kurz auf und war sogleich wieder verschwunden.

Ich zuckte zusammen und wandte den Blick ab. »Lily, es tut mir so leid. Ich …«

»Du ähnelst deiner Mutter mehr, als du offenbar glauben willst«, fiel sie mir ins Wort und seufzte. »Bist du sicher, dass es keine andere Möglichkeit gibt?«

»Ich bin sicher«, erwiderte ich und wandte mich ihr wieder zu. Ich hasse es, wenn ich mir die Dinge als Letzte zusammenreime, aber allmählich gewöhne ich mich daran, zumindest im Zusammenhang mit Lily. »Ich muss es wissen.«

»Du magst die Tochter deiner Mutter sein, October, aber du bist nicht Amandine. Für dich ist das nicht so sicher, wie es für sie wäre. Finde einen anderen Weg.«

»Es gibt aber keinen«, entgegnete ich und verkniff mir ein verbittertes Lachen. Sie hatte keine Ahnung, wie gefährlich dies war. »Mir läuft allmählich die Zeit davon. Ich muss es wissen.«

»Warum?«

Ich sah sie nur an. Eine ganze Weile hielten wir dieses Patt, bevor sie die Kanne abstellte und die schwimmhäutige Hand um den Griff geschlungen ließ.

Mit leiser Stimme sagte Lily: »Bitte, tu das nicht. Für dein Überleben, für deine geistige Gesundheit. Bitte. Kann ich dich nicht dazu bewegen, es dir anders zu überlegen?«

»Es tut mir leid, Lily. Ich habe keine anderen Möglichkeiten mehr.«

»Gib es mir«, forderte sie mich auf und streckte die Hand aus. Ich reichte ihr das Hemd. Sie ergriff es und entfernte den Deckel von der Teekanne. Sie war leer. Mit ernster Miene stopfte sie das Hemd hinein und legte den Deckel wieder darauf, bevor sie die Teekanne schüttelte. Das machte ein schwappendes Geräusch, und Lily nickte offenkundig zufrieden. »Deine Tasse bitte, October.«

Ich ergriff die noch leere Tasse, und sie neigte die Kanne darüber. Die Flüssigkeit, die nun herausströmte, war dick und rot und dampfte in der kühlen Luft. Ob sie auch Wasser enthielt, vermochte ich nicht zu sagen; sie sah schlicht und ergreifend wie Blut aus.

»October …«, setzte Lily an. »Noch ist es nicht zu spät. Stell die Tasse ab und finde einen anderen Weg.«

»Es gibt keinen«, wiederholte ich und hob die Tasse an die Lippen.

Das Blut fühlte sich auf meiner Zunge heiß an und schmeckte nach Kupfer. Beinah hätte ich gewürgt, dann jedoch verflog der Geschmack und wurde durch den scharlachroten Schleier der Erinnerungen von jemand anderem ersetzt.

Die ersten, die einsetzten, begleitete das süßliche, durchdringende Aroma von Poleiminze, und sie wirkten wie durch ein goldenes Sieb gefiltert. Eine Gasse, kurz vor Sonnenaufgang. Mein Gesicht, betrachtet durch die Augen von jemand anderem. Mein Haar war vom Laufen wild verweht, meine Züge erschienen müde und dauerhaft gequält. *Sie ist also zurück*, sprach Tybalts Stimme leise in meinen geistigen Ohren. *So lange verschwunden, und jetzt ist sie zu uns, zu* mir *zurückgekehrt …*

Das war nicht die Erinnerung, die ich brauchte. Ich zwang mich zurück in meinen Körper und trank einen weiteren Schluck von Lilys »Tee«, folgte dem Blut tiefer hinein, vorbei an jenen halb goldenen Erinnerungen und in etwas Dunkleres und weit weniger Vertrautes.

Die Erinnerungen, die diesmal aufstiegen, waren bitter-grau unter dem Rot, sie schmeckten nach Weißdorn und Asche. Esche und Dorn mögen mich bewahren, ich hatte gefunden, wonach ich suchte.

… es wäre eine einfache Aufgabe, sehr einfach, wenig zu tun. Dem Wechselbalg folgen. Sie gefangen nehmen. In Erfahrung bringen, was sie weiß. Sie töten. Die Bezahlung wäre mehr als angemessen dafür. Vielleicht könnte ich sie sogar noch ein Weilchen am Leben lassen und mich ein wenig mit ihr vergnügen …

Ich schluckte Galle hinunter und trank einen weiteren Mundvoll. Die Mischung aus Blut und Undinen-Wasser verbrannte mir die Lippen, doch ich achtete gar nicht darauf. Ich musste tiefer vordringen, zu dem, was darunter lauerte. So oder so, ich musste es wissen. Das Blut verhüllte den Geschmack von Rosen beinah, als ich den Atem anhielt und mich an die Erinnerung meines Körpers klammerte, um zu verhindern, dass ich völlig unterging.

Die Luft war rauchig und von plärrender Musik erfüllt. Was für einen albernen Müll sich die Jugend heutzutage anhörte … »He, wenn ich das mache, bezahlst du mich doch, nicht wahr? Egal, was dabei zu Bruch geht.«

Devin drehte sich um. Schleimiger Bastard. Keine Ehre unter Dieben; ich weiß, dass man ihm nicht trauen kann, aber die Bezahlung ist so *gut. »Bring mir einfach die Lade und einen Beweis, dass sie diesmal wirklich tot ist und nicht bloß irgendwo in einem Teich festsitzt«, sagte er. Sein Lächeln wirkte verbittert, seine Augen waren ausdruckslos.*

Hinter meinem wachsenden Grauen sah ich jene Augen und verstand, dass dies wirklich geschehen war. Ich hatte für Devin gearbeitet, war seine Handlangerin und Geliebte gewesen, und ich wusste, was dieser Blick bedeutete – wenn Devin ihn aufsetzte, wurde jemand als Verlust abgeschrieben, war er bereits so gut wie tot. Und in diesem Fall betraf es mich.

Devin redete noch, und seine Stimme entfernte sich, als mein Halt um den Zauber nachließ. *»Die Winterrose hat es schon einmal geschafft, mich zu überlisten. Toby ist ein kleiner Tölpel, aber sie ist Amandines Tochter. Ich kann mich nicht darauf verlassen, dass sie mir das nicht ruiniert.«*

Leugnen funktionierte nicht mehr – genauso wenig wie das Atmen, als Evenings Fluch ohne Vorwarnung über mich hereinbrach und mich noch tiefer in die Erinnerungen des Meuchelmörders schleuderte, den Devin auf mich angesetzt hatte. Die Erinnerungen an Evenings Tod und meine Verwandlung verhedderten sich wegen des Fluches miteinander, zusammen mit der plötzlichen, verbitterten Ergänzung der Nacht, in der ich dem Volk meiner Mutter nach Faerie gefolgt war. Allein die Last dieses Gedankens genügte, um mich noch tiefer hinabzuziehen, bis ich in einem rosigen Nebel ertrank.

Drei Tode erwarteten mich: Ich hatte die Wahl zwischen Ersticken, Eisen oder Kugeln. Jeder davon würde mich nach Hause tragen, mein Herz stillstehen lassen und die Schmerzen beenden. Ich brauchte nur aufzuhören, mich zu wehren. Ich konnte mich selbst aus dem Stück schreiben wie vor mir schon Ophelia; es würde alles vorüber sein. Vielleicht hätte ich weiter gegen die Versuchung anzukämpfen vermocht, wenn der Fluch nicht beschlossen hätte, auf schmutzige Tricks zurückzugreifen … aber wie die Luidaeg gesagt hatte, er war eine wunderbare Arbeit, zudem hatte ich ihn durch meine eigene Torheit über seinen ursprünglichen Zweck hinaus gestärkt.

Wäre es nicht schön zu bekommen, wonach du gesucht hast?, flüsterte er. *Ich kann dir Frieden bescheren. Ich kann dein Flug der Engel sein. Gib einfach auf und lass mich ein.*

Der Geschmack von Rosen erfüllte die Welt. Vielleicht hatte der Fluch ja recht; vielleicht war ich am Ende. Ich hatte getan, wozu ich gebunden worden war. Ich hatte die Mörder oder zumindest denjenigen gefunden, der sie angeheuert hatte. Die Hoffnungslade war bei Tybalt in Sicherheit. Für mich gab es nichts mehr zu tun, und ich hatte kein Zuhause, das ich aufsuchen konnte. Blut und Verrat: Wer braucht etwas anderes? Devin war mein Mentor gewesen, mein Freund und mein Geliebter, und er hatte versucht, mich umzubringen. Er hatte den Tod von mindestens zwei Leuten angeordnet und darüber gelogen, ohne mit der Wimper zu zucken. Nichts war mehr so, wie ich es zurückgelassen hatte; meine Welt war tot. Warum machte ich mir eigentlich noch die Mühe zu kämpfen?

Ich erschlaffte unter dem Gewicht der Erinnerungen und ließ mich von den Phantomrosen umgarnen. Ich war schon bereit zu sterben, zu schlafen und nicht mehr zu träumen. Keine Träume mehr. Keine Tode mehr. Gar nichts mehr. Die Welt begann hinfortzugleiten.

Etwas, das zugleich heiß und kalt brannte, traf mich mitten in die Brust. Die Rosen verloren den Halt, als ich keuchend in meinen Körper zurückgeschleudert wurde. Die Schmerzen endeten nicht. Ich schlug die Augen auf, und Lily stand über mir, umklammerte mit einer Hand die andere. Ihre Haut sah gesprungen und versengt aus.

Die Pistole, die ich gestohlen hatte, lag mit geöffnetem Magazin auf mir, sodass die Eisenkugeln herausfielen. Selbst durch meine Bluse fühlten sie sich noch bitterkalt an. Meine Tasse war auf dem Boden neben mir zerbrochen. Blut hatte das Moos ringsum dunkel gefärbt.

Ich setzte mich auf, sammelte mit der Hand die Kugeln ein

und schob sie ins Magazin zurück, bevor ich es zuklappte. Erst als alle außer Sicht waren, drehte ich mich zu Lily um.

»Du bist gegangen«, flüsterte sie. »Ich habe dir gesagt, dass es gefährlich ist, aber du hast es trotzdem getan … und du bist gegangen. Dein Körper blieb zurück, aber es war niemand mehr darin.«

Ich starrte auf ihre verbrannte Hand. Eisen schmerzt Reinblütler schlimmer als Wechselbälger, und als Undine war Lily empfindlicher als die meisten; sie lebte nur deshalb im Fleisch, weil sie es so wollte. Für eine Undine ist Eisen wie Säure, und der Umstand, dass sie bereit gewesen war, es anzufassen, zeugte von mehr als bloßer Freundschaft. Bedauernd verdrängte ich den Gedanken. Ich könnte ja später darüber nachdenken, was sie für mich getan hatte … und ob ich je in der Lage sein würde, es ihr zu vergelten.

Langsam nistete sich ihre übliche Ruhe wieder in ihren Zügen ein, wenn auch ein gequälter Ausdruck in ihren Augen zurückblieb. »Hast du gefunden, was du brauchst?«

Was ich brauchte? Ich sah die Pistole in meiner Hand und nickte bedächtig.

»Ja, habe ich«, antwortete ich.

»Und?« In ihrer Stimme schwang ein wartender, besorgter Unterton mit. Sie wusste so gut wie ich, was als Nächstes folgen würde, auch wenn sie nicht wusste, weshalb.

Ich seufzte. »Kannst du mir ein Taxi rufen?«

KAPITEL 26

Schließlich rief aber nicht Lily das Taxi, sondern ich. Danny meinte, er könnte in fünfzehn Minuten da sein, was mir genügte, zumal es mir noch Gelegenheit bot, in Schattenhügel anzurufen und eine knappe, zornige Botschaft bei dem Wichtel zu hinterlassen, der ans Telefon gegangen war. »Richte Sylvester aus, dass ich ins Heim gehe«, sagte ich. »Ich versuche, nicht zu sterben, bevor ich dort ankomme.«

»Warte auf ihn«, forderte Lily mich auf, während ich den Hörer zurück auf die Gabel legte. »Du musst das nicht allein tun.«

»Dafür ist die Zeit zu knapp, und es steht zu viel auf dem Spiel.« Wenn Devin bereit war, mich zu töten, um die Hoffnungslade in die Hände zu bekommen, wie lange würde es dann dauern, bis er anfing, nach ihrem Versteck zu suchen? Wie lange, bis Attentäter in den Büschen von Schattenhügel lauerten und gedungene Mörder den Hof der Katzen beobachteten? »Diese Geschichte endet jetzt.«

»Ja«, sagte sie angespannt. »Das könnte durchaus sein.«

Ich überlegte kurz. »Kannst du einen Boten zu Tybalt schicken?« Sie nickte. »Teil ihm mit, dass es Devin war und er den Grund kennt, sobald er darüber nachdenkt. Und sag ihm, dass es mir leid tut, ihn da mit hineingezogen zu haben.«

»Toby …«

»Sag es ihm einfach.« Ich küsste sie auf die Stirn, verließ den Teegarten so rasch ich konnte, und begab mich zum Parkplatz, wo Danny mich abholen würde.

Ich schaute nicht zurück.

Danny bemerkte ziemlich schnell, dass ich es vorzog, die Fahrt schweigend zu verbringen. Vielleicht lag es auch an der Tatsache, dass ich die ganze Zeit über weinte. Die Straße vor dem Heim präsentierte sich verwaist, als wir eintrafen. Er nahm das Geld, das Lily mir für das Taxi gegeben hatte, und musterte mich mit besorgtem Blick. »Kommen Sie da drin klar? Brauchen Sie ein paar Muskeln?«

Ich tätschelte ihm den Ellbogen. »Ich komme schon klar, Danny.«

»Sind Sie sicher?«

»Bin ich.«

»Na schön. Wenn Sie mich brauchen, rufen Sie einfach an.« Damit verschwand er und raste mit quietschenden Reifen die Straße hinab. Ich sah ihm nach, bis ich mich vergewissert hatte, dass er weg war, bevor ich die Pistole aus der Hosentasche zog und mich der Tür zuwandte.

Die Tür des Heims war häufig geschlossen, aber nie abgesperrt. Alles, was man tun musste, um hineinzukommen, war, dort sein zu wollen. Im vorderen Raum waren rund um die Uhr Teenager postiert, die dafür sorgten, dass es nur dann Ärger gab, wenn sie ihn anzettelten. Als ich jedoch den Türknauf drehte, geschah überhaupt nichts. Für mich war die Tür versperrt. Devin wusste, dass ich kam.

»Hier ist October Daye!«, brüllte ich und hämmerte mit der Hand gegen die Tür. »Lasst mich rein!«

Schritte ertönten, gefolgt vom Geräusch von Schlössern, die entriegelt wurden. Die Tür öffnete sich. Zum Vorschein kam ein abgehärmt wirkender Manuel mit Verbandsmull über einem Auge, der jedoch die Schwellung nicht völlig verbarg. Mir stockte der Atem. Ich stieß ihn als langsames Zischen aus, als

Dare an ihm vorbeilugte. Sie war erschreckend bleich, blaue Flecken zeichneten sich deutlich auf ihrer Wange und an ihrem Hals ab. Manuel erblickte die Pistole, und seine Augen weiteten sich.

»Was tut ihr denn hier?«, fragte ich mit gedämpfter Stimme. »Ich habe Luna doch gebeten, euch warten zu lassen.«

»Devin hat uns gerufen«, erklärte Manuel. »Wir kommen immer, wenn er ruft.« Dare schüttelte mit kleinen, scharfen Bewegungen den Kopf und bedeutete mir mit den Händen, dass ich verschwinden sollte. Devin war wütend, weil ich sie in Schattenhügel gelassen und ohne sie weitergegangen war. Angesichts der Einzelheiten, von denen ich mittlerweile wusste, war er vor allem wütend, weil es ihnen nicht gelungen war, mich für ihn im Auge zu behalten.

Dare wollte verhindern, dass ich mich in Gefahr begab, doch das kam nicht infrage. Nicht angesichts des Geschmacks von Rosen, den ich immer noch im Mund hatte. »Wenn ihr jetzt geht, komme ich euch holen, sobald das hier erledigt ist«, sagte ich nach wie vor leise.

Manuel sah mich mit ernster Miene an und zog die Tür einladend weiter auf. Dare wimmerte, und er brachte sie zum Schweigen, ohne die Augen von meinem Gesicht abzuwenden. Sie würden bleiben. Dies war ihr Heim, ob sie es wollten oder nicht, und so würden sie bis zum Ende bleiben.

Ich betrat den Raum und hielt nach möglichen Gefahren Ausschau, entdeckte jedoch keine Anzeichen dafür. Wir waren allein. Soweit ich es erkennen konnte, hielten sich in dem Gebäude nur zwei grünäugige Teenager, ein verfluchter Wechselbalg und ein Mörder auf. Ohne die darin verstreuten Teenager wirkte der Raum kleiner, und die Narben an den Wänden erschienen mir älter. Zum ersten Mal empfand ich das Haus als das, was es war: eine Absteige mit einem ausgefallenen Namen, in der sich Kinder, die es einfach nicht besser wussten, von jemandem misshandeln ließen, der es durchaus besser wissen sollte.

Ich durchquerte den Raum und zerschmetterte mit dem Griff meiner Pistole das Glas über der Ruftaste für Devins Büro. Scherben spritzten in alle Richtungen. Dare sog scharf die Luft ein. Ihre Augen weiteten sich in einer Mischung aus Ehrfurcht und Grauen. Wann war ich eigentlich zu ihrer Heldin geworden? Wann hatte sie begonnen, mich so zu betrachten?

»Was machen Sie da?«, fragte sie.

»Ich bringe die Dinge zu Ende«, erwiderte ich und versuchte, eine Ruhe auszustrahlen, die ich nicht verspürte. Ich redete mir ein, wir würden das Haus lebendig verlassen. Ich würde den unausgesprochenen Erwartungen in ihren Augen gerecht werden. Es war das einzige Versprechen, das ich abgeben konnte. »Es wird hier gleich etwas ungemütlich. An eurer Stelle würde ich gehen.« Ich wusste, dass sie es nicht tun würden – *ich* hätte es auch nicht getan, als ich noch hierhergehörte –, trotzdem musste ich ihnen die Gelegenheit bieten.

»Er wird Sie umbringen, wenn Sie nicht sofort verschwinden«, warnte mich Manuel.

»Da er ohnehin vorhat, mich umzubringen, wüsste ich nicht, was das ändern sollte.« Ohne auf das zerbrochene Glas zu achten, drückte ich auf die Taste. Ein bisschen mehr Blut spielte jetzt auch keine Rolle mehr. »Ich weiß, dass du da bist, Devin. Es ist an der Zeit, dass du rauskommst.« Damit trat ich zurück und wartete.

Es dauerte nicht lange, bis Devins Stimme knisternd über die Gegensprechanlage ertönte. »Toby? Was ist denn los? Wo bist du gewesen?« Ich hörte Angst heraus. Nicht viel, aber hätte ich eine weitere Bestätigung gebraucht, dies hätte dafür gereicht.

Ich drückte die Taste erneut. »Ich weiß es, Devin.«

»Was weißt du?«

»Ich weiß alles. Ich weiß, wen du wann und wie angeheuert hast.« Ich improvisierte wild, doch das konnte er ja nicht wissen. »Ich weiß von den Männern, die du losgeschickt hast, um mich zu töten. Ich weiß, dass du mich verführt hast, weil du dachtest, es könnte dir vielleicht verschaffen, was du willst. Ich weiß, dass meine Schulter nie völlig verheilen wird, dass ich vielleicht nie wieder schlafen kann und dass du deinen Hintern besser *sofort* hier rausschaffst!« Die letzten Worte zischte ich praktisch, da meine Wut überschäumte. Er hatte Evening und *mich* verraten. Das würde ich ihm niemals verzeihen.

Die Gegensprechanlage schwieg. Ich drehte mich und zielte mit der Pistole auf die Tür zum hinteren Flur. Nach mehreren, schier endlosen Minuten schwang sie auf, und Devin trat heraus, die leeren Hände kapitulierend erhoben.

»Es hätte nicht so kommen müssen, Toby«, erklärte er mit geschlagener, erschöpfter Stimme. Das Strahlen seiner Augen war verblasst. Stattdessen wirkten sie schiefergrau, als wäre auf seinem persönlichen Himmel ein Sturm aufgezogen. Schließlich hatte das so geschehen müssen. Oktober verheißt immer Regen, sogar in Kalifornien.

»Du hast sie getötet.«

»Dafür hast du keinen Beweis.«

Ich richtete die Pistole direkt auf seine Brust. »Ich bin mir ziemlich sicher, die Königin würde das nicht so sehen.«

»Ich bin mir ziemlich sicher, dass du nicht vorhast, mich an ihren Hof zu bringen, um es herauszufinden.« Er schüttelte den Kopf. »Ich wollte dich nie belügen, October. Warum konntest du … es nicht einfach sein lassen? Wir hätten glücklich sein können. Endlich glücklich. Ich liebe dich wirklich. Das habe ich immer getan.«

»Warum, Devin? Wurzel und Zweig, warum hast du das getan?«

»Weil ich ewig leben werde.« Aus seinen Augen sprach eine Art Herausforderung. »Du magst bereit sein, dich mit der Zeit eines Wechselbalgs zu begnügen, ich hingegen bin es nicht. Die Reinblütler könnten uns allen Unsterblichkeit schenken, aber sie weigern sich, weil wir nicht gut genug für sie sind. Wenn sie mir nicht geben wollen, was mir zusteht, dann nehme ich es mir eben. Mehr habe ich nicht getan. Ich nehme mir, was mir zusteht.«

»Das ist doch krank.«

»So funktioniert die Welt nun mal. Bist du etwa glücklich darüber, dass du sterben wirst? *Genießt* du es, jeden Morgen aufzuwachen und zu wissen, dass dein Körper während der Nacht seinem Verfall ein wenig nähergekommen ist? Ich nicht. Wir hätten zusammen ewig leben können, wenn du es einfach hättest gut sein lassen.«

»Du hast Evening ermorden lassen, weil du unsterblich sein wolltest?«

»Nein«, widersprach er. Ein kleiner Knoten des Schmerzes in meiner Schulter löste sich kurz, zog sich jedoch sogleich umso fester zusammen, als er fortfuhr, »deshalb habe ich sie höchstpersönlich ermordet.«

Dass er selbst das Messer geführt haben könnte, hatte ich mir gar nicht gestattet, in Erwägung zu ziehen. »Du Dreckskerl«, flüsterte ich.

»Ich habe drei Powries dafür bezahlt, sie festzuhalten, während ich ihr die Kehle aufschlitzte. Sie hat geschrien, Toby. Du hättest sie hören sollen. Es war wie Musik … aber zu spät. Der Schlüssel war verschwunden, und es war noch nicht vorbei. Alles, was danach kam, hätte vermieden werden können, wenn sie nur auf mich gehört hätte.«

»Devin …«

»Du hattest immer so viele Trugbanne – irgendwie komisch für jemanden, der damit so ungeschickt ist wie du. Ich habe mir solche Mühe gegeben, sie aus dir rauszuprügeln.« Sein Lächeln wurde besitzergreifend. »Es hätte mir gelingen können, wenn du mir noch ein paar Jahre gegeben hättest. Du könntest jetzt neben mir stehen, auf der richtigen Seite. Du könntest es verstehen.«

»Ich will es gar nicht verstehen«, gab ich zurück. »Du machst mich krank.«

»Menschliche Moral, October. Schüttle sie doch ab. Damit kommst du nicht weit.« Er trat auf mich zu und hielt inne, als ich die Pistole anhob. »Sie ist immer noch tot. Ganz gleich, was du tust, sie wird tot bleiben. Kannst du es wirklich ertragen, uns beide zu verlieren?«

»Ich kann es jedenfalls nicht ertragen, es nicht zu tun.« Fragen wirbelten schneller durch meinen Kopf, als ich sie stellen konnte. Wie hatte er Evenings Bluterinnerungen manipuliert? Angeblich ist das unmöglich, und trotzdem hatte er es getan. Wie viele weitere gedungene Mörder gab es? Abgesehen von jenen in Goldengrün – ich musste davon ausgehen, dass sie real waren, doch ich hatte sie nie gesehen.

Und letzten Endes spielte es auch keine Rolle. Das waren Fragen, die ich später noch beantworten konnte. Im Augenblick zählte, dies zu beenden, hier und jetzt, in dieser Nacht, bevor noch weitere Unschuldige zu Schaden kamen.

Devins Tonfall veränderte sich, wurde eindringlicher. »Ich wollte nie, dass du darin verwickelt wirst, Toby. Ich hätte nicht gedacht, dass sie dich anrufen würde – wirklich nicht. Wenn du bloß aufgehört hättest, als ich dich darum gebeten habe …«

»Am Ende hättest du mich trotzdem getötet.« Mit zu Schlitzen verengten Augen trat ich einen Schritt vor. »Ich gehöre dir schon lange nicht mehr, deshalb schützt mich die Ehre auch nicht mehr. Ich bin nicht dumm, Devin. Das weißt du.«

»Du wirst mich nicht erschießen«, meinte er lächelnd. »Das kannst du gar nicht.«

»Das kann ich nicht?«

»Nein. Du liebst mich immer noch. Du bist nach wie vor zu menschlich. Du kannst niemanden umbringen, den du liebst.« Er klang ganz von sich überzeugt. »Ich kenne dich doch. Du kannst mich nicht zum Narren halten.«

»Nein, Devin. Du kennst ein Mädchen, das nicht genug wusste, um von dir loszukommen.« Meine Hände zitterten. Meine Zielgenauigkeit war dahin, da meine Konzentration nachließ. Durch Zorn wird alles persönlich. Als wäre diese Angelegenheit nicht schon persönlich genug gewesen. »Dich lieben? Dich *lieben*? Du hast Evening getötet, du hast Ross getötet, du hast versucht, mich zu töten. Du setzt deine Kinder Gefahren aus, und jetzt besitzt du die … die *Frechheit* zu behaupten, dass ich dich liebe? Bei Oberons Blut, Devin, wirst du vielleicht irgendwann mal erwachsen?«

»Ja, du liebst mich.« Er senkte die Hände. »Das hast du immer getan, und so wird es immer sein, ganz gleich, was ich dir antue. Alle Wechselbälger sind verrückt, Toby. Das weißt du. Dein Wahnsinn ist deine Loyalität.«

»Leck mich«, sagte ich und zielte.

Ich hätte nicht so lange warten sollen. Dare brüllte: »Manny, nicht!« Ich wirbelte herum und ließ Devin aus den Augen. Das war nicht mein erster Fehler, doch die Chancen standen gut, dass es mein letzter sein konnte.

Manuel – der niedliche, unschuldige Manuel – hielt einen Revolver und hatte die Füße schulterbreit voneinander entfernt in den Boden gestemmt. Der Lauf der Waffe zielte auf meine Brust. Der Junge zitterte. Ich erstarrte. Ich hätte zu wetten gewagt, dass er noch nie auf jemanden geschossen hatte und auch auf mich nicht schießen wollte, aber ich hatte nicht vor, es darauf ankommen zu lassen. Kluge Leute setzen nicht auf Risiko, wenn Schusswaffen im Spiel sind.

»Er hat gesagt … er hat gesagt, wir würden … Ihnen nichts tun müssen … wenn Sie aufhören, uns in die Quere zu kommen. Sie hätten hierher zurückkehren und wieder wie früher zur Familie gehören können. Aber Sie wollten ja nicht *hören*!« Manny weinte beinahe. Sein Gesicht glänzte vor Schweiß. »Runter mit der Waffe, Ms Daye.«

»Manny?«

»Runter damit.«

»Ich dachte, Evening war deine Freundin, Manny. Was hast du …«

Er gestikulierte heftig mit der Waffe und wirkte so aufgewühlt, dass ich fürchtete, er könnte unbeabsichtigt feuern. »Sie wollte nicht hören! Und Sie wollen auch nicht hören! Will man hier am Leben bleiben, dann *hört* man auf das, was der Boss sagt!«

Ich kniete mich hin und achtete darauf, mich langsam zu bewegen, als ich die Pistole auf den Boden legte. »Woher hast du die Waffe, Manny?«, fragte ich, ohne aufzustehen. »Hat Devin sie dir gegeben? So ist es doch, oder?«

»Sei still, Toby«, forderte Devin mich mit tonloser Stimme

auf. Bei Maeves Gebeinen, hatte ich mich wirklich von ihm berühren lassen? Hatte ich *ihn* wirklich berührt? Was war ich doch für eine Närrin. »Manuel, schieß auf sie. Töte sie nicht, verletz sie nur. Das Bein wäre gut.«

Mittlerweile weinte Manuel, und seine Hände umklammerten den Revolver so fest, dass seine Knöchel weiß hervortraten. Ich räusperte mich, um seine Aufmerksamkeit wieder auf mein Gesicht zu lenken. »Brennen die Kugeln, Manny?«, erkundigte ich mich in möglichst beiläufigem Tonfall. »Bewirken sie, dass deine Haut kribbelt? Das ist Eisen, Manny. Er will, dass du mit Eisenkugeln auf mich schießt.«

»Manuel, schieß *sofort* auf sie.«

Vorsichtig stand ich auf, die Hände in Schulterhöhe ausgestreckt. »Kannst du es tun? Kannst du mich für ihn mit Eisen foltern?«

»Manuel, hörst du mir zu?«, herrschte Devin ihn an. »Zwing mich nicht, dir die Waffe wegzunehmen.«

»Er will es nicht selbst tun.« Ich ließ die Hände oben. »Fragst du dich nicht, weshalb?«

»Halt die Klappe, Miststück.« Devin stürmte auf mich zu, packte meinen Arm und drehte ihn mir auf den Rücken, wie ich es an dem Tag bei Dare getan hatte, als wir uns zum ersten Mal begegnet waren. Seine Finger gruben sich in meinen Ellbogen. Ich krümmte mich und biss die Zähne gegen die Schmerzen zusammen. »Verwirr ihn nicht.«

»Warum nicht, Devin? Willst du nicht, dass er versteht? Du hast mir immer eingebläut, Wissen sei Macht.«

»October …« Einen Lidschlag lang – nur einen winzigen Lidschlag lang – meinte ich, hinter der Ausdruckslosigkeit seiner Augen den Mann zu entdecken, den ich kannte. »Mach es nicht schwerer, als es ist.«

»Willst du nicht, dass er so aufwächst wie du?« Aus den Augenwinkeln beobachtete ich, wie Dare auf Manuel zuschlich. *Sei vorsichtig, Mädchen*, dachte ich. *Bitte, sei vorsichtig* …

Devins Griff verstärkte sich. Ich konnte regelrecht spüren, wie sich blaue Flecken bildeten. »Ich wollte Evening nicht töten. Ich habe doch nur für dich mit ihr zusammengearbeitet. Ich ließ sie so tun, als wärst du noch am Leben, und sie hat uns dafür geholfen. Sie hat es nie für uns getan. Nur für dich. Ich wollte ihren Tod nicht. Aber sie wollte mir die Hoffnungslade nicht geben, und ich brauchte sie, Toby, mehr als du dir vorstellen kannst. Du hast gespielt, ein Reinblut zu sein, doch du weißt, dass du nie eines sein wirst. Und du weißt, weshalb ich die Lade brauche. Die Zeit von Wechselbälgern läuft schnell ab.« Er seufzte. »Sie musste sterben.«

»Warum erzählst du mir das?« Ich musste dafür sorgen, dass er weiterredete, und sei es nur um Dares willen. Das Mädchen bemühte sich immer noch nach Kräften, mich in eine Heldin zu verwandeln. »Scooby und die Gang sind noch nicht hier.«

Devin ließ meinen Arm los und trat zurück. »Du sollst begreifen, dass es nichts Persönliches war. Du hast mir gefehlt. Ich habe nicht gelogen, als ich dir das sagte.«

Durch Devins Bewegung hatte Manuel freies Schussfeld auf meinen gesamten Körper. Dare befand sich noch zu weit entfernt, um ihn rechtzeitig zu erreichen, und in gewisser Weise war ich auch dankbar dafür. Zumindest würde sie nicht bei dem Versuch verletzt werden, mich zu retten.

»Du hast dich verändert.« Ich drehte mich um, sah ihn an und widerstand dem Drang, die Blutzirkulation in meinem Arm wieder anzuregen, indem ich ihn massierte. Wenn ich schon sterben musste, dann wollte ich es in einem Zustand tun, der Würde zumindest ähnelte.

»Du auch.« Er hörte sich fast bedauernd an. Dann verstrich der Moment. Der Blick seiner Augen verhärtete sich, und er wandte sich an Manuel. »Lass dir Zeit, und sorg dafür, dass es schmerzt. Sie wird uns verraten, wo sie die Lade versteckt hat.«

Manuel hob den Revolver an und flüsterte ein Gebet. Ich schloss die Augen und hoffte, dass er schlecht zielen und die erste Kugel mich erledigen würde. Damit wäre es wenigstens rasch vorbei.

Was als Nächstes geschah, entging mir. Ich öffnete die Augen erst, als Dare ihrem Bruder auf den Rücken sprang. Durch den Schwung landeten beide auf dem Boden. Die Waffe ging los, als sie aufprallte, und die Kugel schlug in die Decke ein. Ich hechtete in Richtung meiner Pistole, allerdings einen Lidschlag zu spät. Jäh wich ich zurück, als Devin sie mir unter den Händen wegschnappte.

»Toby, holen Sie sich den Revolver!«, schrie Dare und versuchte, Manuel niederzudrücken. Er wog gut fünfundzwanzig Kilo mehr als sie und war fünfzehn Zentimeter größer. Lange würde sie ihn nicht aufhalten können. Ohne die Augen von Devin zu lösen, stemmte ich mich auf die Beine. Seine Aufmerksamkeit galt allein Dare, und seine Züge hatten sich zu einer Miene verzerrt, die über Wut hinausging und schon von Wahnsinn kündete.

Er hatte den Verstand verloren, und das war bereits vor geraumer Zeit geschehen.

»Niemand missachtet meine Befehle!«, knurrte er.

Dare schaute auf. Ihre Augen weiteten sich, und sie kreischte, als die erste Kugel sie in die Seite traf. Blut spritzte an die Wand hinter ihr und mitten in Manuels Gesicht. Das Grauen in ihren Augen verwandelte sich in ein Flehen, als sie mich ansah. Sie blickte mich an, als hoffte sie, ich könnte die Zeit zurückdrehen. Sogar da dachte sie noch, ich sei ihre Heldin.

Ihr Schrei endete, und sie zuckte zurück, versuchte, sich zusammenzurollen. Doch es war zu spät. Die beiden nächsten Kugeln folgten dicht auf die erste, und als ich mich ausreichend gefasst hatte, um mich auf Devin zu stürzen, war sie bereits verstummt. Manuel übernahm das Gebrüll für sie. Meine Schulter rammte ich Devin in die Rippen und stieß ihn so um. Der Revolver schlitterte über den Boden. Ich hatte einen Moment lang Zeit, mich zu fragen, wo er gelandet war, bevor mich Devins Fuß im Magen traf und mich zurückschleuderte.

Röchelnd krümmte ich mich, als er sich auf die Beine rappelte. Sein zweiter Tritt traf mich in die Brust und jagte stechende Schmerzen durch meine Rippen und mein Brustbein. »Sieh nur, was du angerichtet hast! Du hast sie umgebracht.« Jegliche Vernunft war aus seiner Stimme gewichen; er glaubte tatsächlich, was er sagte. Devin hatte den Abzug betätigt, trotzdem gab er mir die Schuld. An sich spielte es keine Rolle. Ich würde mir ohnehin genug Vorwürfe für uns beide machen.

»Devin …«, stieß ich keuchend hervor.

»Halt die Klappe!« Das Ausmaß der Welt schrumpfte auf Devin, die Schmerzen und den stärker werdenden Geschmack von Rosen zusammen. Ich glaube, seine Welt war genauso klein geworden. Er hatte seine geistige Gesundheit im unüberschaubaren Gewirr der Wechselbalgzeit aufgegeben, und die Zusammensetzung seines Blutes hatte ihn an einen Punkt geschleudert, von dem es keine Rückkehr gab. Auf dem Zaun zu hocken ist nicht einfach. Manchmal bricht der Zaun und man fällt.

Wir rechneten beide nicht mit dem Schuss. Devin hob eine Hand an die Brust, berührte den dort erblühenden Fleck und sah mich an, wobei sich seine Augen unvorstellbar weiteten. Seine Lippen bildeten Worte, die er nicht mehr hervorzubringen vermochte. Er knickte ein und fiel.

Hinter ihm senkte Manuel nach wie vor weinend die Waffe.

Der Geschmack von Rosen am Ansatz meiner Kehle würgte mich, gerade als er sich verflüchtigte. Mir war nicht bewusst gewesen, wie konstant er geworden war, bis er sich nun auflöste. Quälend langsam rappelte ich mich auf. Jeder Atemzug schmerzte, aber zumindest lebte ich noch. Manuel rührte sich nicht, als ich zu ihm ging, die Waffe aus seinen Fingern löste und sie zu Boden fallen ließ.

Als sie aufprallte, hob er mit ausdrucksloser Miene den Kopf. »Er … er …«

»Pst. Ich weiß.«

Ich legte die Arme um ihn und hielt ihn fest.

KAPITEL 27

Fast eine Viertelstunde standen wir so da, bevor ich zurücktrat und Manuel ansah. »Ist noch jemand hier?« Mit großen, vor Schock glasigen Augen starrte er mich an. So behutsam ich konnte, schüttelte ich ihn. »Manuel, ist noch jemand hier? Irgendjemand?«

»Er … hat alle weggeschickt«, antwortete der Junge. »Er wusste, dass Sie kommen würden. Und er wollte niemanden hier haben, wenn Sie hier eintreffen.«

Er hatte alle außer den beiden Kindern weggeschickt, an denen mir etwas lag. Ich schloss die Augen. Bis zu diesem Tag hatte ich nicht geahnt, dass er so abgrundtief böse sein konnte. »Komm, Manuel. Lass uns deine Habseligkeiten holen.«

»Ich will sie nicht zurücklassen.«

Ich blickte ihm wieder ins Gesicht und zwang mich zu einem Lächeln. »Du musst, Manny. Es ist an der Zeit, dass die Nachtschatten kommen, und das werden sie nicht tun, solange wir noch hier sind.«

»Aber …«

»Komm.«

Das Zimmer, das sich Dare und Manuel mit einem halben Dutzend von Devins anderen Kindern teilten, erwies sich als düster und chaotisch. Von der Mitte der Decke baumelten Hängematten herab, um zu verhindern, dass Matratzen den verfügbaren Platz auf dem Boden einnahmen. Der Anblick war mir vertraut genug, um höllisch zu schmerzen. Früher hatte ich mir ein solches Zimmer mit Mitch, Julie und einer ab und zu wechselnden Gruppe anderer Kinder geteilt. Wir alle hatten ständig um unsere kleinen Winkel und den Anschein von Würde gekämpft, der zu ein wenig »Privatsphäre« verhalf.

Ich lehnte mich an die Wand und beobachtete, wie Manuel seine und Dares spärliche Habseligkeiten packte. Der hohle Widerhall der Schwingen der Nachtschatten flüsterte von der Vorderseite des Gebäudes aus auf den Flur herab und warnte die Lebenden, sich fernzuhalten; sie beschäftigten sich nur mit den Toten. Die Nachtschatten arbeiten schnell. Als Manuel mit einem Seesack in der einen und einem abgewetzten roten Koffer in der anderen Hand zur Tür zurückkam, war das Geräusch von Schwingen bereits verstummt.

Mit nach wie vor glasigen Augen sah er mich an und fragte: »Wohin gehen wir?«

»Ich weiß es nicht.«

Dass die Leichen vorne nunmehr menschlich wirkten, gestaltete es nicht einfacher, sie anzusehen. Ich zwang mich, die Augen auf die Tür gerichtet zu halten, und zog Manuel hinter mir her. Beim ersten Anblick des Ersatzkörpers seiner Schwester verstummte der Junge wieder völlig und zog sich in seinen Schockzustand zurück. Ich konnte ihm keinen Vorwurf daraus machen. Immerhin hatte er in derselben Nacht seine Schwester und seinen Lehrer verloren. Wer würde sich jetzt um ihn kümmern?

»Warte hier«, forderte ich ihn auf. Manuel reagierte nicht; er stand nur da und starrte stumpfsinnig die Wand an. »Ich gehe ins Büro. Kannst du hier auf mich warten?« Ich verstummte und ließ ihm Zeit zu antworten. Er tat es nicht. »Na schön. Schrei einfach, falls jemand kommt.« Ich ließ ihn in der Gesellschaft der künstlichen Leichen zurück und betrat zum allerletzten Mal Devins Büro.

Die Lichter waren ausgeschaltet, sodass im gesamten Raum Schatten vorherrschten. Am Eingang hielt ich inne und starrte in die Dunkelheit. Niemand betrat Devins Büro jemals ohne ihn, und er hielt sich auch nie bei ausgeschalteten Lichtern im Büro auf. Er war wirklich endgültig gegangen.

Wir würden später wiederkommen müssen, um den Ort zu durchsuchen. Er würde Ziegel für Ziegel abgetragen werden müssen, um herauszufinden, wer noch von seinen Plänen gewusst haben könnte, wen er angeheuert und was er denjenigen bezahlt hatte. Vorerst konnte das aber warten. Die Toten würden nicht zurückkehren, ganz gleich, was wir taten. Der Erste-Hilfe-Kasten befand sich unter dem Schreibtisch. Ich hob ihn auf, zuckte zusammen, als die Bewegung Druck auf meine Rippen ausübte, und wandte mich der Tür zu. Unvermittelt hielt ich inne und blickte zu der Tafel an der Wand zurück. All diese Bilder …

Das meine zu finden erwies sich als einfach. Mitch überragte mich und Julie, wodurch wir sehr klein und noch jünger wirkten, als wir waren. Wir trugen auf dem Foto unsere brandneue Straßenkleidung und bemühten uns nervös, einigermaßen gefährlich auszusehen. Ich zog die Reißzwecke heraus und ließ den Blick weiter über die Tafel wandern.

Schließlich entdeckte ich ihr Bild an den Augen. Dieser grelle Grünton kam sogar auf Fotos zu deutlich zur Geltung, um ihn zu übersehen. Ich zog die Aufnahme von Dare und Manuel von der Tafel und steckte sie zusammen mit dem Bild meiner kleinen »Gang« in die hintere Hosentasche. Dann drehte ich mich um und ließ die Geister hinter mir zurück, als ich hinausging, dorthin wo Manuel wartete.

Er wartete nicht allein. Blinzelnd hielt ich an der Tür.

Während ich mich im Büro aufgehalten hatte, war Hilfe eingetroffen – und zwar in Gestalt von Sylvester Torquill und allen Rittern, die er in der kurzen Zeit hatte zusammentrommeln können, seit ihn Lilys Botschaft erreicht hatte. Die Ritter hatten sich im Raum verteilt und wirkten verunsichert – gegen wen sollten sie kämpfen? Es gab keine lebenden Gegner mehr. Sylvester wartete neben Manuel. Das Schwert des Herzogs hing in der Scheide an seiner Seite.

»Hallo, Euer Gnaden«, begrüßte ich ihn erschöpft. Ich ging auf ihn zu und stellte den Erste-Hilfe-Kasten vor seinen Füßen ab. »Bitte sagt mir, dass Ihr ein Auto mitgebracht habt. Ich wünsche mir so sehr, nicht schon wieder in ein Taxi steigen zu müssen.«

»Bist du verletzt?« Sylvester streckte die Hand aus und wischte mir einen Blutspritzer von der Wange. »Sag mir, dass es nicht dein Blut ist.«

»Es ist Devins«, gab ich zurück. Ich spürte, wie ich zu weinen begann. »Oder vielleicht auch das von Dare. Ich weiß es nicht. Ich bin zwar verletzt, werde aber wahrscheinlich überleben.«

Sylvester zuckte zusammen. »Es tut mir so leid. Ich habe die Ritter gerufen, sobald Lily mir ausrichten ließ, wohin du wolltest, aber die Schutzbanne am Gebäude waren stärker, als ich erwartet hatte. Wir konnten keinen Weg hineinfinden.«

»Über der Tür draußen hängt ein Coblynau-Zauber«, sagte ich und runzelte die Stirn. »Wenn Ihr das Schild nicht gefunden habt, wie konntet Ihr dann …?«

»Wir sind den Nachtschatten gefolgt.«

»Oh, Eiche und Esche.« Ich trat einen Schritt vor und lehnte den Kopf an Sylvesters Brust. »Es war Devin. Von Anfang an ist er es gewesen. Ihr hattet recht. Ich hätte nie ... ich hätte nie ...«

»Schsch«, beruhigte er mich und schlang die Arme um mich. Ich gab einen gequälten Laut von mir, woraufhin er sich mit geweiteten Augen zurückzog. »October?«

»Tut mir leid.« Ich rang mir ein Lächeln ab. »Es sind meine Rippen. Ich glaube, sie sind gebrochen.«

»Wie?«

»Devin war der Meinung, ich bräuchte ein paar ordentliche Tritte.« Ich deutete auf den Erste-Hilfe-Kasten. »Denkt Ihr, es könnte mich jemand zusammenflicken?«

»Ich nehme dich mit nach Hause. Euch beide.« Sylvesters Tonfall duldete keinen Widerspruch. »Du musst zu Jin, bevor ich bereit bin, dich wieder aus den Augen zu lassen.«

»Ja, Euer Gnaden«, willigte ich ein.

Ich hob den Erste-Hilfe-Kasten auf, legte Manuel einen Arm um die Schultern und zog ihn mit mir, während wir Sylvester hinaus in die reinigende Dunkelheit der Nacht folgten.

Sylvester und seine Ritter waren in drei großen weißen Vans angerückt, die durchaus auf den Parkplatz eines Reinigungsdienstes gepasst hätten. Sylvester führte uns zum mittleren Fahrzeug und nahm auf dem Sitz neben mir Platz. Ich zuckte zusammen, als ich den Sicherheitsgurt anlegte, und versuchte, keinen Druck auf meine Rippen auszuüben. Dann schloss ich die Augen, lehnte mich zurück und gestattete mir, mich zu entspannen. Sylvester konnte sich eine Weile um alles kümmern. Dafür sind Lehnsherren – und Freunde – da.

Als wir in Schattenhügel eintrafen, wurden wir von besorgten Gesichtern begrüßt, allen voran von Luna und Connor. Rayseline war weit und breit nicht zu sehen. Sylvester befahl mich in die Obhut von Jin, der Heilerin des Mugels, und ich gehorchte bereitwillig und wäre auch zu erschöpft gewesen, um mich dagegen aufzulehnen. Sie versorgte meine Rippen, schimpfte mit mir, weil ich die Wunde in der Schulter wieder aufgerissen hatte, schimpfte noch mehr mit mir, weil ich seit mehreren Tagen nichts Anständiges gegessen hatte, und verfrachtete mich mit einem Berg Sandwiches und dem Befehl ins Bett, mich nicht ohne ihre Erlaubnis zu rühren. Ich war dermaßen ausgelaugt, dass ich tatsächlich auf sie hörte. Und das war gut so; die sechzehn Stunden, die ich dann schlafend in Schattenhügel verbrachte, sollten die letzte wahre Entspannung sein, die mir für mehrere Wochen vergönnt sein würde.

Ich brauchte eine Woche, um mich von allem zu erholen, was geschehen war. Als mich die magischen Verbrennungen – durch Evenings Fluch und den kurzen Kontakt mit der Hoffnungslade verzögert – einholten, pflegte mich Jin durch den schlimmsten Teil, und als ich wieder laufen konnte, überantwortete sie mich Mitch und Stacy, die mich überglücklich aufnahmen. Ich blieb zehn Tage bei ihnen. Die Kinder ließen sich in der Zeit ausgiebigst von mir verwöhnen. Mitch suchte regelmäßig meine Wohnung auf, um den Vermieter zu beschwichtigen. Außerdem sorgte er dafür, dass mein Teppich ausgetauscht wurde. Dafür hätte ich ihm beinah gedankt.

Sylvester kümmerte sich um Manuel und organisierte eine Totenwache für Dare. Außer Manuel hatte sie keine Familie; niemand in der Welt der Sterblichen würde um sie trauern. Wir bestatteten den von den Nachtschatten zurückgelassenen Leichnam in den Sommerlanden, im Wald außerhalb der Mauern des herzöglichen Mugels. Sylvester stand neben mir und hielt mich fest, als ich weinte. Ich war ihre Heldin gewesen, und ich hatte versagt. Schließlich war ich nicht besser als jede andere.

Ich besuche ihr Grab, so oft ich kann. Jedes Mal lasse ich Sträuße aus Rosmarin und Raute dort und sage ihr, dass es mir leidtut. Außerdem verspreche ich ihr, dass ich mich nächstes Mal besser anstellen werde. Wenn mich das nächste Mal jemand zu einer Heldin macht, werde ich die- oder denjenigen retten.

Es dauerte drei Wochen, um Devins Zeug aus dem Heim zu schaffen. All die Aufzeichnungen, die er verwahrte, all die Dinge, die er gestohlen hatte. Die Hälfte seiner Kinder fand man nie; ihre Habseligkeiten warten in einem Lageraum in Schattenhügel darauf, dass ihre Besitzer kommen, um sie zurückzufordern. Irgendwie bezweifle ich aber, dass dies je geschehen wird. Ich wünschte, die Dinge wären anders verlaufen. Ich würde fast alles geben, um mich noch einmal von Evening beleidigen zu lassen oder um zu erleben, wie mich Dare mit Heldenverehrung in den Augen ansah. Aber manchmal fügen sich die Teile eben so zusammen, wie sie es wollen, und man kann die Geschichte nicht verändern; man kann nur versuchen, sie zu überstehen.

Als wir das Heim zum letzten Mal aufsuchten, nachdem alles Rettenswerte entfernt worden war, gingen wir mit Fackeln und drei fetten Salamandern in Kristallgläsern hin. Sylvester legte mir die Hand auf die Schulter und fragte: »Bist du sicher, dass du das tun willst? Ich kann das für dich übernehmen, wenn dir das lieber ist.«

»Schon gut.« Ich nahm den Deckel vom ersten der Gläser ab und schüttelte den Salamander auf den Fußweg. Dort hockte er und blinzelte voll stumpfsinniger Reptilienverwirrung mit den schimmernden Augen, bis Sylvester eine angezündete Fackel durch die offene Tür des Heims warf. Plötzlich interessiert, drehte sich der Salamander um und raste flugs auf die Flammen zu. Seine Geschwister folgten dicht hinter ihm.

Es gelang uns, die Salamander einzufangen, bevor die Feuerwehr eintraf, indem wir sie mit Stöcken aus Zimtholz und Myrrhe herauslockten. Die Ursache für den Brand wurde nie gefunden.

Manuel hat einen Platz in Schattenhügel, solange er ihn will. Er erholt sich allmählich von dem Verlust seiner Schwester und wirkt die meiste Zeit über sogar recht glücklich. In ihm schwelt nicht dasselbe Feuer, das Dare besaß. Vielleicht ist das sogar besser so. Er meidet mich, wenn ich Schattenhügel besuche, und ich gestatte es ihm. Eines Tages wird er in der Lage sein, mich wieder anzusehen. Ich kann warten.

Seit Devin gestorben ist, bin ich wesentlich öfter in Schattenhügel. Luna hilft mir, meine Lizenz als Privatdetektivin wiederzuerlangen; mich davon zu lösen, hatte nicht funktioniert, also konnte ich mich meinem alten Beruf ebenso gut wieder richtig zuwenden. Vielleicht wäre nichts von alledem geschehen, wenn ich es von Anfang an getan hätte. Connor und ich begegnen uns zumeist auf den Fluren. Er versucht, mich allein anzutreffen, ich versuche, ihn zu meiden. Ich fange gerade erst an, mir mein Leben zurückzuholen. So billig will ich es nicht weggeben.

Die Hoffnungslade war, nachdem Tybalt sie mir zurückgegeben hatte, zwei Tage lang in meinem Besitz – aber ich habe sie nie geöffnet. Seit der Nacht, in der ich sie fand, habe ich sie nicht einmal mehr berührt. Was jedoch nicht bedeutet, dass sie keine Möglichkeit hatte, mich zu verändern. Meine Kopfschmerzen sind nicht mehr so schlimm, wie sie es früher waren. Meine Nachtsicht ist schärfer geworden – immer noch im gewöhnlichen Bereich eines Wechselbalgs, aber deutlich genug verändert, dass ich es merke. Würde ich die Lade erneut berühren …

Die Zusammensetzung meines Blutes kann schmerzen, aber es ist doch meines. Und ich möchte, dass es auch so bleibt. Schließlich übergab ich die Hoffnungslade der Königin. Warum sie mir nicht helfen wollte, weiß ich immer noch nicht; und ich fürchte auch noch immer, dass sie den Verstand verliert, habe jedoch keine Ahnung, was ich dagegen unternehmen könnte. Es gibt nicht viel, was ein Wechselbalg tun kann, um die höchstrangige Adlige im Königreich herauszufordern. Vorerst werde ich beobachten und abwarten, was geschieht.

Ich stehe in Tybalts Schuld, weil er mir geholfen hat, und die Königin steht in meiner Schuld, weil ich die Hoffnungslade zu den Reinblütlern zurückgebracht habe. Sie hasst diese Schuld mehr als ich die meine. Eines Tages wird sie mich bezahlen müssen – die Welt wird zwar von der Liebe bewegt, aber Faerie bleibt durch Gefälligkeiten bestehen. Manchmal frage ich mich, wie sehr ich mir die Königin zur Feindin gemacht habe, indem ich in all das verwickelt wurde. Sicher, ich hatte keine Wahl, allerdings glaube ich nicht, dass dies für sie überhaupt eine Rolle spielt. Irgendetwas stimmt dort ganz und gar nicht. Indes steht die Luidaeg in meiner Schuld, und das könnte durchaus die gefährlichste Schuld von allen sein. Der Tag, an dem die Luidaeg sie begleicht … nun, darüber zerbreche ich mir den Kopf, wenn es so weit ist.

Den Rest von Devins gedungenen Mördern haben wir nie gefunden, doch das ist auch gleichgültig. Mittlerweile ist es lange genug her, dass ich aufhören muss, bei der kleinsten Kleinigkeit zu erschrecken. Ich kann nicht den Rest meines Lebens damit verbringen, darauf zu warten, dass ein unterbezahlter Schläger aus den Büschen hervorspringt, um mir den Garaus zu machen. So zu leben wäre kein Leben. Der Drahtzieher war tot, der Fluch erfüllt. An diesem Punkt ... war alles andere nebensächlich.

Ich bin dabei, die Scherben meines alten Lebens Stück für Stück aufzuklauben. Dabei hole ich auf. Es wird ein langwieriger Vorgang werden, und ich werde nie alles zurückbekommen, was ich verloren habe, aber zumindest habe ich mit dem Versuch begonnen. Eines Tages werde ich Simon und Oleander finden und sie für das bezahlen lassen, was sie mir angetan haben. Eines Tages wird meine Tochter mir erlauben, wieder ein Teil ihres Lebens zu werden. Aber dafür ist noch reichlich Zeit. Devin hatte das aus den Augen verloren. Ich nicht. Solange man lebt, ist noch Zeit.

Mein Name ist October Christine Daye; ich lebe in einer Stadt am Meer, wo der Nebel den frühen Morgen malt, Parkplätze kostbarer sind als Gold und an Straßenecken Kelpies unachtsamen Leuten auflauern. Keine der Welten, in denen ich lebe, ist ganz die meine, aber niemand kann sie mir wegnehmen. Ich habe getan, was getan werden musste, und ich glaube, dass ich jetzt endlich zu begreifen beginne, was wirklich wichtig ist. Es geht darum, den Weg nach Hause zu finden, wo immer das auch sein mag. Ich habe vor, es herauszufinden.

Ich habe ja Zeit.

DANKSAGUNG

An der Entstehung dieses Buches waren zahlreiche Leute beteiligt. Einen riesigen Megadank an mein erstklassiges und kritisches Korrekturlese-Team, dessen unermüdliche Bemühungen eine Menge fragwürdiger Grammatik und mehr als ein paar falsch gesetzte Kommata berichtigt haben. Ohne sie ergäbe vieles deutlich weniger Sinn. Meine Agentin, Diana Fox, wusste ganz genau, was sie verlangen musste, und meine Lektorin, Sheila Gilbert, wusste ebenso genau, wie sie mich dazu bringen konnte, darauf zu reagieren. Hier zu Hause haben Chris Mangum und Tara O'Shea meine Website organisiert, während sich Kate Secor und Michelle Dockrey um alles andere gekümmert haben.

Schließlich geht mein Dank an Rebecca Newman und Amanda Weinstein, die unzählige Stunden am Telefon verbracht haben, um Einzelheiten abzuklären, und an Tanya Huff für eine Unterstützung, die weit über jede Art von Pflicht hinausgeht. Die Fehler, die jetzt noch im Buch geblieben sind, gehen allein auf mein Konto. Ohne all die Menschen, die mir dabei geholfen haben, es fertig zu stellen, wären es allerdings erheblich mehr.

LARA ADRIAN
schreibt als TINA ST. JOHN
Eloisa James
Sabrina Jeffries
Lord Stonevilles Geheimnis
JOANNA BOURNE
Die Geliebte des Meisterspions
MEREDITH DURAN
Rühr nicht an mein dunkles Herz
MADELINE HUNTER
Ein skandalöses Rendezvous
JENNIFER ASHLEY
KEIN LORD WIE JEDER ANDERE